一位律师对经院教授们的挑战

陈更——著

作家出版社

目　录

第二编　艺术博思

序 言

本书的主要篇章记载了网络刚刚普及时发生于一家网络论坛上的一场论战，本人是论战的主要参与人，以不自觉的身份，担纲了论战一方的挑纛者。

在公众论坛上就社会科学领域里自由、民主、宪政、法治诸概念进行正面的、直接的、回合论战式的交锋，这恐怕是电脑化以来，更勿说是六十年以来的第一次，但愿不会是唯一一次。2008年是网络论坛的民初年代，或更深远历史上的春秋年代，风云乍起，物候的控制尚无经验，人情激荡，于是出现了时代天空的罕见景象。这家论坛是一家不大的论坛，唯其不大，在着目不到的地方，反倒形成了较大的公共空间。它以“思想与法治”为LOGO，聚集了一批关心国是的莘莘学子和智识者中的带头人，其中不乏国内知名教授。人分两翼，阵线分明，立场严整。感谢不少教授、硕儒以及精锐的后学新秀作我的“郢人”，所谓的运斤成风实成就于他们辛勤、智慧的笔下绣章。时易矣，整理这些文字成书，我对他们无限地眷恋和怀念。但愿人长久，千里共婵娟！

在相对无所束缚的空间里，双方都是真诚、坚执而深刻的，皆怀赤子之心。“亦余心之所善兮，虽九死其犹未悔”“苟利国家生死以，岂因祸福避趋之”——读书时崇敬于古人的，其实发生在我们身边，我们自己身上！各自或有偏颇，但祖国不偏颇，愿后来人由之看到，三十年以来睿智的祖国如何度左右而中之——历史的巨轮中庸而平稳地隆隆辗过大地，衣衫褴褛的母亲步出灾难和血泊，以明秀的姿影行进于葱茏无限的现代化大地！

争论的核心地带，以其敏感多忌，且展目未来，义多惑然，又以其相对艰涩枯燥，本书多予剔除，所录入的是相对边缘的部分。笔者少年作诗，爱好思想，又以律师职业之故，偏于逻辑。在这场争论中多以文辞、概念、语法、逻辑、章法、思想的合理性，究于对手，诘难求胜，本书所多予存留的即是这一部分。

通过语言、章法、逻辑等思想的边缘窥视思想的核心，对思想的了解或失朦胧，但仍晶莹可光；这样的方法增进了论争过程的趣味性，却是当时未曾期许的。时代新锐，世风浮躁，文辞、语法、逻辑的缜密运用已经让位于电脑的快速检索和拼贴，人们对文章的做法不十分重视了。这是现代化之弊，年青人应当力戒。智慧来源于人，非来源于电脑，自孙悟空那里学不到孙悟空，要到无边如来那里去寻找。相信自己，相信真诚努力的力量无远弗届。笔者另在一些文章前边加按，专谈写作、修辞、逻辑等问题，或长或短，乃笔者对于写作的一些经验和想法。期望这本小书在帮助年轻后进了解思想的同时，更有助于他们文章的严谨！

与同时代人一样，鲁迅是笔者青年时代所景慕的。随着时代的前进，对他的偏执也有所警惕。然而，可能由于性格的原因，文风的影响是不可剔除的，但愿读者能从这些文章看到杂文的影子。

是为序。

陈更

2014年8月29日

第一编

文字梁山

反对美国填太平洋，反对连战纳妾

——与梁教授讨论文章写作

前按：

看这样的题目，或会忍俊不禁。但一些人爱写些地上没有的事情，这是真的。我们身处的国度，曾经历过所谓的文化大革命，在真空中抓取颂歌，于乌有处制造批判，曾大行其道。历史没有走远，它布下的蒺藜也未必没有种子。

文章乃仁爱之事，经国之事，岂可虚诞？歌诗合为事而作，文章合为时而著，这是下笔为文的第一要义！

论文应当结合社会实际发表自己的见解，批评性文章更应当结合对方实际存在的错误观点进行批驳。我们却见到了一种天马行空，随意捏造对方有某种错误行为和错误观点，然后大加批评、大加指斥的文章。

如果这样的文章可以称之为文章，那文章可太好写了。我们可以写：反对瑞士小邦发动细菌战，反对美国填平太平洋，反对锡金霸占中国，以及反对连战先生纳妾，反对马英九主张一夫多妻等惊世骇俗而又莫名其妙的文章。此等文章可以倚马立就、停车立成，一天写它个三五十篇没问题。

我现在就选择其中一个题目写给你看：

最近从美国的行动中，我们看到美国似乎要填平太平洋。太平洋是不能填的，填起来以后，将使太平洋沿岸各国失去水上交通，而现代交通是现代贸易的基础，其导致的结果将是世界经济的衰退，人们的经济生活将重回中世纪。更加严重的是，太平洋被填平以后，地球环境将一改历时五十亿年才形成的秩序，人将灭绝，继之将是整个星球上所有动物的灭绝。不仅失去人类，也将失去由动物再次进化为人类的可能。

科学和国力要用对地方，美国没有把科学和国力用对地方，导致的将不仅是我们的毁灭，而且是美国同我们一起毁灭。我们要联合起来反对美国填平太平洋！

再选择一个题目作一下看看：

连战先生近期的言论有一个隐隐的指向，就是总有一天他要纳妾。纳妾在民国早些时候是正当的，但自民国六十九年以后，这种制度已经废止。连战先生作为台湾前“总统”候选人，国民党现名誉主席，不知垂范于国民，却贪图私欲享受，弃连方瑀女士的感受于不顾，另纳二房，这是封建思想作祟。台湾社会能容连氏此等做法，亦凸显台湾不是法制社会。

读者一定会问，陈更是不是今天发神经了，写这样的文章干啥？提出这种天方夜谭式的问题干啥？难道是穷极无聊的逗闲嗑儿？当然不是！“文合时而著，论缘事而立”，本文一开头我就提出了这个观点，这篇文章无非是履行我的观点，针对时事和实事而有所批评罢了。

批评的靶子是什么？是以自号为法家人物的梁教授为代表的一些人的批评性文章。他们的文章就常常是，先莫须有地强加别人一头，然后义正辞严地大加批驳，且旁引希腊，博征美国，洋洋万言，颇有个驴样——但待到揭开实情，其批判价值竟然是个负数，因为那批评的事实是子虚乌有，全在乌托邦国里。现抽取他昨日发于“法治天下”的文章《陈更先生的“义愤”与“被迫害感”》作为典型剖析一下，以让此类文章站无立锥之地、逃无遁身之所。

《陈更先生的“义愤”与“被迫害感”》是梁先生针对我的《犬儒主义者眼中的现实暴政》而写的一篇批判性文章。其批判的事实基础是：一、陈更有“被迫害感”；二、陈更将政府、法院对杨佳案的权力运作、审判活动、相关法律都论证为对群众的敌意；三、陈更假设了“现实暴政”。

在陈更有以上几种明显偏失和错误的情况下，对陈更进行大肆挞伐、严加批判当然是对的。一个人（梁先生说的可不是一个人，而是说“被迫害感是群众生活的特征”） 如果无端地具有“被迫害感”，必然疑神疑鬼，对社会、对他人充满不信任，进而发展为敌视，进而会出现无端攻击。对于这样的人，当然应当警惕，帮助他们克服；特别是对于这类群众的代表（“群众中的学者”），就更应当严加警惕，进行严肃的批判。

敝人就荣幸地被梁先生指称为那种“群众中的学者”，是群众普遍地具有的“被迫害感”的代表者。如果真是罹患了这种精神方面的疾病，我确实应当对梁先生的明言指出表示感激，加紧治疗。遗憾的是，我不知道、也从没听梁先生之外的任何一个人说我患有这种疾病，包括从那些极其细心的医生处。更为遗憾的是，梁先生是唯一的指出者，而这唯一的指出者，除了确定无疑地指称我患了“被迫害感”之外，并没有关于“为什么这样说”的任何论证和说明。梁先生说：“在陈更先生那似乎充满睿智和文质彬彬的文章《犬儒主义者眼中的现实暴政》中，我就看到了这种似乎来自陈更先生内心深处的‘被迫害感’”（见梁先生该文），这好像是在说明理由，但这理由实在空之又空。他是怎么“看”出来的，又是怎么个“似乎”法？不得而知。

我的《犬儒主义者眼中的现实暴政》一文中是否显示我有“受迫害感”的地方？一位算命先生说：“我从你身上看到了鬼。”另一位算命先生说：“我从你脸上看到了财气。”——梁先生的话恐怕就属于此类语言，无须论证、也无须负责的语言！

对于梁先生说我有“被迫害感”的心理原因，我倒是能够明白的。因为我在文章中认为，像梁先生这一类文化人不敢批评，批评时嗫嗫诺诺、曲曲折折、隐隐晦晦，甚至某些批评刚一发声便走了调，又变成颂歌了，这种态度与犬儒主义类似。众所周知，犬儒主义的内心特点便是“被迫害感”。因此，梁先生说我有“被迫害感”的唯一原因，便是我说他们有“被迫害感”了。他这是“以其人之道还治其人之身”呀！——顽童骂人：“我×你妈！”对方便必然说：“我×你妈！”——梁先生今日做了教授，童稚时期的可爱犹存啊！

梁先生在文中说：“陈更先生的《犬儒主义者眼中的现实暴政》首先建立在一个假设上——无论上海警方还是上海法院，都是对杨佳进行着非法的和残酷的迫害，这就是‘现实暴政’”。关于“陈更将现实假设为暴政”，又是一个强加的事实，莫须有的事实。为什么强加我这样一个事实，也出于前述同样的原因。

我在《犬儒主义者眼中的现实暴政》一文中说：“这（指梁、吴二先生的做法）不禁使我想起了犬儒主义。无论前期的犬儒主义（根据自身的道德原则去蔑视世俗观念），还是后期的犬儒主义（依旧蔑视世俗观念，但是却丧失了赖为准绳的道德原则），其本身都是一种反抗的方法，虽以自我作践为形式，但确实是一种他们心目中的反抗方法。且勿论这种反抗方法多么怯懦，多么自我丑化，多么丧失自我人格，我这里想说的是，他们选择这种方法，首先是将现实专制化、暴政化，因为没有其他反抗的出路，才最后选择做了犬儒。诚为王夫之所说：'其上申韩者，其下必佛老'犬儒与佛老一样，是对暴政和强权的逃避。"我指出犬儒主义者之所以在现实面前怯懦，是因为其内心把现实"暴政化"了。我的这些话有指疑梁先生、吴先生之嫌，梁先生当然又来了一句："我×你妈！"——拾起我的砖头（"将现实假设为暴政"）反投过来！

要而言之，梁先生写批判文章，他可不管你有没有这个错误、这个观点。他可以批美国填太平洋、批连战先生纳妾，绝不管美国填太平洋是不是事实，连战先生纳妾是不是事实，只要笔杆子"出溜"得快就行了。看似荒唐，但这荒唐在梁先生那里的确是时时发生的。再看一下他写的另一篇文章，五分之二篇幅是说：警察有权盘问路人，有权向你要身份证，公民杨佳有义务配合，不配合便是地痞流氓耍无赖。此类内容之所以写这么多，又是为了给人们（包括笔者）头上强加一个错误，然后进行批判：你们认为杨佳杀警是出于义愤，不该判处死刑，你们的观点是错误的。然而，人们讨论杨佳问题，是说杨佳不该判处死刑呢，还是说不该这样——在失却程序正义的情况下——判处死刑呢？你是教授，有精微的设置事实前提的能力，在精微的事实前提的设置之下，亦有精微的辨析道理的能力。你不知道，在杨佳案件中，争议的焦点是程序正义问题，而不是实体正义问题吗？借沪警盘问杨佳的正当性，将程序问题的讨论混淆至实体问题的讨论干什么！

梁先生，把文章的写作理解成这个样子，尤其是把批评性文章的写作理解成这个样子，并将这种理解付之于实践之中，是文章之耻、校园之耻、中华大国泱泱文化之耻！

2008年12月1日22:01

杨佳弑警是悲剧还是喜剧？

前按：

文章不是处方，这话不是只对医生说的，是对一切搞人文科学的人说的。凡写文章者都应懂得这样的道理。“上穷碧落下黄泉，万事万蕴皆了然”，是对文章写作高一步的要求。写文章要有足够的储备，理解文章也要有足够的储备。写，无愧于读者，阅读，无愧于作者！

现代化的专业分工，造就出各方面的专才，但写文章更需要通才。专业帮助你登临现代文化的极顶，通览现代文化的全貌。人类各学科都有相通的道理，唯需高度，才能窥得相通的脉络，而专业往往意味着高度。所以，专业锤炼与文章写作本无矛盾。

但有些志于写作的人却沾沾自喜于专业面的知识，将专业当天井，窥不见天井之外的日月星辰，这是可悲可笑的。

一位博友在我的一篇思想评论性质的文章后边跟帖，将杨佳杀害六名警察与雅典城邦杀害苏格拉底、崇祯皇帝杀害袁崇焕类比，以苏格拉底和袁崇焕的崇高类比六名警察的崇高，以他们二人的悲剧类比六名警察在杨佳袭警案中不被同情的悲剧，并对在杨佳案中对审判程序问题、某些实体问题提出不同观点的人表示极大的愤慨。

我回应道："苏格拉底是智慧和自由思想的代表，袁崇焕是爱国的代表，他们是被强势扼杀的，故是悲剧。六名警察是强者的代表，却被弱者歼命，故是喜剧。"以表示应当对群众的某种情绪给予一定程度的理解。

那位博友和其他一些博友对我的回答表示吃惊，认为我本是"挺杨派"中的比较理智和清醒的人，今日说这话真是无语了。他们谴责我简直不是一个法律人。我再回应道：

> "法治天下，思想中国"。我是从"思想"的角度说事的，不是从法律的角度说事的。不少法律人往往有种倾向，认识问题相对机械和直接，缺乏思想的延伸。从法律的角度，这样说（六警是强者的代表，却被弱者歼命，故是喜剧）可能不妥；从思想的角度这样说，大致不差，从文学、艺术的角度说，恐怕更是这样。

我又说：

> 我们现在进行的是思想探讨，不是法庭辩论。法庭辩论，我这样说，应当把我轰出去。但在思想论坛上，有人如你一般狭隘地认识问题，是不是也不受欢迎呢？

当时我们双方所争论的问题，的确涉及法律人的思维特点问题，并涉及对社会事件的法律性解释、思想性解释，以至于审美认识层次的解释问题。

我们说，盗者、抢者、杀人者应当服刑或枪毙，这是法律层次的认识（将责任归之于罪犯）；

我们说，一切犯罪行为都是社会疾病的表现，这是思想层次的认识（将责任归之于社会的病灶）；

我们说，武松杀人却不用偿命，挺令人愉快的——这是审美层次上的认识（只讲感情，不讲责任）。

如果能够接受以上这三种说法，我想，我当时对那些博友的回答基本没错。杨佳弑警，却被不适当地称为英雄，这的确应从社会疾病的角度看问题：它反映的是警民关系问题、政群关系问题、社会和谐的程度问题。

再用美学观点认识一下：

鲁迅先生说：悲剧是将人生有价值的东西毁灭给人看。苏格拉底、袁崇焕事件中，都是恶的力量将崇高、正义等人类认为有价值的东西毁灭给人看，所以观者感到悲伤。人们对喜剧的定义是：喜剧是对一个可笑的、有缺点的、有相当长度的行动的摹仿，“借以引起快感与笑来宣泄这些情感”。这个定义指出“笑”是喜剧的基本特征，这一认识被广泛认可。六警被杀，却没有引起人们的同情，相反把同情寄予本来错误的杨佳一方。从美学层次上分析，结论是极其可怕的。“‘笑’是喜剧的基本特征”，群众在“笑”什么？“笑”所表达的是他们内心的愉悦——他们愉悦什么呢？六警被杀却又被“笑”的内在“缺点”和“可笑之处”又是什么呢？除蚂蚁扳倒了大象这一点比较符合喜剧的常识之外，这个喜剧更庞大的基本构成究竟是什么呢？真的值得深思！

六警被杀却又被“笑”，其内在“缺点”和“可笑之处”不在他们个人。联系到六位警察冒着生命危险常年累月的艰苦付出，对于他们和他们的家庭是绝对应当报以深切同情的。在这一意义上，他们的被“笑”，却又掩藏着一个深长的悲剧。从这个意义上，我才同意那些博友们关于六警与苏格拉底、袁崇焕一样，同是一出悲剧的观点。也只有在这一意义上！但问题偏偏是，如此深长的悲剧意义，却被舆论大哗式的在群众中引发的喜剧式效果所掩——对更加本质的问题的探讨，决不是在法庭上所可以完成的。我的关于喜剧的观点，只不过一个小小提醒罢了，博友何必大大地惊诧！

法律人，是社会工作者；要真正履行好社会工作的职责，他同时还应是一个思想者；如果要做内涵丰富的思想者，那还得掌握一点美学知识。就我所知，欧美甚至台湾的许多法律人做到或接近做到了这一点。中国大陆众多的法律人，在思想论坛上听了有关悲喜剧的议论，却如在法庭辩论中听到了恶性杀人却不该偿命的话，惊诧万分，这表现了思想的差距。我们应当急起直追！

2008年11月25日12：30

一箭双雕的错误

前按：

又一次关乎写作的诚实，其实关乎学习的诚实。压制，自治，在不同的学科领域里，其意义是大相径庭的。怎么能够仅仅瞄了一眼他人的宏伟著作，不待领会，便下笔万言，以那著作为基，创造自己的理论呢？

尤荒唐的是，同一条法律怎么可能对一个法律主体是压制型，必须遵守，对另一个法律主体却是任意的，可以不遵守呢？杀人处死，盗人判刑，有的处死、判刑了，有的脱于法网之外，是盗、杀者狡智奸愚有别，不是法的不平等所致。但是，有人将它弄反了。

写文章，必事前理论配以经验，自己想得明白；自己想不明白，那一定不要作这篇文章！

梁教授在其广泛散布于网上的《软法之治与社会变革——兼评〈转变中的法律与社会——迈向回应型法〉》中犯了个一箭双雕的错误，作为一个教学工作者真是张扬表现得可以，也愚得可以。

什么是一箭双雕的错误？

一箭双雕，又称一石二鸟，是说人做事之巧，一个行动，实现了两个目的，遇到明主，是要得两份奖赏的。梁先生与此相反，一个行动，犯了两个错误，在两个学术领域闹了笑话，如果在封建时期或奴隶时期，是要吃双份板子的。

什么样的高手，竟然犯出如此巧妙的错误?

梁先生在该文中说:“按照塞尔兹尼克和诺内特的理论，上述权利诉求一当中的‘休产假法’其实具有两副不同的面孔，对于中国的国有企业和事业单位来说，因为必须遵照执行，所以是一种压制型法；而对于民营企业和外资企业来说，仅具有参照执行的约束力，所以在事实上是一种自治型法。”在此段文字中，梁先生对压制型法、自治型法的表述，既完全违背了他以该文所专题研究的塞尔兹尼克和诺内特（以下称塞、诺二氏）在其人类法制史研究领域提出的两个基本概念，又完全违背了一部法律，尤其是一个法条，在法无明文规定的情况下，平等地适用于全体应适用对象的法律常识。

压制型法、自治型法、回应型法是塞、诺二氏在其人类法制史研究领域提出的三个基本概念。塞、诺二氏认为，压制型法是专制的产物，专制之下法律系统（包括司法体系）是不能自治的，只能附属于政治统治。法律制定和推行的过程中，只考虑政治共同体的利益，不考虑民众的利益，因与民意隔离，故全凭强力压制推行，往往引起较大的震荡，不利于社会稳定。自治型法则是人类社会法制进步的产物，其定义在上述各个点上都应当进行相反的表述。例如，法律是民主程序的产物，法律自治，也就是说司法独立。因为法律是民主程序的产物，是自治的，并特别注意程序正义（压制型法不注意程序正义，只注意政治意志），因而法律的推行中减小了社会震荡。但在自治型法中，程序正义仍不能确保实体正义的实现，仍有缺点，仍不完善，仍不能达到社会的最佳稳定状态，所以，塞、诺二氏设想，应该有法的第三阶段——回应型法，法的制定和法的施行与社会需要产生更加良性的互动，更大程度上减小法律推行所产生的社会震荡。

在塞、诺二氏的理论中，压制型法、自治型法、回应型法分别代表了人类法律发展的三个阶段：过去、现在和未来。显然，压制型法、自治型法、回应型法是一个人类法制史范畴的概念，并不具有法学基础研究领域强制性规范（法律关系各方必须遵照实施，不得变通）、任意性规范（又称自治性规范，法律关系各方可以协商、变通、放弃）、授权性规范的意义。据此可见，梁先生认为，"'休产假法'其实具有两副不同的面孔，对于中国的国有企业和事业单位来说，因为必须遵照执行，所以是一种压制型法；而对于民营企业和外资企业来说，仅具有参照执行的约束力，所以在事实上是一种自治型法"的观点，在塞、诺二氏看来是多么荒唐，完全是个笑话。

梁先生同时还犯有另一个错误：认为一部法律，具体说是一个法条，在并无特别规定的情形下，对一些当事人是强制性的，必须贯彻，对另一部分当事人却是自治性（任意性）的，可以执行，也可以不执行。

法律之所以为法律，是因为它具有普适性，也就是人们常说的：法律面前人人平等。当一部法律，特别是法律的某一具体条款，在法无明文规定对某一部分主体可以有所例外时，人人都须平等地一概遵守。具体而言，《劳动法》第二条规定："在中华人民共和国境内的企业、个体经济组织（以下统称用人单位）和与之形成劳动关系的劳动者，适用本法。国家机关、事业组织、社会团体和与之建立劳动合同关系的劳动者，依照本法执行。"显然，劳动法对于国有企业、事业单位和对于民营企业、外资企业的适用效力上是平等的。同时，也没有任何一部法律或一条法律，规定民营企业和外资企业在休产假的问题上可以外于《劳动法》的相关规定。至于国有企业、事业单位、民营企业、外资企业等在实际执行《劳动法》中的千差万别，那是关于"法的遵守"方面的千差万别，这是由于不同主体在经济、文化、教育、法律普及程度上的千差万别所造成的，并不是《劳动法》在它们面前有不同的效力标准。

梁先生一块石头，砸烂了不同位置、不同直线上的两个盘子，其犯错技术之巧妙，佩服，佩服！

2009年3月29日

给梁教授指个错

前按：

语文是门科学，又是一切其他科学的工具，不可小觑了它。词性、语法，是语文的基础，是语言连缀的泥秣和砖瓦。现在的青年人蔑贱了这些泥秣和砖瓦。你看，这里，一位年轻教授不知道名词是可以表示动作的；不知道，便一下子同时犯了两个错误：左脸挨巴掌的同时，扇及右脸。朋友，你不要笑，“文革”荒芜了我们，现在那荒芜又延及于你们。写这篇文字，于我也是一种自我救赎。

梁教授有一个隐含很深的习惯，不认真注意，一下子是找不到这个习惯性行为的发生规律的。这个规律是：如果有人写文章点到了他毛病的至深之处，这毛病且是很要害的，他可能不作直接回应，隔上三两日，拿一篇专业性很强的文章——其中多是自己所写著作的前言后跋之类，在论坛上发表出来，彰显自己的学术权威性。其言下之意，我并不是逻辑不堪的，更不是什么思想肤浅的。

本月14日，我发表了文章《捂着半边嘴巴说话的政治演讲者》，批评他引用“法治天下，思想中国”的“雅典”标签，却演绎出“只要法治专业，不要思想论争”的意见来。另加回顾他“颠倒脑袋”和“无中生有”的一贯作文之法，发出“这样为文，真理与之相伴吗”

的质疑。锐利所指，喝彩一片，网友莫先生说："赤眉老师一出马，总是能批得他体无完肤。梁教授要是好面子的人，立马会找个地缝。"卜相心先生说："赤眉先生的解剖刀，吹毛断发。"在此背景下，梁先生循例如仪，于16日发表《中国法学为什么落后？——〈法学方法论讲义〉自序》，以自我解嘲，重树形象。

注意《中国法学为什么落后？》可不是小文章。不小，不是因为文章谈的是"中国法学"这样的大问题，而是在于对中国法学这样的大问题提出那样高高在上、因而很可能是高屋建瓴式的批评，更在于：这可是梁先生所著《法学方法论讲义》这部皇皇"小书"的自序啊！

我没研究这篇文章的实质问题。我不可能被人牵着鼻子走，他研究软法，为批评他我就赶紧研究软法；他连篇累牍撰文研究裸体权，我也就跟着盲目地裸奔起来。同理，他研究中国法学为什么落后，我照样地不理他：管他中国法学落后不落后，反正我认为，岂只法学，而且法律，都是总体制度上所附之毛，并不特别关注这第二层次的问题。我只关注一下，梁教授的基本语言工具运用方面非常明显或比较明显的一些毛病，如果能改，算作我对梁先生进步的一点贡献。此类谏议式的作为，最初相交时，梁先生曾感谢过我；现心结日深，也许会破口大骂了。不管吧，只是择要道出来：

《中国法学为什么落后？》一文关于什么是科学的论证过程中，梁先生有这样一个句子：

> 因为在我看来，所谓科学，其实在根本上就是一个动词而不是一个名词，是人类探索未知自然规律与社会规律的所有活动的一种简称。

此处显示了梁教授语言学知识的欠缺。因为在他看来，“所谓科学，其实在根本上就是一个动词而不是一个名词”——表现出，他根本对名词这一概念没有了解。什么是“名词”？名词是用以表示人、事物、地点或抽象概念的名称的词汇。“张三”“桌子”“这里”“那里”（方位名词）、“劳动”等等都是名词。其中需要特解的是，抽象概念也可以是名词，前例中“劳动”即是这样一个抽象概念。同其例，梁先生认为不是个名词、而是个动词的“科学”，也是一个抽象概念——可以认为是被抽了象的寻觅事物真谛的方法，可以如梁先生认为的那样：科学直接就是人类寻觅事物真谛的一种活动。

那么，如果如梁先生认识的那样，“科学直接就是一种人类寻觅事物真谛的活动”（这个认识并没错），“科学”便不是一个名词，而是一个动词了吗？不是这样的。语言学认为，名词之一属，抽象名词（Abstract Nouns），表示动作、状态、品质或其他抽象概念。也就是说，人类“寻觅事物真谛”这种活动，或这种动作，被人类以语言形式表述时，它的词性状态属于名词；也就是说，“科学”这个名词并不因为它是个名词，便否定了该行为的“活动”性质、“动作”性质——这个名词恰恰代表了一种活动或动作，无须学问家们特费口舌，特作研究！

梁先生对“科学”是个动词而不是个名词的认识错误，在他同一表述的后半句里便露了馅。错误必然包含着不可自救的矛盾和冲突，错误发生的一瞬，便是这种冲突和矛盾展示出来的一瞬。梁的后半句是：

（科学）是人类探索未知自然规律与社会规律的所有活动的一种简称。

“科学”不是个名词，怎么能是个简称呢？简称，不用名词，又怎么“简称”得起来呢？

教授，教授，其学问应当是高深的，知识应当是全面的。语言表述如此不严谨，一句话（中间没有句号，只有逗号）中，后半句扇了前半句的脸，是当不起教授之称的！

扩展一下关于名词的知识：“科学”有四种词性，一、名词，二、形容词，三、副词，四、动词。“热爱科学”，“科学”是名词；“做出科学的结论”，“科学”是形容词；“要科学地安排时间”，“科学”是副词；“他正在‘科学’这件事情呢”，根据词性活用的原则，“科学”是个动词，表研究、窥探、发现等等。

再谈第二个问题。梁教授这篇文章的第一句话，也是这篇文章开宗明义的第一个段落是这样的：

> 这个问题困惑了我许多年，最近，我才开始有了一点属于自己的答案——因为我们还没有习惯于把法学当作科学来对待。

困惑了梁先生多年的“这个问题”是什么问题呢？为什么“这个问题”的答案是“因为我们还没有习惯于把法学当作科学来对待”呢？读第一段让人莫名其妙，如堕五里雾中。但梁先生心里是明白的，他把文章的标题“中国法学为什么落后”也当成了第一自然段的内容，也就是说，在梁先生心里，文章的标题既是标题，也是正文的一部分。虽然你认为，标题是标题，不应身兼二职，但梁先生还是让“厂长”同时兼任了“党委书记”，不，让厂长同时兼任了工人，让将军同时担任了士兵。于是你便明白，构成梁先生的文章第一自然段的第一句话，其实是说：

中国法学为什么落后？这个问题困惑了我许多年，最近，我才开始有了一点属于自己的答案——因为我们还没有习惯于把法学当作科学来对待。

表达是很明白的，但你要破了常规去阅读，因为我们的梁先生破了常规来写作！

好了，到此打住。只说最后一句，梁先生治学不够严谨，今天的探讨是百例中的一例。此例中，他是诚实的，错在不知。但，颠倒脑袋法、无中生有法、捂着半边嘴巴说话法，则是不诚实的——此种不严谨不是缘于内心认识中的固有错误，而是有意为之，谁不知道“颠倒脑袋”“无中生有”“捂着半边嘴巴说话”必与真理无缘呢？

2009年11月18日

捂着半边嘴巴说话的政治演讲者

前按：

真诚，真诚，又涉及真诚！我们无限地谈文章，要无限地涉及真诚。“法治天下”和“思想中国”，构成同一LOGO的左右两翼，怎可以切割开来，各取所需呢？

不想说，真的不想说，事情简单到它不是语文问题；可严格说来又是语文的本质问题，修身养性弘志才可以写出好文章，写出无所偏颇的好文章。

“雅典”论坛高高飘扬的军前大纛赫然上书八个大字：“法治天下，思想中国”。从这旗号上，任何一个读书人都会读出如下含义来——这个论坛不只是狭隘地谈论法治、法律的；与纯粹的、专门的法学论坛不同，它将法学上升到社会、政治思想的高度，以人类整体认识的至高水准俯瞰学术，综中国社会生活的全部问题科学地解答、处理中国社会生活全部问题中的法治问题。然而，梁教授这位民主政治的反派人物—— 一位对中国政治怀着极深关切的保守者，日前却捂着半边嘴巴发表他的政治演讲，在他的《给“雅典”论坛管理层的建议》中，他一边不得不完整地引述“法治天下，思想中国”八个大字，另一边将八个大字的含义处以磔刑，“法治天下”是他保留的，“思想中国”则从应然而为的理解中铡割出去。

在这篇以对自由人士围剿和歼灭为目标的演讲中，梁教授说：

建站初期，我国著名法律家江平先生为网站作出高瞻远瞩的题词“法治天下、思想中国”，这个题词应该成为网站自身的奋斗目标和宗旨，同时也应该成为网站自身的建站标准——网站也是“天下”的一部分，既然网站的管理者和参与者主要都是法律人和法学爱好者，那么就更应该“法治网站”，这是天经地义、顺理成章的——法律本身就是一种社会稳定工具，在任何一种社会中，法治与法律的功能和作用都是保守性的、建构性的而不是破坏性的。在人类法律发展的任何时候，作为一种保守的力量，法律永远都是社会的堤坝而不是社会的炸药，法律的最高价值就是驱除扰乱社会稳定的分子、罪犯以保持和谐、稳定，这也是法治的最高价值所在。这就决定了在法学专业网站中不应该出现违背现代法治精神、违反国家法律的言论与行为——作为法律人，他的心灵必须处在“法律的光荣枷锁”之中，他的言论与行为也不应该在政法类敏感问题上口无遮拦、肆无忌惮——这样的人就不配做一个真正的法律人和法学爱好者！

显然，梁教授认为，“雅典”论坛应当去掉“思想中国”的办站目标，将论坛的言论狭囿在“法律的光荣枷锁”之中，只谈“抗日者处死”的法制戒规，其他一切都在“莫谈国是”的范围。他的理论十分清楚，法律永远都是一种“保守的力量”，“法学专业网站中不应该出现违背现代法治精神、违反国家法律的言论与行为”。梁教授认为，“雅典”论坛的功能与中央宣传部的功能一致，“雅典”论坛的讨论应当比大学教研室里的讨论和研究更保守一些，囚徒们——“雅典”的网友们应当时时检查自己的手脚，看是否不小心伸到了国家法律的“光荣枷锁”以外。

梁先生真的十分可笑，援引的是“法治天下，思想中国”八个大字，顺口说下去，却使其中的一半——“思想中国”——的含义不知所踪。

梁先生自诩是“雅典”论坛里最讲逻辑、最具理性的人，常常嘲笑他的对手们不具基本知识，缺乏基本的理性思考能力，怎么能够在大雅之堂上发言。我们正可以借他的这次演讲窥探一下这个嘲笑者本人，这样捂着半边嘴巴说话的治学者是否能够研究出什么真理！

必须指明的是，梁先生百分之百地主张将“雅典”办成一个专业的、权威的法学网站，但他自身却是一个极其热衷政治的法学教师，只不过他站在极端保守的政治立场上热衷罢了，哪里真的主张学术的象牙塔！随便掀看他的博文，《什么是自由》《群众是虚妄》《也谈公民议政》《用马克思主义分析中国的公平问题》《当代中国的主义问题》《当代西方思想界对其传统人权观的反思》等等等等，政治类文章占其总文章的半数以上。

他的政治保守情结是十分激进的，在“雅典”论坛，除了稍逊于提出“从肉体上消灭右派”极左口号的那位从美国回来的博士以外，梁差不多独居鳌头了。即使在这次演讲中，梁也恶狠狠地建议：“网站管理层应该驱逐几个喜欢讨论政治敏感、政治牢骚、八卦问题的人，喜欢展示自己的阴暗、仇恨心理的人，省得这些害群之马危及网站安全。”

回归本题，梁教授捂着半边嘴巴说话，使我们轻易地窥知这样的人是否能够研究出真理。但能够提供这样答案的并不限此一处，其割裂真理、蒙蔽真理之手法是成套的。因为与本文的题旨有关，其他笔者曾经批判的两种手法回顾如下：

一、颠倒脑袋法

将西方学者的学术理论颠倒脑袋使用，作为他政治保守的理论根据。典例是梁对罗尔斯的“差别理论”的解释和援引。罗尔斯认为，由于人的出身、天赋、文化、教育等等不同，人的地位表现出差别是一种必然；但国家（政府）应当通过差别政策调整这种差别，使这种差别最有利于弱者的发展，以促进社会的整体发展。梁教授将此弱者立场上的差别理论置入中国，为中国的强权、强势者使用。他援引罗尔斯说，依据“差别理论”，差别是必然的，中国目下的分配不公，是一种极自然、极合理的现象——于是令人忐忑不安的中国高达0.45的基尼系数成为一种合理，中国严重的财富分配不公成了天经地义（详细批判见拙文《罗尔斯差别原则与梁教授差别原则的差别》）。

二、无中生有法

为丑化敌手，甚至仅仅只是为了自己制造文章，扩展文库，梁可以无中生有，先编造一个极其离谱的观点，加于对手头上，写下皇皇万言，予以批判。当然头头是道，但阅者最后一查，被批判者哪儿有这样的事实？哪儿有这样的观点？（详细批判见拙文《反对美国填太平洋，反对连战纳妾》）。

不但梁先生自以为自己是最严谨的真理捍卫者，最理性、最逻辑化的思想问题探讨者，一些知名士人为立场所蔽，也对梁的水平持同样看法。故常出现梁的文章下边阅者才三两人，而荐票却已推至八九票的情况。今具此文，在梁先生前已表现的两种手法之外，再加“捂着半边嘴巴说话”之法，供各路方家研究，在如此缤纷怪异的手法之下，真理与之相伴吗？

2009年11月14日

文不对题——什么事情使吴先生如此为难呢?

前按:

按吴教授本心,他这篇文章的题目本应是这样的:“杨佳案尘埃落定,圆满地实现了实体正义和程序正义”,但他却命题为:“杨佳案尘埃落定,程序正义之路任重道远”。反了,完全反了,于是出现了语文上的低级错误:文不对题!

是无心之过,还是环境导致的委曲?按吴教授的本心命题,人声沸沸,群情不依。于是,题目成了内容的掩饰。据吴教授和他的战友梁先生后来的解释看,他是想借此案不具有讨论程序正义的价值,来说佘祥林、杜培武案程序不公。那么,他应当纠内容以符合题目啊,但他只把杜、佘之事在文章内容中以括弧中的五七个字予以标记,谁能认为他是以杨案为由头,借杜、佘两案说事的呢?那么,为什么不敢加重杜、佘之事的叙述,以表明“程序正义任重道远”呢?这样的犹豫不是来自群众的压力,是怕这样写司法当局不依。两面夹击的顾虑中,牺牲什么?牺牲文章,牺牲文人的尊严和面子,哪怕它文不对题。所以,语文问题涉及环境问题;环境问题又涉及文人的内心意志问题——或者不写,或者按自己的意志写。

环境,是人的环境,人,是环境中的人,两者互为改造,两者皆需改造。

杨佳26日被核准并执行死刑以后，吴教授当天发表文章《杨佳案尘埃落定，程序正义之路任重道远》。将这样的题目格式化之后，是说：A已经完成，但B还没做，或做得很少，以后必须做。据此格式推演，吴先生的文章当然是说，杨佳已经处死，但程序正义欠缺得很，以后争取程序正义的道路还很长——任重道远！这显然是对杨佳案件程序合法性持否定态度。我很诧异，战争结束了，他也胜利了，吴教授反而由杨佳案件审理程序的拥护派变成非议派了。禁不住好奇，打开博文看了文章的全部内容。令人好笑得很，吴教授竟然是在用否定的题目写着肯定的内容，这不是用“黑夜”作命题，却在文章中写着白天的景象，或者，用“白天”作命题，却在文章中写着黑夜的景色吗?

文不对题，是知识分子的大忌，那是连小学生都十分害羞脸红的事，但吴教授顾不得了。内心委曲得很，明明知道知识是应该这样使用的，但由于不可道说的原因，使吴先生做了宁在知识、道理上失面子，决不在有关权衡上失利害的选择。吴先生在前述A、B格式下，一违常识，竟然写的是“A做完了，B也做好了”的内容——对他全文意思做准确的表达，那意思是说：杨佳案件审结了，判他死刑正确得很，程序正义搞得也十分好，那些说程序上有问题的，完全是吹毛求疵！既是这样，为什么说“程序正义”还“任重道远”呢?

以下让我们分析一下吴先生的这篇妙文:

吴先生的这篇文章告诉我们，虽然骂他的人多，但拥护他的人也不少，只不过有“一群人有组织的攻击和谩骂，党同伐异，谁还敢再明确表示支持呢?”似乎吴先生是在白区做地下工作，统治势力都不是自己人，于是他和他的人只好打游击，躲躲藏藏。

为了进一步说明自己其实是站在真理这一边，吴教授找了一位台湾“知己”来说事儿。据文章说，这台湾“知己”竟然也首先表明自己不是知己，是准备打电话来骂他的，但后来知道了吴先生的身份——法学教授，于是改为讨教了。无疑，那位台湾“知己”也是审判程序合法性的质疑派。所以，吴先生一一做了解释，主要内容是这样的：

> 我告诉他，刑事审判的程序不可能做到尽善尽美，或许是存在一些问题，但有些是属于网民对法律制度不理解（如证人出庭作证的规定），有些是属于法官裁量的范围（如鉴定结论的审查和判断），有些是属于司法体制的差异（如陪审的问题），有的是属于证据关联性的问题（如杨母与案件的关系），有的属于司法实践的程度问题（如审判公开的范围），并没有充分的证据表明杨佳案的审判存在重大的程序违法（如杜培武案的刑讯逼供），也没有司法不公导致冤假错案（如佘祥林案）。如果每个案子都这么吹毛求疵的话，那么我敢说一百个案子一百个有问题。

你看，有的属“网民对法律制度不理解”问题，有些“属于法官裁量的范围”问题，有的“属于证据关联性”的问题，有的“属于司法实践的程度”的问题……这些问题都是可这可那的问题，属于怎样做都不是问题的问题，因而杨佳案件的审理是没有问题、合乎程序的审理。你如果要提出这些问题，便是吹毛求疵的问题，那是你的脑子有问题！

其中最不可理解的是，吴教授将杨母与案件的关系，仅仅说成是“证据关联性的问题”，而不是一、二审律师辩护权合法性的问题；也不是对杨佳所做的精神病司法鉴定合法不合法的问题；还不是关系到办案人员偏离了居中立场，因而侦查中得到的证据能否作为证据使用的问题；更不是国家公权力作为一体，倾斜于对受害方的保护而轻视了对被告人权利的保护，这样的背景下还能不能公正审判的问题。

事实上，人们提出的这些问题都属于公正审判的基本问题。我们说，杨母被关押在精神病院与律师辩护权的合法性直接相关，是因为：杨母被送往精神病院，应当属于无民事行为能力人，不能对一审中的辩护律师出具委托书；如果能够出具委托的话，二审审理中为什么又由法院指定辩护律师？

我们说杨母被关押在精神病院与杨佳的精神病司法鉴定的合法性直接相关，是因为：精神病遗传的可能性极高，但司法鉴定的过程中却没有考虑杨母患有精神病被送往精神病院这一事实——司法鉴定人员根本没有到北京观察杨母的疾病情况！

我们说杨母被关押精神病院关系到办案人员偏离了居中立场，因而在侦查中得到的证据根本就不能作为证据使用，是因为：上海公安是被杀警员的所属单位，由之办案本来就违背了回避规定；加之上海警察到京的第一件事情是把杨母关入精神病院，严重侵犯杨母的人身权利，已属于复仇行为，由之办案，其公平性当然应当受到人们的质疑。

至于人们认为，在杨佳案件中，国家公权力作为一体，倾斜于对受害方的保护而轻视了对被告人权利的保护，这样的背景下便不可能公正审判，也是有道理的。因为，在杨母问题上，无论上海公安、一审法院，还是二审法院，都无法从合理性的角度解释自己的作为。上海公安有什么依据，把杨母当成精神病人关入精神病院？既然认为把杨母当成精神病人关入精神病院是合法的，一审法院为什么认可了由“精神病人”出具给律师的辩护委托书？二审法院认为由一位精神病人出具委托书是不合法的，改为指定辩护，那么一审的刑事审理便存在着“辩护权”方面的重大缺失，其维护一审判决的二审裁定便失去了合法基础。

那么，吴教授为什么认为杨母被关一事与这四个问题均没有关系呢？难道真的像吴教授说的那样，杨母虽然可以为杨佳（在上海）挨打没挨打作证，但她的证言并非直接证据 ，并且没有关联性 ，因而杨母的问题根本与案件审理的公正性无关 ，是完全不必讨论的问题吗?

吴教授真的会避重就轻，也不怕另一制度之下的台湾人民笑话我们，他们可是正在审判一位威名一世的前“总统”啊！

吴教授说这样的话，旁边的人真感到他在为社会主义制度丢脸，为社会主义法治丢脸，党和国家领导人听到他的回答，一定会批评他。不知道那位本来准备骂吴先生，后来了解到他的法学教授身份之后，转念又不骂了的台湾先生，在听了一番如此荒唐的回答之后，会不会又作一番转念呢?

确实不要看吴教授文章的题目说什么“程序正义任重道远”，他的内心深处究竟关心不关心程序正义还真的很难说呢。他在文章最后以刘涌案为例表明了他的态度，他说：“当年刘涌案，因为刑讯逼供的情节，辩护律师曾经提出质疑，但很快就被网上一片喊‘杀’的声音淹没。中国的老百姓，从来都是重实体而轻程序：结果正确，程序不公正也没有关系。”说到这里，他只剩下一句“质问”没表达出来了：愚昧的老百姓们，审判刘涌时你们都不要程序正义，杨佳案你们要程序正义干什么呢?

到此，本可以收束了，他的意思表达完了。但为了与题目一致，使矛盾的内容在形式的表面上统一起来，吴教授最后犹抱琵琶半遮面地说：“中国的程序正义之路，任重道远矣！”

但这话说了以后，他本人是不是又像他刚刚批评的那样：“如果每个案子都这么吹毛求疵的话，那么我敢说一百个案子一百个有问题”了呢？

真是左说不是，右说也不是。吴先生，什么东西使你如此为难呢！

2008年11月27日于北京盛福大厦

说“文不对题”之后再说“前言不搭后语”

——再与梁教授讨论文章的写作问题

前按：

逻辑，是结构文章的基本要素，是文章程序方面的灵魂，大前提、小前提、结论构成的三段论则是逻辑的基本方法。本节所批评的文章，违背了三段论的推演规则。文章作者在小前提中耍了鬼，缺乏符合规则的中项，因而大前提与结论之间缺乏合法的连接。于是，他的文章是一种欺骗：我们说，东山无树，他指着西山说“那里有树”，智力不济的人被他耍了过去，以为东山有树。

文章中的逻辑运用不可能像生活中的逻辑运用一样是简单的、明了的，揭露诡辩需要明目。本文所批文章在小前提的设置中偷换了概念，说文章的“标题”忽忽悠悠地说成了“内容”，结论又忽忽悠悠地回到“标题”上去——逻辑的道路不是山河，旅行者凭借车船舟楫，换船换车你必然发现——于是你被骗了，骗到他所指引的岔道上去！

前几天，吴教授发表《杨佳案尘埃落定，程序正义之路任重道远》一文，犯了文不对题的毛病，我撰《文不对题——什么事情使吴先生如此为难呢？》进行评析。针对我的“文不对题”一文，梁教授写《与陈更先生讲点“小道理”》回应。该文共三段，其中第一段的标题为：陈先生凭什么瞎猜吴先生的文章标题的意思？在梁先生的这段文字里我却发现了“前言不搭后语”的毛病，特撰此文评论。救洛不彻，许都被围，我为梁先生感到难过。现将梁先生“前言不搭后语”的毛病简析如下：

我在“文不对题”一文中说，吴先生的文章题目是——“杨佳案尘埃落定，程序正义之路任重道远”。将这样的题目格式化之后，是说：A已经完成，但B还没做，或做得很少，以后必须做。据此格式推演，吴先生的文章当然是说，杨佳已经处死，但程序正义欠缺得很，以后争取程序正义的道路还很长——任重道远！这显然是对杨佳案件程序合法性持否定态度。我很诧异，战争结束了，他也胜利了，吴先生反而由杨佳案件审理程序的拥护派变成非议派了。禁不住好奇，打开博文看了文章的全部内容。令人好笑得很，吴教授竟然是在用否定的题目写着肯定的内容，这不是用“黑夜”作命题，却在文章中写着白天的景象，或者，用“白天”作命题，却在文章中写着黑夜的景色吗？

梁教授断然认为，我对吴先生有关文章的标题的认识是瞎猜，吴先生的文章标题自有其本来的意思，并不应当理解为我所认为的那样。梁先生的论证过程是这样的。照抄如下：

> 我不知道陈更先生是如何理解汉语的，但是我知道陈先生显然不明白“任重道远”一词究竟是个“批评性”的词还是赞扬性的词了。更不明白陈先生如何从标题中就认为“他终于表态：杨佳处死是应当的，但处理程序上确实问题太大”的。
>
> 吴先生的原话是：“杨佳案中除了一些不能算作程序违法的瑕疵外，并没有重大的程序违法问题（细节容我们再探

讨，因为那不是那篇文章表达的重点）。因为，利用这个案件作为呼吁程序正义并没有任何优势。”吴先生的这句话，说得本来很明白：上海法院的判决基本符合程序正义，某些网民却以为上海法院不符合程序正义，他们“利用这个案件作为呼吁程序正义并没有任何优势”（这是因为某些网民对什么叫程序正义愚昧无知的原因所致）——但是，这个正确的判决并不等于中国的程序正义已经完全实现，而法律人教育无知网民的任务艰巨、任重道远啊。

所以，吴先生的文章标题《杨佳案尘埃落定，程序正义之路任重道远》本身并没有谴责和批评上海法院的意思在内。恰恰相反，吴先生是用这个标题表明他是想要批评一些无知网民（例如那位台湾网民）的！只要陈先生仔细阅读吴先生文章的全部内容，自然会明白这个标题的基本含义。

梁教授的这些话完全是前言不搭后语，认清这种前言不搭后语是要有些功底、下些功夫的。一般人或者缺乏思想训练，或者太忙不愿多下功夫，囫囵吞枣读过去，当然弄不清其中破绽。今天笔者在这里下功夫作些分析，帮助大家了解一下，权威们有时候也会犯些不可理喻的错误。

要分析这个问题，必须将语言层层简化，简化到便于大家看出其中逻辑关系来。简化后的梁先生的前述论证过程是这样的：

不明白陈先生如何从标题中就认为“他终于表态：杨佳处死是应当的，但处理程序上确实问题太大”的。

吴先生的（文章内容部分）的原话是如此如此的。

（“文章内容部分”这几个字是笔者增添进来的，但梁先生的引用的确全部来自吴先生的文章内容，而不是其他。）

所以从吴先生文章的标题看，根本不是陈更先生理解的那个样子。

再简化一下：

你（陈更）怎能从标题中就认为吴先生是这个意思呢？
吴先生文章的内容明明是那样写的；
所以从文章标题中根本无法得出你所认为的意思！

认为“从标题中”不能得出这个意思，那就只能引用标题，分析标题，最后得出能不能“从标题中”得出“这个意思”的结论。认为“从标题中”不能得出这个意思，却引用的是文章内容，而不是标题内容，最后得出不能“从标题中”得出“这个意思”的结论。——这里确实潜藏着一个形式逻辑上的错误，通常说，这叫作前言不搭后语。

你怎么认为这个盆是方形的呢？
这个缸明明是圆的！
所以说这个盆不是方形的。

将“标题”换作“盆”，将“内容”换作“缸”，你就立即意识到其中的逻辑错误，意识到论辩过程中的前言不搭后语了。较深的理论阐述，并没有改变初始事物中所包含的基本逻辑；违背这些基本逻辑，必然意味着理论的不成立。

语言的艺术，首先是思想的艺术。不是灯笼在放光，而是蜡烛在燃烧。

那么，前言不搭后语，究竟意味着什么呢？是思想的昏暗，抑或是故意地“忽悠”？

2008年12月2日20:08

法律调整的是社会关系，不包括人与自然的关系

——与梁教授讨论

前按：

知识，是文章的血肉、骨架，组织文章必须具备相应的知识。不识那砖，怎垒那墙呢？

法律是在人与人之间设定权利、义务的，不是在人与动物、人与自然间设定权利、义务的。本节所批文章，将法律架于人和动物头上，让人和动物共适于一部法律。违背了这方面的常识，便破坏了欲在这方面立论的文章。

把话说得再明白一些，以人为主体的法律是“人国”的法律，以人和动物为主体的法律天国里才有。可所批文章的作者谈“人国”的法律却谈到天国里去了！

梁教授近日著文《论西方传统人权观的理论缺陷与伦理危机》批评西方的人权观念，意在说明中国人所享有的人权是相对最完善的，人权概念的创始之地——西方，其关于人权的观念在理论上简直混乱得一塌糊涂，不要听他们的。

梁教授的这番言论受到众多人的质疑，但他仍以表面上极其理性的姿态，对这些“糊涂者”们循循善诱。对梁教授关于西方人权理论的整体看法，暂不予置评。本文仅从该文的某些具体内容，看一看他的写作是否严肃，是否理性。

该文在第三节“西方人权观是反生态保护主义的”之下说：

> 西方法律传统下的“权利本位”价值基准是建立在这样一种认识之上的：人的生命在生态世界中具有独一无二的价值。因此，人对其他生命形态所采取的任何行动（这种行动在以往和现在主要表现为侵略、征服和消灭而不是保护）都是“对客观世界的改造”。因此，就整个生态世界来说，以“人的权利”作为法律的价值基准，实际上是人类沙文主义的一种表现。……人类的理性将不会容许临界点的被越过，但根本问题之解决却需要对源自“人类沙文主义”的“权利本位学说”进行扬弃。

该文在第四节“将‘人权’极端化导致其法律实证理论的畸形”之下又说：

> 在西方法律传统下，在围绕着我们周围的各种各样的法律之中，规定了许许多多的“人的权利”，但是，我们难以发现规定人对其他物种的义务并将这种义务作为其他法律上权利和义务的根本性和出发性的规则或者基础性法律。

在第一引文中，梁教授认为，西方的法律体系强调人权，其实是在人和其他物种之间强调一种大人类主义，人类沙文主义；在第二引文中，梁老师进而质问道：西方法律规定了许多关于“人的权利”，为什么不规定人对其他物种的义务呢？

作为一篇法学文章，梁教授的这种说法使读者非常疑惑。法律调整的是人与人的关系呢，还是调整人与人以及人类之外的自然万物的关系呢？

打开书本，法律调整的对象是社会关系，再打开书本，什么是社会关系，社会关系是人与人的关系的总称。说到底，法律调整的外部边缘止于人，并不涵盖包括其他物种在内的自然万物。既然法律根本不涉及其他物种，何来西方法律如果强调“人的权利”就表现了对其他物种的蔑视呢？相反，如果哪国国会制定法律，规定人对狗、对狮、对豹、对鸡、对草履虫、对万里草原和浩瀚沙漠应当承担什么义务，那不成了旷古笑话？

人对自然和其他物种的尊重，表现在环境保护法和动物保护法中，环境保护法和动物保护法与其他法律一样，都是人的法律，是通过调整人与人的关系，间接地实施对于包括其他物种在内的自然环境的保护。人对另一个人所养动物所承担的义务，是首先将该动物视为某人的财产，通过对该人财产的保护，来确定一种责任。

要言之，法律调整的是人与人的关系，人与人之间的权利义务关系。法律的至远边界达不到除人以外的其他物种，所以仅在法律的范围之内，无法看到西方法律的下辖概念“人权”一词具有人类沙文主义的倾向。

梁老师对西方人权的指责缺乏逻辑，所以我推断，他失却理性，因而他的关于西方人权的总体看法的正确性也值得怀疑！

2009年1月27日

小论梁教授对人权和法律的无节制的否定

前按：

本节所批文章认为，人权的基本含义就是利己与自私，并以此展开批判。他忘了：权，权利，即Rights，正确，正当。那么，人权，是不正当、不正确的利己与自私么？

文字好画，文章不好写！

梁教授《论西方传统人权观的理论缺陷与伦理危机》一文旨在批判西方传统人权观的正当性，但他在该文的序言中却开宗明义地认为：

> 人权的实质是什么？人权实质上就是一个人对自我欲望和需求的满足，因此，人权的基本含义就是利己与自私，而法律上的权利则是给这种利己与自私赋予了合法性与正当性。

这样，他所批判的不只是西方人权观，其批判的是人权本身，以及保护人权的各国法律，包括西方法律和中国法律。从严格的语言意义上说，梁教授对人权的否定出现了无节制的势头，其否定的边界涵盖了人类文明的重要领域——整体上的法律。

为什么这样说呢？因为梁教授认为，“人权实质上就是一个人对自我欲望和需求的满足”，此处的“自我欲望和需求”显然是指人作为动物的无节制的原始欲望和需求——在此逻辑环境里，梁教授不可能做出第二种解释。而人的原始欲望和需求如果无节制地得到满足，那么就有可能支持抢掠行为、强奸行为和剥夺与已不合者的生命的行为。因而，在这样的定义之下，应当否定的不只是西方的人权观，人权的本身也应当被否定。

梁教授又认为，“法律上的（注意是‘法律上的’，不是‘西方法律上的’）权利则是给这种利己与自私赋予了合法性与正当性”。既然无节制的原始欲望所构成的“利己与自私”是不义的、应当被否定的（指合理的欲望以外的部分），而法律却赋予这不义的、应当被否定的事物以合法性和正当性，这样的“法律”当然也应当予以否定，无论它是西方的、中国的。

梁教授对于人权和法律的概念和释义，太大胆了，大胆得让人无法想象。我想，这不只是他的语言表述问题，也的确是他的思想问题，梁教授的思想确实出现了错误。

那么，让我们看看，人权的实质果真是无所限制的原始的“自我欲望和需求的满足”吗？显然不是。在同一文章中，梁教授承认人权就是“人的权利”。那么，让我们看下什么是权利，然后再来详究人权的性质。

什么是权利？从词源学上讲，权利与“正确”“正当”为同一词源，即Rights。这说明，权利即便在没有进入法律领域，仅仅止于道德范畴或其他社会范畴时，它即与无所限制的人的欲望和需求有了区分——权利，首先要有正确、正当的内涵。原始的欲望和需求具有无节制的不正当的部分，摒弃了无节制的、可能有害于他人的部分的欲望才能被称之为权利。

基此认识，学者们说，权利是为道德、法律或习俗所认定为正当的利益、主张、资格、力量或自由。基此认识，学者们又说，权利是现代政治和法学的核心观念，其意义为个人自主性为正当。基此认识，学者们还说，权利的构成不但以权利人、义务人作为主体要件，以作为、不作为等作为内容要件，而且还以是否符合道德等作为价值要件。

也就是说，权利本身是受到限制的，它已经具备了道义、正义、合理、不侵害他人等正当的性质，那些有害他人和社会的“欲望”已经被摒弃于权利的概念之外。那么人的权利，即人权，作为权利的一个下属概念，它的正当性亦必然地前置于其中。在此情况下，法律对正当性已经前置其中的人权再以特定的形式赋以正当性和合法性又有什么不妥呢?

本文的意旨不在于论证人权的具体概念、人权的边界、人权与国家权力的关系等更加具体的学术性内容。本文的意旨同上篇文章《法律调整的是社会关系，不包括人与自然的关系》一样，仅在于指出梁教授的文章是不严谨的、非理性的，因而其关于西方传统人权观的看法不可能是科学的。

借此文章，也劝朋友回首看看去年关于《反对美国填太平洋，反对连战纳妾》论争的必要性：人类关于人权的法律是鼓励无节制地欲望膨胀么?不是，又批判什么呢?

2009年1月28日

罗尔斯的差别立场与梁教授差别立场之对照

前按：

诚实，诚实，还是诚实。罗尔斯说的什么，本节所批判的文章的作者十分明白，不像其他地方，他可能是糊涂的。唯其不诚实，他将罗尔斯的理论颠倒了脑袋使用，侮辱了罗尔斯，也侮辱了读文章的人！

我们注意到梁教授正利用“雅典”论坛所提供的平台，对西方传统人权观念进行系统的批判。前日发文《论西方传统人权观的理论缺陷与伦理危机》，今日发文《当代西方思想界对其传统人权观的反思》。这是“五四”以来 （除“文革”时期）的崭新现象，甚值得关注，也甚是有趣。

在《当代西方思想界对其传统人权观的反思》这篇文章中，梁列举了五位西方硕儒的关于人权、自由的学说，对中国人追求自由、人权的行动进行鞭挞，对中国近一阶段关于自由、人权的呼声提出批判。

在五位硕儒中，他借助约翰·罗尔斯在其《正义论》中提出的“实施自由原则同时实施差别原则”的理论，对国人近一阶段关于自由、人权的讨论进行攻击。梁认为，连西方学者包括罗尔斯也认为，“自由、平等、人权等概念，是纯粹主观性的，是被人为地确定的，因此决定了它只能是应然的”，而你们却希望在中国的土地上实现这样一些权利，岂不笑话！

远在太平洋彼岸的约翰·罗尔斯如果有知，将会对梁教授对他的“差别理论”进行如此的使用，感到羞辱，感到愤慨。因为梁的使用恰与他建立这一观点的目的相反，恰与这一理论所要表示的政治、哲学寓意相反。约翰·罗尔斯会指斥说，我建立差别理论的目的是为了保护弱者，实现公平。你引用我的差别理论却是为了替贵国固有的强势者以种种不合法手段所攫取的不合理的垄断地位张目，而使弱者更弱，在政治上更没有发声机会，在经济上更没有平等分配的可能。

为什么说罗尔斯有知会如此气愤，让我们将罗尔斯的差别主义理论的内容与中国自由主义者争人权、争自由的抗争的内容进行对照，一切的一切便彰然可知：

> 经过对政治和经济体制的综合考察，罗尔斯在其巨著《正义论》中对正义原则作了完整的表述（见《正义论》第46节）：
>
> 正义的第一个原则：每个人都应有平等的权利去享有与人人享有的类似的自由权体系相一致的最广泛的、平等的基本自由权。
>
> 正义的第二个原则：社会和经济现实中的不平等的安排应能使它们（1）符合地位最不利的人的最大利益，符合正义的储蓄原则，以及（2）在公平的机会均等的条件下与向所有人开放的官职和职务联系起来。
>
> 第一条优先规则（自由权优先）：正义原则应按词汇序列来安排，因此自由权只有为了自由权本身才能受到限制。这里有两种情况。（1）不太广泛的自由权（一些人的自由权

在事实上受到的限制）应能使人人享有的自由权总体系得到加强；（2）不太平等的自由权必须是具有较少自由权的那些人能够接受的。

第二条优先规则（正义优先于效率和福利，也即差别原则）：正义的第二个原则在词汇序列上优先于效率原则和最大限度提高利益总量的原则；而公平机会优先于差别原则。这里有两种情况：（1）机会的不平等必须扩大具有较少机会的那些人的机会；（2）过高的储蓄率在总体上能减轻为此而受苦的人的负担。

由上可知，罗尔斯的最基础的理念是自由。但是，由于他意识到因为人们天赋、出身等方面的不同，会造成社会、政治、经济地位上的事实上的不平等，因而这种单独的自由优先的原则会影响社会正义。所以，他提出了差别原则，利用差别原则对弱者进行补充或补偿。他认为，社会上每个人的政治、自由权利可以有差别，但这种差别在总体上看必须是有利于弱者的差别，必须符合社会正义的最大积累（储蓄）。

罗尔斯的差别理论是弱者的差别理论，是穷人的差别理论，是政治上无地位的人的差别理论；是限制富人的差别理论，是限制政治权势人物滥用政治权势的差别理论。罗尔斯对弱者的袒护以至于触怒许多更愿意站在权势立场上的人物，他也因此而饱受攻击。最著名的攻击来自诺奇克，他在《无政府、国家和乌托邦》（中国社会科学出版社）中对罗尔斯的“差别原则”进行了颇为全面的批判。在诺奇克看来，不考虑自然禀赋、环境偶然性、主观努力等因素的平等显然是荒唐的。他举例说，如果人们乐意花更多的钱看篮球明星张伯伦（Wilt Chamberlain）打球，从而让这位球星挣的钱远高于其他球员，难道他没有资格得到这些钱吗？难道观众们会基于平等的观念而抱怨球星挣了太多的钱吗?

我们暂不说罗尔斯和他的攻击者诺奇克谁对谁错，罗尔斯的差别理论袒护弱者并受到强势立场上的人物的攻击却是事实。

这里，让我们看一下中国的自由主义者、人权主义者在弱势与强势上所选择的立场如何。中国的自由主义者和人权主义者批评国家权力太大了，并且滥用了、限制了人民的自由；中国的自由主义者和人权主义者批评政府所制定的经济政策偏袒既得利益者集团，而罔顾广大农民和城市一般群体的经济利益，致使中国成了基尼系数最高的国家；中国的自由主义者和人权主义者向政府争取游行示威的权利、言论自由的权利、集会结社的权利、公民投票选举自己的领导人的权利——而这一切，的确是他们现实中所没有的或较之于适当水平显得不充足的。也就是说，中国自由主义者和人权主义者批评矛头的指向，正是罗尔斯的差别理论所欲以限制的强势力量，他们为之发声，为其主张利益的，也正是罗尔斯所主张法律赋他们以“差别”，从而给他们以补偿，以实现社会普遍的、总体的公平正义的一方。

梁先生拿罗尔斯这块大石头，砸罗尔斯的差别理论欲以保护的人，却去保护那些罗尔斯的差别理论欲以限制的人，这不和罗尔斯的愿望背道而驰吗?

罗尔斯，远在美国，一般情况下，他看不到你的这些话和你本人，对于你所看不到、他也看不到你的人，是不能对他和他学术实施侮辱的!

中国学者，在学术上，应当有最起码的道德底线!

2009年1月30日

对梁老师《小小声明》的回应——还是批评

前按：

逐段批判是本文的特点，逐段批判是现代批评文字经常采用的方式之一。一般情况下，它适于较短的篇章，较长的文章力有不逮，因为它往往照抄原文与批判文字逐段对照。它的好处是，层次分明，批评直接，便于阅者核对双方观点，若观点准确，被批者难以搅扯推赖——对长篇文章，抽取观点后对照观点进行批评，则无是利，因为被批评者可能说你的总结不对。

这种批评方法看似简单，其实对批评者有更高要求。一，容不得打任何马虎眼，像“批判美国填太平洋”那样一类的写作者便根本无法写作，因为“填没填太平洋”你一对文章便马上看出来了。二，既是逐段批判，便要对所有段落表达观点的罅隙之处皆有认识——其他写作方法则可以只写自己已经认清了的问题，余事暂弃，作者可以偷懒；更重要的是，两鉴皆在，其认识的光亮度，甚至于文采如何立分高下。怯者难为！

梁教授今天在“雅典”论坛发表文章《小小声明》，在对网友们对他的两篇批判西方传统人权观的文章的热情关注表示感谢之后，对网友们所持的观点，或予以辩驳，或进行解释。这篇文章较多地方是针对我的，因为我在他的《当代西方思想界对其传统人权观的反思》一文后跟帖，把他所理解的罗尔斯的差别原则，与罗尔斯《正义论》中所表述的差别原则进行对照，对他进行较尖锐的批评，说他颠倒了罗尔斯的脑袋，是对作者的大不敬。现就梁老师《小小声明》中所表达的内容，进行再评价。我的评价仍然是批评性的，望梁老师能够谅解。本文对《小小声明》采用逐段评论的方法:

梁老师声明:

> 需要声明的第一点是：身为法律人，我从来不反对任何维护自身合法权益、争取合法人权的法律行动，包括“法律行为艺术”在内（例如以鲟、鳇鱼为原告、以污染环境的企业为被告的诉讼，这是贺卫方老师等北大法学院师生的杰作！我很欣赏他们的这个杰作）。恰恰相反，我几乎每天都在从事着为民众争取人权的工作——这是一个普通律师的天职与本分所在，我不敢稍有懈怠——在我长达二十多年的律师工作生涯中，我办理过许多案件，至今依然孜孜以求于维护人权的事业理想。无论是富人、穷人、残疾人还是罪犯，我都为维护他们的合法权益——人权——而与越来越不公正的司法审判官僚们进行着竭尽全力的抗争。我甚至多次上书最高行政机关、最高权力机关为民权呐喊、为民众的福祉与利益“鼓与呼”。但是，在理论与学术领域，我理想中的人权，不是仅仅对少数人有利的人权，而是对绝大多数人都有利益的人权——也许，我与诸位对我的学术观点持异议的朋友之间的基本差异恰好就在这里！

赤眉陈更评论：

是的，我相信梁老师每一天都在为“人”服务，每一天都在为“富人、穷人、残疾人、罪犯”服务，而不可能为“其他物种服务”。因为你是一个社会的人，脱离了社会人的属性，仅余下自然人的时候你我都得吃草！

你，包括我以及其他所有的人，仅从服务对象的意义上说，都是你的第一篇文章中所指斥的“人类沙文主义者”，我们无法从对其他物种所承担的责任或义务上弄取衣食，所以要为“人”服务。在这一点上，大家都是一样的，即使暴君金某某、恐怖主义者拉登也概莫能外。所以，为富人服务、穷人服务、残疾人服务、为罪犯们服务，并不表示你的人道主义和你的人权观，因为你要吃饭。我也做你做的这些事，但我只将这视作与吃饭拉屎同一级别的事，是生存、生命的最低层次需要，不在高尚和光荣之列！

你说“我甚至多次上书最高行政机关、最高权力机关为民权呐喊、为民众的福祉与利益‘鼓与呼’”。我知道你是有英雄主义要求的，就如你连续发表两篇这样的文章一样，出自一种自我伟大的要求。我也是这样，不表现不行，不让我有些英雄的想法不行。知识，就有这些怪异性，人本来就有这些怪异性，加上了知识就更怪异，不让表现是很郁闷的！

上书这种表现，如同你每日的工作一样，不能表现伟大。政府设信访机关干什么，还不是为了接待工作，难道接待的都是英雄？一位教授去反映情况，又是一位批判西方人权主义的教授，那真是给他们增面子。所以，上书不证明你是英雄的人权主义者。

是不是英雄，要结合时代，结合人民的内心的真实愿望，结合人民利益的真实所在来进行判断，凡与之符合的抗争行为或一般工作行为，都是英雄的。否则，则不是！做为律师的代理行为和你的某些上书行为，我基本上判断，不是英雄主义的！

梁老师声明：

需要声明的第二点是：在我们这样一个贫富分化的社会中，富人是强势集团，而90%以上的平民、穷人才是弱势集团。平民与穷人要福利，他们对政治权力归谁并不认真关心和在意，在政治上，他们是“中间的大多数”；富人要政治权力，他们对平民、穷人的福利不可能认真关心并在意。因此，在信息不对称的社会中，那种建立在个人主义基础之上的、适合于自由竞争、弱肉强食的市场经济时代的人权观是我所不能苟同的，尤其是名为争人权、实为争政权，甚至不惜为此而让别人流血的极端主义的、个人主义的人权观是我所厌恶的——只是因为我不愿意把人权问题意识形态化与政治化的原因，加之律师职业所要求的平等待人精神，使得我不太愿意表露这种厌恶情绪而已，无论是现在还是将来都是如此。

赤眉陈更评论：

中国的人权主义者，他们是站在90%以上平民、穷人的立场上主张人权的呢，还是站在自我的立场上主张人权的呢？

或者说，中国人权主义者主张的人权的内容，是人道主义、群体主义、社会主义（我也用一次）的呢，还是自我主义的个人主义的呢？我想，梁老师应当能够辨析！

是的，穷人、平民，基于其生存状况、文化状况，他们虽然享受着最低阶级的国民待遇，但绝大多数可能并不自觉。关于他们的福利的主张、经济的主张、政治权利的主张，主要是由与他们不一样的知识分子提出来的。而提出这样问题的这些知识分子的政治、经济状况并不是最差的，甚至可能是较好的或很好的。但因为他们是“富”者，他们提出的关乎人民权利的主张就可以认为不是“人民的”了吗？孙中山的革命不是人民革命吗？周恩来的革命不是人民的吗？他们可都不是穷人！

梁老师说一些人权主义者“名为争人权、实为争政权，甚至不惜为此而让别人流血的极端主义的、个人主义的人权观是我所厌恶的”。此话差矣，在美国，争政权应学奥巴马，练本领、学知识、争民心；在中国，争政权，应当首先取得某种组织身份，钻营、巴结，揣摩掌权者的用心——一遇时机，先做个西南或什么地方的封疆大吏，后入政治局，再做常委，步步高升，直逼云天。在中国，争政权却又去搞什么争人权，那不是想被请‘喝茶’或更严重的什么的吗？所以，我真不理解梁老师是怎么想的。

梁老师说，“我不愿意把人权问题意识形态化与政治化”，所以不想表达对那些“名争人权、实争政权”的人权主义者的明确反对。梁老师说这话实在是太矫情了，此话的前半句中，你说“在信息不对称的社会中，那种建立在个人主义基础之上的、适合于自由竞争、弱肉强食的市场经济时代的人权观是我所不能苟同的”，你对改革开放后略略放开的自由竞争、市场经济是多么反对，这不是政治和政治化么？也不对镜照照。

关于“人权问题意识形态化和政治化”我是这样认为的，人权问题是纯学术问题吗？它可能是纯学术问题吗？我虽然没研究过其性质界定问题，但我坚决相信，当年如果学者们把红色高棉屠戮三百万当学术问题来谈，不当政治问题来谈，那是对柬埔寨人民及那些无辜死者的侮辱：我们的尸骨如山，只换你们一个课题，让你们来旅游？我还坚决相信，今天的朝鲜人权，如不同政治相联系，不同意识形态相联系，你骗人去吧！中国的人权问题，也不是一个学术问题，不是一个单单的经济或文化问题，这一问题必然与中国的政治改革有着本质性的联系。对此，有必要回避吗？

至于，对那些打着争人权的幌子，实为争政权者，你不斗争、不批判、不揭露才真的不对呢！人权必须改善，社会稳定却不应当破坏，政治制度的嬗变应在和平中进行，这是每一个善良知识分子的愿望。对那些抱着“造反有理”思想的人，对那些希冀“打破旧世界”以便火中取栗的人，你我都应当拿出你的英雄主义精神来，与他们斗争！

梁老师声明：

需要声明的第三点是：在关于人权的学术研究乃至教学中，我不希望我们这些法学研究爱好者（尤其包括我这样的低级别、低层次的法学研究爱好者）老是跟在洋人的后面爬行、拾人牙慧！我们应该秉持科学、理性的态度与理念，采取多种学术立场，多维度、多向量地去研究人权问题。我认为我们不能也不应该把人权问题激化为政府与民众之间的你死我活的博弈与政治较量关系——我认为，如果将中国的人权问题偏执于这个方面，那才是学术研究之大忌，我不喜欢这种政治性偏执。我希望法学研究远离政治而贴近政治学。我希望对于人权的研究，应该多维度、多向量地开展起来，百家争鸣而不是一家独霸，所以才写了两篇不成样子的文字出来的，只是导致这么强烈的反响确实出乎我的意料之外！

赤眉陈更评论：

人权的任一阶段的现实问题，都是对应于国家权力、政府权力的。它不是财产权，可能在平等主体的民事主体间产生争议。另外，通常的人权受到侵犯，也不是说他受到另一个人的非法拘禁。如果把人权降格于此，关于人权的学说以及那些人权捍卫者也没有任何光鲜之处了。所以，如果不把它同政府联系起来去谈，不把它视作一种与政治的较量，那就是把人权问题虚无化、空气化了。难道可以仅把人权问题做为一种谈资？或做为一种你我知识者的特殊爱好？一种谈资，也必须是地上发生的才有谈的意义，政府、政治和社会便是“人权”的土地，离开了政治和政府，人权连个谈资也算不上了。因而，梁老师的爱好果真清高之极，与政治绝不沾泥，那就不要谈人权了。谈秦始皇之屁，可能会臭臭的！

我感觉，你的人权观点，也并不是远离政治的，学术而又学术的。与之相反，渗透着一种不自觉的深重而又怯懦的政治考量。这种考量带有浓重的中国历史气息，中国文化传统中“忠于君王、报效社稷”的历史气息。西方学术史上也不是没有，与亚里士多德大致同时代的一个什么学派呀，一个听起来很可笑的学派就类于此!

跟在洋人后边跑，不一定是可笑的。洋人在现实的中国并不是强者，打砸家乐福的事件不时发生，并不享有必受崇奉的地位，跟洋人跑并不是买办、小丑的形象。相反，跟媒体起舞，大骂美帝、法帝、日帝者才更像跟风，有时表现为一种丑态。中国现实的强者是什么，跟着这个“什么”扬声，作为一个以清高自诩的知识分子才真的可笑!

关于借鉴西方人权学说，你说是拾人牙慧问题，我与你的看法也不相同。科学是从西方引进来的，中国的科学今天虽已如此繁荣，但仍然要向西方学习。谁如果将其知识努力的方向定位为：批判西方科学，主张中国保持和固守——哪怕固守于今天已经取得成就的现实——那不还是很可笑吗?

人权，是西方的发明，但同其坚船利炮的发明一样，是我们反对不得的。过去反对坚船利炮的技术，我们吃了亏，现在极其盲目地一股脑儿地反对其人权的理论，我看还要吃亏。——已经吃的亏，我们已经看见了。“文革”过了，最剧烈的惨痛已经过去，我们又可以折腾了，又可以反对西方的“人权”了，是不是这样?

最可笑的是，你所援引的所谓反思西方人权观的罗尔斯等西方硕儒们，他们的理论虽有各种差异，但有一点是不变的，都要在民主政治体制的框架下完善人权，改进人权。你借他们理论的某些特别之处而批判国内的人权讨论者，你批得倒吗？一切都不说，每人给张什么，承认大家是政治上的人，让大家推戴你或你的战友吴教授为总统。就这一点，只要这一点！这可是你所援引罗尔斯、亨廷顿、韦伯都主张的，你敢给这一点吗？所以，你拿他们的理论说事儿，真是可笑。

梁老师，得罪了！

谢谢！

2009年1月31日

梁教授《我的政治立场声明》阅读札记

前按：

再提供一则逐段批判的示例文章。

梁文：对于一个以科学为业的人来说，要说明自己的政治立场本来是很困难的事情，因为政治是不讲究科学的，当然科学也就独立于政治之外。

札记：此处的大前提是反科学、反马列的。梁先生和我们所共同信奉的马克思主义认为：马克思主义是关于研究人类发展的历史规律的科学，是这种科学的最高发展阶段；无产阶级政治则是马克思主义的社会实践，因而它是最讲究科学的。

怎能说“政治是不讲究科学的，当然科学也就独立于政治之外”呢？

梁文：但是，法律科学却非常独特，尤其是法理学，与政治却有着千丝万缕的割舍不断的关系，这使得两者之间的耦合关系非常微妙、复杂且难以把握。

札记：我记得刚刚发生在“雅典”的一场争议，在这场争议中，梁先生不是这样认识的。

这场争议即发生于桃李先生和新月先生之间的争议，梁先生是新月观点的捍卫者。桃李的观点是：在政府、政党权力高于司法，可以指使司法的情况下，不讲如何才能使司法真正地成为司法，却在这种并无真正司法的此一世界里演讲什么司法哲学、司法方法，是伪学问；新月和梁先生的观点是，法律和法理学可以自成一世界，单纯地抽出法律、法理来谈论关于它们的哲学问题有何不可呢？

但在这里，梁先生却说："法律科学却非常独特，尤其是法理学，与政治却有着千丝万缕的割舍不断的关系，这使得两者之间的耦合关系非常微妙、复杂且难以把握。"今日之掌在打在昨日的脸上，这真是学坛里的好戏！

梁文：法学理论研究者要从关于政治的经验事实中抽取关于政治活动的规范性原理，发现问题、提取假设、验证命题，建立理论模型，产出法学知识产品，用于指导立法、司法、执法等政治活动，甚至裁断政治纠纷（美国法官不是也裁断过总统宝座之争么？）以实现依法调控政治权力功能和作用，这就需要有序参与政治；但是政治往往是不同利益集团进行政治较量和厮杀的战场，法学理论研究者虽然力求中立和有序、理性地参与政治，却难免被殊死较量的双方以"非友即敌"或者"非敌即友"的极端化政治诉求所冲击。就好像足球场上的裁判，难免被双方球员冲撞一般。

札记："法学理论研究者要从关于政治的经验事实中抽取关于政治活动的规范性原理，……以实现依法调控政治权力功能和作用"，在梁先生所极力捍卫的现行社会制度之下，法学原理研究者可能以他们所研究的规范性原理依法调控政治权力吗？梁先生在中国却说着美国、英国、法国以及乌托邦国里的事，这不是梦话吗?

杰瑞及桃李先生说，先研究如何使中国具有美国、英国、法国的社会环境，以使梁先生这样的法理学研究者研究出来的规范性理论可以调控政治权力，使中国具有真正的司法，梁先生却把他们视作仇寇，这是很矛盾的。

中立的法律研究者被“非友即敌”或者“非敌即友”的极端化政治诉求所冲击，是马克思以来所出现的某些专政国家的特有的、或特别严重的社会现实和政治情况，这是中国社会和苏联社会的特殊；就如“足球场上的裁判，难免被双方球员冲撞一般”在中国尤甚，因为中国足球也是世界足球的特殊!

梁文：在中国，这种政治冲撞法学的情形尤其突出和激烈，因为这种冲撞不仅仅是来自外部的，更多的时候是来自法学内部的。政治的本质是权力，权力的获得与使用又必须合法，同时，在事实上，掌控政治权力又可以带来十足的现实利益，金钱美女、酒色财气，往往更多地溶解在政治权力之中而不是溶解在财富中的，因此，许多学习法律的人，之所以选择这个专业，本来就是为了追逐政治权力而来，这就导致了法律人中的许多成员都以实现自己的政治目的而不是以实现法学目的进入这一专业——法学，只是他们眼中的敲门砖或者打开政治权力之门的“咒语”而已。在这种情况下，法律人中的少数坚守法律科学本位的研究者就进入腹背受敌的窘迫境地。

我就属于那种少数人。

札记：梁先生认为，政治的本质是权力，权力可以带来酒色财气，所以“许多学习法律的人，选择这个专业，本来就是为了追逐政治权力”，从而追逐酒色财气。江南、杰瑞、冷眼、柔如花，还有那个无所事事到处游荡的OLD，他们搞法律或讨论法律，就是为了当官，为了争夺权力，从而为了多捞钱、多搞女人。梁先生这个不喜欢讨论政治的科学研究者夹在江南、杰瑞、冷眼、柔如花，还有那个无所事事到处游荡的OLD之间，就只能腹背受敌陷于窘迫境地了。

笑话，江南这个闷子，不同领导搭话，课堂上全讲领导坏话的人，是个贪图权力的人吗？

杰瑞这个呆子，谋求中国的政治权力却逃跑到加拿大作个中学教员，通过互联网煽阴风点鬼火，妄图颠覆中国政权，自己从中捞一把。这样的追逐政治权力的做法也太玄乎一点了吧？

冷眼，这个傻子，追逐权力却不加入中国共产党，一辈子对党提意见，现在暮气沉沉了，却日夜巴望着自己登上台来操弄政治权力。真是个傻子，在中国有这样拼着终生傻气，追逐权力的吗？

柔如花，这个笑得傻乎乎的小女子，也是政治权力追逐者，想进政治局当委员么？

语言可以独立地自成天地，你看梁先生的说法多圆，但同事实一对照，却完全对不上榫眼了。这哪里是一个实事求是的科学家，全是一个扯球抡屌的无聊“教授”！

但是，他说“我就属于那种少数人”，那只研究科学，不关心政治的少数人。梁教授真是少数，但不是五百年才出一个的少数圣智之人，是一个因极端自我欣赏而缺乏自知精神的五百年才出一个的颠狂、痴傻却自诩为学者却不知道学者起码品格的人！

梁文：我从事法学教学、法律实践活动二十多年，其间讲授过几乎是所有门类的法学课程，写作过各种题材的法学文章，办理过几乎所有类型的案件，也多次参与社会政治活动，无论是在哪一领域，我都要求自己“坚守中立”，不得陷入和学生与学生之间、学者与学者之间、原告与被告之间、当权者与当权者之间的利益纷争中，我是独立自主的！

但是，这非常非常困难。

札记：“我从事法学教学、法律实践活动二十多年”，嗬，老资格了！

“其间讲授过几乎是所有门类的法学课程”，学问真广！

“写作过各种题材的法学文章”，著述真丰！

“办理过几乎所有类型的案件”，还是一位律师呢！

“也多次参与社会政治活动”，我早就知道你对政治有莫大兴趣，装什么假清白呢，像一个无限怀春却又以贞白自辩、喋喋不休的十八少女！

“无论是在哪一领域，我都要求自己‘坚守中立’”。在“法天下”、在“雅典”，最不坚守中立、最能挑起政治事端的，只有你梁先生了。或许还有我，可我从不以中立自辩，我向来是不中立的，我一直是你的坚定不移的敌人。我不假惺惺！

“（坚守中立），但是，这非常非常困难”，确实非常困难，梁先生骨子里是政治人。在“法天下”、在“雅典”，他的政治文章占到他的全部文章的百分之七十，这记录可能仅次于杰瑞和冷眼了，或许还高于杰瑞和冷眼呢。坚守中立，对梁先生来说，就像不让狗去吃屎，不让牛羊卧栏，不让蛇虫上山，坚守中立真是难哪！

梁文：原先，我位于法学研究圈的外围和边缘地带，现在，我开始试图走进法学研究内环地带，我很快发现这里是一片政治旋涡与激流汹涌澎湃的台风地带，政治利益的搏斗和厮杀实在是惊心动魄。我力图保持法律科学化的理想，力图用学术、科学、理性、中立、规范去宣传、影响这里的人们，甚至因为困窘于被不断冲撞的痛苦和烦恼而焦虑，乃至对那些攻击我、攻击法理学的人以眼还眼以牙还牙，但是这导致了更加激烈的攻击，对此，我很不高兴，但是，我也从来不抱怨、不牢骚、不耿耿于怀——因为我早有心理准备，我要把这个台风地带当作我的科学实验室！

札记：嘿嘿，温家宝刚吟过："亦余心之所向兮，虽九死其犹未悔"，好像还真有点屈子情怀。我写了赞扬温家宝的文章，惹下梁批判我的祸事。现在这位梁先生"力图保持法律科学化的理想"，"因为困窘于被不断冲撞的痛苦和烦恼而焦虑"，"乃至对那些攻击我、攻击法理学的人以眼还眼以牙还牙"，"对此，我很不高兴，但是，我也从来不抱怨、不牢骚、不耿耿于怀"，多么高尚的胸怀，也吟起屈子的"亦余心之所向兮，虽九死其犹未悔"了！

但出自那位刚刚骂了七八十个"牛鞭""驴屌"的人之口，而不是出自那以芝兰自比的屈子之口，或仰望星空涕泣泪流的温先生之口，这真是滑稽极了！

我曾听说，秦桧唱着"亦余心之所向兮，虽九死其犹未悔"，汪精卫唱着"亦余心之所向兮，虽九死其犹未悔"，脊背发凉！

梁文：前天看电视，有一部电影，名字大概叫《超级风暴》之类的，据说是中国第一部电影灾难片，描述的是那年发生在祖国南方的一场超强台风。电影中有一个"老外"，我忘记他的名字了，为拍到前人没有拍到过的台风眼，把自己用铁链子拴在汽车上，又把汽车固定在海边的礁石上，等待着超强台风的袭击。台风按时到来，其狂暴的程度远超过他的想象，把他连人带车吹向陆地、卷上天空，几乎丧命，但是，他在中国人的救护下，终于活了下来，走进瑰丽壮观的台风眼，拍到了他梦寐以求的景色。

我要向这个老外学习。但是我也必须接受他的经验，竭力保护好我自己。因此，我在这里发表我的基本政治立场声明：

1. 我不反共、不参与任何煽动颠覆政府的言行！

2. 我不参加任何政治利益角逐！

3. 我尊重符合法理的一切有效法律规范和制度（但是被我个人的理论研究判定为恶法的除外，我坚决不支持“恶法亦法”的学术观点，即使这种学术观点在科学的意义上似乎是可以被证实的）！

4. 我坚守法律科学研究者的本位，以维护法学的科学性、中立性和有关交流平台的安全为己任！

以上就是我的政治立场！

札记：好拿老外说事，以证明学术的渊博、思想的开放、学问来源的现代化。这是一篇唯一不讲哈耶克、罗杰斯、德沃金的文章，却又拿电影中的老外说事，又让我呕了！

谈谈他的政治立场：

1. “我不反共、不参与任何煽动颠覆政府的言行！”这是一种说话方法，告密措施，意思是：他们是“反共”的、他们经常“参与煽动颠覆政府”的言行和活动！

2. “我不参加任何政治利益角逐！”从个人目的、行动动机上指明，他们是“参加政治利益角逐”的，因此他们在颠覆政府、谋求政权，杀了他们吧！

3. “我尊重符合法理的一切有效法律规范和制度”（除了恶法）。他们是不尊重法律、不讲法治的，他们是作奸犯科分子——请将这些与我打笔仗的人绳之以法！

4. “我坚守法律科学研究者的本位，以维护法学的科学性、中立性和有关交流平台的安全为己任。”讲本位、讲纯粹的法学科学性、讲中立性，请先将你的一半以上的关于政治（反对人权、民主、自由和共同价值）的文章删了。不是你，“法天下”当年讨论杨佳案就不会那么热烈，你树了靶子，别人能不打吗？你还伪称关心平台的安全呢？“雅典学园”想使自己长治久安，先将梁某人拿下，“靡菲斯特，是引路者”，没有妖者，人类就缺少了追寻自由和创造的力量，没有梁先生，“雅典学园”就没有这个反对自由民主的靶子，政治的讨论至少消灭了一半。所以，请“雅典”管理者认真研究一下我今天的建议！

梁文：我也是吃人间烟火长成的血肉之躯，也有很多毛病和缺点，面对人身攻击者，常常出言不逊就是我的缺点之一，我虽极力克制和改正，但是，恰如某政治人士所言，我是土八路的后代、是武工队队长和妇救会主任的孙子、是儿童团团长的儿子，或许有些好斗性格的遗传，这就难免擦枪走火、伤及无辜！这是我不对！我今后将设法竭力改正！

札记：“我也是吃人间烟火长成的血肉之躯，也有很多毛病和缺点”，这里讲的是思想道德问题的生理学基础。

“土八路”“武工队队长”“妇救会主任”“儿童团团长”，一幅破衣烂衫的、面带昧色的革命英雄群像，在“文革”时代会令人肃然起敬。为我们提供了研究对象的针对性的历史标本，在生理遗传学方面！

梁文：我现在认识到：以前如果对某些政治人士有言语冲撞之处，即使是出于还击，也是不文明的，在此我一并向你们道歉！对不起！

札记：欢迎你承认错误，我过去写过《梁教授的伟大谦虚》，真诚地（真的真诚地）赞扬过你的承认错误精神。那是在“法天下”被关之前，距今已经将近两年了。两年了，又见谦虚一次，自知之明一次，真的欢迎你承认错误。

“即使是出于还击，也是不文明的，在此我一并向你们道歉！对不起！”刚刚认错，就又假话连篇了。你是出于还击吗？还击什么？我写《温家宝的道德启示》，评论温家宝的道德高尚，招你惹你了，你匿名、偷偷地、鬼鬼祟祟地进入我的博客，肆意拉屎撒尿，然后又将这肮脏物收集起来，全面公开出来，对我再施泼污。——此一阶段，我攻击你什么了，你是还击么？

你将屎尿垃圾拿出来公开泼污，并被置顶推荐。我不该写《关于梁教授的十分有趣的声明或说明》出来说明情况吗？其中的自辩有两点，也仅两点：一，你说我把你加入黑名单了，所以你无法用真名对我的文章进行评论，只好匿名进行评论。我说我根本没把你加入黑名单，我不会加入黑名单的这种操作，至今如此。你的谎言只是为了掩盖鬼鬼祟祟的劣行。二，你说我打赌输了，欠你一千元钱，至今不给，所以是个无赖。我引用你当时请的裁判官张成捷先生的裁判文书（现仍然在“雅典”论坛上保存），说明当时是判决你输了，恰恰不是我输了。

我这是自辩，是不得不为的辩诬，小事儿更见你的品操问题、德行问题，你面对无法抗辩的辩诬，老羞成怒了，一个牛鞭、两个野鸡、三个牛屌马屁股地骂将起来。我攻击你了吗？你这是还击吗？

承认错误要真诚，真诚的表现是承认错误发生的前提根据、事实根据，将首错归在并无错误的对方，这道歉是虚伪的。错误还会发生！

梁文：也请你们不要再随便冲撞我，不要企图“毁灭法理学”，更不要危及“雅典学园”的安全——因为法理是我拴住自己的铁链、网络平台是我置身其中的车辆，我不能对危及铁链和车辆的冲撞行为熟视无睹。

札记：我和包含我在内的杰瑞、江南们（“你们”）过去就没有随便冲撞你，也没有企图“毁灭法理学”，你用以拴系你的吃喝拉撒、生存之道的铁链的“法理”平台是安稳的，你以为我们的讨论能破坏它、颠覆它，是杞人忧天。莫让你的忧天之泪沾湿了你的襟前小袄，怪可怜的，你这位双向感情障碍的精神科疾病的罹患者！

我们的讨论，会使你赖以拴系饭碗的铁链和平台更完善一些，党和政府也不会来缉拿我们，你以赤卫队、儿童团时代的思想来揣度我们伟大的党和政府的今日的政治宏图了！

看看80后的韩寒，看看他在厦门大学的演讲，看看他的世界第一的博客点击量（3.4亿），在你的眼睛里一定是天缺地漏了。但党和政府一定看到历史的大势，他们在缓进地推动某种变局，为了国家，也为了自己集团的青史留名！我们有时候讨论得激烈一些，只是为了坚定党和政府的决心，加快它推动历史的步伐！

只有你看不出，在这里尽意挥洒你的忧天之泪，怪可怜见的，给你推荐四环路边、学院路旁的北医三院，或北医六院（专治精神、心理疾患），有心的话，让家人陪同去一下！

梁文：所以，我也敬请某些与我冲撞的人了解：我是来搞科研的，不是来搞政治的，我不是你们在政治上的敌人！也希望你们也不要拿我当你们的政治靶子！

特此声明！

札记：亲爱的精神幻觉者，我们从没把你当敌人，所谓的政治靶子，只不过由你挑起的政治话题引起的罢了。讨论的武器，是语言和文字，哪里是枪炮。你这个可爱的精神幻觉者！

梁文：又：我为防冲撞设置的黑名单已经清空，但是这并不等于我今后会将某些人士继续列入，这是为避免产生冲突的一种合理规避矛盾的无奈选择，请予理解。

谢谢合作！

某某师范大学法学院法理法史教研室梁某某

2010年3月18日星期四

札记：又：谢谢，谢谢，我们要谢谢你这位“谢谢”者了。我们走出了你的黑名单，犹如走出了某种革命的变天账，克格勃“档案”是专制制度下的可怕东西，将档案清空，索尔仁尼琴欢呼起来！谢谢，谢谢，真的谢谢你！

冷眼向洋

2010年3月18日16时

跪地式民主，跪地式法治！

前按：

曹丕曰："盖文章，经国之大业，不朽之盛事。"将写文章看作经天纬地之事。怎么可以写文章鼓吹用下跪的方法去争取宪政呢？如此卑琐，非卑琐于人、卑琐于宪政，直卑琐于国也！

然不可强求于作者。曹丕又曰："文以气为主，气之清浊有体，不可力强而致。譬诸音乐，曲度虽均，节奏同检，至于引气不齐，巧拙有素，虽在父兄，不能以移子弟。"知乎是，则何强求其文章作者耶？

一位一贯反对群众自发地以游行示威方式表达自己的社会、经济诉求，一贯十分激愤地反对网络上进行民主人权讨论的法学教授，突然支持起人民群众的示威活动来。

这不是天方夜谭，这是真的。因为，这位教授像上一世纪的伟人发现"好得很"的革命方法一样，发现了一种"好得很"的推进中国民主建设的方法：跪地式民主、跪地式改革、跪地式法治！

民国废除跪拜礼节以后，孙中山以后，甚至新中国成立以后，中国民众对官员下跪屡见不鲜。但笔者向来以为，那是中国民众的悲哀，是中国民主的丧心之痛。站在严肃的立场上看，中国民众对官员的下跪，是对中国叫得老高的当代“民主政治”的无情嘲讽，是对大言不惭的“法治国家”的辛辣挖苦。从嘲讽中自审，从挖苦中得醒，发生在中华国土上的一次又一次下跪的积极意义唯此而已！

但某些学者却从辽宁省河庄市千名群众对市长下跪的行动中发现了推动中国民主政治、寻求宪政实现的良好方法，这使许多士人非常惊讶。

《中国青年报》对辽宁河庄市上千群众下跪问题发表评论，对下跪群众表示无限同情，对有关官员表示无限的愤慨。但文章同时指出：“村民集体下跪求见市长，往往源于传统的清官情结，一见清官大老爷膝盖就不由自主地软下来……下跪将评判是非的标准悬空了，给人一种误解——人家都已下跪了，你还不满足人家的要求，你还是不是人?”老实说，此语为中肯之语，表达着一种十分诚实的分析：一，下跪源于一种清官情结，一见清官膝盖发软，不是民主意识的表现，更不是争取民主的手段；二，下跪模糊了是非标准，是合法权利的正当行使，还是争取不当利益的低三下四的苦苦哀求?

对于社会改革而言，无疑，暴力运动换来的还是暴力，跪地哀求换来的必是更加长远的奴才行为和奴才心态！——从辽宁河庄农民的跪地行为中，《中国青年报》所洞悉的正是这样的真理，言语蕴含中所谆谆提醒的也正在于斯！每一位清醒的学者，每一位爱国的知识分子，更无论每一位对中国的民主法治事业怀抱真诚期望的人，都以《中国青年报》斯言为是。然而某学者，据说还是一位教授先生，却在他的文章《“千人下跪”是具有“中国特色”的合宪行为》中批评道：“《中国青年报》的上述评论虽然有一定的道理，但是，并未参透这种带有古老传统色彩的、具有中国特色的‘下跪’现象背后的根本性质和意义，更没有发掘出这一‘下跪’行为所蕴含的宪法价值与意义。”

的确是十分遗憾的，鲁迅先生的《阿Q正传》，“虽然有一定道理”，但鲁迅却没有悟出阿Q这一“忌光”“忌亮”，甚至“忌灯”之讳的背后，连带他每遭暴打，必期期艾艾自言已方胜利的老大精神胜利法，都带有“古老传统色彩的”“具有中国特色的”抗争意义。鲁迅更没有发掘出这种精神胜利法背后所“蕴含的宪法价值与意义”——若不但发现之，而且倡扬之，中国的宪政目标，或可因中国人阿Q精神的发扬光大，而至进一步的全民普及，早已经彻底实现了！

鲁迅先生的不识，尚不足以为中国之误，因为，在近一百年之后，这位教授先生终于又有了新的发现：“下跪”是最为得体、最为实用、最符合国情的示威方法，胡适、陈独秀以来中国所梦寐以求的民主、法治，乃至于宪政，不是可以借这样的民主手段而得以实现吗?

多么伟大的发现啊！教授先生的文章论证道：“从法理的角度来看，示威活动是一群人共同意见的展现，是激进主义的一种类型”，极有可能导致“大规模聚众冲击国家机关，打、砸、抢、烧等违法犯罪行为的发生”。“但（辽宁河庄群众下跪），虽然依然是一种群体事件，我不无惊奇地看到，我们这些纯朴、善良的‘百姓们’，用具有中国传统特色的‘下跪’行动，有效地控制住了极有可能发生的群体性情绪失控……”

毛主席教导我们说：“群众的创造力是无限的。”辽宁河庄市群众的下跪行动让教授先生“不无惊奇地”看到：玫瑰终于变得无刺，成为一种十分纯正、可以用来装饰我国民主政治制度的、只有艳笑而绝无尖刺的十分柔软的灿烂花朵了。经过如此的改良，中国人民的民主生活，完全可以以自己的特色而蒸蒸日上，炫耀于世：那时候，全世界的新闻媒体上每日都可见到：××省三十万群众向省长下跪，某某省长亲自走下龙驾，扶起带头下跪的臣民某某某；××市十二万民众在广场集体下跪、叩头并山呼万岁，市政府主席代表党中央宣读御旨，宅心仁厚，表态称某某问题一定会得到解决……

当今，一部分的自由主义者从英美等国每天发生的游行示威活动中艳羡英美等国的民主自由，在这位教授的这一发现之后，在下跪这种方式的民主训练下，要不了多久，让英美的人民反过来羡慕我们吧！

教授先生最后的评语是十分学者化的。他说："至于下跪还是不下跪，都只是这一具有中国特色的宪政现象的表象而不是其本质了。"他从下跪中看到了民主的希望，看到了法治的精髓，看到了人民群众的主人意识，看到了宪政政治的实现。传统教育培养出多么可悲的犬儒文化，在犬儒文化的引导之下，中国将走向新一代的犬儒式"民主"——而下跪，正是这种犬儒式"民主"的徽章和标志！

然而，这并不是我最最伤心的。最最伤心的是，下跪式民主、下跪式示威，尽管为教授先生所极言为是，极力倡导，我想问一句话："集体下跪要求民主，偶一为之尚可，你敢保证再为三为（有时候一为也不可）的时候，某些缺乏群众观念的官员不会以'聚众闹事''颠覆政府'为由，衔罪于带头下跪的人吗？尽管他的跪姿十分的合于格式。"——我相信，教授先生不敢给予肯定的回答。这才是我最最伤心的！

最后要说，此文可不是天方夜谭。在本文又作修改的今天，那篇对公民下跪千般讴歌的文章还张贴在"法学在线"等著名的法学论坛上呢！

2010年4月26日作，2014年8月27日修改

我为叶挺感到惭愧

前按：

以叶挺之气节，反衬所批文章之无气节、无人格。此为是文之特点！

一些活泼的句子值得注意：

民主自由，就是人主自由，从狗洞爬出，人便成了狗了，出来了哪里还有“人”的自由？

在我今天看来，秦香莲哭包公是民主，陈三两爬堂也是民主，他总是让你哭了，他总是让你爬了。

有位教授先生问，谁说千人下跪不是一种政治智慧？

他接着回答说：“千人下跪有效地遏制住了来自政府方面的‘合法暴力’的恶性发作，避免了一场激烈的政治暴力冲突。不但达到了上访的目的，而且实现了比单纯上访更好的社会效果。”所以他的结论是：千人下跪是“我国公民自发的、‘即兴创作’的一种民间政治智慧”，当然是具有民主宪政的价值和意义的。

听到这样的话，我为这位先生所敬仰的红色先驱叶挺感到惭愧，他实在是太缺乏政治智慧了。他的《囚歌》说什么：

为人进出的门紧锁着，
为狗爬出的洞敞开着，

一个声音高叫着：
——爬出来呵，给你自由！
我渴望着自由，但也深知道——
人的身躯哪能由狗的洞子爬出！
我只能期待着，那一天——
地下的火冲腾，
把这活棺材和我一齐烧掉，
我应该在烈火和热血中
得到永生！

爬出来不就行了，说什么狗洞不狗洞？

其中“我渴望着自由，但也深知道——人的身躯哪能由狗的洞子爬出”，似乎包含了一点哲学思考——民主自由，就是人主自由，从狗洞爬出，人便成了狗，出来后哪里还有“人”的自由？

但那是不合时宜的固执，尤其是把理论上的东西看得过分执拗。在我今天看来，秦香莲哭包公是民主，陈三两爬堂也是民主，他总是让你哭了，他总是让你爬了。甚至宦官的阉割也是一种民主，圣主总是让你以某种失去换得了侍奉庙堂的资格。无论什么问题，说得圆就行了，何必那么较真儿？

下跪虽是封建的礼节，是极其奴才化的礼节，但它可以借来做我们的民主宪政的开路工具——中国人民一步一跪地、一跪一叩地、万众一心地向老佛爷乞求，最终既得了“民主”之赐，且避免了挨板子、杀头，统治者与被统治者皆大欢喜地走向法治社会、理想世界，有何不好呢？

这位先生的理论是对的，所以我为他所敬仰着的先驱叶挺感到惭愧！

2010年4月26日

“本博客已禁止评论功能”

前按：

以母亲生有口而无耳的孩子，喻博主关闭博客反馈功能（不许评论）而不以为哀。好的比喻往往能使人在会心一笑中领会作者的深思。

此文很短，如掠水惊鸿，影在碧天。

一个生命落地，要是只有口而没有耳，那真悲哀，令生那孩子的母亲伤心欲绝。

受那落地孩子的影响和借鉴，连官方电视台、官方电台也设置群众回声栏目，即是言论禁锢的二十世纪五十至七十年代也是如此。因为，他们向社会发声，总得让社会也回馈些声音，这是一种平等、一种对等。法制意识其实是潜隐在普通逻辑里的，虽然那时候没有法律，但大家都照此执行。

时代新了，法律来了，法学家来了，法律的思想来了，平等、对等的观念应当非常普及，即使那位今天早上在教授先生面前挨训、被说为只配做“农学小子”的法学小子，恐怕也应当是非常理解这样一些常识的。但奇了，一些教授就是只设置播音筒，对着大家开讲，不设置回声器，让那些听得迷迷糊糊的人，想问些问题时根本没有门径。

“雅典”论坛真是一块自由的园地，给各种各样具有奇异爱好的人提供自由的可能，包括为那些只喜爱生育“有口而没有耳”的母亲们提供遂其愿望的天地——在博客管理中设置禁止评论的功能，供特殊的博主使用。本想这生意不会好，备用而已，却不意使用者越来越多。那些精神贵族，那些被批评以后大放厥词，说真理掌握在他们少数人一边的，便一个个用这种方法（使用这一设置）捂上他们的耳朵。

我不反对各人行使自己的自由权利，生儿要耳朵不要耳朵是各位母亲的自我选择（上帝不限制的话）。但只是感到好笑，说出自己的感受，可能会刺激那些自毁听觉者跳起来发怒。不过预告一声，我从昨天起出来走走，马上，马上，还回我的诗的象牙塔中去，让那些一见我就气愤的老爷们眼不见为净！

2009年10月4日

幸亏梁先生做了教授没做警察

前按：

喻是本文的特点，以喻开头，以喻归结！

语言活泼是亮点之一：他们都这样说了，超出宪法了，政府呀，为什么不抓呀，你为什么还不抓呀？有时候他急得直跳脚——如果他手里有警棒他一定先过来抓人了！

反讽亦是亮点：我为梁先生做了教授而没做警察感到庆幸，警察是他最不宜的职业（动辄抓人，容易犯错误）！

某种性格的人不适合做某种事业，做了会犯错误。

例如，一个粗心人就适合杀猪而不适合做裁缝；相反一个细心人尽可以去做裁缝，千万别去杀猪。

某种思想的人不适合做某种事业，做了会犯错误。

例如，老子爱冥想，喜出世，就宜小国寡民，在一个小小的村落里，足不出户地想些很稀奇古怪的东西；孔子你让他像老子那样，还不急死，所以他就带着他的弟子满世界疯狂地跑，惶惶然如丧家之犬，说起来也毫无愧色，且自诩之为“士不可不弘毅”“知其不可而为之”，还说什么，真让他感到不高兴的话就“乘桴浮于海”，像什么顾城、北岛一样。

孔子换做老子，那不也要急死？

“雅典”社区住着位梁先生，我常常观察他，他适合做什么，不适合做什么。我观察他不单单从性格观察，也结合他的思想观察，是将他的思想和性格结合在一起进行观察的。

从公出发，我认为梁先生做教授选错了职业，误人子弟。海阔天空地思想，让思想插上自由飞翔的翅膀，不一定什么时候就发现了伟大的真理，或搞出什么造福人类的伟大发明。所以，从柏拉图、亚里士多德，到东方的孔子、孟子，都主张他的学生要肆无约束地驰骋自己的思想。但这位梁先生却教育学生不要乱想，尤其不要想什么自由。宪法让你想什么你就想什么，凡宪法没说的，或宪法限定之外的，你一定不要说，说了政府一定会抓你。梁先生不知道，宪法也不是固有的，是毛泽东那些人从没有的地方想出来的。想的时候也不符合当时的宪法。由人类的经验看，“想”，自由地“想”，推动了一部一部宪法的进步，由而推动了社会的进步——毛泽东宪法的进步性我暂不评价！

但从私出发，我为梁先生感到万幸，他选对了职业。教授想错了，说错了，大不了害自己的学生，不会害到自己。但他如果选择做了政府官员，尤其是做了政府官员中的警察，那将是他的大错特错，必然招致他的不幸，甚至牢狱之灾。

为什么呢？

在梁先生这里的确看到一种好奇怪的现象。老父、老母、爷爷、奶奶怕自己替孩子交的学费白交，劝孩子可一定要听话，别惹事儿，遇树叶掉下来，一定躲远远的，别砸头。但一位教授，冠冕堂皇的教授，主要理论却是千万别想什么自由，千万别说多了，说多了政府会把你关起来。这真是咄咄怪事！

尤为奇怪的是，看他的样子，简直比政府还着急。他们都这样说了，超出宪法了，政府呀，为什么不抓呀，你为什么还不抓呀？有时候他急得直跳脚——如果他手里有警棒他一定先过来抓人了！

所以，我怀疑，他做警察，很容易犯错误，自由的尺度太小，克制太小，冲动太大，抓人的冲动太大，幸亏做了教授！

前天某报报导，一位警察抓了一个不该抓的人，不是被关进监狱了吗？

所以，我为梁先生做了教授而没做警察感到庆幸，警察是他最不宜的职业！

2009年9月3日

对一位叫嚣要杀人的精神病人怎么办？

前按：

本文的最后用了反讽的手法，反讽中有递进，加强了反讽。文章很短，请自对照：让他演演“文革”戏：“拿起笔做刀枪，集中火力打黑帮”，好！即便他唱错了一个字，“拿起笔做刀枪，集中火力‘杀’黑帮”也仍然很好。与时俱进，“集中火力打黑帮”赶不上时代需要了，再来一次“文革”，就是得集中火力杀黑帮！

对某种丑恶思想的鄙夷，是写出这等文章的基础。历练是重要的，第一等的写作人，每一天以天地为纸、以社会生活为纸、以生命为笔，在锤炼文章，形成于书面，只是原写文章的印章加盖而已！

当我写《麻雀及其他》，表达着对麻雀、猪、犬这些最平常、最庸俗的事物的爱和感恩的时候，一位中国籍（也可能是中国裔）的留美学者李毅先生正写着文章，号召：不仅要在精神上，还要在肉体上消灭右派。

写这文章者是一位精神病人，一位“自我伟大”的幻觉的制造者，他住在太平洋彼岸的美国，研究什么马列主义、毛泽东思想、政治学、社会学的，据自称，还参加过邓小平以后的国家政策制定。他的疾病和他的研究，对人类社会构成了真正的威胁。

他的研究使他相信杀戮，认为只有杀戮才可以改造社会，阶级斗争、中国社会各阶级的分析、中国第一、世界无人（希特勒即认为，国家分为两类：有空间没人口的国家和有人口没空间的国家，德国即是有人口没空间的国家，其他国家则只有空间，并没有符合希特勒种族标准的人）——是他研究的主要课题；他的疾病，则使他幻觉为自己不在太平洋彼岸的美国，也不在二十一世纪，而是于二十世纪的四十年代，住在延安的窑洞里，手握笔管，桌置地图，正指挥着千军万马，消灭中国的哪一个、又哪一个阶级！

对现实中的精神病人，应当如何处置？关起来，捆缚其手脚，使他发疯的时候不至于伤害他人，还是任他满街乱跑，将伤害的危险散布于他的体力所及的社会？对此人类有约定俗成的处理办法，近年的中国也立有法规。

对互联网上的这位精神病人怎么办？大家正在讨论，两种意见：一种是，联合请求论坛的管理者将他清理出去，不允许他胡言乱语，说些红色恐怖的话。另一种意见是，网络上又不能真拿刀杀人，就让他乱喊“杀右派”的口号吧！巴金不是说要建立“文革”博物馆，这是绝好的“文革”标本，美国把它保存下来了，不使用可惜！

我赞成第二种意见，一方面看看他的《国际战略举隅》，让中国独霸世界，美帝、日本都来北京俯首称臣；另一方面演演“文革”戏，让他“拿起笔做刀枪，集中火力打黑帮，谁要敢说党不好，马上叫他见阎王”，即便他唱错了一个字，唱成了“集中火力‘杀’黑帮”，那也没有什么。疯子嘛，可以原谅，也或者，与时俱进，“集中火力打黑帮”赶不上时代需要了，再来一次“文革”，就是得集中火力杀黑帮！

我赞成第二种意见！

2009年9月11日

从肉体上消灭右派的理论根据

前按：

反讽是本文的特点，特别文末，文章不长，可自行对照。反问则是本文的投枪所在："雅典"人们所忧虑的是，如果左派把右派视作敌人，右派眼里左派也是敌人，照此理论，互为敌人，互相消灭，这社会如何和谐，中国还有没有人？"中国第一"如何建设？

今天早上无意间掀阅《四角号码词典》，掀到"无产阶级专政"词条，曰："无产阶级（经过共产党）领导的，以工农联盟为基础，团结广大人民群众建立的社会主义国家制度。它一方面在人民内部实行民主，另一方面对敌人实行专政，同时防御外部敌人颠覆活动和可能的侵略。"又掀看人民民主专政词条，曰："对人民的民主和对反动派的专政的结合，实质上是无产阶级专政。"然后搬出《辞海》核对，均是这般意思——"对人民的民主和对敌人的专政"是无产阶级专政或人民民主专政的理论核心，并且，这一观点是毛主席提出来的，他说："对人民内部的民主方面和对反动派的专政方面，互相结合起来，就是人民民主专政。"（《毛泽东选集》：《论人民民主专政》）

那么，再来掀看《中华人民共和国宪法》，其第一条规定："中华人民共和国是工人阶级领导的、以工农联盟为基础的人民民主专政的社会主义国家。”显然，我国所实行的就是词典、《辞海》中所表述的“对人民民主和对敌人专政相结合”的社会制度。

如此看来，我们应当向某位提出“有可能从肉体上消灭右派”的留美学者深深地致歉。他的提法本质上是不错的，在他的文章中，他首先是把右派当作一个敌人的概念来使用的，当作“杜聿明可以改造，溥仪可以改造，右派不可改造”这样的一类人的概念来使用的。那么，他的这一提法不但具有十分正当的理论根据，而且具有十分正当的宪法根据。“雅典”论坛的人们对此说法比较普遍地表示惊诧，这表现了“雅典”论坛人们普遍的无知——将基本理论和根本大法都忘了。

我知道，“雅典”人们所忧虑的是，如果左派把右派视作敌人，右派眼里左派也是敌人，照此理论，互为敌人，互相消灭，这社会如何和谐，中国还有没有人？“中国第一”如何建设？这种忧虑是有道理的。但必须清醒地意识到，这位先生的理论是符合现行法律的，现行法律未动之前，他的说法绝对正确。我们不但应向那位先生致歉，我们还应认真地检查我们的浅薄无知，“你和我，心连心，同住地球村”只不过一首歌罢了，文艺作品，如何敌得过法律？“和谐”也只是政策性提倡，而从本质上说，指人民内部和谐，并不是与敌人讲和谐，与右派讲和谐（当然，站在右派的立场上，你也可以说并不是与左派讲和谐。）

词典上的理论教育了我们六十年、九十年，这其中包括反思的三十年，反思并不代表本质性的改变，本质性的改变并没有发生。宪法是每一位公民必须遵守的，“有可能从肉体上消灭右派”的说法并没有什么错误，我们应当向那位先生致歉！

2009年9月18日

此时此刻，我不知说些什么

前按：

悲伤充斥于全文，文短，似乎是悲伤所憋而致。

这个比喻式的描写值得注意：愧疚的是，我的议论总是走在可以允许的自由之极，如高索上的跳舞，吓坏了自己，也吓坏了观看舞蹈的人，尤其——给为自己提供表演舞台的人："法天下"，带来了一次次的惊魂时刻。

原按：历史钩沉

随意上网，竟然在一角落找到了我以另一名字，当年在"法天下"发表的一篇文章。当年因讨论杨佳案，"法天下"遭到审查。这是在封网之前我所写的一篇文章——此时此刻，我不知说些什么。

"法天下"自己是不记载这些历史的，我把这篇查索到的文章重发在这里，算作"雅典学园"的野史记录吧！

在这"法天下"遭遇危机的时刻，我不知说些什么。有感激，也有愧疚，感激的是，在某个防民之口甚于防川的特定时段，"法天下"给了我们一块相对自由表达的天地。激情得以飞扬，思想得以整理成绪，陆续发表，进献于各位朋友。也将自己的思考、自己对这块土地的热爱献给我们亟待整理的国家。愧疚的是，我的议论总是走在可以允许的自由之极，如高索上的跳舞，吓坏了自己，也吓坏了观看舞蹈的人，尤其——给为自己提供表演舞台的人："法天下"，带来了一次次的惊魂时刻。我不能不说，"法天下"的危机和艰难有自己的一份或大或小的责任。

在这艰难而痛心的时刻，我不知自己未来将如何选择，因为我不知我们的祖国将如何选择。前进、创造，还是停滞不前。如选择前者，就应当选择尖锐的前锋，如选择后者，就选择中庸平和百事稳定。我的确不知道未来如何选择，因为我不知道我的祖国将如何选择。

祖国的选择还是需要一定的时间的，愿"法天下"在不久的日子里重新成为我们议论的田园、争吵的家乡、兄弟姐妹的扰攘之邦。在祖国没有作好最后的选择之前，而在"法天下"又重新回到我们拥抱之中时，我表态，我一定谨慎、小心，不再给您制造麻烦！

谢谢您，"法天下"，我对您充满感激，也满含愧疚，谢谢您，祝愿您平安归来！

2008年12月15日

从容祭

前按：

风暴鼓荡起浪涛！激情，本文作者的悲哀的激情，激荡起这篇悼念性的文章！

与国一心，与民一心，与脚下的土地一心，同体血肉，情由一发，是为此文！

我们认识的从容自虚拟的世界里消失了，她被一只无形而又巨大的手牵上了绞首台，绞下了头颅，取走了灵魂，茫白的世界空余一片唏嘘、一片遗憾，当然也响起阵阵欢呼——这欢呼来自小人、来自鬼魅，他们乐见勇者死亡、义士枭首。

但这实在是我们生存的大悲哀，是我们活着的大惭愧。

我要为这世界哭，我要为这从容祭！

好长时间，我们的视野之中没有女英雄了，从容的出现让我们眼前一亮，莫不是秋瑾再现，侠女复世？

这女侠在杨佳案的如火如荼的讨论中，从斜刺里冲杀出来。大家都在为杨佳是不是精神病、该不该追究刑事责任、警察盘讯时打没打人、证人该不该出场、审判程序合不合法等争论得不可开交，女侠仗剑大喝一声：“都是胡说，杨佳根本没有杀人！”

众人都以为她是个疯子，且看她是女流之辈，没把她放在眼里。

谁知她纵横捭阖，腾挪飞跃，怒自心头，剑生寒光，方知她是拳坛秀士、武林高人。聆其言锋，则放语泼辣，立论冷峻，但逻辑丝丝入扣，要义直指理中，自成一家之言。

女侠心藏正义，胸怀火山，性格开朗，臆里单纯，放言彰显善良，纵辞指斥邪恶，不量后果，不计生死，不作小的盘算——不但是御士、宦官们的仇敌，恨之入骨，她睚眦必报的性格，也招致许多同道者的恼怒，常常恶骂阵前。十分好看的是，她将两类人物均骂之为小人，全无皇家考量，尽弃统战思想，骂语尖刻，稚气毕现，一副可爱小女生的形象！

女侠文笔好一个了得，不作措辞，不为修意，下笔直倾肺腑，狂泄长江千里之浪，惊坏满坛神仙高道，吓倒魑魅魍魉，想那深深红墙，亦为波流所掩。女侠文章，不援毛诗，不引党章，情意高涨时，直呼上帝，唤智慧者之善良，醒蒙昧者的沉睡，惊邪恶者的强横，吓贪婪者之嚣张。呜呼，三国再行于世，慧眼袁绍，当邀之代陈琳以行檄文，唐世复出，讨武檄文亦必出于斯人，而非骆宾王也！

女侠说杨佳没有杀人，是否正确，我们当作如下分析：就事实层面看，你不知，我也不知，除上帝和杨佳而外，谁也不知。法庭的作用是，通过证明，看他到底杀没杀人。刘晓原律师的方法是，先承认杨佳杀人，但你必须通过程序，严加考证，如果最终考证不成，则还得承认杨佳没有杀人。女侠的方法是，杨佳就没有杀人，你要抓他，就必须先说说，为什么说他杀人。看似对立的两极，实则殊途同归，均逼使控方证明杨佳杀人。看似对立的两极，在承担证明责任的控方当局面前，合为一极。从真理归纳的角度说，思想的方法而已——春秋百家，于蒙昧中国的远古时代，事实上合为一家，思想的光芒，照耀千古！

女侠去了，实在不能忘情她那闪烁着纯真之气，但因正义、善良而充满着无敌力量的气势如虹的锦绣文章。于是，很想在这篇祭文中引用一章，或引用一段，以彰显女侠之力量、性情、文采。但“法天下”中那以“上帝的奇迹”为LOGO的从容的博客中，那不时为醒着的人们以及沉睡的人们，还包括那些在大仁爱、大自由的时代仍满怀仇恨且极不放开的人们——提供着振聋发聩声音的地方，茫白一片，空无一文。百度应当是中国文章的天空，上存仓颉造字，下存黎民絮语，但打开它，竟然也没有保留从容的只言片语。

我知道，这不是“上帝的奇迹”，这是中国神祇的作用。从容被斩杀了，她从我们虚拟的世界里消逝了。

我为我们生存的世界哀哭，伴和着泪水向我们的逝去的女侠奉上这篇祭文！

神州啊，这英雄辈出的皇天后土，为什么到了我们的时代，便前不见古人，后不见来者了呢？那异端的思考、异端的声音，万乘向前中的骐骥，千年驿道上的骊骏！

九州生气恃风雷，万马齐喑究可哀。
我劝天公重抖擞，不拘一格降人才。

呜呼哀哉，伏唯尚飨！

2008年11月21日

毛泽东同志痛批新月

前按：

学术新秀新月认为，无论社会发展实践与马克思主义多么地不相符合，但它“依然拥有巨大力量”，“依然十分深刻”，因为它是方法，方法不受经验的检验。这恰恰与毛泽东的“实践是检验真理的标准”的理论背道而驰，所以毛泽东批评他。

写文章不能违背常识，写理论文章不能违背理论常识。

这篇文章批评新月的观点，青年人正可借新月的明镜正正自己写作的衣冠。写文章的目的是让人明白事理，新月写文章则是为了“写成文章”，将事理绕得越长越曲折，文章便可以写得越长越曲折，他便认为越好。拿着那作业，说：“爹，你看儿的文章，这么长，这么华彩，儿的学费没有白交！”父亲老皱的额上绽出笑，他其实被儿骗了。

前人的理论是干什么的？一句歌说：“父亲是那登天的梯，父亲是那拉车的牛。”新月这里只把前人当成拉车的牛，却没把前人当成登天的梯。他将那梯子横拦在路上，目的不是让人高行，而是让人曲折旋绕，多走一段路程，搞不好，还会为那横拦的梯子迷了路，再也转不回来。

真的，新月的论证不是为了简便，不是为了靠近真理，而是为了躲避简单的真理：“实践是检验真理的唯一标准。”

真理越简单，便越明亮，掩藏不住。他覆盖了一层又一层披着理论外衣的语言，还是遮不住那夜明珠，终被毛泽东发现了。——他从1937年起直到1963年研究的就是这个真理，所以毛泽东从灵座上披衣坐起，痛批这位后进少年！

这不是揶揄，不是笑话，请看官认真！

一些人，尤其是一些投机取巧的年轻人，越来越发现了一些擂台上的取胜技巧。例如，在皇帝治下，立论“皇帝万岁”，在文化大革命初期，立论“林副主席永远健康”，咋呼三二十天，没一个敢上台挑战的，于是他便成了天下第一，做武林盟主，或文坛第一。

我发这些感慨，是因为近日在“雅典”论坛——唉，糟蹋了“雅典”的名声，可不是指具体的“雅典”论坛，是指糟蹋了爱琴海畔，那曾经产生过柏拉图、亚里士多德那些像星辰般闪耀在深邃夜空里的诸多思想家的地方——发现了一篇题目为《卡尔·马克思的意义》的文章。一位据说才二十多岁的学术新秀是它的作者——如此年轻却如此深谙取巧技术，真令人叹息——耍无赖般在文章里说着一些明明自知的胡话、昏话、瞎话、荒唐话，他度量一下，认为你不敢驳他，所以就越说越胡、越说越昏、越说越瞎、越说越荒唐。

但我今天就不信这个邪，决定战他一下。这位学术新秀写卡尔·马克思的伟大意义，是料定没人敢反对这位写在中国宪法里的理论尊神的；我偏偏要以其人之道还治其人之身，我反对他，用的是毛泽东这位本土之神、开国之神。让我们看看，毛泽东是如何批判新月的，如果毛泽东也附带批判了新月所意欲捍卫的卡尔·马克思，那不是我的错，门内阋墙之斗，在历史上也曾经发生过（但一般说来，这种情况不会发生，马列主义的体系是严谨的）。

新月的文章是因为黑兄的观点引发的，我们不知谁是黑兄，反正黑兄的观点是，“他（黑兄）认为面对马克思思想的关键是看看马克思的整套学说和现实是不是相符合，如果相符合的话，那么他认为我们就有理由相信马克思，反之马克思就被现实驳倒了。”新月先生撰写此文，就是为了反对黑兄的这一观点，同时教育许多愚昧的群众，千万不要认同了黑兄这样的错误认识。

新月是如何批判黑兄的这一错误认识的呢？如他惯常的做法一样，拉一杆大旗，张一副虎皮，这杆大旗、这副虎皮是理论家卢卡奇——我们不知道卢卡奇是不是资产阶级学者，从新月一贯的观点看，以及从他在此篇文章中的表述看，是坚持反对资产阶级学者的资产阶级观点的。理论家卢卡奇说：“资产阶级学者总是喜欢谈论一般，而事实上在这个一般背后在兜售自己特殊国家意识形态的私货”——看来卢卡奇可能是朝鲜人士、越南人士，或非洲第三世界那些非资本主义国家的人士。

新月引述卢卡奇的如下“经典”言论表明自己的基本立场，卢卡奇说：“我们姑且假定新的研究完全驳倒了马克思的每一个个别的论点。即使这点得到证明，每个严肃的‘正统’马克思主义者仍然可以毫无保留地接受所有这种新结论，放弃马克思的所有全部论点，而无须片刻放弃他的马克思主义正统。所以，正统马克思主义并不意味着无批判地接受马克思研究的结果。它不是对这个或那个论点的‘信仰’，也不是对某本‘圣’书的注解。恰恰相反，马克思主义问题中的正统仅仅是指方法。”（见新月《卡尔·马克思的意义》）新月对卢卡奇佩服万分，以为用卢卡奇的这一观点就可以打倒了黑兄。新月在引用这句话后，十分斩钉截铁地说：“卢卡奇的这句话点出了马克思思想的关键所在，具体来说就是，马克思的分析并不是经验性的分析资本主义社会，当然这种分析也绝不是用经验所能驳倒的。”

什么叫做“马克思的分析并不是经验性的分析资本主义社会，当然这种分析也绝不是用经验所能驳倒的”？新月一贯的做法是，先将语言带进理论化的、高深的、专业的领域，让常人不知、不懂、不明，怵于他的高深而不和他争辩，也就显得他胜利了，可以凯旋回朝了。把这句话浅解一下，他这里是说，马克思对资本主义的分析是一种逻辑、一种理论、一种方法，而不是一种可以触摸的经验、可以感知的实践、可以看得见的现实；因而你黑兄要用机械的、可触摸的、可感知的“现实”来判定马克思主义的对与错，你拿这把尺子的本身就错了。

新月是很善于理论“跳跃”的，跳跃可以躲避障碍、可以越过他无法解释的逻辑中间环节。新月在这里又来了一次“跳跃”，因为卢卡奇说得明白：“马克思主义问题中的正统仅仅是指方法。”也就是说，卢卡奇认为，无论马克思主义如何与实践相悖、与现实不符，在现实之中一千个、一万个错了，我们都不管，因为正统的马克思主义的实质是一种“方法”，只要马克思主义提供给我们的“方法”是正确的，管他阶级斗争的实践正确不正确呢，管他资本主义在垄断资本主义之后是否走向灭亡呢，管他共产主义的奋斗过程是通向天堂之路还是中国文化大革命或红色高棉的阶级斗争的血腥之途呢。一句话，卢卡奇认为，我们不看马克思主义贯彻于现实世界之后现实情况如何，我们只承认它是一种良好的“方法”。

新月本可以引用卢卡奇的经典之后，直接说：马克思主义提供的是一种方法，因而不要用现实如何来进行对照，以此结束他的论证就可以了。但是，他知道历经文化大革命和文化大革命之后改革开放的中国人民都知道另一句话——“实践是检验真理的唯一标准”，所以他不敢将卢卡奇文句中的亮点直接点出来，点出来也就没戏了，点出来人们将他用来骗人的双簧也就立即看穿了。所以，他要跳跃，他跳跃的环节是：

> 1. 当一个社会已经完全物化，物质生产成为首要的实践形式的时候，那么在这个社会中，批判理论的形态一定是一种政治经济学批判。（见新月《卡尔·马克思的意义》第三自然段）
>
> 2. 但是问题在于，政治经济学形式出现的批判并不等于对在经验层面对于政治经济学的批判。马克思的政治经济学批判和资产阶级内部各个经济学流派相互的批判最大的不同就在于，资产阶级内部的经济流派的批判能够用经验加以反驳……（见新月《卡尔·马克思的意义》第四自然段）
>
> 3. 资产阶级学者总是喜欢谈论一般，而事实上在这个一般背后在兜售自己特殊国家意识形态的私货；他们总是喜欢谈论“历史的终结”“社会进化的规律”，但事实上历史从来没有终结过，这种规律也从来不曾存在过。（见新月《卡尔·马克思的意义》第五自然段）
>
> 4. “否定的辩证法”。这是贯穿整个马克思《资本论》著作的中心主线。否定的辩证法，在于否定同一性，否定资本扩张导致的对人和生活世界强行的整齐划一。（见新月《卡尔·马克思的意义》第六自然段）

经过上边几个不知是对马克思主义所进行的嘲讽还是对资产阶级学者所进行的嘲讽（例如：“他们总是喜欢谈论‘历史的终结’‘社会进化的规律’，但事实上历史从来没有终结过，这种规律也从来不曾存在过”，这究竟是资产阶级学者的习性还是马克思主义理论的习性？）的与本题并无实质性联系的理论跨跃之后，新月终于做出结论：

“如果非要谈到什么‘正统’，那么就如卢卡奇所述，‘正统的马克思主义’就是一种批判的观点、方法和立场。”（见新月《卡尔·马克思的意义》倒数第三段）—— 我们松了一口气，年轻的新月先生终于回到卢卡奇十分简单的、绝不复杂的理论归结：马克思主义无论与现实多么地不能契合，马克思主义是一种方法；我们认为它科学，是说这种方法科学，只要它是一种科学的方法，我们还有必要要求它与现实发展相一致、相符合吗?

我总是和新月玩“捉老将”的游戏，新月这次跨越了这么多个台阶，脚蹬、足踏，我还是捉住了他。新月说：马克思主义是一种方法、观点和立场，因而黑兄用现实来检验马克思主义是不是真理，这是错误的。这就暴露出新月理论的“庐山真面目”，真面目暴露出来之后，问题就简单了。最简单的问题交给毛泽东同志来解决，所以我请毛泽东同志来批判他一下：

1. 实践是检验真理的唯一标准。（毛泽东，1937）

2. 社会实践是检验真理的唯一标准。（毛泽东，1963）

3. 马克思主义者认为，只有人们的社会实践，才是人们对于外界认识的真理性的标准。实际的情形是这样的，只有在社会实践过程中（物质生产过程中，阶级斗争过程中，科学实验过程中），人们达到了思想中所预想的结果时，人们的认识才被证实了。人们要想得到工作的胜利即得到预想的结果，一定要使自己的思想合于客观外界的规律性，如果不合，就会在实践中失败。（毛泽东《实践论》：《认识和实践的关系—— 知和行的关系》）

4. 马克思列宁主义之所以被称为真理，也不但在于马克思、恩格斯、列宁、斯大林等人科学地构成这些学说的时候，而且在于为尔后革命的阶级斗争和民族斗争的实践所证实的时候。(毛泽东《实践论》:《认识和实践的关系——知和行的关系》)

5. 许多理论是错误的，经过实践的检验而纠正其错误。所谓实践是真理的标准，所谓“生活、实践底观点，应该是认识论底首先的和基本的观点”，理由就在这个地方。(毛泽东《实践论》:《认识和实践的关系——知和行的关系》)

6. 唯心论和机械唯物论，机会主义和冒险主义，都是以主观和客观相分裂，以认识和实践相脱离为特征的。以科学的社会实践为特征的马克思列宁主义的认识论，不能不坚决反对这些错误思想。(毛泽东《实践论》:《认识和实践的关系——知和行的关系》)

……

要而言之，按照毛泽东的认识，一切立场、观点和方法，其正确与否、伟大与否，要检验它，依靠的是现实实践；与现实结果完全对不上码号，实践的结论总是使理论的预期大大失望或完全绝望，却硬说这个理论正确、方法正确、观点正确、立场正确，那是非常荒谬的。年轻的新月先生，向毛泽东同志学习吧，他不是哗众取宠的，他是扎扎实实的!

新月在《卡尔·马克思的意义》中最后总结道:“总结一下，到今天为止，马克思的理论依然拥有着巨大的能量，它的意义可以说到今天为止依然深刻。”在苏联土崩瓦解、东欧树倒猢狲散、中国放弃解放全世界的宗旨，以“世界多极化、文化多元化”解释自己的合理存在的时候，新月的奉承和美化够肉麻了。肉麻也罢、奉承也罢，要想论证马克思主义仍拥有“巨大能量”，要想说明它“依然深刻”，你只能搜集材料论证：马克思以后的现实与他的理论预设是完全符合的，或基本符合的，而绝对不应该一边承认现实与马克思的理论不相符合，一边又说：卡尔·马克思的理论真是伟大！

在一个进行过“实践是检验真理的唯一标准”理论普及的国度，却以极高深的学术化语言，以云山雾罩的形式，论证出与这一命题相反的结论，这是中国学术的悲哀，首先是中国经院神学的悲哀。近半年来我的理论抨击，推进了新月在“雅典”榜上的地位——凡我作为论敌的，在正统理论的阵营里，都是被批判者的欣喜，因为我的批判总是突出了被批判者在该阵营的地位——鼓励了他在某种错误道路上的一意孤进，因而，这种抨击是我战斗的愉快，也是我的悲哀！

最后要说，一个年轻人，知识增进慢一些并不可怕，学术品格出了问题真是可怕！

2009年12月14日

毛泽东痛批新月之二：外国人的屁都是香的

前按：

借力打力，是一种智慧。毛泽东是新月崇奉的神圣领袖之一，借神圣领袖的话打击新月，这方法已经是第二次应用，唯在于借力打力！

在《卡尔·马克思的意义》一文中，新月引用一位外国人的话，证明马克思主义是伟大的，是“仍然拥有巨大力量”的，是“仍然深刻”的。他引用的是西方马克思主义[①]者卢卡奇的一句不知出处的话，卢卡奇说：“我们姑且假定新的研究完全驳倒了马克思的每一个个别的论点。即使这点得到证明，每个严肃的‘正统’马克思主义者仍然可以毫无保留地接受所有这种新结论，放弃马克思的所有全部论点，而无须片刻放弃他的马克思主义正统。所以，正统马克思主义并不意味着无批判地接受马克思研究的结果。它不是对这个或那个论点的‘信仰’，也不是对某本‘圣’书的注解。恰恰相反，马克思主义问题中的正统仅仅是指方法。”

卢卡奇的话显然是错误的。既然“姑且假定新的研究完全驳倒了

① 西方马克思主义是现代西方国家中一种反对列宁主义但又自称是马克思主义的思潮，试图把马克思主义解释成为一种人道主义，并强调马克思思想与黑格尔思想的连续性。它出现于二十世纪二十年代，以卢卡奇和柯尔施为代表。

马克思的每一个个别的论点”，那么它怎么还能是一种好的、不失正确性的“正统”的方法呢？既然“即使这点（每一个个别论点都被驳倒）得到证明”，并“放弃马克思的所有全部论点”，而为什么还要“无须片刻放弃他的马克思主义正统”呢？既然马克思的“这个论点”或“那个论点”都不值得“信仰”了，为什么“马克思主义问题中的正统”所唯一的、仅仅的指向——“方法”——却那么值得崇拜呢？这是任一个中国儿童都能辨识得出来的错误。

中国古人说，无木则无林，卢卡奇偏偏说：“虽然没有一棵树木，但你看这片森林好大呀！”中国古人说，无江河何以有海洋，卢卡奇却说：“江河干涸，湖泊枯竭，雪域蒸发殆尽，但一片汪洋恣肆，浩淼无边！”中国古人的话是不算的，外国人的话才算正确。

中国现代人说，具体的否定而进行抽象的肯定，必然是一种实质的否定。新月认为，中国现代人是不值得相信的，卢卡奇的话才是真理的定评。

经过文化大革命，中国人普遍相信“实践是检验真理的唯一标准”，新月认为，一切的中国人都错了，卢卡奇才是唯一的正确。

为什么这样呢？新月告诉人们，卢卡奇这样说了，而卢卡奇是个外国人，西方人，西方马克思主义的创始人。

查索一下，卢卡奇，匈牙利人（1889—1975），马克思主义的信奉者，虽然追随过斯大林，但他创立了物化理论，批判资本主义将人物化，从而将马克思主义加入了人道主义因素，在马克思主义的理论发展上有其一定贡献。但睿智的哲者尚有妄语，毛泽东在1960年还错误地研究“粮食吃不完了怎么办”呢，难道仅仅他是一个外国人，一位西方学者，便句句都是真理么？

方法正确与否必须经过现实检验，如果每一个具体的论点在现实的检验中都错了，它的总体方法必然是错误的。这是无分妇孺老幼，每个中国人都知道的。难道拿出了一位外国人的台词，便能将真理翻个过，使每个人都改变认识吗?

还是要拿毛泽东来批判新月：

毛主席说：“许多马克思列宁主义的学者也是言必称希腊，对于自己的祖宗，则对不住，忘记了。”（毛泽东《改造我们的学习》）

毛主席又说：“教育界、科学界、文化艺术界，还有好多了，还有医学界，外国人放个屁都是香的。害得我有两年不能吃鸡蛋，因苏联人发表了一篇文章，说里面有胆固醇。后来又一篇文章说胆固醇不要紧，又说可以吃啦。月亮也是外国的好，不要看低教条主义。”（毛泽东《1975年在政治局一次会议上的讲话》）

新月，卢卡奇的屁也是硫化氢、吲哚和粪臭素，并不因他是外国人便可以拿来调香料了！

2009年12月14日

新月不走了！

前按：

比，是本文的特点，比有物比、人比、复杂的事（含人）比。此处用的是事比：史进在王进面前被打倒，诚心学艺，诚心拜师，文中主人公被打倒，狡赖不承认，负气出走；形成比较，形成批评！

后边有进一步的性格刻画，拘于小利而不走了，更显心胸不阔！

水浒第二回讲，开封府八十万禁军教头王进，吃了新上任的高太尉八十杀威棒的羞辱，为避免进一步遭受报复，三十六计走为上计，拖着行李，带着母亲，落荒而逃。一日行至史太公庄上：

只见空地上一个后生，脱膊着，刺着一身青龙，银盘也似一个面皮，约有十八九岁，拿条棒在那里使。王进看了半晌，不觉失口道："这棒也使得好了。只是有破绽，赢不得真好汉。"那后生听得大怒，喝道："你是甚么人，敢来笑话我的本事！俺经了七八个有名的师父，我不信倒不如你，你敢和我叉一叉么？"说犹未了，太公到来，喝那后生："不得无礼！"那后生道："叵耐这厮笑话我的棒法。"太公道："客人莫不会使枪棒？"王进道："颇晓得些。敢问长上，这后生是宅上的谁？"太公道："是老汉的儿子。"王进道："既然是宅内小官人，若爱学时，小人点拨他端正如何?”太公道:“恁地时，十分好。”便教那后生来拜师父。那后生那里肯拜，心中越怒道:“阿爹休听这厮胡说！若吃他赢得我这条棒时，我便拜他为师。”王进道:“小官人若是不当村时，较量一棒耍子。”那后生就空地当中，把一条棒使得风车儿似转，向王进道:“你来！你来！怕的不算好汉!”王进只是笑，不肯动手。太公道:“客官既是肯教小顽时，使一棒何妨?”王进笑道:“恐冲撞了令郎时，须不好看。”太公道:“这个不妨。若是打折了手脚，也是他自作自受。”王进道:“恕无礼。”去枪架上拿了一条棒在手里，来到空地上，使个旗鼓。那后生看了一看，拿条棒滚将入来，径奔王进。王进托地拖了棒便走。那后生抡着棒又赶入来。王进回身，把棒望空地里劈将下来。那后生见棒劈来，用棒来隔。王进却不打下来，将棒一掣，却望后生怀里直搠将来。只一缴，那后生的棒丢在一边，扑地望后倒了。王进连忙撇下棒，向前扶住道:“休怪，休怪!”那后生爬将起来，便去傍边掇条凳子，纳王进坐，便拜道:“我枉自经了许多师家，原来不值半分。师父，没奈何，只得请教。”

最近，“雅典”论坛也有这番故事。那被“搠在地下，扑地望后倒了”的不是别人，却是新月。不过新月却无这份雅量，他被搠倒之后，不是“去傍边掇条凳子，纳王进坐”，拜王进为师，而是以面子为重，倒打一耙说，“雅典”里的人物不讲枪法，围观群众也太不讲理，以至于不知我这倒了也是胜了，跟着瞎起哄干啥。新月从地上爬起来，拍拍屁墩儿上的灰，愤轰轰地说:“‘雅典’再见，我要走了。”惹得JLUO先生写了一篇很有名的文章《新月，别走!》，挂在推荐栏里，刚刚才被翻了下去。

大家注意，史进遇到王进，最初不服，是说:“你是甚么人，敢来笑话我的本事！俺经了七八个有名的师父，我不信倒不如你，你敢和我叉一叉么?”只是，他在王进的枪棒面前，尊重事实，倒了便是倒了，倒了便是败了，不再大谈什么七八个师父。新月先生则不然，被掀倒在地之后，坚持哈耶克、阿伦特、约瑟夫·拉兹、德沃金什么的，他们都是我的外国师父，我在他们门下受教十多年，你能把我掀倒？我的仰八叉朝天，只是一种枪棒棍法，一种武功姿势，你们不懂，随着那“雅典”人物瞎起哄干啥。一片草根，一伙暴民，这里真没待头，我要走了。

不过，新月先生扭捏作态之际，却同时渐渐瞧出了一些门径。那评武之人，出于某种需要——我其实深深地理解，新月的武派是国字号武派，当局正在给评武之人小鞋穿，倾向他一下正可卫我舞台——偏是爱那屁股倒地功夫、仰面朝天姿势，屁民虽是哗笑一片，但那评奖台上却总是赞声一片。于是乎，每当新月先生被掀倒地上一次，那受奖榜上便金榜题名一次。光阴荏冉，日月如梭，一个来月工夫，看看快要被推荐到开封府，进入久窥而不得的翰林院了。于是，新月先生便再也不提“走了”二字。该写文章的又是JLUO先生了，这次文章的题目当然不是《新月，别走!》，而是《在“雅典”搞搞民主》，似乎对新月不走反倒有些意见——输了就是输了，怕他走反倒总是评他赢了，一个屁墩儿朝天的人物，天天在比武台领奖受拜，岂不是辱没了天下英雄!

安徽某学院的江南教授与JLUO一起对评奖办法提出意见，认为才五个人点击新月的文章，怎么会出来了八张推荐票，这弱弱的屁墩儿朝天的白脸人物，好像似乎又成了这一轮的武林盟主？新月先生当然是站在卫皇卫道一边，他大声反驳二人：“评奖中搞点精英专制，正可以‘避免多数人暴政’!”多数人暴政是新月先生的一贯心结，少数人暴政他是不顾忌的，“普天之下，莫非王土，率土之滨，莫非王臣”，这专制的少数，少到秦皇一人，这才真的符合中国国情，尤其是符合“草民们只懂常识不懂理论”的中国国情呢!

JLUO说什么“在‘雅典’搞搞民主”。一搞民主，新月先生便又走了。新月先生一走，“雅典”凭什么支撑我们是国派武术的门前装潢呢？

新月先生不能走，新月先生也不走了！

2009年7月29日

新月的魔术

前按：

概念的概括与析解，“人”与“具体的人”是一样的。看你如何使用，它们都可以集合使用，也都可以分解使用。说它们是一样的，是从这一意义上说的。

集合使用的“具体的人”与集合使用的“人”等大，分解使用的“人”与分解使用的“具体的人”等小。

写作不只靠文章功夫，更靠逻辑功夫，哲思功夫。

一

新月在给大家玩魔术。

一个魔术家故意耍混，让人看不懂，是可以理解的；一个理论家故意耍混，让人看不懂，有点可耻。

大家给魔术家鼓掌，是说他欺骗大家欺骗得好，妙；大家给新月吵架，是说，做为一个理论家、一个文章写作者，为什么总说些不知所云的话，故意让大家看不懂。

二

我这一篇文章专揭新月的魔术。看看新月的魔术究竟是什么。

第一，新月并不否认真理，但将真理掩在很深的地方，不为启发大家使用真理，只为他在必要时为自己辩解：我也是相信真理的。这与魔术有点相似：魔术师要的是魔术，用的还是化学、物理，但他必须将它掩在很深的地方，否则就不神秘。

第二，新月被大家认为是“雅典”园子里最讲学术、理论的了，但其学术和理论的结论却是：不要理论和学术，只要具体的狭隘的行动——这是大家万万想不到的吧！

白翻为黑，最白翻为最黑，这是魔术的奇妙。新月做得出神入化！

三

新月的魔术（理论）能够打倒自己，这是很危险的；但他运用得好，又缺乏慧眼人，所以他往往很安全。这也是魔术的高妙之处。不过我今天要打倒他，让他趴地一次，放在最后，也算是给大家谢幕。

但要事前告知大家节目名称：新月的一篇文章题目叫《摆脱“人”的幻影》，我要借此将他打倒——他恐怕也得“摆脱”他的什么！

记住，他恐怕也得“摆脱”他的什么！

四

先说新月将化学、物理藏在哪里。这里还要借他的一篇文章——《摆脱“人”的幻影》。

你看文章题目——摆脱“人”的幻影，显然是否认古典人文主义，否定那个大写的“人”。这是明摆着的，百分之百的。但是，他说：

“本文对于古典人文主义的反思，绝不等于消极的否定古典人文主义的积极作用。不可否认的是，古典人文主义在粉碎一个神权世界以及政治‘从天国降落到地面’起到很大的作用。同时，建立在古典人文主义基础上的契约论的自由主义也为近代民主政治发展提供了一定的理论基础，今天任何一个共和国都坚持的‘主权在民’就是它的贡献，代议制民主也是在这个基础上发展起来的。同时，必须看到，有积极作用并不等于没有缺点，就好像表彰法理学上的马锡五不等于否定宪法上司法要独立。这本来就不是一个层面的问题。不过为了防止有人不服气，我直接说。”

五

这意思是说，我可先谈了古典人文主义的“积极作用”“很大的作用”“它的贡献”。我骂古典人文主义，是骂它的缺点，我可从没说古典人文主义不好啊，你们听着。我说“摆脱‘人’的幻影”也不是说大写的“人”不好，只是说大写的“人”是有缺点的。

这等于魔术师入场之前，先给大家伸伸手指头，表示我手里可什么也没拿。从空笼子里抓出鸟来，可不要认为我耍了滑头，欺骗了你。

六

但在魔术师面前，你一会儿就会忘了化学、忘了物理，在新月这里，你一会儿就忘了古典人文主义、大写的“人”字的好处。因为新月的整个魔术表演，就是：朝着古典人文主义开骂，朝着大写的“人”字开骂，否定它的一切价值。在此情况下谁还能想到古典人文主义、大写的“人”字的真理意义呢?

——这就对了，这就是新月的真实目的：忘却真理，进入迷幻世界！

七

看新月如何向古典人文主义开骂，新月说：

“言归正传。古典人文主义所谓的‘人’相信这些真理是不言而喻的，比方说人人生而平等、私有财产神圣、言论自由神圣等等教条。这些教条抽象上去看是很有道理的，同时这些教条在反对政治领域神学的教条的斗争中起到了很大的作用——这我再次强调（注意，新月再强调一次，他又伸了一次手指头）。但是我们需要向古典人文主义者，也就是那些所谓的‘自由主义者’问一个问题：

“你们所说的‘人’，究竟是哪一位?”

八

古典人文主义的“人”，是社会概念的“人”，不是那个在厨房做饭的某人，不是那个正在性交的某人。这是毫无疑义的。正是以此为基础，古典人文主义制定出了适用于“人”的原则——民主、自由、平等、博爱，并以此为基础，制定出具体的法律，适用于一切社会的人。

如果指的那个正在做爱的人，如果指的那个正在做饭的人，都是一些独立的、不参与社会关系的，还有必要确立平等原则吗？还有必要制定法律吗？古典人文主义者不是傻子！

但新月正是在古典人文主义者的合理之处，如苍蝇寻缝一般寻找破绽。

九

新月道：

“很显然，人总是活生生的存在，社会中不存在‘抽象的人’（即大写的‘人’）。人的存在，张三就是张三，李四就是李四，王五就是王五。没有一个人是‘抽象的’”。“因此，法权的问题是紧紧地与具体的人的生活联系在一起的。”

十

为批驳古典人文主义者，他与古典人文主义者的归纳性思维相反，新月采用解析式思维：将社会的人解析为一个一个“具体的”正在做爱的人、做饭的人、饱暖思淫欲的人和饿肚子的人。

与古典人文主义以归纳为基础制定出法律、原则适用于每一个人相反；在解析为一个个独立的、具体的、与社会不发生联系的人之后，古典人文主义者所制定出来的一切原则、法律、法权也就统统归于消解了。

十一

新月继续消解之：

新月以社会的人——即参与社会关系的人，在参与社会关系时必支出成本为由，将人分为两部分：支付得起参与社会关系成本的人和支付不起参与社会关系成本的人。

前一部分人，新月说：“对于美国而言，就是金融大亨，对于极权主义苏联而言，就是官僚特权阶级，对于现在的中国而言就是上面两者的结合。”后一部分人，新月则大致是指这样的人——“如果张三还在为明天的饭如何着落发愁，那么纵然言论自由的权利是消极自由，但是他也绝不会认为自己有了言论自由，因为现实的生活束缚着他。法权的束缚并不是最根本的，社会生活的束缚才是最根本的。”

十二

在对大写的“人”做了这样的具体的消解式解析之后，新月的观点是：

法律、法权、自由平等的原则，对美国的大亨、苏联官僚特权阶层与中国的大亨和特权阶层是适用的，因为他们能够支付得起参与社会关系的成本——印报纸、搞舆论、请律师、交诉讼费打官司；对于后者却不适用，因为：你说财产权，但你没有财产；你说有享受劳动保护的权利，但你连诉讼费都掏不起，所以都是空谈。

十三

怎么办？

古典人文主义者所做一切努力都被新月消解了，平等自由的原则无用、法律无用、法权无用，每一个“具体的人”，针对自己的具体情况，做各自具体的努力吧！有人要拆房，你挡着不让拆，有人不承认你是矽肺，你开胸验肺。

至于全社会范围内人们究竟需要的都是什么，新月说：“我们需要面对的是中国每一个活生生的个人的需要。他们需要什么？这就是一个社会实证的问题。我们可以根据社会学的科学的调研方法去思考这个问题。”——“具体的人”的“具体的需要”是啥，还需新开一个学问领域。

真玄啊!

十四

请注意，在这里我要利用新月的方法打倒新月。

新月的文章命题为“摆脱‘人’的幻影”。为什么要摆脱，新月认为，古典人文主义者的“人”是抽象的，不是一个一个活生生的、具体的人。

但是，当新月以“具体的人”建立普适性理论的时候，“具体的人”不也成了一个适用于每一个他所谓的“具体的人”的抽象概念了么？后人批判新月的时候，难道也写一篇《摆脱“具体的人”的幻影》？

新月，你说，你的“具体的人”在你的理论中是不是也被抽象化了呢？你可能会说，我的被抽象化的“具体的人”还能在社会生活中还原为每一个具体的人。但是，我说，古典人文主义者的“人”不可以还原为每一个具体的人吗？古典人文主义者的大写的“人”字本来就是从一个个具体的小写的人中综合而来的，它本可以还原，可以解析，可以解析后依附于一个个具体的人的。

像你这样做学问，要写《摆脱“人”的幻影》，你之后的人要写《摆脱“具体的人”的幻影》，再之后的人要写《摆脱“具体的具体的人”的幻影》……世世代代“摆脱”下去，永无匮也!

十五

尤要注意的是，每一个“具体的人”的具体需要是啥，还需要新开学科，以实证方法调查研究的时候，这“具体的人”其实与那些傻瓜、那些二百五的古典人文主义者的“人”字所具体指向的“具体的人”完完全全重合了。新月的这篇《摆脱“人”的幻影》的文章也算白写了。

魔术是愉快的，拆穿魔术也是愉快的，不过此时魔术师不愉快了。

十六

新月将那家被要求拆除房屋而拒不拆除的钉子户称为一个具体的人，并将其行为称为有意义的具体行为。此处新月说：“为什么重庆的钉子户能够誓死捍卫一个还没有诞生的《物权法》呢？因为房屋所有权这个法权对于这家‘钉子户’而言是有彻底的意义的。法权只有和具体的人联系在一起，和他们互相交融，才是有生命力的法权。”

说到这里，新月又承认以大写的普遍的“人”为基础所建立起来的法权，是每一个“具体的人”的具体维权行为的前提。但既是如此，为什么要“摆脱‘人’的幻影”呢？没有这个“人”，又依据什么去制定物权法、为谁制定呢？

真是一个弯弯绕，理论如是这样的，应当让理论家去死！

十七

强调具体的人，那么强调的必然是具体的行动。所以，新月说：

“如果明天有人无端地来收你的房子，不用新月号召，我赌定你会拼死抵抗。我不需要你高呼‘物权法万岁！’你的行动已经在为中国法治进步作出贡献了。我欣赏行动派。从每个社会成员意识到的权利开始，从基层的和人们生活息息相关的权利开始，才是批判的法权的建设之处。”

由此看，新月这个学术派、理论派，其实是最不理论、最不学术的，其实是最实际、最具体、最行动的。当你被强奸的时候，你反抗，未被强奸的时候，你不要说什么人身权益，更不要说什么刑法理论！

最黑的翻为最白的，最学术的变为最行动的了。这也是魔术的妙用！

十八

抽象的肯定，具体的否定；“但”字后边做文章，是新月魔术的基本原理。

你看，在这样的魔术之下，新月前边承认的古典人文主义的“积极性”“很大的作用”“贡献性”哪里还有存在?

新月的目的是反对大写的“人”字之下群体集合，主张一个一个“具体的人”的具体行动，缺吃挣吃，缺穿挣穿，缺老婆找老婆，肺不好开胸验肺，实用和功利是每一天每一天的具体目标，让具有蠕虫倾向的中国人更蠕虫化一点！

十九

我没看错新月，刚刚熄灭的战火，只好又点了起来！

持这样的实用化、功利化、具体化、行动化的目标，却又爱写似乎高深的理论文章，除名利之外、斗气之外，真看不出还可能有什么高尚动机！

新月一定会嗤着鼻子说，你没看懂我的文章。我是赤眉陈更，也是“雅典”园子里较有权威的培艺师了。你的文章是赤眉陈更认真研究过的，他竟然没看懂，你的文章给谁看呢？写它还有用吗？

2009年8月26日

读新月的《亲历“‘雅典’大革命”》

前按：

本文采用了层层递进法，以时间作比，新月不符合其自喻的丹东；以环境作比，新月不符合其自喻的丹东；再以条件作比，新月仍不符合其自喻的丹东。再进一步，从对现实的态度上进行分析，新月虽说现实有缺陷，但他是主张安卧于现实的，现实怎么可能将新月推向断头台呢？那么，新月又怎么可以类比于丹东呢？

一

第一次比较轻松地阅读了新月君的一篇文章——《亲历“‘雅典’大革命”》，文章写得通顺、流畅，虽然幽奥晦涩的背景仍然存在，但是，如我一样的一般的读书人可以接受了。这可能是因为新月君接受了大家的批评，第一次不是以理论家的身份，而是以与平民相侪的身份切磋思想、交流观点的缘故吧。

我没有为阅读而头痛、失眠，这是新月君的进步，应当感谢这种进步！

二

文章中新月君将自己比为丹东，认为“如果学园就是当年的法兰西共和国，我此时注定被绑在断头台上”，似乎甚是值得同情。

那将他绑在断头台上的是罗伯斯庇尔，将譬喻还原之后，罗伯斯庇尔当然是指“常识派”，这些“常识派”便显得十分可恶。

然而，这实在是一个没有根基的比喻——时间的比照、环境的比照、条件的比照，都找不到新月君相当于丹东，而“常识派”相当于罗伯斯庇尔的地方。于是，这种同情，这种憎恶，便无由而发。新月君用文字所唤起的那种感觉在瞬间消逝，问题还在原点，新月君的真理性，仍然不知存于何处。

三

首先看看时间。

丹东之被送上断头台，在雅各宾派以“民主自由”的名义实施革命的恐怖正为炽烈的时候。

新月君遭到“群起而攻之”，则是在“民主自由”只是人们心中的呼声，刚刚敢以曲折委婉的方式略有讨论的时候。

民主自由的心声者，自己不上断头台，就是一种值得庆幸的事情，何有力量将自己的思想对手置于断头台?

四

其次看看环境。

丹东（革命派右翼）和罗伯斯庇尔（革命派左翼）的革命，是人类实行民主自由制度的试验阶段（美国才刚刚独立不久）。民主自由的概念究竟应当如何理解，民主自由的框架究竟应当如何构建，尚需以流血来进行试验，丹东不幸成了试验品！

现实的情况却是：苏联解体、东欧崩溃，原来的那些与传统民主社会（民主世界）对垒的国家都在进行改革，民主与专制、世界潮流的背向，已无须试验。

所以，被新月君称为“常识派”的民主自由的讨论者，无须拿新时代的丹东——新月君的人头作民主的试验和自由的追问！

五

再看看条件。

丹东走上断头台，其周围条件是：雅各宾派血腥的专制恐怖机器转得正嚣，民主自由运动初起时法国民众对民主自由概念的盲目和无知。

而现在，如新月君一样的慎行民主自由的主张者，面对的是抵制民主自由较快到来的强力机器的欢迎和保护；相反，新月君的反对者，则被层层枷锁，层层钳制，由现代科技进步而稍稍获得的一点点网上自由，也正面临着“绿坝”的过滤。

除了身后的强大的保护以外，什么样的条件，可以将新月君送上断头台呢？

六

我知道我的解说还存在一个致命伤：

新月与他所称的“常识派”的争议的本质是：新月君认为，“常识派”主张的“民主自由”不是真正的民主自由，能够通过新月君的理论证明的“民主自由”才是真正的民主自由。也就是说，对于论战的双方，合乎真理的“民主自由”归属于谁，尚是问题。你却在此文中，将民主自由直接归到“常识派”一边，否定了新月君“民主自由”的真理性。因而，你的判断，仍是一个缺乏大前提的判断，其真其伪，仍然待定。

七

是的，关于时间、环境、条件的比对，虽然使真理在于哪一边的认识，较前有了进步，但问题的本质确实没有解决。不过，叙述问题总要一步一步来，我们必须找到解决问题的较为根本的方法。

这个方法是：以现实为尺子，丈量双方观念的真理性。

此方法能够避免理论、观念的空虚性，使虚无的思想观念变得可以衡度。

八

让我们首先确定，在中国的现实中，民主自由的状况是理想的，还是不够理想的。

如果现实中民主自由的程度已足够理想，“常识派”反对现实，便说明“常识派”心中的“民主自由”不是真理。

如果现实中民主自由的程度还不够理想，“常识派”却拥护现实，便说明“常识派”心中的“民主自由”同样不是真理。

这样的辨别方法亦平等地适用于新月君。

九

我相信，在关于中国的当下有没有充分的民主自由的问题上，双方可以找到共识。

在《“常识派”能带我们走多远》的序言中，新月君说：“虽然我们渴望民主，但是很多思维的方式和框架却还是中共教给我们的。这些框架和思维方式和作为一种生活方式的民主是格格不入的（为简便起见恕我只引一处）。”这说明，新月君认为现实中民主自由的程度还不够理想。

而“常识派”不安于现实、渴求改变现实的态度，则是无须争议的。

在诸多争议中，双方找到了共同点：现实不够理想。如前所述，它应是一把双方共同认可的尺子。

十

新月君在《亲历“‘雅典’大革命”》中，以“人们在妓女玛丽昂的怀抱中的美好感受”比喻人们所追求的“民主自由”的感觉。知道这一点之后，让我们看看新月君对于“现实”持什么态度。

新月君借丹东之口对罗伯斯庇尔发出质疑：“但是困难的是，现在在玛丽昂的怀抱中，不是已经很幸福了么？她不是也很幸福了么？”那还革命什么呢？那还向现实之外追求什么虚假的幸福幻境呢？

这是新月君，第一次以类比的方法表示对现实的拥护。

十一

新月君继又问道：“罗伯斯庇尔期许的幸福，总是在遥远的明天，但是却需要今天的人用鲜血去保持活力。我们总是被要求保持对于革命的忠诚，我们总是被教导，明天就会更好。但是，这黑暗的隧道究竟什么时候才是头？自由民主平等博爱的社会，什么时候才能算完全建立？”

新月君通过对“明天”的否定，肯定幸福其实就在今天。这是他第二次用类比的方法表示对现实的拥护。

你可能会说，新月君否定的“明天”是罗伯斯庇尔的“明天”，因此这个否定是正确的。我认为，你本来不应当提出这个问题，因为一切都是比喻，是一种时空和人物置换下的比喻。一一作了正确的换位之后，你应当认为我的说法没错！

十二

新月君如此结束他的这篇文章：“但是，我们人类注定不会生活在洞穴之外。一切的进步观念，一切的教条，都无非是告诉我们一个理想国。不过，那仅仅是洞穴外的事情，每一个凡夫俗子只能生活在洞穴内……早年的丹东，因为那些激动人心的口号信条，似乎看到了洞穴外的美景，他为之奋斗，不惜牺牲任何人。直到他遇见玛丽昂，他忽然回头，发现自己留给法国的，除了尸横遍野、妻离子散什么也没有了。”新月君劝人们留在洞穴内（现实中），不要向洞穴外（现实以外的明天）张望。他再一次表示了他对现实的拥护！

十三

也就是说，新月君呼唤人们:“拥护现实吧，留在现实之中吧，向往‘明天’会导致混乱和流血的!”

在“现实”这把尺子下，新月君和他所谓的“常识派”孰是孰非的辩论是不是可以终结了呢?

那么，在现实的条件下，谁又能够将新月君推向断头台呢?

2009年7月1日

实证与统计：新梁共同法则！

前按：

比与讽刺是本文的特点。如证明太阳之难，证明“人”也是很困难的，最简单的事物最难证明。但共同法则的创造人就是要人证明自己是人，证明不了便将他像时迁一样悬在梁上。又有一比，反比，对他人的苛求与共同法则创造人对自己的无边宽大作比：他自己本来说“算是”，但当“算是”对自己不利时，他问“算是”是“是”吗？但我们如果说“算是”是“不是”的时候，恰遇上“算是”对他有利，“是”对他不利，他必说，你敢说“算是”是“不是”吗？

写文章要注意语言的活泼性。某人被“共同法则”创造人的“实证”问得回答不出来，文中这样描写：一位刚到“雅典”来的张超刚先生，人生地不熟，就误入了祝家庄的陷阱，像时迁一样被庄人捉拿，倒八叉悬在梁上。

一

世界上最难证明的事物，是最简单的事物。例如：

请给我证明一下太阳是照在我们头上的真实存在！

二

你说："因为我们看见了那个什物（太阳），感受到光明，并且感受到温暖！"

那么，你怎么证明"看见了那个什物，感受到光明，并且感受到温暖"就能够说明太阳是存在着的呢？

三

啊，啊，这真是无法证明的！

——于是，那个要求证明的，得胜回朝，喜气洋洋，意气风发！

四

今天，在李毅先生《当今世界没有普世价值》一文后边，一位刚到"雅典"来的张超刚先生，人生地不熟，就误入了祝家庄的陷阱，像时迁一样被庄人捉拿，倒八叉悬在梁上。亲手挖下陷阱的是新、梁共同阵线的首要人物梁教授，这陷阱挖得简单，就几个字："你给我证明一下什么是'人'，这个世界上有'人'吗？"

五

"人"的确是最难证明的。人在作证明题的时候首先被要求判定自己（人）是一个真实存在，他也就不敢去证明"人"了。就像几何推论，人们首先认定对顶角相等是正确的，将此作为真理的第一步，开始下边的真理演绎。一下子有人要求证明一下对顶角相等，这当然是个难题。

类似的证明难题还有：直线是直的、三角形是三条边、圆是圆形的等等。

六

引申到人类世界，最难证明的问题是：儿子是妈生的。

但今天梁教授提出的证明问题比“儿子是妈生的”还要难度大。因为，儿子是人吗？妈是人吗？这需要先作证明。如果张超刚先生傻乎乎地证明了儿子是人，妈妈是人。于是，新问题出来了，他的对手要求他证明一下“什么是人”。

这才是世界上的顶级难题——出这题目的人是不是人？他存在么？如何实证？如何统计？现在，也就是现在，梁教授问张超刚的时候，是人在问人吗？

七

新、梁共同阵线提出来的，要求“雅典”论坛的朋友们实证的东西还很多。例如：民主问题、自由问题、普世价值存在不存在问题、“中国人要求民主是真还是假，对此你统计了吗”的问题、“民主比专制好”的问题等等。

一切大家把它放在“对顶角相等”的位置，作为几何证明的前提的问题，新、梁与你争辩时他都坚持要求你先实证一下。

你证不出来，他们便再一次得意洋洋，意气风发，得胜回朝。

八

新、梁的辩论方法，是躺在地上打滚的辩论方法。君子不屑，他们便永远认为他们战胜了君子。

君子离开战场，听到的最后一句话总是：“你能实证么？”

胜利者的质问响彻天空！

九

马克思说：“统治阶级的思想是占统治地位的思想。”“雅典”据此规则，总是把躺在地上打滚的戏张在戏榜的最高处，用大海报宣扬。这更惹起打滚者的兴奋，何管地上是泥巴还是绣球，是屎尿还是珠玑，何管人们笑掉了大牙！

十

但适用于“雅典”全体朋友的新、梁共同法则，对于新、梁自己，他们是从不使用的。

例如，新、梁说：“我们写《新疆事件》这篇文章算是对你们的回应吧！”但他们马上又说，我们从来没有回应过你。网友质问他们：“你不是开宗明义地说，写作此文作为回应吗？”

新、梁气势汹汹地说：“你认真看看，我们说的是‘算是’，‘算是’是‘是’吗？”

“算是”不是“是”，这样低级的错误，他们是从来不拿来实证和统计一下的!

2009年8月13日

附：如不相信我所说的，抓紧时间到李毅先生《当今世界没有普世价值》文章后边看一看，还在首页呢!

关于实证一下“人”的讨论，张超刚倒吊在梁上，正被问得抓耳挠腮，打着结巴呢!!!

宦者必读：自我约束论

前按：

比，还是比，自《诗经》起，比就是文学的重要手段；作者通过强烈的比，夸张的比，极端化的比，以实现最大的说明作用。本文所批评的文章，其作者以福柯的社会、监狱理论，要求人们约束自己，服从社会现实。本文夸张道：张家的高墙便是王家的监狱，乙女的裙衩便是甲男的高栅。这样，被皇家后宫高墙以及自身阉割所囚禁的宦官笑了，你们不和我们一样住在监狱里吗？更进一步夸张比喻道：真空不是鸿鹄的监狱吗？这样燕雀笑了。讽刺的效果由比而产生，由夸张之比而极度的产生，震撼人的脑筋，撞击人的心灵，该文作者的谬论被榨出一个“小”字来。当然福柯的社会、监狱理论与该文作者的用意是不一致的，完全相反的，福柯以为人的本质是自由，统治者以理性的监狱剥夺人的本质——自由，是残酷的。他的社会、监狱的理论体系是通向自由，而不是否定自由。对此，本文的作者没在文章中说明，是疏失还是故意，不必探究：讽刺要如雷霆，瞬间发生，瞬间作用，摧骨折心——作者闪电战的对象是所批文章的作者，福柯理论的解释交给另外的文章去完成。

“雅典”论坛有一位自我约束能力极强的先生，最近他写了一篇文章，是专谈自我约束的。我看了看，过气儿了，要在民国以前，这样的文章可以放到宫廷里作必备教材。那些去势之人，在去势之后，身上还血淋淋的不干净的时候，正可趁这刚恢复、半疗养的当儿，加强思想教育——为什么要去势，为什么宦官是人世间很必要的职业，宦者职业对于社稷的纯粹有何意义，对国家的繁荣昌盛有何价值。

做宦官、特别是做一个好宦官，首先涉及的问题是自由问题，性的自由及一般的人身自由问题。这位先生的著作在解释这一问题的时候可以说是最有意义的，一定会让刚刚去势的人们听个兴高采烈，认为不枉这本为祖上传播烟火的生殖器被割一回。

首先，这位先生的名言是：约束自己本来就是有独立思想。被阉割是需要勇气的，勇气来源于对自己行为价值的深刻认识。阉割是一种性的约束，根本性的性的约束，这样的约束以后，你可以接近天子、奉侍娘娘，没有这样的根本性的性约束，你造化千年万年，也很难有这样高登庙堂的机会。魏忠贤正是如此考虑的，所以他虽为文盲，却得了个第一秉笔太监的头衔，文配至圣先师孔子——试想，那是偌大的造化！

这位学者在他的《宦者必读》的第二章里论证道：至于外界压力，你为什么一定要将它看成是敌对的力量呢？在福柯的眼中，社会本来就是一个大监狱。非独监狱才是监狱，社会本身在实质上就是一座监狱。又论证道：也有少数人，不想待在社会这座大监狱，也无法适应家庭、学校、单位这样的小监狱，于是他们就反抗，想从社会这座大监狱中逃出去。可是，他们最终却逃到了一个更小的监狱里——一个真正的监狱。这第二章是在教育那些被阉割了生殖器因而不好意思的宦官们如何自我解嘲。你看，人们嘲笑我们说，皇帝的后宫就如宦官的监狱，去势就像把自己的一切男欢女爱的要求自我地关进牢房，多么可悲！但事实上，社会就是一个大监狱，你看那位姓张的怎么不敢跑到姓王的府第里去呢？王家的高墙不也是姓张的监狱之墙么，他敢逾越么？说到性的问题，在非婚姻的男女之间，甲男的裤裆一定是乙女的狱墙，乙女的裙衩，也一定是甲男的高栅。试问，他们自由么？所以，他们也不要嘲笑我们，我们全可以在他们面前仰起头颅，高傲起来！

我说这位先生的学说可以放在封建社会作《宦者必备》，朋友说：你说得错了，他的高义大着呢！你看，他说：至于外界压力，你为什么一定要将它看成是敌对的力量呢？在福柯的眼中，社会本来就是一个大监狱。这样的言论可以放在二战德国，放在任何纳粹集中营，可以放在文化大革命，那是莫可再好的安慰剂。社会、监狱，只不过监狱的面积大小而已；五十步笑百步，笑得有道理吗？我想了一想，不得不认为，朋友的话是对的。我小看了这位先生的思想，一切恶世，这是最好的理论。有了这样的理论，面对着刑场，囚人们应当高声大笑：“我今日死，你们不是也得明日死吗？”“燕雀焉知鸿鹄之志”这千年成语也得改写了，天空不是鸿鹄的大监狱吗，它能飞到真空里吗，有什么可炫耀的？

想到这位先生的论说有这样大的适用范围——从往古到今天，从专制国家到自由社会——我佩服极了。心想，这先生绝对是一位自我约束能力极强的道德君子。然而，这判断错了。熟知者告诉我，他是“雅典”论坛上一位最费牙齿的坏孩子，绝不是一盏省油灯。第一，他自称自己是最讨厌政治的，但他约束不住自己，谈政治谈得比谁都多，计算一下他的文章，谈政治占百分之六十，法学占四十；第二，他自称自己是最文明的，却根本约束不了自己的脏口，像个三岁孩子一样日爹靠娘日日地厥，近日发明了“牛鞭”，他认为是稍文明一点的，所以就多用一些，在一位女士的文章底下，他一口气就骂牛鞭七十二个。听说，还爱说女阴，见到容貌姣好一点的女网友，就像大东洋那厮遇到了花姑娘，女阴女阴地叫个不停。

那么，为什么这最讲约束的偏偏又是最不讲约束的？一位哲人形容过一类人物：在狮子面前他是绵羊，在绵羊面前他是狮子。约束的时候，他面对的是强权，不但自己做绵羊，还约束大家共同做绵羊；放肆的时候，他面对的是强权之下的做奴隶的人们，权力者骂奴隶，做为强权者的奴隶，他比主子骂得还厉害呢！

2010年3月21日

对新月思考的哲学评价

前按:

文章的层次性是一定要注意的，本文可例。一、二两节提出问题，新月的文章要对当代中国所处的时空进行定位；三至八节接触问题的实质，即新启蒙主义者依据“封建”和“西方”（现代）两个参照点，对当代中国所作的定位，以及新月对这种定位方法的否定；九至十七节开展对新月观点的批判：“封建”和“西方”是两个可以衡度的点，当代中国距哪个点更近一些，就说明中国的现实位置大致在哪儿，从而确定努力的方向；新月说中国与苏联在同一位置，不具有可量度性，如“我同那棵树在一起”（以及我站在我的鞋子里）一样，不能说明位置问题；十八节为全文的收束，对新月提出的只有摆脱“西方现代性幻象”和“儒家意识形态幻象”中国才能发展起来的观点提出质疑，作者反问：离开了“儒家意识形态幻象”便失去了传承，离开了“西方现代性幻象”便失去了法律的现实根源（土地），悬于空中的法律存在吗？悬于空中的法律对中国有用吗？

文章的第三部分（九至十七节），内容稍有展开，包含了对新月关于新启蒙主义吸纳了西方理论中“人”字的批判的批判。这是行文的灵活性，也是行文的必要性，“人”是两种观点、两种立场争持的核心！

一

学术新秀新月先生撰《大梦谁先觉——谈中国法学的价值批判问题》，谈中国法学的价值批判问题。从文章题目看，新月自负于这篇文章，认为自己从普天之下的昏昏沉睡中，首先醒来。第一个发现，我们“不在哪儿”，我们其实“在哪儿”。

这确实带些哲学意味，宗教学上说：“要光”，光便来了，“要空气”，空气便来了。新月先生发现我们“不在哪儿”，其实“在哪儿”，这也是一个简单的问题，但这简单问题却是最有意义的哲学问题。它的意义是，中国在这个时空中的定位。

二

新月先生对“不在哪儿”的寻找，是从我们“在哪儿”寻找起的。这是绝对哲学的一个方法，确定了在哪儿，便必然确定了我们“不在哪儿”。

新月先生考察中国“不在哪儿”，是放在一个大历史的环境中去着眼的。这个大历史是指1978年之后的中国大历史。因而，新月对中国位置的考察，从1978年之后的中国新启蒙运动考察起，新月的关于“中国在哪儿”而其实“不在哪儿”的反思，其实是对以历史反思和政治反思为特点的新启蒙主义者的反思。

三

众所周知，新启蒙主义是后“文革”时代指导、引领、促进、督导我们这个时代前进、发展的全部思想浪涌的滥觞。除乌有之乡以外，现实中国的各家思想，或为新启蒙主义的不同流变，或为如黄海受河而染——已严重汲取其重要流波，与其保持着很大程度一致的另一种源流。

前者为当代中国的自由主义思想主流及其若干流变，后者为当局推戴的经过国情改造的当代马克思主义——中国特色社会主义的指导思想。

四

据此，可以认为，新月先生的“大梦谁先觉”，当能起到诸葛武侯“隆中对”的作用，对定鼎中华现代化具有一分古今的作用，如果确实是“觉”而不是“迷”的话。

所以有必要慎作考察，勿使汰埋。

五

新月先生的定位方法是这样的。考察新启蒙主义将中国如何定位，然后确定新启蒙主义所定之位是错的，也就是说“不在哪儿”，从而确定中国现在实际“在哪儿”。

新月先生说：“新启蒙主义最重要的信条是将过去的政治社会错误定义为‘封建的’……通过将过去的错误——无论说是毛泽东的错误还是仅仅林彪和‘四人帮’的错误——塑造成‘封建的’这种前现代的形式（新月认为中国官方也同意这种定位）。”

六

新月又认为：与“封建的”前现代形式相对照，新启蒙主义去重新强调现代性的意识形态，这就产生了“西方”这个概念的塑造。

但是，新月认为：1949年新中国成立本身就是一个镶嵌在二战后世界现代化背景下的历史事件；一方面它是模仿极权主义苏联建立的，而苏联本身就是西方现代性在俄国的一个产物；同时它的整个意识形态——马克思列宁主义——也是现代性的产物。虽然不可否认在整个1949年至1978年之间存在着古典专制主义的思潮，但是这不能否认共产主义中国的现代性成分。因此，以“封建的”定位中国是错误的、不妥当的。

七

接下来新月从内部检讨新启蒙主义的问题，他认为：“由于新启蒙主义对于马克思主义的整体性摒弃，因此它更多的是从古典政治经济学，整体主义下的‘西方’表现出来的一些现象所粗糙归纳的所谓‘自由主义’的教条，以及社会其他思想，比方说人道的马克思主义等等方面混杂吸收自己的思想。因此……此一话语的解释力必然就是极度虚弱的。”

八

读者应当大体看出，新月认为中国不“在哪儿”。第一，1949年至1978年的中国“不在封建社会”，第二，中国的前方的目标也“不在西方”。

那么，中国“在哪儿”？新月说：“中国就在自己的位置”。这个位置是哪儿？其实你应当看到，他在前边已经说了，“（中国的制度标本）苏联本身就是西方现代性在俄国的一个产物”，“马克思列宁主义——也是现代性的产物”，所以中国自身其实也是现代化的。鉴此意义，中国就在自己的位置：中国自己的现代化的位置。

九

至此，我要进行哲学批判。

位置的确立，是有参照的。新启蒙主义者之所以朝前推出个“封建”，朝后推出个“西方”，正是为了确定中国现实的位置。是靠前一点，还是靠后一点？距哪个更接近，与哪个相对可以划归一个范畴，就归于哪儿。

如新月那样，以自己为参照来确定自己，这个“自己”是确定不起来的。

十

同苏联相联系，同马克思主义也是西方思想相联系，能够帮助我们确定中国“在哪儿”和“不在哪儿”吗？不能。

这是因为，归纳是有一定的量的要求的。“封建”和“西方”已经符合进行归纳的量的要求，以中国处于“与苏联一样的现代的位置”来说明“中国在哪儿”，与“我和这棵树一起”处在“我和这棵树”的位置一样，不具有说明的意义。

十一

因而，新启蒙主义者将中国1949年至1978年的位置定位于“封建”（新月在某种意境下认为也有人定位为“封建法西斯”），具有归类的意义，因而具有说明的意义，揭示其本质属性的意义。

新启蒙主义者对中国的这种定位确立了1978年以后的中国的方向，主体理论或有修正，亦大体朝此前行，故取得了中国人民不同程度的拥戴。中国之发展成绩也有目共睹。

十二

新月的这篇文章是谈中国法学的价值批判的，故具体地谈到这一阶段的法。其总观点认为，因为新启蒙主义找错了中国的位置，导致的结果是：中国的法学，当然也连带及法律没找准自己的位置，致使“大规模立法滞后和法律与社会脱节的问题”，因而解决不了中国实际问题。

十三

新月继续批判，中国新启蒙主义的当代继承者，即自由主义者从西方概念中抽象了一些教条，最基本的就是所谓大写的“人”，围绕这一点产生私有财产神圣、言论神圣等教条。新月认为，自由主义者违背了马克思的观点：人是历史性的，不存在那种抽象状态下的“人”。新月十分准确地强调：“如果认为‘人’具有财产权，那么对于赤贫的人来说，这对他毫无意义。”新月更具体地举例道：“说个很简单的，煤老板行使自己的用工权利，但是矿工在事实上无能力用相应《劳动合同法》规定的权利对其形成制约，因为他可能没钱打官司，或他根本没文化，根本不知道给予他的救济。”

十四

笔者认为，法律的基本属性在于它的普适性，普适性导致它要被普遍遵守，不遵守时国家要毫无例外地进行强制执行。那么，法律面前的人必须是普遍的人，抽象的人。

如果不被抽象，不被普遍化，法律针对的是一个个具体的人，则每出生一个人要产生一部法律，每死亡一个人要消亡一部法律，更何况每个人的状况也在变动不居，法律将事实上无法制定。

十五

也回到新月的例子上来，法律所面对的人，必须被抽象。财产权对于那个赤贫的人来说，绝对有用，因为他很可能马上捡到一笔钱。如果没有这种先将人抽象起来然后制定的法律，他刚捡到的钱恐怕也无法保障！

十六

煤老板与用工的那个例子也很可笑。

首先，那个矿工很可能在某种机运下也会成为煤老板，“行使用工权利”的规定在某一天可能普遍地适用于他。

其次，没钱打官司的问题与此议无涉，因为在事实上，这一问题是民诉法解决的范畴，其他法律援助的规定所解决的范畴，《劳动合同法》无对此进行规定的必要。

又其次，“他没文化，根本不知道给予他的救济”，我想《工会法》里规定有工会的责任，《劳动合同法》里也规定有老板告知的义务。

这一切统统都不是问题。

十七

新月的举例是说，因为没找到中国所处的位置，因而就没有制定出适合于中国当前位置的法律。

事实上，中国的法律纵的方面必须与传承对照，横的方面必须与“西方”接轨。中国不能排弃时空地、孤立地、割裂地、游离于世界之外地制定自己的法律。

我不知道新月的两个举例是想干啥。根据这两个例子可以独出什么心裁？哲学上讲，“太阳之下无新事”。说“封建”、说“西方”，是说“封建”“西方”是太阳之下的既有物种。创造一个“我就在我的地方”，什么问题也说明不了，反而造成新的惑乱。

还是应当用既有的物种来说话，来进行定义，来加以概念，概念实际上是借助于既已熟悉的事物逐层进行类的限制以进行对某物的说明。

十八

新月说：“鉴于本人曾经在很短的时间内支持过中国所谓‘自由

主义’的主张，那么我就以分析这一部分为例。”这实际上是宣言，我新月从此不是自由主义了，我与你们划清界线了，我已经高于你们了。

祝贺新月的进步，但是，应当有实质的思想的进步，而不是造出几个名词的进步，更不是将理论玄化而置于真空的进步。中国在哪儿？中国在自己所在的地方。实际上是说：“中国在自己的鞋子里。”这虽是笑话，但说明了你的问题：离开环境谈位置，失去参照能说明什么呢？

十九

新月最后说：“法的价值批判只有在摆脱了‘西方现代性幻象’和‘儒家意识形态幻象’这两种看似对立但实际上完全一致的思维方式之后，才能有效地发展起来。这一点我是很乐观的。”

不理解，很不理解，离开了“儒家意识形态幻象”便失去了传承，离开了“西方现代性幻象”便失去了法律的现实根源（土地）——中国现代法律体系实际上是对西方法律的总体移植。悬于空中的法律存在吗？悬于空中的法律对中国有用吗？

我对新月的独自前行很不乐观！

2009年8月23日

新月先生的“华人与狗，不得入内”

——“雅典”论坛不应倡导这种学风

前按：

由“华人与狗，不得入内”起题，引起人们对新月“不得解读他的文章”的声明的注意——仍是比所产生的效果！

新月果然禁不住讽刺，摘下了他的“华人与狗，不得入内”的牌子，一边自我解嘲，一边怏怏而去！

在新的时代，我们看到了新时代的“华人与狗，不得入内”。老时代的“华人与狗，不得入内”，挂在公园门旁，物的限制，真的不得入内。新时代的牌子，要限制的是我们的心灵——阅读的心灵，限制不住，我们徒自受了侮辱！

打开“雅典”论坛首页，置顶文章是新月先生的《法律、法律渊源与民间法（一）》。置于文章前边的新月先生的声明是“这篇文章系特应梁教授的邀请所作，或许对于梁老师最近的研究有所助益，所以决定还是最后完成这一任务。因此我不准备回应任何非专业人士的任何形式的提问和留言，我也拒绝任何非专业人士的任何形式的重构和解读所产生的文章。本文分批刊出，也好让梁老师有时间思考每一段的内容”。该声明的文字直接在置顶位置展示开来，并不是点开文章之后才能读到的。

这是令人骇异的。除非回到中世纪，在现代世界，在任何一个稍有一点科学、民主意识的文化园地中，这是极难看到的一种文字，哪怕是多么高雅的学术园地、科学园地——贵妇人、阔太太的个人文化沙龙不算，她们的胭脂粉、玫瑰、红酒是专向跋扈于社会上层的贵族老爷们贩卖的！

新月首先声明，这篇文章是特应“雅典”论坛的其名言为“非专业人士闭嘴”的那位梁教授而作。新月先生的期望是：“或许对梁老师最近的研究有所助益”——使梁先生的学问更成其为一种非父母的学问、非人民的学问，更成其为一种让一切的非专业人士都看得莫名其妙，因而自惭形秽、不得不闭起嘴来的学问，以至于最后深奥成全天底下只有新月先生和梁教授两个人能读懂的一门知识！

出于这样的目的而研究学问，当然要首先声明一下：“因此我不准备回应任何非专业人士的任何形式的提问和留言，我也拒绝任何非专业人士的任何形式的重构和解读所产生的文章。”

“不准备回应任何非专业人士的任何形式的提问和留言”，这是可以的，或因为你太忙、或因为你不屑、或因为你鄙夷，面对你的“不准备回答”，任何人都没有强迫你回答的权利。但“也拒绝任何非专业人士的任何形式的重构和解读所产生的文章”这就不可以了。希特勒的文章不能拒绝他人的解读，毛泽东的文章不能拒绝他人的解读，天底下未来的最大的霸主，他的文章也不能拒绝他人的解读；要想拒绝解读，你就当个杨朱，杨朱无书，虽有人猜读，但绝对就无人解读了。至于你拒绝任何人写作关于你的这篇文章的看法的文章，那更是你所未能控制和管理得了的事儿——新月先生是法学家，但这不干著作权法的事儿，写此类文章不是抄袭，不属侵权，是表达理解，是阐述看法，是发表认识，是进行批评，属写作自由的范畴，你怎么干涉得了？树果落地，我尽可拾之亦可弃之；牛粪遗路，我尽可视如无睹，也可拿来肥田。树之主人，牛之主人，无奈我何！

新月先生的此等言论是极其傲慢的，放在自己的书屉之角，尽可以孤芳自赏，也可与一两个狂诞之士坐而论“道”，以公开方式发表在“雅典”论坛，则是对一切睹此观此之人的亵渎和侮慢。“雅典”论坛将它置顶展开，则是将自己降格为不堪层次了。上海公园不是曾有“华人与狗，不得入内”么，新月的文章张示曰：“新月文章，非专业人士莫析莫读莫评！”这是一种什么样的无知自傲公子哥儿姿态，这是一种什么样的不知天高地厚的闺阁臭妞的语气！

新月的此类认识是一贯的。面对别人对他学术上傲慢姿态的质询，他曾经说：“法律人不要把自己对法律知识和宪政知识的要求放到和普通人一样的水平。别说我搞等级制度，民粹主义我没兴趣。术业有专攻，普通人在自己的岗位上需要做好，法律人也一样。”且不说他把法律人未看作一个一般的社会的分工（法律人包含法官、检察官、律师等一般群众）的概念，而将法律人当作一个学术领域的分工的概念，其错误是多么显然；只说这些语言所透露出来的学问者的无礼和傲慢是多么的不得了。他将理论和学术的世界当作一个与普通人区分开来的世界，当作一个高踞于普通人之上的世界，“法律人”高贵、理智、学术而清醒，普通人低贱、浑浊、无知而不可与谈！

我们无法窥知新月的出身，如是出身农民、市民等一般平民家庭，其傲慢的根源究竟是啥？父母穷尽所获，换得的只是知识化以后的儿女对自己出身的阶层的蔑视？如是出身高贵的知识分子家庭，我则相信：一个够得上为高尚知识分子者的内心锤炼，已足以同情大众、理解大众、崇仰大众，而不可能是蔑视大众。

理论和学术并不是高渺无际的，它来源于地上。苹果从树上掉下来，孕育出牛顿的“万有引力定律”，马克思一生的两个伟大发现之一，也不过是发现了“人们首先必须吃、喝、住、穿，然后才能从事政治、科学、艺术、宗教等等”这“一个简单事实”。学问家不是神。尺半婴儿，吃喝拉撒，从成长的过程看，谁都不会比谁高贵半分。

新月先生多次谈他心中的崇神是汉娜·阿伦特，从他的言论之间，好像这种非民粹主义的精英意识是从汉娜·阿伦特那里学习到的。但事实上，阿伦特在相关问题上的认识与新月先生大相径庭。同当今中国许多谨小慎微的所谓自由主义者一样，新月常常对“公民参与”和“参与民主”表现出明显的不安和忧虑。在此类谨小慎微的所谓自由主义者眼里，公民参与或参与民主被看作是一种与自由民主相对立的理念，被看成是可能重新在中国复活大民主、平均主义和集体意志至上等极权专制思想因素的土壤或温床。公民参与和民主政治之间究竟存在着怎样的联系？它所包含的政治理念是否真的与自由民主格格不入？在思考这些问题时，阿伦特的观点其实是与新月先生的认识完全相反的。

汉娜·阿伦特认为：公民参与是健康公众生活的标志。对于有效的民主政治来说，关注公民参与和关注权力制衡同样重要，二者相辅相成，缺一不可。她甚至认为，普遍积极参与的公众生活比权力制衡制度更能体现民主政治文化的精髓。这是因为，即便民主政治制度也不能自动防止民主公众生活的萎缩，而现有的自由民主制度恰恰正在不断受到这一萎缩趋势的困扰。在这种情况下，公民和公众生活的问题便愈加具有现实意义。具体到对于英雄和普通人的认识，阿伦特认为，英雄行为和普通人的参与对于社会的进步都很重要。群众参与性政治创造是维持一种英雄式政治所必须的环境，而英雄式政治则感召和鼓励人们积极参与公众生活。（见阿伦特《极权主义的起源》、徐贲《阿伦特公民观述评》）

由此可以看到，阿伦特不是鄙视民众的，更不是排斥民众参与政治生活的。她并没有借助于一般地反对民粹主义而反对民众参与，阿伦特的意识深处，并不像她所谓的中国弟子新月先生一样，具有浓厚的精英情结。新月先生对此应当有所反思。

且无论是哪一类型的自由主义者，新月先生一贯自诩为中国新一代自由主义者，这是确切的。从思想流派上说，梁教授是与新月先生门户对立的，他的高悬于“雅典”门榜上的最新文章是《用马克思主义方法分析中国的公平》。但就眼下的情况看，左右合流，其二者携起手来。思想的原因是：新月先生极为谨小慎微的自由主义，正可作梁先生“改革缓行、革命不要”的观点的左翼之阵；方法论上的原因是：拒斥群众，贱视平民，玄化理论，利我独尊——在这一点上，其二人是完全一致的。

从文章说起，还要回到文章。新月先生自以为自己所写的是专业性文章、理论性文章，你们门外汉就不要置喙了，你们没这个知识，更没这个理论能力。事情真的这样吗？梁教授曾写《压制型法、自治型法和回应型法》，神秘兮兮，十分专业。然而，他将法制发展史范畴的压制型法概念，等同于法学概论范畴的强制性规范，同样将自治型法概念等同于任意性规范，与这些概念的本来含义南辕北辙、天地之远。这样的重大错误竟然是由与他对辩的一位非专业人士发现并考证出来的。今天说来，梁先生一定赧然羞愧。因为，你看，这些错误的概念，正构成他的那篇论文的题目。这不是天大笑话吗？——因为严重谬于常识，这篇文章已被梁先生从“雅典”论坛删除，但发表于其他网站的，无法清除，则徒留笑柄于天下了！

新月先生亦有同样故事。在《新疆事件》这篇文章中，他开宗明义说：“借这篇文章算是谈谈常识与理论的关系吧！”新月后来否认这篇文章是谈“常识与理论关系”的。他说，我说的是“算是”。“算是”难道是“不是”吗？我们真将他的“算是”理解为“不是”，他是不是更鄙夷我们呢？

新月先生，不要蔑视非专业人士，非专业人士只是无心研究偏狭的专业问题罢了，并不是他们看不出你们文章中的问题。当然，如果具有匠心独到的内蕴，他们也不会看不到你的理论贡献！

新月先生的傲慢前言是写在《法律、法律渊源与民间法（一）》前边的，作为一般的文章，由作者个人发在“雅典学园”，我或许没必要作出如此认真的批判性评议。但它被放在“雅典学园”特别的推荐位置，其傲慢性前言亦在极置顶位置直接显示出来，表示了学园对文章及前言的认可，且影响较大，那就不能不作认真的批评了。

本文的副题是“‘雅典’论坛不应倡导这种学风”，或许不是“倡导”，仅是出于疏忽未能发现，但在客观上纵容了这种作风。我如言重了，望能谅解！

2009年7月17日

附：

本文所批判的那段声明，新月已删除了。以下是他的说明：

那些话，鉴于那篇文章的位置，我删除了，感谢您的备份，因为这些话就是为你们准备的，“你们”是谁，我想您很清楚。既然您已经看到，这些话在我文章上已经没有存在的价值。您可以继续就这些话发表议论，因为我不收回这些话。

辩论规则:“算是”是“是”还是“不是”?(外二)

前按:

概念的同一性,是逻辑学的基本要求。争论要注意同一原则,不只在自己的话语体系内要求统一,也要与争论对方平等地统一。在双方话语体系内取得统一的情况下,你才有可能立于不败之地。在第一则中,甲说“算是”时,“算是”这一概念与对话者不是平等的统一的,在自己是“是”,在对方是“不是”。善于辩论者抓住这个“不平等的统一”,立马可以打倒他:那么,我说你说的“算是”是“不是”,你同意吗?

关于第二则:命名规则,即词义的限制规则,或者说叫概念限制规则。限制不确定,理解便不可能确定,双方便无法展开讨论。

第三则所用写作手法仍是一种比。大家应当注意,理论文章中的比与文学小说中的比是不一样的。理论中的比比较复杂:本则是说,如果胡适的弟子反被左联人物拥戴起来,他必然是背叛胡适了;所要达到的目的是,新月不再是他自己所说的自由主义者了,而是自由主义的反对者了。

理论文章一般不用比,不用形象的方法说明问题,而用逻辑的方法说明问题,这里所说用比,其实针对的是鲁迅先生所开创的杂文。杂文是理论文章,还是文学?在现代文学研究中归于文学，但在现代思想研究中归于理论，这是一个有趣的现象。像鸭嘴兽在物种分类上的两栖，又像化学物理学在科学学科分类方面的两栖。

近年来鲁迅在思想史上的地位正在下沉，这也影响到对鲁迅先生文学地位的评价。本书作者一方面在思想上对鲁迅先生持反思态度，另一方面，继承鲁迅文风，以杂文开展网络论战。这一特点使许多正统派理论人士不舒服，后边将要提到，腊梅乡先生就称它为“激情修辞式文章”，没有“逻辑文章经久耐用”。笔者以为，对前人的扬弃式继承，自己做得还好。反思鲁迅的某些东西，继承鲁迅的另一些东西。那些反对“激情修辞文章”的，反是鲁迅不加批评的拥护者。

参与辩论者：

甲：客观、理性、学术化的主张者

乙：被鄙夷为主观、感性、常识化的主张者

（双方都是民主、自由、人权的捍卫者，至少自称是这样的）

第一则：“算是”是“是”，还是“不是”？

……（围绕某一问题辩论已进行好久）

甲：我谈的就不是某某问题，谁说我那篇文章谈的是那个问题了？

乙：（把甲的那篇文章拿出来，该序言开宗明义写道：“就此事件，并且再向前推一段，算是谈谈某某问题吧！”乙宣读后问道）难道你的这篇文章不是在谈某某问题吗?

甲：我的原话是说，“算是谈谈某某问题吧”！请你注意我说的是“算是”，是“算是”，“算是”，你注意到了吗?

乙的沉思：作为客观、理性与学术化的主张者，难道在甲的理解中，“算是”不应该理解为“是”，而应该理解为“不是”吗？我将“算是”理解为“是”反而错了，他将“算是”解读为“不是”反而是正确的。但是，我如果真的将他的“我这篇文章算是谈谈某某问题吧”理解为“我的这篇文章谈的可不是某某问题”，他又该如何鄙夷我、嘲笑我、指斥我如何如何的不客观、不理性、缺乏学术精神呢?

第二则：命名规则

甲：我说的“常理派”，其实是个填空题，在不同的场合，可以改填为“纳粹”“匪徒”“红卫兵”等等。他们的共同特点是非此即彼、非黑即白、非友即敌。

乙：既然如此，将你所说的“常理派”叫作“片面派”或“绝对派”算了，那样不是更学术一点？如果可以拿来到处填空，那不成了学术的万金油，与你一贯倡导的学术的精致风格是不一致的。

甲：（愕然）……

乙：难道你真的没有认为“常理派”是依据常理认识问题，而不是依据科学理论认识问题的意思吗？难道在你的意识中“常理派”真的不是和“科学理论派”相对应的概念吗?

甲：我已经在我的文章中对我所说的“常理派”进行过定义，即“非此即彼、非黑即白、非友即敌”的一派。他们不看我的定义，一定要说我谈的是“常理”与“科学”的关系！

乙：命名要有命名的规则，最好的命名甚至能够起到顾名思义的作用。“常理派”让人一看，就是指：这一派人只讲常理，不讲科学，与科学派是相对立的。

甲：我既然在我的文章中对“常理派”作了定义，他们就应按我的定义来理解。

乙：命名要有命名的规则。“南极洲”，让人一看就在南极，地球的最南端。地理学家将某地定名为“南极洲”，然后通过书籍解释：南极洲是界于地球南端和地球北端之间的一个洲。这样的命名可以吗?

乙的沉思：甲指某些人为“常理派”，最初的起因是：甲认为对方以常理认识问题，其方法是不对的。但“常理派”辩解道：人类依据常理发展科学，经实践验证之后，又把新发展的科学纳入常理；循此累进，常理至于无穷，科学也至于无穷。并指出，双方所议问题，人类社会已达成共识，就如勾股定理，无须再作科学的理论证明了。在此情况下，甲才后退一步，说：我所说的“常理派”是指那些“非此即彼、非黑即白、非友即敌”的那一类人，与“纳粹”“匪徒”“红卫兵”之类名词可以互相转换。这样，他就把他所谓的“常理派”幻化成一个大而且空，几适于半个天下、大半个天下的虚无概念了。

学者对某事物进行命名，要考虑约定俗成，要考虑顾名思义，命名的第一基础是常识与常理；通过书籍对概念做精确解释，这解释应在常识与常理以上的部分、与常识相交与相异的部分，通过对专门概念与常识、常理相异与相同的阐明，使人对事物有更准确的把握。学者对事物的命名不应当是漫无边际、散无约束、随心所想的。

第三则：胡适的弟子成了左联的统帅?

因为甲是客观、理性与学术化的坚决主张者，是多研究些问题、少谈些主义的一贯倡议者，加之甲的欧美教育背景，所以，他是胡适先生的忠诚的粉丝，新月阵线的干员。甲与乙的这次争论，发生在新月派（含部分国家评论派）内部，是欧美派学人中的一次争论，讨论的目的是如何更好捍卫人权，如何更好地驱除苏俄暴力理论的影响。讨论的时候，也有左联人士观阵，并可自由地发表评论。

甲对胡适先生的理论的忠诚度是无可置疑的，但辩论后期出现了非常奇异的现象：新月派、国家评论派的学人士子，全部站在乙的一边；而观阵的左联人士则纷纷对甲表示支持，成了甲的坚定不移的拥趸。苏俄派簇拥着一位自诩为英美文化熏陶出来的精英人士，鲁迅的学生们簇拥着胡适先生的弟子，奉其为掌旗人，这真是一种奇异的文化流派变异现象。特别值得一提的是，一位梁上君子，一位左联人士中专门研究西方文化，以对西方文化的全面攻击而攻击胡适先生的人——他的近期著作是《当代西方思想界对其传统人权观的反思》《论西方传统人权观的理论缺陷与伦理危机》——在久不露面之后，也跳了出来，对甲表示强烈的支持，成了甲的左联拥趸中的带头者。

乙的沉思：在最初的辩论中，甲比较客气，多次说乙对他闹了误会（自由阵线内部的误会），并称这是“杰出的误会”。为什么会出现今天的情况，难道鲁迅的左联学生们也闹了“杰出的误会”，将胡适先生的忠诚弟子当成自己人了吗?

实践是检验真理的标准，当胡适门下的新月派和国家评论派，都对甲的观点持批评性意见的时候，当左联人士纷纷支持甲的时候，甲的主张是背弃了他的老师胡适先生，还是唯有他的主张才符合他的老师胡适先生的理论呢？这问题已经十分明了——他完全背弃他的老师胡适了!!

2009年7月14日

再评新月：骄傲的背叛

前按：

没有特别说的，关于新月这位先锋人士，说得多了，他的文章也析解得多了。此处只谈谈这种一、二、三、四、五、六……式的写法。

这种写法在中国古代文字中就有，最典型的应当是《论语》。在中国现代文学中也有一些，例如艾青的《诗论》、冰心的《繁星·春水》。现代理论文章中，我最先看到的是毛泽东的《论持久战》，对我影响很大：原来可以用泰戈尔《飞鸟集》的方法写如此坚实的理论。

我对新月的批评文章多是用这种分节式方法来写的。它的优点是：表达意思相对随便，可以相对的不那么逻辑严整，理论上或知识上的一些短缺可以跳跃过去，总体上仍不失为相对完整的表达。它的缺点也因此而产生，我一般认为，研究生以这种文体写博士论文导师们不会通过。

我之所以近年来经常采用这一方法，一是因为思想繁杂却不系统，这种方法使我避弱而就强；二是因为它在鲁迅杂文之上有了更进一步的便捷，投枪更快。

这种写法，青年人可以学，但要避免以这种写法躲避对知识和理论的系统追求。另外，学这种写法要学习高端，我以为理论文章毛泽东的《论持久战》为高端，文学则以泰戈尔的《飞鸟集》为高端。

一

我初识新月时，新月还羞羞答答地自称为民主人士、自由主义者。一个月前，已经站在反自由主义的营垒里著作文章，说什么："我曾经在自由主义营垒里待过一段时间，那么我就先分析一下自由主义者的思想歧路吧！"很像鲁迅所说，从旧营垒中来，反戈一击，最能投来致命一枪的那一分子。不过，在此阶段，还是羞答答的，历史上的洪承畴服务大清，却被大清国列入明之《贰臣传》的例子似乎还有些阴影，在他心里。

但新月进步得快，我钻在诗的象牙塔里一个月，他已经十分骄傲地带着队伍公开剿捕自由人士了。他的最著名的句子是："当我们还在习惯用道德反注历史，去批评执政党六十年来这样不好那样不好的时候，是不是应该问问自己，你的主张就能解决问题吗？"（见新月《"再见吧，犹太佬"》）

二

新月这话问得确实有力，成都钉子户说政府拆屋不道德，你反过来问他："你如果是政府，你能拿出解决问题的方案吗？"河南某人开胸验肺，你说："你这不是给政府找难看，要是你做了政府，也有人开胸验肺你高兴吗？"

用这样的话可以熄灭全地球，包括那些自由世界里的一切游行示威，那些示威者在未经实验之前，哪一个敢说他们的主张能比政府的现行方案高明些呢？

三

按这样的理论，批评确实应当消灭，因为一切菜馆子里批评厨师的人，大抵都是不会做菜的。

这种论调最近在“雅典”论坛大行其道。某人说：“你给我写个三百字的宪法纲要。”某人说：“你给我写个五百字的治国方案。”这些都是堵人口的方法。古人说什么“防民之口，甚于防川”，完全是因为没有找到堵口的方法。似新月及他的老师这般，一切欲发之声在他未能启喙之前，便全都给噎了回去。

四

新月所带剿匪队伍是浩大的，此语只是前锋，主力队伍还在后边。不只清算现实，连历史一块清算。秋后算账所追溯的不只及于近期的过往，直追至人类的十四、十五、十六世纪；不只清算中国，要清算至欧洲启蒙主义的一切人物。

五

新月最大的理论发现是，启蒙主义用“人的至为伟大”代替“神的至为伟大”，启蒙主义的“人”是抽象的，抽象的“人”与虚无的神一样，被民主主义者、自由主义者所利用，干着教皇、教廷一样坏的事儿。

将雅各宾专政与滥用了的、邪用了的启蒙主义联系在一起，从而泼污民主主义、自由主义，这不惹我们的惊奇，我们也应从中汲取经验，警惕未来；很稀奇的是，新月一再将希特勒的纳粹与启蒙主义相捆绑，把希特勒的头帖粘贴在自由主义、民主主义的神圣旗帜之上，对民主主义和自由主义大骂不止。

思想的碎片曾谈到现时代的“无赖文化”，除此我不知道如何形容新月先生的这种行为。

六

新月正在他的《分析法学与除魔世界》里继续他的语义学的分析研究，他十分称赏奥斯汀“通过对日常语言的细密分析，发现和认识我们的经验世界”。

但是，被中西人类所敬仰的启蒙主义的先驱们，真的没有新月先生聪明，更不及新月所尊崇的奥斯汀聪明，他们的语言不是从经验世界中来，他们口中所称的“人”竟然不是一个个活生生的人、具体的人，而是想象中的、飘渺空中的不存在的人？

七

新月先生聪明透了。他一边嘲笑启蒙主义的前驱者，一边开出治病的良方：如何解决“人”字的抽象化？

过去他说用“具体的人”代替启蒙主义的“人”字（见新月《摆脱“人”的幻影》），这次他说用“活生生的人”代替启蒙主义的“人”字（见新月《“再见吧，犹太佬”》）。

我们暂且接受新月的意见。这样世界人权公约将被改写，改为“世界具体的人的权利公约”，或“世界活生生的人的权利公约”，民法通则“自然人”一章也要被改写，改为“自然的具体的人”，或“自然的活生生的人”。

真他妈的啰唆，真他妈的费事！

八

新月对启蒙主义者的此等嘲讽，并不始于今天，嘲讽的源头在他的文章《摆脱“人”幻影》。

针对他的《摆脱“人”的幻影》我专写了一篇文章——《新月的魔术》，揭穿他的把戏。我昨天说新月，“三天不挨打，便上房揭瓦”。看新月的骄横不可一世，真的需要再教训他一顿，今天还是使用老棍子。

不要说我不与时俱进，质问我为什么武器不更新，因为我在《新月的魔术》中提出的问题，他还装聋作哑没回答我呢。

老棍子如下，诸位看官一定监督新月回答。

九

《新月的魔术》第十四——

请注意，在这里我要利用新月的方法打倒新月。

新月的文章命题为“摆脱‘人’的幻影”。为什么要摆脱，新月认为，古典人文主义者的“人”是抽象的，不是一个一个活生生的、具体的人。

但是，当新月以“具体的人”建立普适性理论的时候，“具体的人”不也成了一个适用于每一个、每一个他所谓的“具体的人”的抽象概念了么？后人批判新月的时候，难道也写一篇《摆脱“具体的人”的幻影》？

新月，你说，你的“具体的人”在你的理论中是不是也被抽象化了呢？你可能会说，我的被抽象化的“具体的人”还能在社会生活中还原为每一个具体的人。但是，我说，古典人文主义者的“人”不可以还原为每一个具体的人吗？古典人文主义者的大写的“人”字本来就是从一个个具体的小写的人中综合而来的，它本可以还原，可以析解，可以析解后依附于一个个具体的人的。

像你这样做学问，要写《摆脱“人”的幻影》，你之后的人要写《摆脱“具体的人”的幻影》，再之后的人要写《摆脱“具体的具体的人”的幻影》……世世代代“摆脱”下去，永无匮也！

十

新月一贯对别人提出的他自己根本无法回答的问题（当然也是他内心无法消解的问题）装聋作哑。装聋作哑却并不束之高阁，你看，他虽不回答我的问题，却继续使用他的明知有毛病的概念、有严重内在逻辑障碍的理论，四处兜售。我若不是昨日出来闲转，因踩了狗屎要作些研究，还真不知道他在这里继续摆地摊儿卖假货呢！

十一

用人的图谋幸福之心作诱，是人之成为人以来，恶人们第一层次的欺骗。秦始皇说，我为黔首苍生，神亦说“普度苦海”，共产主义者说“为了全人类的彻底解放”皆为例证。揭露这第一层次的欺骗，是从较为细腻的其他层次上进行的，启蒙主义者的发现即较为细腻：人通过神路而求幸福之途，结果神却将现实的地下的人的幸福道路阻隔，因而应将人从神的殿宇之下解放出来。改革开放之后，对共产主义也有了新的理解：人类的幸福不但存在于共产主义的目标之中，也存在于人类追求幸福享受的每一个、每一个的日子里。

本段在于强调：用人的图谋幸福之心作诱，是人之成为人以来，恶人们第一层次的欺骗。新月关于“人”的破译，是基本的破译、粗放的破译，不值得炫耀——在科学和分析如此昌盛的今天，基本没有什么使用价值！

还是服悦于民主主义者、自由主义者关于“人”和关于“人权”的理论吧！

十二

新月在《“纪念史学”与政治私心》一文开首即宣言道：“‘雅典’论坛曾经有人质问我说，为什么总是见你批评这个‘雅典’论坛的‘民主人士’，而不见你批评政府。我当时给他的回答是，我批评多少‘民主人士’的主张，就是批评多少政府的观点；我批评‘民主人士’几分，就是批评政府几分；历史的舞台上是不演脸谱戏的，‘专制政府’如是，‘民主人士’亦如是。”

好一个勇敢的焦大，贾府门前的石狮子都敢骂！

但他曾私下里发信息对我说：“‘雅典学园’也把你列为推荐博客了，写文章注意点，不是更可以扩大影响。”我说：“真皇帝都招安不了我，别说‘雅典’，勿以燕雀之腹度我。”小小一点利益他都看在眼里。

我不是真勇士，但我见过真勇士！

十三

新月的学问永远是同私心在一起的，所以他一再揣度他人的政治私心。他在《“纪念史学”与政治私心》中疑问道：“我有一段时间总是在想，为什么反右、‘文革’被几个文人炒得火热，却把最大的历史灾难大跃进放过。现在想来原因很简单，反右、‘文革’整肃到的是一帮会拿笔杆子的人，会舞文弄墨的人。运动过去他们能写写写，出书做讲座做专栏写博客等等等等。可是大跃进死去的都是些什么人呢?”

真是书斋里的人，将来提你做官如何堪用? 反右、“文革”整的是文人，他们便要大写反右、“文革”，大跃进不是文人的事儿，所以死人再多他们也不写。这真是奇谈，反右、“文革”、饥荒的1960年涉及对“人”的摧残，人的灵魂、人的生命的摧残，直接与人权有关，所以写得多一些，大跃进的特点是生产力的浪费和破坏，并不表现为对人的极端摧残（也没死多少人），人们着墨相对少一些。少，是因为程度相对不重，这与政治私心何干呢?

今天谈自由、谈民主、谈均富，而在这些方面，较之于其他同胞，以知识阶层为主要构成的自由主义者、民主主义者们恰恰享受得比普通民众多一些，他们甘冒请喝茶、坐牢狱的风险，私从何说起呢?

如果真有政治私心，最好的营私方法是，学学新月，今天被“雅典”选为推荐博客，到豆瓣网上扩大扩大影响，明天被请进翰林院，或未可知!

2009年10月3日

看第十二节，我真心痛。搜集昔日文章，我与新月有如此多的交接，他是如此思维敏捷、涉猎广泛、肯动脑子写文章的一位青年，心中真的爱他。但搜集到这一篇，看到他竟给我发信:“‘雅典学园’也把你列为推荐博客了，写文章注意点，不是更可以扩大影响。”以此笼络我的时候，我真心痛。一位每日读圣贤书的青年，怎么可以有如此狭隘的私心呢? 孩子们，读我的书，一定要记得我的这节儿心疼啊!

2014年8月30日整理时恳告

对新月的旁敲侧击

前按：

开首与结尾的呼应是本文写作的一个值得注意的特点。开首一节谈科学与人群生活是有联系的，群众即便弄不明白某一专门学科核心地带的内容，但其根须与地面土壤相联系的普通部分，人们还是有资格提些意见的。文章的结尾，作者说："我是外行，专业学问之内的事儿不敢谈，只在边缘领域说这么多，算作旁敲侧击，只愿对你的主体学问的增益有所帮助！"既与本文所批评的新月先生的"群众不可参与专业讨论"的傲慢形象形成对照，亦与开头形成了巧妙的呼应。

值得注意的是，作者曾经指出：在常识范围内出现明显逻辑冲突者，可以判断那所谓的专业研究一定不怎么样，因为逻辑规律是统一的，隐织于学术专业所内涵的一切领域的。本文所谓的"旁敲侧击"，即是对专业所涉及的各常识领域的多项敲打。一切砖石皆垮弱不堪，那大厦可能是坚固的吗？

本文的作者不是专业法学研究者和专业政治科学研究者，但凭借于对语言、逻辑、政治常识、法学常识等各领域普通知识的准确掌握，由边侧出发，打击主体，剥开了堂皇学者的伪面。

新月委屈得很，最近一再说：如他这样的学者们的神圣的学术讨论被我们这样的外行人搅乱了。我想，科学还是与人群的生活有联系的，只要不是爱因斯坦相对论，对某一学科有兴趣的人还是可以参与一下的。更何况，法学、法理分析学是社会科学，“雅典”的人们讨论一下未必就坏了谁的萝卜谁的葱。尽管如此，为了不败精神贵族们的雅兴，我们只在边上听听，也只在边缘地方谈些想法。所谓边缘地方，其实是指某些公共领域。例如，学术会涉及道德（新月先生也是这样认为的），我们听到太不道德的话提醒一下；学术会涉及普通逻辑，我们听到颠三倒四的话，可以建议一下；又例如，学术要符合时代，就如前一阶段，有人说要斩杀右派，我们提醒他们，是二十一世纪，不是“文革”年代了。要言之，尽管新月先生对“常识派”十分不高兴，我们还是要在常识领域里提些意见。虽然旁敲侧击，但对于被敲击的主体健康是有益的。

一、朱门绅士不要拿戳屎杖

鲁迅说，辱骂和恐吓不是战斗。说得太文了，通俗一些说，绣楼上的小姐不要学王婆骂街，朱门内的绅士不要拿戳屎杖打人。

近日的论争中，新月先生已经不要体面，一副豁出去的模样。所写文章《关于批判，关于学园》全是一副泼妇恶骂阵势。我读了一遍该文，指骂敝人为“棍徒”，感觉上该词出现约十次左右，用电脑数一下，估计低了，竟达十六次。

“棍徒”何意呢？恶棍、无赖之谓也。如我这样常对你的文章以“一、二、三、四、五、六……”方式道你个落花流水者，会是恶棍、无赖吗？恶棍有这般细致、这般温柔、这般不厌其烦吗？

冷眼向洋你尽可批判，但你若说他是恶棍、无赖，侮辱和作践的当不只是他本人，恐怕及于“雅典学园”及“雅典学园”的诸多朋友。我想，冷眼向洋当称得起“雅典”文化、艺术的代表人物之一，如你是“之一”一样。百家尽可争鸣，但孔不可以杀墨，法不必诛老，庞涓将孙膑膑骨是落下千古骂名的。

以“棍徒”指骂对手者，实已自沦为棍徒了。愿你放下棍来，否则谁还敢进你的文化宝殿？

二、你是“多数”，还是“少数”？

你是多数，还是少数？如果是多数，便不是少数；如果是少数，便不是多数。这本是不当提醒你的，但恐怕你被冷眼向洋气昏了头，在《关于批判，关于学园》一文中，一会儿说自己是多数，一会儿又说自己是少数，看得我们这些外行只发笑——虽然外行，还是懂得矛盾律的。

在该文中，你说：“关于这篇文章是不是要放在‘雅典学园’，我是着实思考过一番的。原因很简单，因为沉默的多数已经被喧嚣的少数所裹挟。”又说：“自由是一个好东西，但是任何自由都不是绝对的。喧嚣的少数裹挟沉默的多数，这是宪法学上的大问题。”显然，在这两个地方，你是认为自己是多数派，属于“沉默的多数”。

但在另一处，你说：“我现在明确地告诉冷眼向洋和那些少数喧嚣的人，学术从来就不是谁是多数谁就是真理，我们不相信这一套。”

显然，你又认为你属于那些掌握着真理的“少数”。

新月先生，你慌不择言了。你是多数呢，还是少数呢？

三、人如何把它（现代诗歌）解放出来？

我记得，在希腊诸神中缪斯是掌管诗歌之神。要说毁灭诗或解放诗，她应该有资格。但因为你同冷眼向洋斗气斗得太狠，吵架中你说了这样的混话："先把话题转移开，转移到学园本身上。当然，最后还是要回到这个棍徒身上，因为此等人（指冷眼向洋）号称自己写诗写了一段时间，反思自己如何与不同意见的网友相处。反思的结果就是继续当一个棍徒。现代诗歌被这样的人玷污，我是要把它解放出来的。"

冷眼向洋最近在写诗，但是他霸占了诗吗？你解放什么？如何解放？如你的同道李先生所说，你从肉体上消灭冷眼向洋吗？这也只能说，消灭他，不让他再做诗，于解放诗歌有何关系呢？

你真有回天之术，腾拓、挪移诗歌的力量吗？现代诗歌是全天下人的，是缪斯神所控制的，你如何解放它呢？是真的昏了头呢，还是狂妄自大精神的顶级爆发呢？

四、学术语言要赶上时代

"资产阶级""无产阶级"是二十世纪八十年代以前的语言。在提倡和谐社会和高唱"同住地球村"的二十一世纪不时髦了，是一种极其腐朽的语言了。——这只是对一般的中国社会而言，至于学界，谁若将文化分为无产阶级的和资产阶级的，人们将视他为古董，或坟墓中钻出来的幽灵（政治神学院除外）。

但作为一个年轻学者，一位以学术新锐自许的人，你在《关于批判，关于学园》中说："抽象的人，必然有自己的抽象蓝本。'不言而喻’所谓的‘人’只能是资产阶级的形象，而不可能是别人，因为这套学说就是资产阶级的意识形态。”

此语将你的学术新锐的面孔撕毁殆尽。你再说你是阿伦特的研究者、施米特的研究者、哈耶克的研究者、奥斯汀的研究者，就没人相信了。你的语言和你的研究是不相称的——你研究的阿伦特、施米特、哈耶克、奥斯汀以及什么什么的，不都是资产阶级学者吗？他们宣传的不都是“资产阶级意识形态”吗？

另外，你曾不止一次声称，你是坚决反对将学术论争“意识形态化”的。为什么在这里毫不羞惭地拾起自己曾反对的东西兴致勃勃地使用起来了呢？

五、学术讲堂上不宜耍魔术

我在《新月的魔术》中批评你爱在学术领域中耍魔术，昨天你又耍了一次。

你在《致冷眼向洋的信件原本》一文中说：“冷眼向洋已经黔驴技穷，开始捏造事实。他公然说：‘他曾私下里对我说：‘雅典学园’也把你列为推荐博客了，写文章注意点，不是更可以扩大影响。’”

同时，你公布的自己邮件中的原话，进行核对，原话是：“最近你也是‘雅典’的推荐博客，首先恭喜你，其次我想你该更慎重地说话。既然推荐了，就是这个网站，这些网友信任你，自由的另一面是责任，我想身为律师你比我清楚很多。”

经过分析，你的原话有两层意思：

1.“雅典”推荐你的博客了；

2. 你应该更慎重地说话（因为自由的另一面是责任，你是律师你知道）。

经过分析，冷眼向洋说“你对他私下说过的话”有三层意思：

1.“雅典”推荐你的博客了；

2. 你说话要“注意”一点——与原话的不同是，你要他“应该更慎重地说话”，但他说的“注意一点”与你所说的“更慎重说话”比较起来，程度还轻一些；

3. 这样不是更可以扩大影响——这第三层，在你公布的他说你说过的话中确实没有，但认真看一下你同时公布出来的截图，此话的上一段话即是“既然你想在‘雅典’搞宣传，咱们井水不犯河水。”——你说“他搞宣传”，与他所用语言中的“扩大影响”有什么不同呢？

你的成功之处在于：一，形式上看，你的原话与他说你说过的话在字句上确有不小差别；二，你公布了一些话，另一些未公布的（关于扩大影响问题）隐在截图中，一般读者抽拣不出来；三，更主要的是，你将截图公布出来，给人的前置设想是——新月必有极大委屈，冷眼必有捏造，否则新月敢拿截图说话么？

冷眼向洋究竟捏造了你什么呢？但猛一看，真好像他捏造了你什么似的。你的魔术是很成功的，但作为一种学术，失败了！

我是外行，专业学问之内的事儿不敢谈，只在边缘领域说这么多，算作旁敲侧击，只愿对你的主体学问的增进有所帮助！

2009年10月7日

对新月《随笔：纳粹》的语言点评

前按：

原文中我对新月的《随笔：纳粹》给予了较高评价，其实是片面的，只是从文章表面的华丽、大气上说的。论文章的实底，还须否定。写文章必须知道自己究竟要表达什么，向读者传达什么，有没有传达的价值。就这篇文章看，除纳粹是个横空出世的怪物，不可解释的怪物，新月什么也没传达。所以除了华丽于大众，作者什么也没做。新月提出，纳粹是民族主义，是苏维埃，是资本扩张？他说，都不是。在我看来，是三者的结合，也就是说三者都是。用民族主义达到苏维埃统治（解放）世界的目的，与之同时，完成资本扩张的效用。新月只说了“不是什么”，没有说出“是什么”，没有解决问题。所以若没有华耀于人的想法，文章是本不必写的。

我抓他这篇篇幅不大的文章，主要是研究文法、句法以及写作过程中的思想的空隙，这些问题都在正文里边说了。只强调青年人注意：文章不能留下空当，你自己存在心里的，并不是你通过表达呈于表面的，阅读的心灵无法沟通。另请严格遵守语法：看我点评的第二个例句，新月只多写了三个字，便取消了那个句子的主语，使那句子成了没有脑袋的文句！

前序：

我一向欣赏新月的才情，阅书广泛，灵敏思考，及时地投入使用。但新月文章朦胧模糊，同研者能读个大概，其他具有一定知识素养的非同业人士只能连猜带蒙，阅知其中三两成意思。

问题出在什么地方？出在：一，没有站在阅读者的相对立场上思考一下，如是另一个人对你这么说，你能理解吗？写作不能留下思想的空隙，新月写作时，将自己所知的、所以为对方已经知道了的，略过去或模糊过去——其实，许多地方，阅读者是难以弥补或不能弥补的。二，对于语法缺乏认真地研究，写作时没有从语法角度认真进行推敲，往往增一字或减一字便会破坏语法，使他人无法理解。

新月《随笔：纳粹》一文，短小精悍，思维宏阔、独到，就他一向的写作风格来说，相对规范一些。尽管如此，上述两个毛病仍有表现，使人读起来不能豁然通畅。我作了小小修改，改动不过三几十个字，其意义便明显通畅起来。——当然有些地方，还须探研、修正，否则是莫名其妙的句子！

我的点评分四个部分：一，新月原文；二，我修改后的新月文章；三，改动过程；四，分句点评。请先阅读一遍新月原文，再读一遍我修改后的文章，感觉一下是不是我修改后的文章好理解得多了。然后，研究一下，何种情况导致了这种结果。

在分句点评中，请特别注意对第二、六个病句的修正过程。

个别地方可能会违背新月的原意，如是这样，可以另行商榷。

望对其他年轻朋友的写作也能产生帮助作用。

一、新月原文《随笔：纳粹》：

20世纪最大的政治事件恐怕必须属于纳粹势力的突然的崛起，造成了巨大的灾难。无论是纳粹运动还是俄国的革命，在此之前没有任何一个学者预见到了最后的结局。纳粹作为一种难以置信的政治力量粉碎了一切试图“理解”它的企图。庆幸的是，第三帝国在1945年被东西方用军事的力量加以粉碎，但是武器的批判同样不能代替批判的武器，问题依然存在，纳粹撞击到了19~20世纪的哪些信念以至于我们到今天依然震惊于这个历史事件？它从何处来，又走向何处？

本文并不想回答这些问题，因为它正如上文所述，任何试图“理解”纳粹的企图都是枉费的，因为这种政治运动不属于迄今为止任何一种体系化的政治理论，它也不能被容纳进到目前为止我们所能掌握的政治话语中。有人说这是民族主义，但是纳粹很明显地与民族主义者划清了界限。他们相信他们的运动与布尔什维克运动一样具有世界意义；有人说这是资本主义的扩张的形式，但是很明显纳粹所导致的远比这个解释要来得多，并且资本的扩张并非一天两天，但是纳粹作为一种运动，它是凸现的，造成的惊愕是“资本扩张”这一抽象而又无解释力的概念所不能容纳的。

这就是纳粹所撞击到的19~20世纪根深蒂固的观念，试图通过某种体系性话语的解释，削弱现实，将现实转化为体系中抽象而又僵化的教条，甚至凌驾于现实之上，告诉人们这才是真实，而相反真正的真实却失去了真实性、多样性和生命的意义。但纳粹运动本身告诉我们，这一切所谓“解释”都是虚幻，正如阿伦特在《极权主义起源》的初版序言中指出的，相信历史的进步和毁灭不过是一块硬币的两个面，都源于一种鲁莽的迷信。我们相信我们解释了历史，驾驭了历史。但是20世纪这一深刻的政治事件告诉我们，这一切都错了。

纳粹运动包含了极端但是平凡的恶，包含了有意义的虚无，把在体系话语中看似完全不相干的事物联系在了一起。尼采的哲学在纳粹时代成为显学，通过这一点，我总是在思考，纳粹运动本身是不是也意味着一种“反抗体系与宿命”的运动？用行动代替论说，用斗争代替思辨，纳粹认为“生活就是一场战斗”。这场运动可以说是20世纪哲学和观念的产物，一个不幸的叛逆。它用一种令全世界震惊的方式，彰显了生命本身的实践力，但是这里的生命已经被那种体系话语掏空了价值，它是空虚的，必然就是鲁莽的，需要用一种看似意义的空虚填补自己本身的价值黑洞。有计划的种族灭绝，就是这样一种行动，它在用一种无意义的行动彰显一种意义，一种虚幻的意义。“千年帝国”和“消灭病毒”在今天看来是荒谬的，但是在纳粹看来，这就是全部的意义。他们甚至不是用我们的思维在思考，但是这种思维却诞生于我们引以为豪的社会中。

二、我修改后的新月文章：

20世纪最大的政治事件恐怕必须属于纳粹势力的突然崛起，以及它的突然崛起所造成的巨大灾难。无论是纳粹运动还是俄国的革命，在此之前没有任何一个学者预见到最后的结局。纳粹作为一种难以置信的政治力量粉碎了一切试图“理解”它的企图。庆幸的是，第三帝国在1945年被东西方用军事的力量加以粉碎，但是武器的批判同样不能代替批判的武器，问题依然存在。纳粹撞击到了19~20世纪的哪些信念，以至于我们到今天依然震惊于这个历史事件？它从何处来，又走向何处？

本文并不想回答这些问题，因为它正如刚才所说，任何试图“理解”纳粹的企图都是枉费的，因为这种政治运动不属于迄今为止任何一种体系化的政治理论，它也不能被容纳到目前为止我们所能掌握的政治话语中。有人说这是民族主义，但是纳粹很明显地与民族主义者划清了界限；他们相信他们的运动与布尔什维克运动一样具有世界意义。有人说这是资本主义的扩张的形式，但是很明显纳粹所导致的远比这个解释要来得多，并且资本的扩张并非一天两天，但是纳粹作为一种运动，它是突现的，造成的惊愕是“资本扩张”这一抽象而又无解释力的概念所不能容纳的。

纳粹撞击到的19~20世纪根深蒂固的观念，这种根深蒂固的观念试图通过某种体系性话语的解释，削弱现实，将现实转化为体系中抽象而又僵化的教条，甚至凌驾于现实之上，告诉人们这才是真实，而相反真正的真实却失去了真实性、多样性和生命的意义。但纳粹运动本身告诉我们，这一切所谓“解释”都是虚幻。正如阿伦特在《极权主义起源》的初版序言中指出的，相信历史的进步和毁灭不过是一块硬币的两个面，都源于一种鲁莽的迷信。在这种迷信的影响下，我们相信我们解释了历史，驾驭了历史。但是20世纪这一深刻的政治事件告诉我们，这一切都错了。

纳粹运动包含了极端但是平凡的恶，包含了有意义的虚无，把在既往的体系话语中看似完全不相干的事物联系在了一起。尼采的哲学在纳粹时代成为显学，通过这一点，我总是在思考，纳粹运动本身是不是也意味着一种“反抗体系与宿命”的运动？用行动代替论说，用斗争代替思辨，纳粹认为“生活就是一场战斗”。这场运动可以说是20世纪哲学和观念的产物，既有哲学和观念的一个不幸的叛逆。它用一种令全世界震惊的方式，彰显了生命本身的实践力，但是这里的生命已经淘空既往体系话语所阐述、所认可的一切价值，它是空虚的，必然就是鲁莽的，需要用一种看似意义的空虚填补自己本身的价值黑洞。有计划的种族灭绝，就是这样一种行动，它在用一种无意义的行动彰显一种意义，一种虚幻的意义。“千年帝国”和“消灭病毒”在今天看来是荒谬的，但是在纳粹看来，这就是全部的意义。他们甚至不是用我们的思维在思考，但是这种思维却诞生于我们引以为豪的社会中。

三、我的改动过程：

20世纪最大的政治事件恐怕必须属于纳粹势力的突然（删一“的”字）崛起，以及它的突然崛起所（增“以及它的突然崛起所”九字）造成的（去一“了”字，增一“的”字）巨大灾难。无论是纳粹运动还是俄国的革命，在此之前没有任何一个学者预见到（去一“了”字）最后的结局。（逗号改为句号）纳粹作为一种难以置信的政治力量粉碎了一切试图“理解”它的企图。庆幸的是，第三帝国在1945年被东西方用军事的力量加以粉碎，但是武器的批判同样不能代替批判的武器，问题依然存在。纳粹撞击到了19~20世纪的哪些信念，以至于我们到今天依然震惊于这个历史事件？它从何处来，又走向何处？

本文并不想回答这些问题，因为它正如刚才所说（“上文所述”改为“刚才所说”，“上文”容易让人理解为另一篇文章），任何试图“理解”纳粹的企图都是枉费的，因为这种政治运动不属于迄今为止任何一种体系化的政治理论，它也不能被容纳到目前为止我们所能掌握的政治话语中。有人说这是民族主义，但是纳粹很明显地与民族主义者划清了界限；（句号改为分号，此半句与下边半句结合才完成了意思表达，构成整个句子）他们相信他们的运动与布尔什维克运动一样具有世界意义。（分号改为句号，这个半句与前边的半句结合，要表达的是“是不是民族主义”的问题。）有人说这是资本主义的扩张的形式，但是很明显纳粹所导致的远比这个解释要来得多，并且资本的扩张并非一天两天，但是纳粹作为一种运动，它是突现的（“凸现的”改为“突现的”，此处的原意是表时间而不是表形态），造成的惊愕是“资本扩张”这一抽象而又无解释力的概念所不能容纳的。

（去“这就是”三字）纳粹撞击到的19~20世纪根深蒂固的观念，这种根深蒂固的观念（增“这种根深蒂固的观念”九字）试图通过某种体系性话语的解释，削弱现实，将现实转化为体系中抽象而又僵化的教条，甚至凌驾于现实之上，告诉人们这才是真实，而相反真正的真实却失去了真实性、多样性和生命的意义。但纳粹运动本身告诉我们，这一切所谓“解释”都是虚幻。（逗号改为句号）正如阿伦特在《极权主义起源》的初版序言中指出的，相信历史的进步和毁灭不过是一块硬币的两个面，都源于一种鲁莽的迷信。在这种迷信的影响下，（增“在这种迷信的影响下”九字）我们相信我们解释了历史，驾驭了历史。但是20世纪这一深刻的政治事件告诉我们，这一切都错了。

纳粹运动包含了极端但是平凡的恶，包含了有意义的虚无，把在既往的（增“既往的”三字）体系话语中看似完全不相干的事物联系在了一起。尼采的哲学在纳粹时代成为显学，通过这一点，我总是在思考，纳粹运动本身是不是也意味着一种“反抗体系与宿命”的运动？用行动代替论说，用斗争代替思辨，纳粹认为“生活就是一场战斗”。这场运动可以说是20世纪哲学和观念的产物，是既有哲学和观念的（增“是既有哲学和观念的”九字）一个不幸的叛逆。它用一种令全世界震惊的方式，彰显了生命本身的实践力，但是这里的生命已经（去“被那种”三字）淘空了（“掏空”二字由后面挪至此处，并将“掏”改为“淘”）既往（增加了“既往”）体系话语所阐述、所认可的一切（增加“所阐述、所认可的一切”九字）价值，它是空虚的，必然就是鲁莽的，需要用一种看似意义的空虚填补自己本身的价值黑洞。有计划的种族灭绝，就是这样一种行动，它在用一种无意义的行动彰显一种意义，一种虚幻的意义。“千年帝国”和“消灭病毒”在今天看来是荒谬的，但是在纳粹看来，这就是全部的意义。他们甚至不是用我们的思维在思考，但是这种思维却诞生于我们引以为豪的社会中。

四、分句评点：

1

新月原句：

20世纪最大的政治事件恐怕必须属于纳粹势力的突然的崛起，造成了巨大的灾难。

我的改动：

20世纪最大的政治事件恐怕必须属于纳粹势力的突然（删一“的”字）崛起，以及它的突然崛起所（增“以及它的突然崛起所”字）造成的（去一“了”字，增一“的”字）巨大灾难。

改动的结果：

20世纪最大的政治事件恐怕必须属于纳粹势力的突然崛起，以及它的突然崛起所造成的巨大灾难。

效果评价：

“什么是什么”的判断句式更明确，句意更清晰。

加入“以及……”九字，明确了双宾语：最大政治事件是纳粹突然崛起和突然崛起所造成的灾难。新月后来承认，这样理解是正确的。

2

新月原句：

这就是纳粹所撞击到的19~20世纪根深蒂固的观念，试图通过某种体系性话语的解释，削弱现实，将现实转化为体系中抽象而又僵化的教条……

我的改动：

（去“这就是”三字）纳粹撞击到的（去一“的”字）19~20世纪根深蒂固的观念，这种根深蒂固的观念（增“这种根深蒂固的观念”九字）试图通过某种体系性话语的解释，削弱现实，将现实转化为体系中抽象而又僵化的教条……

改动的结果：

纳粹撞击到19~20世纪根深蒂固的观念，这种根深蒂固的观念试图通过某种体系性话语的解释，削弱现实，将现实转化为体系中抽象而又僵化的教条……

效果评价：

“纳粹”是第一分句中的主语，新月原句中“这就是”三字取消了“纳粹”二字的主语地位，或者，使主语地位模糊不堪，第二分句中增加“这种根深蒂固的观念”九个字，使上下意义充分连贯起来：纳粹撞击了某种观念，某种观念本来是怎样的……

3

新月原句：

正如阿伦特在《极权主义起源》的初版序言中指出的，相信历史的进步和毁灭不过是一块硬币的两个面，都源于一种鲁莽的迷信。我们相信我们解释了历史，驾驭了历史。但是20世纪这一深刻的政治事件告诉我们，这一切都错了。

我的改动：

正如阿伦特在《极权主义起源》的初版序言中指出的，相信历史的进步和毁灭不过是一块硬币的两个面，都源于一种鲁莽的迷信。在这种迷信的影响下，（增“在这种迷信的影响下”九字）我们相信我们解释了历史，驾驭了历史。但是20世纪这一深刻的政治事件告诉我们，这一切都错了。

改动结果：

正如阿伦特在《极权主义起源》的初版序言中指出的，相信历史的进步和毁灭不过是一块硬币的两个面，都源于一种鲁莽的迷信。在这种迷信的影响下，我们相信我们解释了历史，驾驭了历史。但是20世纪这一深刻的政治事件告诉我们，这一切都错了。

效果评价：

增“在这种迷信的影响下”九字之后，使前句与后句意义贯通起来：相信某物是一种迷信，在这种迷信影响下，我们认为怎么怎么，但其实我们错了。

4

新月原句：

纳粹运动包含了极端但是平凡的恶，包含了有意义的虚无，把在体系话语中看似完全不相干的事物联系在了一起。

我的改动：

纳粹运动包含了极端但是平凡的恶，包含了有意义的虚无，把在既往的（增“既往的”三字）体系话语中看似完全不相干的事物联系在了一起。

改动结果：

纳粹运动包含了极端但是平凡的恶，包含了有意义的虚无，把在既往的体系话语中看似完全不相干的事物联系在了一起。

效果评价:

新月是说，纳粹运动是各种传统的、既往的话语体系都无法独立解释的，但它把各种传统的、既往的话语体系中完全不相干的东西结合在一起，形成一种超越（为人类前所未有）。增加了“既往的”三个字，使其意义豁然于读者面前，使你不必回过头来一再思索，节约阅读时间。

值得说明的是，“包含了有意义的虚无”恐怕是一种华丽的词藻，套入百度，找不到相同的用语。有意义，却虚无，冲突太大，不能成立。这与前边的“极端但是平凡的恶不同”：恶往往是极端的，“平凡的”是说它常常发生，这可以理解。

5

新月原句:

这场运动可以说是20世纪哲学和观念的产物，一个不幸的叛逆。

我的改动:

这场运动可以说是20世纪哲学和观念的产物，是既有哲学和观念的（增“是既有哲学和观念的”九字）一个不幸的叛逆。

改动结果:

这场运动可以说是20世纪哲学和观念的产物，是既有哲学和观念的一个不幸的叛逆。

效果评价：新月是说，20世纪是特别重视哲学和观念的，但恰恰纳粹来了个无视一切哲学和观念，它不符合一切既有的话语体系，因而纳粹是对20世纪既有哲学和观念的背叛。增“是既有哲学和观念的”九字，使语义贯通起来，显豁起来。

6

新月原句：

它用一种令全世界震惊的方式，彰显了生命本身的实践力，但是这里的生命已经被那种体系话语掏空了价值，它是空虚的，必然就是鲁莽的，需要用一种看似意义的空虚填补自己本身的价值黑洞。

我的改动：

它用一种令全世界震惊的方式，彰显了生命本身的实践力，但是这里的生命已经（去“被那种”字）淘空（“掏空”二字由后面挪至此处，并将“掏”改为“淘”）既往（增加了“既往”）体系话语所阐述、所认可的一切（增加“所阐述、所认可的一切”九字）价值，它是空虚的，必然就是鲁莽的，需要用一种看似意义的空虚填补自己本身的价值黑洞。

修改结果：

它用一种令全世界震惊的方式，彰显了生命本身的实践力，但是这里的生命已经淘空既往体系话语所阐述、所认可的一切价值，它是空虚的，必然就是鲁莽的，需要用一种看似意义的空虚填补自己本身的价值黑洞。

效果评价：

将分句“但是这里的生命已经被那种体系话语掏空了价值”修改为“但是这里的生命已经淘空既往体系话语所阐述、所认可的一切价值”，这样上下句意便完全贯通了。“掏”是人为，“淘”所产生的是自然结果，改为“淘”似乎更好。我以为此处生命是指“纳粹”运动中进行着的生命，或者可以说指纳粹运动本身，新月本来是说纳粹运动淘空既往话语体系所承认、所包含的一切价值，即，纳粹运动与一切既往话语体系中的价值没有任何共同之处；但按他本来的表述却是：纳粹运动自身的生命“被”既往的话语体系掏空了价值。——宾语意义的被掏者（既往话语体系中的价值）变成了主动行为者（掏取者）。

新月的表述，许多时候囫囵吞枣，表达很不准确。此句的错误属于典型，其表达的是其意欲表达的反面！

或者，更准确的表达是：但是这里的生命因其摒弃了一切既往的话语体系，因而同时被淘空既往话语体系所蕴含的一切价值。新月的语句如云霓，笔者实难作出更为精细的把握了！

尾言：新月是位年轻的学术新秀，有网友不理解，说挑毛头孩子的毛病。此言差矣！新月虽年轻，在“雅典”自成一家之言，属于某一流派的代表人物。阅览广泛，思维敏捷，成文迅速，若值风云际会，则夏完淳、梁任公之材期于此者。然，因缺乏时代的电光石火予以琢砺，作风轻佻，缀文草率，此种状况与他今天实际达致的业绩程度有所不逮。我之批评，非戕苗之镰刃，乃斫玉之斧斤也！

2009年12月21日

如何运用常识及如何对待理论

前按：

在纵横辽阔的当年论战的排兵布阵当中，寻索旧文，竟然找到了对新月论战的最初文章——《如何运用常识及如何对待理论》。尖厉与刻薄不是杂文的本能，杂文的本质与其他一切文章一样，是善良与战斗。鲁迅曾伤害过一位青年，那是一位对他满怀崇敬之心而到他的堂下听课的二十岁的青年。他的杂文提到了那位青年，赋他以什么资产阶级的名头。当鲁迅成了“民族魂”以后，那青年便到处受伤；到鲁迅在解放以后被舆论正式奉为文化旗手，那青年便青着面孔，成了徘徊于一切生者之外的野鬼孤魂了。而这，仅仅是因为他毛头小子时期在鲁迅堂下求教于鲁迅的一句稚嫩的不当的话。

鲁迅是不怕血的，号召血的，笔锋所指到处血淋淋的。是时代的局限，也是性格的阴鸷使然，那横眉冷对之下多了份对人的不信任，多了份视一切为鬼豺的猜断。虽然他也对某人说，“斯世当以同怀视之。”就是这个例外，仍可挑剔：此处之“同怀”者因为做过集团领袖，正在向社会自辩：“像我这样手无缚鸡之力的人会是杀人放火的人吗？”所以，那惺惺相惜，恐怕也带点儿“血”的味道。

我学习鲁迅，但我效仁爱，而不效“吃人”——鲁迅骂“吃人”，但惯看了吃人，所以不断地磨砺尖刻的牙齿。

这本书中对新月的批评篇章恐怕是最多的了，语言多不客气，大家可能会忽视了我对青年的慈爱之心。这篇文章是我与新月论战的发轫，请看谨慎的用词，表扬之中的批评，对“炮火硝烟间隙相斗”的“深感不安”。文章乃仁义之事，“爱”是仁义的基点，战斗不是目的，“血”本来是应当避免的。所以，本文既有辩论的深入，也有语言上的客气，本文写作之后慢慢拔出剑来，那是不得已的作为了！

具体写法上，还是一个比，比的运用是中国文学的根本。新月要对“自由的优先性”作出论证以后再去争取自由，我说：勾股弦定律有必要论证么，对顶角相等有必要论证么？

比是写出好文章最常用也最简单的方法，上一年的小学生便开始文诌诌地把盛开的花朵比作笑脸了。“思”却是通过一辈子努力也不一定能够达致一定水平的功夫，“思”的一个方向是归纳，对常识与理论的归纳，本文作了如此的说明：“常识是一个意义广泛的概念，同时，是一个运动前进着的概念。人类依据常识发展理论，经实践验证之后，又把新发展的理论纳入常识；循此累进，常识至于无穷，理论也至于无穷。”

找不到更好的表述，比与思，是我写文章的两翼吧！

一

在同一的阵营之内，新月君经常发出些不同的声音，或建议于同伍，或惕励于同仁，或警言于深壑的边畔，使人获益良多。

然，由于对民主运动健康发展问题过分用心的关注，新月君也多杞人忧天之思。例如，过分地关切理论的证明，过分地蔑视常识的运用，因而对民主阵营的光明磊落所持态度过分审慎，甚至发展到对民主自由本身的合理性也多持疑问。

二

这是有历史性的，新月先生对理论研究有一种失却目的的偏执爱好！

月前，与审雨先生的论战中，新月君就忧虑说："对这种在直觉上都能够清楚是极端混乱和错误的言论而久久不能在知识上形成压倒性批判。"事实上，正如新月君所言，审雨的观点在"直觉上都能够清楚是极端混乱和错误的"。审雨认为，西方文化带有全息性，用了西方科技的一只电灯泡，也会导致西方文化之癌对中华文化的全面入侵，最后导致中华文化的彻底崩亡——如此的颠言狂语，有必要组建北伐大军，在知识上展开森严壁垒的对峙，在理论上进行长驱直入的讨伐吗？

所以我说，新月君对理论问题失却目的的偏执爱好，是具有历史性的。

三

近日，新月君更提出"'常识派'能带我们走多远"的问题，说："我想问的是，凭什么自由就必须要神圣不可侵犯呢？凭什么自由就是优先的呢？"新月君认为，依靠常识回答不了这些问题，"自由神圣不可侵犯"和"自由优先原则"也必须经过理论论证才能作为民主阵营的旗帜。新月甚至要求，你只要主张“自由”，就必须先对自由的合法性论证一番，否则就卷旗收兵。

这再一次表明新月君对理论问题失却目的的偏执爱好，并缺乏对于人类文明基座——常识性知识——的应有尊重。

四

立足于当代，“自由神圣”和“自由优先”难道不是一个无须证明的常识，而是一个尚需证明的深奥的理论问题吗？

回答这个问题之前，可以首先提出这样的问题：牛顿的万有引力定律需要证明吗？哥白尼的日心说需要证明吗？我们使用电脑之前，有没有必要首先论证一下电脑的科学性，然后才去使用它呢？

尽管“‘人为什么要活在世界上’这是一个深刻的问题，甚至是一个元问题，这是政治哲学全面探索的问题，甚至整个政治哲学就是围绕这个问题展开的”（新月君语），但这并不意味着我们要活，就要先论证活着的意义，否则我们就应当先闭起眼睛、停止呼吸、停止吃饭！

五

人生活在常识之中，人的每一或大或小的行动都全方位地、多基点地依赖于常识，包含人类所进行的每一次伟大的运动。例如，吃，凭借于不吃要死的常识，食物可食的常识，熟食有利于消化的常识……

常识是一个意义广泛的概念，同时，是一个运动前进着的概念。人类依据常识发展理论，经实践验证之后，又把新发展的理论纳入常识；循此累进，常识至于无穷，理论也至于无穷。

人类曾经证明过常识，甚至在知识成为常识以后，螺旋式地又作证明，但并非人类在运用常识之前，必须再证明一次。知识、理论之转化为常识，其目的就是让人直接掌握、直接使用的。

六

如果不因为我运转到此，或新月君运转到此，正好成了对立面，新月君本来是承认上述观点的：常识之无限发展，常识之直接使用。

新月君的观点："希望将政治的价值判断完全地交给公共领域，极力主张政治与法学分离"（见新月君《"常识派"能带领我们走多远》），即他本来承认"常识可以直接使用"的例证之一。他认为，纯之又纯的法学家可以，更准确地说，应当抛弃固有的价值判断的职责，将价值判断的任务交由"公共领域"去完成。此即意味着：法学家必须承认，而且应该直接接受"公共领域"所已经广泛认可的价值常识。否则，政治与法学如何分离，法学家如何只研究纯之又纯的法学，而不去进行价值判断？

新月君在其大著《忠于法学》中说："正如两个中学生谈论数学作业，其中一个说这道题用勾股定理就行了，另一人便立刻恍然大悟。如果每一道题都要从公理开始推导，不知要浪费多少时间！"看，他并没有认为使用勾股定理之前，必须对勾股定理的成立与否进行理论论证——他亦认为：勾股定理应当作为数学领域的常识直接加以运用！

七

但在这里，新月君却要求人们证明自由神圣和自由优先。当人们提出反诘，他甚至认为：人们存活的必要性也需要证明一下，而不能当个常识使用。

我曾经批评某些理论者缺乏立场：他的理论是个圆，他总是站在与人相对之处发表对立的意见。但将几个不同场合他所发表的理论进行比对，你就发现，他“以子之矛攻子之盾”了。

当新月君否认“自由原则”可以作为常识运用的时候，与他认为勾股定理可以不加论证地使用的时候进行对比，是不是矛盾彰显出来了？

八

在《独立宣言》之后，特别在《世界人权公约》之后，自由原则已纳入绝对常识的范畴，其不必证明性并不低于勾股定理的不必证明性。尽管如此，我们仍无权排除新月君举例说明自由不属于常识范畴的权利，因为我们尊重“自由优先”。

新月君说：“罗伯斯庇尔如果站在天安门，我敢保证通过广场的人喊的是‘民主自由万岁’”——此处他所说的“通过广场的人”，应当是在暗讽那些他所质疑的“常识派”！

但这一举例实在说明不了问题。应当批评那些“通过广场的人”没有运用一下民主自由的常识，核准一下罗伯斯庇尔是不是民主自由的代表，而不应当批评说：民主自由的常识不足以核定罗伯斯庇尔是不是民主自由的代表。这是两个问题。

新月君的这个例举，本身就缺乏理论的风度。

九

理论的目的是人类的实用，理论的目的不是构建（或装饰）理论者自身。

一些学斋里的理论者，甚至把理论当成一种偏执的嗜好。如卓别林所饰演的机械工人，看到所有的圆物，包括看到人们身上的扣子，都要用钢钳旋扭一下，职业的专门性使然；一些理论者每遇到问题，便要进行理论的证明，例如，遇到审雨所提出的“西方的电灯泡可不可以使用”之类的无聊问题，要进行理论的证明，遇到举世公认的自由原则，要进行理论的证明。

书斋里的理论者应谨防卓别林在其滑稽剧中所提示的畸形表现！

十

因为理论的目的是人类的实用，所以，理论必与时合——白居易的文学创作原则不也是“文章合为时而著”嘛！

1960年全国饿殍遍地之际，减肥的理论研究必然是天大笑话。某位神圣人物在1959年岁末之时（饥馑即将席卷全国）研究：“粮食吃不完了怎么办?”不就是发生于实践中的“理论研究”的千古笑话吗?

人民在漫漫长夜中盼民主自由如盼甘霖。当此之时，理论家却在研究如何修筑堤坝，防止民主自由的泛滥，那不也是在研究“粮食多了吃不完怎么办”么?

十一

新月君是同一战壕里的战友，炮火硝烟间隙相斗，深感不安。

然，今日切磋在同志之间，是为明日搏杀于敌人之间也，谨望谊而不仇！

2009年6月28日

审雨堂一：一个从古墓中爬出来的鬼魅！

前按：

一个惊人的标题，一个惊人的比喻，对于一篇文章的成功具有十分重要的作用。

由于东西文化发展的历史错移，中国的现代化实际是西方化的结果，至少物质上可以如此界定。但本文所批判的审雨先生认为，一切西方文化都是毒瘤，都要清除。更说西方文化具有全息性，哪怕用它的科技，亦必然克隆出西方文化的全羊，民主啊，自由啊，宪政啊，都出来了。那么，在西方物质充斥的现代社会，他必然见什么砸什么，电视、电脑、手机；他用什么，不用铝锅，那是西方的，他要到首阳山采薇，不用打火机，用火镰或钻木取火；说的语言也全是古代的。

这个人是什么？是一个从古墓中爬出来的鬼魅！

本书各文章的前按是专谈文章写法的，不涉及思想内容。本按例外，要谈一下思想内容，帮助年轻人理解中国这些年是怎样前进的，也有助于上层人士宽宏于被指为有些“西方化”思想人士。审雨先生是一个左翼的极端，红色的忠心当无疑义，可他焦愤地说：“中国这三十年的走向，大家是明白的：那就是要把中国人民变成资本主义国家的用人，把广大人民变成奴隶，受在改革开放中靠侵吞国家财产富起来的官僚买办资本家的剥削。认清了这种形势，就有了对敌斗争的思想上的明确指导。”试想如果中国没有同等程度的对翼力量的抗衡，这样激进、激烈的左翼力量将把国家折腾成什么样子，祖国的前进车轮能取得平衡吗？

2009年4月2日，“雅典学园”出现了一个天外来客：审雨堂一。不少朋友满怀热情地欢迎这位客人，希望他带给“雅典学园”一些新的东西。礼貌地翻动他的箱箧，其文书丛中有什么“诛夷说”“法浅窥”“杂说丛”“诗言志”，具体文章有什么《夫差西施事感怀》《西方文化批判系列之一、之二》，还有什么《满江红》等等。当人们正期待这位似乎深通中国古典文化且对西方文化有所研究的雅人登堂上课，从中学习些东西时，却发现这是一个鬼魅。他见电视机、电脑、手机狂砸一通，见牙刷、牙膏、发卡厌恶万分，至于少年们喜欢的卡通画、少女们钟情的睫毛膏更令他龇牙咧嘴、恶怒难抑。正当人们对此行为莫名惊诧之时，却又见他拿出火镰，燧人氏般击石取火，往陶器时代的竹木烟斗中点燃秦汉时期的自烤烟叶。待到饭时，他坚持不吃现代铝锅烧制出来的饭食，一定要到首阳山采薇果腹。此时方知，他原来是一个古墓中爬出来的秦汉人物！

审雨堂一使用两种语言，一种白话，一种文言。文言多以诗词歌赋形式出现，表现一种仇视西方帝国主义、东方帝国主义的强烈情怀，替今人鸣不平。你看他的《满江红》：

铁胆冰肝，
乾坤内、谁人与论？
名利事、懒谋疏计，

此生休问。
忍尽西方嘘欲瘴，
思将正气驱妖瘴。
叹人间、饮鸩正欣欣，
深忧愤。

呼同道，
盟心印。
诛夷说，
扬华韵。
怕光阴虚度，
雪欺双鬓。
敢叱狂夫息斧锯，
岂容桀吠呵尧舜。
愿神龙飞腾吐清和，
山河润。

不明眼人往往被蒙，你看这审雨堂一，“铁胆冰肝，乾坤内、谁人与论？名利事、懒谋疏计”，多么清高自任。对社会有些看法的人又看到：这位雅士“叹人间、饮鸩正欣欣，深忧愤”，像屈原一般举世皆浊我独醒。其实，你错视他为同道了。他的核心是在：“忍尽西方嘘欲瘴，思将正气驱妖瘴”，他的核心又在：“诛夷说，扬华韵。”这个古墓中爬出的人憎愤于普世浊浊：你们为什么要使用电脑、电话，为什么要穿西衣、西裤，天空上为什么要飞翔飞机，陆地上为什么要奔跑火车、汽车，战争时为什么要使用机枪、大炮、B52轰炸机、制导导弹，一切都是西方文化，一切都是西方的淫技奇巧！所以他要

“忍尽西方嘘欲瘴，思将正气驱妖瘴”。塾学公庠不见了，到处都是现代学院，读的文学哲学，学的声光电气，念的英语日语。所以他要“诛夷说，扬华韵”，重开科举考试，让人们重读四书五经。

如何消灭这些带来西方文化和西方科技的蛮夷之族，这首《满江红》倒是没说得血淋淋的——“壮志饥餐胡虏肉，笑谈渴饮匈奴血”。不过，他从荒蛮古朝带来的血腥复仇精神可以从他的另一诗箧中寻拣出来，你看他的《斩倭行》：

休道中日友好不再战，
獍枭本其心，
兽性岂可易？
时时抚长戟，
梦呓莫沉溺！
君莫疑，
泱泱华夏五千年，
神龙雄狮振鬣腾飞动天地！
汉唐雄风继，
夷寇莫睥睨！
我虽不为强盗行，
亦不容西鹫东乌逞贪鸷！
倭儿若敢猖狂再，
殄灭必当无孑遗。

爱国主义是好的，但“倭儿若敢猖狂再，殄灭必当无孑遗”，烧他个遍地焦土，杀他个断子绝孙、鸡犬不留。以色列定点清除敌酋窝点时要提前三个小时通知巴勒斯坦居民或闭门不出，或及早撤离，关塔那摩监狱要讲人道主义。这坟墓中爬出来的人当然是不理解的！

再说说他的白话。他的白话主要使用在他的《西方文化批判系列之一、之二》里。他认为，东方文化与西方文化是不能互补的，犹如男人与男人不能媾合，又如父母子女虽可以媾合，但有害遗传，所以也不能媾合。他说，东方文化是中和（自足）文化，西方文化是扩张文化。中国不讲科技，以老子弱国寡民理论为自养的根据，无须奇技淫巧即可自适自足。西方文化追求欲望的满足，以科技的帮助而使贪欲无限膨胀。西方文化有一种自殖民化作用，你使用了它，便抛弃了自己，使自己也变成了它。审雨堂一举例说，一个汉代人拿了现代技术，又回到汉代去，将现代火器一用，各国仿效，于是大家都追求火器所赖以产生的科学技术，谁还继续发展汉之本来文化？如此一来，还有后来的中国文化吗？美西文化对中国的入侵，就是蚕食、消灭中国文化，时空错移的举例只不过加强其典型性，让大家明白而已。一言以蔽之，西方文化是科技文化、扩张文化，中国文化是文学文化、娱心文化、自足文化，无须科技。西方文化之来，必致中国文化之灭。欲保中国文化，必拒西方文化。如何拒？“忍尽西方嘘欲瘴，思将正气驱妖瘽”。怎么办？“诛夷说，扬华韵。”最好是，“倭儿若敢猖狂再，殄灭必当无孑遗”，连你人种也灭了！

这个可笑的侏儒，却又是个可笑的狂夫！

但你却又不要小看了他。这位来自古代学塾里的教授夫子，昼思夜想，却也能想出些哲学上的绮辞妙句，在语言上很是扎实。例如，他在给人下定义时说，人的本质就是：“当且仅当同自然动物界拉开一定距离的产物。这个距离不仅是人类产生的条件，也是人类作为人类继续繁衍生息的条件。”他制造这个定义的目的是说，动物进化为人就够了，与动物拉开的距离过远，如美国人那样，飞机、汽车、洋楼、火箭，何必呢？创造的过程不也是自找苦吃的过程吗？你们如果不打开我华夏国门，我们一日三餐，日出而作，日落而息，刨土为食，掘井而饮，不也自得其乐吗？打破了封闭，使我们失去了从动物那里带来的盲目快乐，这一两个世纪多么令人郁闷。更主要的是，与自然动物界拉开的距离超过“一定”，也就要像你们一样走向灭亡了。所以审雨堂一说：“这就是我为什么极为痛恨西方文化的原因。”

——你看他的句式、思维限制的方法都是西式的，但他对西方文化深恶痛绝！确如夫子所说，西方文化毒瘤已经渗入到每一个中国人的脑细胞里了，连他也不例外！

审雨堂一在形而下之的分析举例之后，对西方文化的政治部分也得出结论：“现在的几乎所有人无不欣赏赞美西方文化，民主啊、自由啊、法治啊、人权啊是大家心目中近乎神圣的东西”，其实，“民主之类是西方文化毒树所结的毒果”。不要看西方文化，包括它的民主法制精神，短时期内会使中国发展，但像“很多人吸食海洛因多年，并没有被毒死……反而会精神饱满”一样，可它最终会毒死你！

一定的文化思想是同一定的政治思想相联系的，这样一个如此仇视西方文化的人，我想一定非常热衷于中国的传统政治。于是，我首先想到了“乌有之乡”，上网一查，果真在那片红彤彤的坟地里也找到了审雨堂一这只鬼魅，他是这里的常客。以下是他在“乌有之乡”发表的一篇爱国主义文章《爱国之声动地来》：

> 我接触乌有之乡是经朋友介绍的，当我看了里面的激动人心的文章，我才知道中国的爱国力量并没有被斩杀。多年以来，在右派洋奴才的铺天盖地的宣传下，汉奸和卖国贼在疯狂地猛增，在这样的大环境下，乌有之乡能在狭小的缝隙中生存，真是不易，这颗星星之火必将呈燎原之势，唤醒广大民众去同国内外一切反动势力作坚决斗争，那股爱国的滚

滚洪流必将动地而来。

中国这三十年的走向，大家是明白的：那就是要把中国人民变成资本主义国家的用人，把广大人民变成奴隶，受在改革开放中靠侵吞国家财产富起来的官僚买办资本家的剥削。认清了这种形势，就有了对敌斗争的思想上的明确指导。在我小时侯，刘胡兰、董存瑞等革命先烈的英雄事迹深刻激发了我的爱国热情，可现在有些人却在污蔑我们的英雄，他们的阴险目的不过是为他们的主子培养大量的如秦桧、张邦昌、汪精卫之流的汉奸卖国贼罢了。幸好有乌有之乡的有识之士唤醒了沉睡中的人们，中国有救了，那些有险恶用心的走狗已惶惶不可终日，将来一定会被人民审判。

当我把这个网站告诉周围人们的时候，大家都一致认为是说出了老百姓的心声，尤其是张宏良教授的精辟论述把人们带到了一个很高的理论层次。广大的老百姓正在翘首期盼党中央早伸利剑，将资产阶级及其走狗一网打尽，真正让人民当家作主。

我衷心地希望乌有之乡能把人民的爱国热情唤醒，让爱国之声动地而来，试看今日之华夏，必是赤色的世界。

这个鬼魅爬出古墓，吹着啸唳的牛角，刊布令人悚恐的讨伐檄文。“中国这三十年的走向，大家是明白的：那就是要把中国人民变成资本主义国家的用人，把广大人民变成奴隶，受在改革开放中靠侵吞国家财产富起来的官僚买办资本家的剥削。认清了这种形势，就有了对敌斗争的思想上的明确指导。”审先生对中国三十年的分析，显然是资本主义已经复辟，亟须再来一次文化大革命。“试看今日之华夏，必是赤色的世界。”李大钊赖于俄国的枪炮，必须马上再一次震动神州。

审雨堂一，文化上是从秦汉古墓中爬出来的鬼魅，政治上是从“文革”时代的荒冢中爬出来的鬼魅妖瘴！

2009年4月24日6时

附：

他的这首诗已经记作写作资料了，但具体写作时忘了使用。附于这里，供人欣赏。要在第二句中的“孤胆诛西方”，这位先生还真是个唐·吉诃德呢！

审雨堂一自述

落拓名利场，愚驽貌不扬。
浮云视富贵，孤胆诛西方。
但求无愧怍，天地任俯仰。

文化研究不是放个大屁，寻个乐子！

——以何种态度研究文化（之一）

前按：

惊人的比喻（放个大屁，寻个乐子）之下，缜密而严肃的逻辑推理：

从文化的本质意义上说，人即文化，人即上帝对自然物—动物—文化的结果，否定了这点文化，人即回归于自然，如我们今日意识中（概念中）的“人”便没有了。那么，西方文化是能消灭的吗？不能，因为创造西方文化的西方人是不能消灭的。既然不能消灭西方人，而其研究的结论却是西方文化连肥料也不能做——无机物硫酸、有机物癌细胞在进行垃圾处理之后还要回归大地做肥料呢——这样的研究是真的吗？当然是放个大屁，目的不是惠人，只是雷人！

华丽而质实是好文章的两大要求，质实是底，华丽是衣，切勿只记得用阿玛尼包裹自己而忘了充实自己知识的肚囊和头脑！

审先生对我写的《审雨堂一：一个从古墓中爬出来的鬼魅！》说是不做辩论，但不辩论是不可能的，今天他已著文《为批判西方文化答“雅典”人》，对其观点作出辩解，并且对我对他的批判表示非常委屈。分做几个问题简答于后，今日简文的题目是：以何种态度研究文化?

研究文化，是为了研究人类之过去、现在和未来，以人类之思维为人类在地球上之可能的幸福寻找方法。笔者之所以加上“地球上”与“可能的”这样的定语，是说任何能够称得起文化的研究或创造，必须是结合人类实际的，而不能将文化假设为宇宙之外的某种与人类无关的事物。中国人最玄的文化《西游记》在本质上也是实际的、地球上的，它给人娱悦，教人无所畏惧，看似上天入地，其实都是人类世界所可能发生的。审雨先生的西方文化研究却是不切实际的，非地球人的和非地球的，其“研究”的目的只有一个：雷人，像一则童话里一个乡下人幻想着某一天能放个大屁，让地球人都听到，也不枉活一遭。——以这样的“雷人”为目标的活动却又自称之为文化研究，仅这样的研究态度，我们即要大喝一声，不要污我庭堂，这哪里是研究!

审雨先生所谓的西方文化批判，确实像那位想一鸣而惊人的乡下人。但是，是乡下人我就不批了——放个大屁只是个乐子，批什么?但他恰恰不是乡下人放屁，他的所谓批判要在文化人中传播，更主要的，我注意到审雨先生自述是个站讲台的人，传道、授业、解惑者。其研究文化的态度、方向、方法和内容不适、无用、虚夸、绝对化到顶级、不切地球实际，却又带着冠冕堂皇的“批判”的衔头，那就必须说他个一二三四了。否则，他会有害文化环境，有害他的弟子。

为什么说他的研究不切地球实际，其实与人类无关，只宜夜中个人自慰，不宜拿到文化庭堂中来散播?因为，他的基本观点是：西方文化是毒瘤，从里到外，从根到梢，从皮肤到每个基因，全是坏的，种豆得豆，种瓜得瓜，这个瓜从上帝设计那一天起就是上帝的错误，只应由上帝来消灭，根本无资格在地球上继续保留。他认为，拿西方文化做其他文化的肥料也不可，因为做肥料也会引起汞中毒，仅移植它的科学技术也不可以，因为它的科技必然带来它的民主、平等、自由、博爱这些毒瘤文化。他更称：它带有全息性，植入一个细胞，即使引入一个电灯泡制造技术，也就必然克隆出西方文化的全羊。

从文化的本质意义上说，人即文化，人即上帝对自然物—动物—文化的结果，否定了这点文化，人即回归于自然，如我们今日意识中（概念中）的“人”便没有了，已经先来了一个如审先生所说：殄灭父当无孑遗。然而，西方文化是能消灭得了的吗，消灭得连肥料也不存在的意义上的消灭？不能，因为创造西方文化的西方人是不能如此消灭的。既然不能如此消灭西方人，而其研究的结论却是西方文化连肥料也不能做——无机物硫酸、有机物癌细胞在进行垃圾处理之后还要回归大地做肥料呢——这样的研究是真的吗?

当然是假的，是假的文化研究，真的文化研究自慰。自慰到自己房间里去，在大庭广众下自慰当然要受到批评。

2009年4月25日

一点可喜的进步

前按：

论战中承认论敌的进步是必要的，是对真理的尊重，也是对论敌的宽容。从方法论上说，是对论战成果的巩固。作者写下《审雨堂一：一个从古墓中爬出来的鬼魅！》以后，审雨先生著文《为批判西方文化答"雅典"人》作为回应，表示愤慨、表示批判。但愤慨和批判只是形式，应从遮羞掩盖之下看到对方观点的改变和进步。审雨的自辩已经明确承认西方文化是一个硬币的两面，显然已经不是作肥料也不可了。审雨辩称他只说批判西方文化，可没说消灭西方文化，更没说消灭西方人，这是改变观点的一种扭扭捏捏的方式——本文作者引述他原来相关文章中的话，说明他原来的观点是怎样的，现在确实进步了。

在承认审雨进步的同时，要求他具体收回原来至关紧要的错误观点：西方文化带有全息性，哪怕只用了它的科技，也会带来民主、自由、宪政、博爱等观念。此处的要求是尖厉的，是刀口逼于脖下的进攻：不收回这样的观点，你就不要再用电脑发文章，那样我们便会指斥你是说一套行一套的伪君子！

在巩固论战成果的基础上还须进攻。例如，审雨先生对消灭日本民族的解释是，他有一个假设，假设日本再开战，就消灭他们。作者认为，战争是人类生活的一部分，人类在，战争就不可能消灭。日本人再开战不是不可能的，再开战便要消灭大和民族，显然不仅有害于日本民族，根本上说，更有害于中华民族。二战时日本吃了原子弹，原因于它的不自量力——未来的中华民族如果不自量力（要消灭大和民族），不是也有可能招致原子弹吗？

我对审雨先生敢于进行决然的战斗，其原因是看到审雨先生关于西方文化的观点的极端性、绝对性，要诛锄西方文化，并以此为终生立志。凡事极端了、绝对了，就必然错误了，绝对的错误又绝对的标新立异，那就有可能产生哗众取宠之效，蛊惑许多未深思的人，或思维能力正在成长的人，又或思维能力不济的人。在此思考之下，虽然已多次下决心不再进行许多雅士十分鄙薄的有失斯文的厮杀，仍然写下了《审雨堂一：一个从古墓中爬出来的鬼魅！》这篇颇令审雨先生不快的文章。

审雨先生今晨著文《为批判西方文化答“雅典”人》发于网上，表示愤慨、表示埋怨、当然也表示批判，我即于第一时间发文《文化研究不是放个大屁，寻个乐子！——以何种态度研究文化（之一）》作了回应，对其绝对化的观点、对其以雷人为目的的研究态度进行再度批评。但事实上，在批评之时我心中窃喜：通过日前文章的批评，审雨先生的极端化观点已经有所松动，绝对化立场已经有所扭转，实事求是的态度已在有形与无形之中开始显现。批评者，以正人为目标，所批评的对象即便以埋怨的方式流露出“我是有些错误”，或者用“正其原意”的方式进行辩说，认识到我先时确实不对，在此情况下，我难道不应当心中窃喜吗？

审雨先生的进步究竟表现在哪些地方？第一，对于西方文化，他开始使用两分法，扭扭捏捏地摈弃了绝对化。在《为批判西方文化答“雅典”人》一文中，审雨先生如此解释他对西方文化的批判：“我所批判者、所厌恶者是西方文化，并非针对某个个人。而且我所说的西方文化不是一般人所理解的西方文化。此部分人赞美崇尚的东西，与彼部分人所赞美崇尚的东西，虽表面水火不容，但在我看来，无非是西方文化这个硬币的两面而已。”这里边虽然包含着他对自己错误观点的无逻辑的狡辩，但也包含着他由绝对化立场向非绝对化立场——两分法的退却。这当然是一种进步！

对于此段言语的第一句“我所批判者、所厌恶者是西方文化，并非针对某个个人”，无可解释。但须做此回应：没人认为你对西方文化的批判是针对某个个人，所以，此话是无益的冗赘之言。唯第二句“而且我所说的西方文化不是一般人所理解的西方文化”，就大有看头了。一位莽汉击人之犬，遭到抗议，急急解释说，我打的不是你的犬，或我打时不知是你的犬，甚至说我打的不是你心中理解的你家的犬，都表明莽汉实已表示退让，承认自己打得不当。但这里不能唯以犬之理论解之，我这里还要继续进行批判：你“所说的西方文化不是一般人所理解的西方文化”，做为一个学者，难道你是外于一般人之外的“唯我一人”的自说自话？你两口白沫，一群人兑了两群耳朵，记笔记、做要点，等到有学生提出问题，你却说：“我用的名词和你们心中的某什物的概念就不是一回事儿。”这听众不是白听了，札记不是白作了。你说太阳不是从东边出来，大家说不是，你看抵不过众人，只好说：“我说的太阳不是你们理解的太阳。”——这不是一种欺骗吗？

尽管欺骗，但我原谅你，从那位打犬莽汉身上我了解到某种认错求谅的方式！

此段中的第三句话："此部分人赞美崇尚的东西，与彼部分人所赞美崇尚的东西，虽表面水火不容，但在我看来，无非是西方文化这个硬币的两面而已"，则是审先生正面承认错误了。他承认西方文化如一枚硬币，有它的两面，我们所支持的只是一面，他所批判的也只是一面。辩论到这里，我们也就没啥可说了。但有一个要求：既然审先生承认西方文化的两面，就应收回一些话：西方文化不可做肥料，没有做肥料的价值，就如某些含汞的物质不可做肥料一样。还要收回一些话：西方科技也不可引进，因为它具有全息性，在中华文化里植入西方科技，便必然克隆出西方文化的全羊，它的包括自由、民主、平等等西方毒瘤全来了。——尤其是后面一句一定要收回，第一，不收回，你再通过电脑、互联网发文，我们便会指斥你是说一套行一套的伪君子；第二，全中国的儿女听了你的这一理论会睡不着觉：自魏源提出"师夷之长技以制夷"，至今西方科技已漫然于中国：马路、汽车、洋房、电灯、电话……断然已无法清除。即使到医院作洗胃、行透析，中华血液也无法将西方文化的脏物洗净，那么我们将真的国将不国、人（华人）将不人了？太吓人了，我们的儿女将不敢入睡！

审雨先生的另一些进步，表现在那篇文章之外。他在我的《文化研究不是放个大屁，寻个乐子！——以何种态度研究文化（之一）》一文后边，跟帖提出质疑："我的'诛西方'是指对西方文化进行批判，我可从没说过要消灭西方文化，更没说过要消灭西方人。西方文化我是无力消灭的，任何人也无力消灭。"为什么对审雨先生的这样的解释理解为一种进步，这你必须看看他原来的观点。由一百步退为五十步，也是一种进步，更何况这五十步决定着某种本质的异与同！

他的关于西方文化的原来的观点是这样的。在《西方文化批判系列之一》中他开宗明义道：

玄先生：听说你很不喜欢西方文化，主张“诛西方”？

审先生：何止不喜欢，准确说是极度厌恶痛恨，必欲彻底诛锄而后快。

其《西方文化批判系列之二》又道：

如果我们把人类文化看成一个整体，那么西方文化就是人类文化肌体中的癌细胞。癌细胞不会自己杀死自己，它只会扩散，不断癌化其他健康肌体，使人类文化整体癌化，从而导致人类的整体毁灭。

癌细胞的生存就是以不断癌化健康细胞为生存条件的。以美国为代表的西方国家经常利用战争或其他手段，推行他们所谓的民主制度，根本原因就在于此！

如果在开宗明义之时，他表示的只是一种极端仇恨西方文化的感情渲泄，在《西方文化批判系列之二》里就完全是一种为什么要“诛西方”的理论阐释。理论之下表示的不是一种感情，而是一种行动的必要。

西方文化整体是癌，并且以不断癌化健康细胞（包括东方文化）为生存条件，在此情况下，当然必“去除之、斩灭之”——这就是审雨先生原来的关于西方文化的立场。那么，他今天说：“我可从没说过要消灭西方文化，更没说过要消灭西方人。西方文化我是无力消灭的，任何人也无力消灭。”他是不是扭扭捏捏地进步了？

对于自然进化来说，从动物到人是一个不断文化的过程，人是上帝对于动物进行文化加工的结果。否定文化便彻底地否定了人，彻底地否定西方文化便彻底地否定了西方人种。因而无论从“诛西方”的中文含义来看，还是从当代哲学理念来看，我们都可以认为，审雨先生原来意义上的“诛西方”当然是：不但诛西方文化，而且诛西方人种。今天的文章中，他否定了他“诛西方”的本意，当然也是一种扭扭捏捏的进步！

不过我还是希望审雨先生进步再大一点，所以对他在《为批判西方文化答“雅典”人》一文中的如下辩解还是要进行批判。我批评他的《斩倭行》有“壮志饥餐胡虏肉，笑谈渴饮凶奴血”的血腥复仇主义意识，他反驳说：

> 我认为日本将来必然还将把侵略的屠刀指向中国，才有了“倭儿若敢猖狂再，殄灭必当无孑遗”两句。意思很明白，如果一个民族有长久的罪恶历史，而且怙恶不悛，那么对它的宽容就是养痈为患，一劳永逸的办法就是彻底消灭它。而且我有一个前提，那就是如果它再度对中国举起屠刀，中国人就不该对它讲什么仁慈，而应当彻底消灭。可“雅典”先生只截取了一小段，并且无视“殄灭必当无孑遗”前面还有“倭儿若敢猖狂再”的前提，断章取义，似乎我就主张中国主动对日本发起战争了。

审雨先生似乎认为，日本只要再次发动战争，我们中国就可以对大和民族斩草除根了。这真是大错特错。战争是人类社会生活的状态之一，我国道家亦认为，战争与和平是一阴一阳。人类社会存在，战争是不能消灭的。承认这样的大前提，那么，即使日本作为一个国家再发动一次战争，难道就可以消灭整个日本岛上的大和民族了吗？这种想法不仅是有害日本民族的，根本上说，更是有害中华民族的。二战时日本吃了原子弹，原因于它的不自量力——未来的中华民族如果不自量力（要消灭大和民族），不是也有可能招致原子弹吗?

认为西方文化不能做中华文化的肥料，它会“汞”坏中华文化的机体；又认为中华文化没有足够的同化能力，仅仅移植西方现代科技，也会导致中华文化整体的自殖民化——完全变成西方文化。另一方面，又认为，要“诛西方”，在日本再发动一次战争的情况下，搞它个斩草除根，使大和民族断子绝孙。极端的自卑与自大，是一种十足的清代末期迂腐老臣的观念和情结。此当另题再议。

2009年4月25日

“审雨堂”考

前按：

这是论战文章的花边，可以起到缓解情绪的作用，战斗者的情绪，观战者的情绪。文学是战争间隙的调济，曹操战争间隙写《观沧海》，毛泽东写“战地黄花分外香”！有没有其他寓意，仁者见仁，智者见智。“审雨堂”在中国文化中是南柯一梦、黄粱美梦的代用典故——审雨堂主岂不是蚂蚁洞里的幻想家？

考证目的：有助于正确理解近日“雅典”论坛所发生的一场关于西方文化的争论，有助于理解这场论争中的一个重要人物，并有助于正确理解关于物权法的讨论。用意严肃，考据正当，绝无诽谤、诋毁之意。

一、最早见于干宝《搜神记》

“审雨堂”一词，最早见于干宝《搜神记》，存于《搜神记》卷十，唯二十七字：

夏阳卢汾，字士济，梦入蚁穴，见堂宇三间，势甚危豁，题其额，曰：审雨堂。

译其意如下：

夏阳人卢汾，字士济，有一天做了一个梦，进入一个蚁穴里边，抬头看到堂宇三间，高大开阔，正门上方的扁额上题着三个字：审雨堂。

二、其次见于《太平广记》

《太平广记》卷第四百七十四，昆虫二，此文乃《搜神记》文章的扩展，原文如下：

夏阳卢汾字士济，幼而好学，昼夜不倦。后魏庄帝永安二年七月二十日，将赴洛，友人宴于斋中。夜阑月出之后，忽闻厅前槐树空中，有语笑之音，并丝竹之韵。数友人咸闻，讶之。俄见女子衣青黑衣，出槐中，谓汾曰："此地非郎君所诣，奈何相造也？"汾曰："吾适宴罢，友人闻此音乐之韵，故来请见。"女子笑曰："郎君真姓卢耳（'耳'原作'甘'，据明抄本改）。"乃入穴中。

俄有微风动林，汾叹讶之，有如昏昧。及举目，见宫宇豁开，门户迥然。有一女子衣青衣，出户谓汾曰："娘子命郎君及诸郎相见。"汾以三友俱入，见数十人各年二十余，立于大屋之中，其额号曰"审雨堂"。汾与三友历阶而上，与紫衣妇人相见。谓汾曰："适会同宫诸女，歌宴之次，闻诸郎降重，不敢拒，因此请（'因此请'三字原作'言因拜’，据明抄本改）见。”紫衣者乃命汾等就宴。后有衣白者、青黄者，皆年二十余，自堂东西阁出，约七八人，悉妖艳绝世。相揖之后，欢宴未深，极有美情。忽闻大风至，审雨堂梁倾折，一时奔散。汾与三友俱走，乃醒。既见庭中古槐，风折大枝，连根而堕。因把火照所折之处，一大蚁穴，三四蝼蛄，一二蚯蚓，俱死于穴中。汾谓三友曰：“异哉，物皆有灵，况吾徒适与同宴，不知何缘而（‘而’原作‘不’，据明抄本改）入。”于是及晓，因伐此树，更无他异。

译其意如次：

夏阳人卢汾，字士济，自幼好学，昼夜不知疲倦。后魏庄帝永安二年七月二十日，因他要去洛阳，友人便在书斋中宴请他。夜深月出之后，忽然听到厅前老槐树的空洞中，有谈笑的声音，并有乐器吹奏的曲子。几个朋友都听到了，感到十分惊讶。不一会儿看见一个身穿青黑色衣裳的女子，从槐树洞中走出来，对卢汾说：“此地不是郎君应当来的，为何要到这里来呢?”卢汾道：“我刚刚参加完宴会，朋友们听到这里的音乐，因此来观看。”女子笑道：“郎君真是姓卢呀!”说完便进入洞中。

不一会儿便有微风吹动林木，树叶飒飒作响，卢汾很惊讶，又觉得有些昏暗眩晕。待举目一望，只见一座宫殿在眼前豁然出现，门窗明亮深远。有一个穿青衣的女子，出门来对卢汾道：“娘子要与郎君和各位公子相见。”于是卢汾和三位朋友都进了宫殿。只见里面有几十人，年龄都在二十多岁，站立在大厅。大厅的匾额上写着“审雨堂”。卢汾与三友人登阶而上，去与紫衣妇人相见。那紫衣妇人对卢汾道："刚才正同宫中的各位女子聚会，正在歌舞饮宴之时，听说各位公子到来，不敢拒之门外，因此请来一见。"紫衣妇人便让请卢汾等就宴。后来又有着白衣的、着青黄色衣服的女子，全都二十多岁，从大厅的东西阁出来，约七八个人，一色妖艳绝色之女子。见礼之后，她们都过来与卢汾等相伴。欢宴尚无多时，情意方酣之际，忽然听到有大风刮来，审雨堂的房梁折断，霎时间众女子四散奔走，卢汾与三友人也赶紧离去。卢汾突然醒来，只见院中的古槐，很粗的树枝被大风刮断，而且树也被连根拔倒。于是用灯火去照古树折断的地方，只见那里有一个很大的蚂蚁洞，三四只蝼蛄，一两条蚯蚓，都已死在洞中。卢汾对三位朋友道："奇怪呀！真是万物都有神灵。我们刚才还与她们一起欢宴的，不知是从哪里进去的？"于是到了早晨便开始砍伐此树，但是再也没有发生什么奇怪的事。

三、词语解释

1. zdic.net汉典网

传说北魏夏阳人卢汾与友人夜饮，闻槐树空中有笑语丝竹之音，俄见衣青黑衣女子出槐，与相问答，引其入穴，见宫宇豁开，数十人立屋之中，其额号为"审雨堂"。正歌宴间，闻大风至，堂梁倾折。醒后见庭中古槐为风折大枝，中有一大蚁穴。见《太平广记》卷四七四引《妖异记·卢汾》。后以"审雨堂"喻指虚幻之事。元方回《老悔》诗："即今安在凌烟阁，毕竟无非审雨堂。"

2.《知识堂》首页的解释

传说北魏夏阳人卢汾与友人夜饮，闻槐树空中有笑语丝竹之音，俄见衣青黑衣女子出槐，与相问答，引其入穴，见宫宇豁开，数十人立屋之中，其额号为审雨堂。正歌宴间，闻大风至，堂梁倾折。醒后见庭中古槐为风折大枝，中有一大蚁穴。见《太平广记》卷四七四引《妖异记·卢汾》。

后以审雨堂喻指虚幻之事。

3.《辞源》的解释（第46页）

審（审）雨：相传北朝魏卢汾做梦，听见槐树洞内有笑声、音乐声，见有宫宇，其堂额叫審雨堂；忽大风至，屋梁倾折。醒后用火照之，原来是一蚁穴。见《太平广记》四七四“卢汾引穷神秘苑”。堂称審雨，是蚁能知雨而移穴，后以審雨堂比喻虚幻。元方回桐江续集三老悔诗：即今安在凌烟阁，毕竟无非審雨堂。

4.《辞海》未录“审雨堂”一词。

四、历史上关于“审雨堂”的名诗

1. 宋诗一首

张嵲《读太平广记之一》

梦里空惊岁月长，觉时追忆始堪伤。

十年烜赫南柯守，竟日欢娱审雨堂。

译文：

睡梦之中只觉得在某处度过了漫长的岁月，一觉醒来追忆起梦中的情景仍十分感伤；十年烜赫的太守岁月只不过是黄粱枕上南柯一梦：一天到晚厮混在那苍老的巨槐之下，与蚂蚁美妞作伴，在审雨堂中醉生梦死，消磨时光！

2. 元诗一首

方回《老悔》

前世何知后世长，老年合悔少年狂。
即今安在凌烟阁，毕竟无非审雨堂。
脚底东西南北路，樽前三万六千场。
谪仙落魄人谁识，终许诗名死后香。

翻译：

前半辈子不知道后半辈子的道路这么曲折漫长，到老来只后悔少年时代浅薄轻狂。这把老骨头即将入土，名字哪可能刻在皇帝老儿朝拜的凌烟阁上，青春时节的雄心壮志若云散去，一切的一切只不过虚幻飘渺的“审雨堂”。

回忆一生走过东西南北千万里道路，吃过的酒宴何止三万六千场。匆匆忙忙，酒食满肠，像落魄的谪仙人李太白没人识得，终期许落得诗人之名，让后人仰望！

五、感觉

“审雨堂”一词，应同中国文化中的“南柯一梦”。是中国古文化的眷恋，却也有枕上黄粱的自伤。

《搜神记》中审雨堂下的卢汾，爱书好音，沉溺女色，敏而多幻。近日所遇的审雨先生舞戟弄戈，与现代文化、科技战斗，较于卢汾，似与不似皆在其身！

2009年5月4日

和审雨堂一先生《书怀》（兼译）

前按：

继续地文学消遣，继续地战争间歇的情绪调整，胜利者的骄傲，战争旗帜的潇洒飘扬。但显然，由前一篇章严肃的文学考证，变为此一章的诗歌形式的轻松诙谐，是曹孟德的《观沧海》，是苏东坡的“大江东”。

审雨堂一先生作《书怀》一诗言志，诗曰：

落拓平生未足悲，熙熙谁与我同归？
依然顽钝饥青眼，偶尔酕醄醉翠眉。
鹏鹫方矜羽翮健，蚍蜉正惕窠巢危。
丈夫自是真本色，寂寞千秋北斗垂。

吾拼句《莫愁》，应曰：

落拓平生莫言悲，地下有知湘江鬼。
顽钝未失稻粮谋，偶尔一醉愧翠眉。
西风东渐正乘势，蚂蚁却惕窠巢危。
山边顽石依枯木，寂寂秋虫长哀唳。

审雨先生诗白译：

虽然落拓一生，但这并不值得悲哀，最令人悲伤的是，熙熙攘攘的天底下竟没人理解我消灭西方的苦心衷肠。

但没有什么东西可以消磨我的志向，我忍受饥饿却要坚持信仰，偶尔喝醉酒时同那美眉们嬉耍一会儿，真是销魂哪，那粉黛巧施之下有美妙的时光！

当如今，无知的高飞大鸟正夸耀它们强健的翅膀，却不知审雨堂下的蚂蚁们深沉的怅惘，中华文化，吾辈赖以存身的窠巢即将覆亡。

坚持下去吧，大丈夫永远不失英雄本色，虽然今日忍受凄凉，但千百年以后，人们会仰望我，就像仰望那北斗七星一样！

吾诗白译：

即便先生一生落拓也不必说什么悲伤，在曲折的湘江头上，鬼影幢幢，安慰你寂寞的愁肠！

也别自谦说什么顽钝僵化，你挺聪明的，混个教授讲师干干，白吃了国家多少米粮，有一点却令人情伤：醉酒之后乱了性情，糟蹋了姹红嫣紫的玉妃美娘，真是沧浪！

西风东渐中的祖国蒸蒸日上，可审雨堂前的蚂蚁们却在声声哀伤：逝去了啊，多么美好的专蛮时代，鞭笞华夏，秦皇在上！

山边的顽石临着腐朽的枯木，寂寂的秋虫梢头鸣唱，悲声正响！

2009年5月7日

Protagoras 教授和梁教授在动物权问题上正相反对的立论

前按：

本文运用了对比的方法，复杂的对比，这也是本书其他篇章常用的方法。已经研究过的文章中比较典型地采用这种方法的是《罗尔斯差别立场和梁教授差别立场的对照》。梁教授引用罗尔斯的差别观点批判国内群众不安于现状，谋求新的进步的要求；经过对比，其观点的意旨却是反罗尔斯的：罗尔斯的差别观点是群众立场上的差别观点，认为差别是固有的、自然的，但国家有义务设定某些制度，使差别有利于为弱势群众提供发展机会。作者经过对比，批判梁教授如此使用罗尔斯经典理论，是一种颠倒脑袋的使用方法。作者在《Protagoras教授和梁教授在动物权问题上正相反对的立论》的写作中再一次使用对比方法，但与上次使用有所不同，前次是后学者与经典理论创立者理论的对比，本次使用是两个平等的研究者对同一研究领域、同一研究客体进行研究，却得出截然相反的结论的对比。

对比是文学描写中常用的手法，论文写作中的对比使用与文学描写的对比相似，但本质不同。文学对比，无外于不同人物的对比、人物外表与内心的对比、不同事件的对比、事件前后的对比等，对比的观察多在于外部现象。两个理论系统的对比，则重点在于对两个理论系统内部结构的观照和分析，其工程更为复杂。如何完成如此复杂的工程，有没有掌握的要点？有，那就是，以对比的立场：1. 瞰其大要；2. 抓其灵魂；3. 再抓具体——即研究与本次写作目的相关联的部分。

“瞰其大要”，不作解释，宏察是细视的基础条件。抓其灵魂是分析问题的关键，罗尔斯同情群众，倾向弱势，是众所周知的，人物介绍即大致能够满足方向性需要。结合相关著作，罗尔斯的差别立场的本质便呈现于你的眼界之中。经了这两个层次的比照之后，再抓具体，对于与当次写作有关的各个方面的把握便不再是难事。

本次研究很有意思，Protagoras教授和梁教授都把研究的目光指向西方文化，更有意思的是都指向西方文化对动物的态度，却得出了完全相反的结论。具体对比则更有意思：梁教授认为西方法律只重视人权，没设定动物权，意图建立世界上根本不可能存在的将动物也纳入法律主体的法律；Protagoras教授则认为，西方人将动物纳入道德范畴，其重视的程度有所偏颇，因为有许多非洲饥饿儿童更需要照顾。

某一点上的某种倾斜必是和整体上的倾斜有联系的，循此一点，研究整体，发现了梁教授与Protagoras教授对于西方文化研究总体态度上的对立：一个要批判西方文化，认为是一种反动文化、没落文化；另一个则认为中国“融入平等世界的文化过程就是西方化”，“那就是对‘西方主义’加以净化”，“从而构成新的普世理论和相对合理价值体系”。

对比不是空虚的对比，无意义的对比，借Protagoras教授的理论支持打击梁教授荒谬立场，是写作的宗旨，文章的写作也就此完成！

Protagoras是苏州大学教授，现任中国法律逻辑专业委员会副会长，江苏省刑事诉讼法研究会副会长，《东吴法学》副主编，曾从事公安工作，获得三级警监警衔。为避其名讳，也就不介绍他的真实名字了。

趁工作余暇，先后或并列拜读了Protagoras先生的《净化西方主义练习:动物权利原教旨态度批判》和梁教授的《论西方传统人权观的理论缺陷与伦理危机》。引人瞩目的是，二人所著文章都涉及动物权利保护问题，但二人在动物权利保护问题上的观点却正好相反。这是"雅典"论坛中的罕见现象，试予分析对比。

梁氏抨击西方法律，只重视人权，却从不将动物权置于法律之中，意图建立将动物亦纳入主体范围的、宇宙中尚从未有过的法律体系。他称:

> 在西方法律传统下，在围绕着我们周围的各种各样的法律之中，规定了许许多多的"人的权利"，但是，我们难以发现规定人对其他物种的义务并将这种义务作为其他法律上权利和义务的根本性和出发性的规则或者基础性法律。

Protagoras教授则称，西方文化、特别是西方的原教旨动物保护主义者对动物给予过多的关注，却贱视人类心灵。他批判道:

> 在"题献"中，弗兰西恩（原教旨主义代表人物）还追溯了他二十年前养的第一条狗，然后是一大群狗，这些就是他"转意归主"的圣灵体验，但也暴露了他的价值漏洞:一是他推及所有有感觉的动物之"道德共同体"原则完全是

由与他有关系的宠物产生的，这种由心灵之物推及自然之物的理论跨度太大，以至于比孔子的“修身齐家治国”逻辑还要跳跃，价值基础不稳固是显然的；二是弗兰西恩对人类的侮蔑意识，使得他不可能正确处理好人和动物的关系，他的心灵平台上占据了足够多的动物，但却贱视别有心灵之人，他的道德不可能是平衡的。

这真是一个有趣的文化现象，同是研究西方文化，并关注到同一客体——动物，梁与Protagoras却从完全相反的视角上进行观察，并得出完全相反的结论。梁氏认为，西方文化对人关注得太多了，Protagoras氏认为西方文化对动物关注太多了。太多与太少，是站在自身感觉到的现实的基础上在某种相形相比之下而产生的：梁认为中国的人权够充分了，一些不安定分子还以西方为样，要求更多的人权，因而批判西方人权其实多得过度，而不必学习；Protagoras氏则因关注到“非洲饥饿儿童”，显然也关注到中国的现实状况，因而，他批判西方原教旨动物保护主义者：人尚保护不及，却极其卑鄙而不道德地施恩于狗、猫——至于中国，那些极端的动物福利主义者们，更应该反思！Protagoras先生批评他们：“贱视别有心灵之人，他的道德不可能是平衡的。”

梁与Protagoras二氏对西方文化认识的对立随处可见。梁批判西方法律的“人类本位主义”，说：

西方法律传统下的“权利本位”价值基准是建立在这样一种认识之上的：……因此，就整个生态世界来说，以“人的权利”作为法律的价值基准，实际上是人类沙文主义的一种表现。

Protagoras却批判西方文化中荒谬的动物中心道德论者：

> 我会向他质问：建立动物权利乌托邦你不能尝试吗？弗兰西恩对于这类问题，即假设演绎的实证问题，是相当回避的，他没有告诉我们动物不是人的财产，动物（尤其是宠物）怎么托管，谁付出代价，谁是命主的代表；他也不预言素食是不是对动物的自然大屠杀；……他精心计算出"一英亩土地能养活的素食者的人数是其所能养活的肉食者人数的二十倍"，他却拒绝设想，他为一只仓鼠请医生一次至少花五十美元，如此心灵累计的全美国金钱，可以救助多少非洲饥饿儿童……

如果你有足够的细心，应该能够从上述引文看到梁氏理论的足够荒谬：他谴责西方法律，"我们难以发现规定人对其他物种的义务并将这种义务作为其他法律上权利和义务的根本性和出发性的规则或者基础性法律"，其实是要把动物也规定为法律的主体——这远远突破了法律调整的内容是社会关系的基本理论，甚至也远远突破了他所引为信仰的马氏理论。人与动物均为法律关系的主体，这样的法律不能由人所组成的国家制定，而应该由人和动物共同组成的天国制定，或者应该由上帝独裁立法！这样的论调何其不可思议，唯其新而炫，而沾沾自喜！但你如果有足够的细心，却也可以从Protagoras氏处看到：他对西方动物道德论者的批判，其指向恰恰是梁氏的理论错误的核心。Protagoras氏质疑道：如果法律和道德上人和动物平权，"动物不是人的财产，动物（尤其是宠物）怎么托管，谁付出代价，谁是命主的代表?"

对于西方文化的态度，二人的确处于正与谬的两极。梁氏的题目为——“论西方传统人权观的理论缺陷与伦理危机”，一棍子打死，完全摒弃；Protagoras氏命题——“净化西方主义练习：动物权利原教旨态度批判”，剔除其糟粕，吸收其精华。

我是不是对Protagoras氏有过分的溢美之词？请看他对净化西方主义的自定义，他说：

> 净化西方主义是我为自己的观念造的一个术语，意即：净化的西方主义。（1）承认融入平等世界的文化过程就是西方化。（2）意识到这是很多中国文化人无法接受的现实（但它还却在加速）。（3）提醒忧虑的文化人以开阔眼界看待历史趋势：西方化并不是很特别的人类耻辱，西方化的希腊源头希腊国本身并不是最西方化的，而最远离源头的美国却是最西方化的，东亚的日本则远比东欧各国更西方化。比较结论：“雅典”的青蛙进化最慢，中国的青蛙（近九十年）进化够快。（4）中国人以其文化的无神论精神、入世态度及人口经济影响力，在西方化过程中有其独一无二的思想主体价值和任务，那就是对“西方主义”加以净化，在逻辑上寻找到西方价值的真正理性，有原则地抛弃西方独特的心灵因素，从而构成新的普世理论和相对合理价值体系。

在这里，Protagoras氏既说“有原则的抛弃西方独特的心灵因素，从而构成新的普世理论和相对合理价值体系”，而在此言既出之前又敢于“承认融入平等世界的文化过程就是西方化”。何等明晰的头脑，演绎出来何等睿智的思维？一切的真理都是勇敢的，与那些貌似勇敢的腐儒人士形成鲜明的对照！

2009年3月31日

理论、学术的目的：忆通遭罚归于娱乐新闻？

前按：

理论文章写作中的调查，是本按的重点。写作理论文章，对问题的书本研究是重要的，面向社会的调查也是重要的，有时候是更重要的。写作《理论、学术的目的：忆通遭罚归于娱乐新闻？》这篇文章，作者进行了理论研究：作者从“行政是政治的执行”的观点出发，认定关于忆通遭受行政处罚的有关文章属于政经新闻。又担心理论的归结不能服众，于是查看各媒介将这篇文章纳入何等栏目。调查的结果，和讯网、价值中国、财经网、美国之音、德国之声、BBC等中外十几家媒体都把该文纳入政经新闻栏目。理论与实证结合于一起，应当是颠扑不破的结论。这样，文章就写得比较扎实！

当然，这篇文章把问题研究又作了更深入的引申。那文章无论从理论上看还是实践上看归入政经类新闻应无疑义，但学者们有“研究”的癖好，将学术的目的弄反了：学术是为了总结定律，简化应用，他们却挡着人们不让吃桌子上的馒头，要研究它的淀粉、细菌，适不适人吃，然后才允许下口。在那篇文章归类划分已经如此明白的情况下，学者们甚至组织法庭，要判定那文章究竟应当归于什么（是不是馒头，可不可以吃），真是笑话之极！

理论分析、实证调查、文学讽刺，共同完成了这篇文章！

理论与学术的目的，是将复杂问题简单化，从而以简单的程序、简单的方法、简单的工具洞悉复杂事物的本质，从而简易地处理比较复杂的问题。理论与学术的目的，并不是与此相反——将简单的问题复杂化，将日常实用中的问题回归到学术化的研究层次去争论不休。

但随着社会的分工，出现了脑力劳动与体力劳动的界分，许多智力劳动者忘记了理论与学术的最初目的。他们从人类科学文化的逆源方向，要把简单的问题复杂化，把简单的事实复杂为一门学问，复杂为一种专业，在大众中博取神秘，从而博取高贵，攫得尊重，在社会经济分配中多得一杯羹！

我所提出的问题很简单。牛顿万有引力的发现，是以研究天体、物理、创造较为复杂的蒸汽机为用的。不是为“要将一只篮筐搬往田地，是应当向下捺、还是应当向上提”之类的问题而发生的。但在蒸汽机发明以后，在蒸汽机牵引下的人类科学进步至于计算机时代之后，一些人却将万有引力的学问沽于劳动群众：他们质疑农人的移动篮筐的方法，是否具有正当性，是否与牛顿引力完全符合。

在此情况下，人们的进食也成了疑问。拿馒头消饥之前，先来论证一下，馒头里边是否含有淀粉、麦芽糖，人的肠道如何化解，化解之后是否符合生命的需要，即使符合生命需要，那么，还要研究，对人类的遗传会有或良或劣的影响？

研究完了，黄花菜都凉了！那个等待在馒头面前的人，已经饿死在馒头面前了！

这问题的提出也很简单，就是因为“雅典”论坛众所周知一个事实：发生于冷（即陈更）、梁之间的一个争议。冷说“按著作权法，作者未作特别声明的，周先生可以转载（转帖）。”梁提出打赌，说冷的说法错了。

此争议已经发展到极其狭小地带的围歼战阶段。

双方共同承认，《网络信息传播权保护条例》也属于著作权法。《网络信息传播权保护条例》第六条规定："通过信息网络提供他人作品，属于下列情形的，可以不经著作权人许可，不向其支付报酬：……（七）向公众提供在信息网络上已经发表的关于政治、经济问题的时事性文章；"——因而，本案是非的焦点，只集中于这样一个简单事实的认定：梁先生所写、周先生所转帖的文章，是不是"关于政治、经济问题的时事性文章"？

这问题本来清楚明白得就像那个摆在桌子上的馒头（当然馒头面前也饿死了人）一样。但是，是不是馒头，在"雅典学园"发生了争议，因为"雅典学园"是专门研究食品学、营养学、生命学的。而且，在"雅典学园"之内，食品学家、营养学家、生命学家的级别层次越高，是非越不容易区分，馒头是不是食品，符合不符合生命的需要的疑义越大。因为他们洞及的馒头的内在层次比一般的同行研究者更深，连淀粉中的原子、粒子，甚至光子层次都关照到了。那个饥饿的人可不敢乱吃！

梁教授所写的、周诗淳所转帖的文章题目是"海淀司法局竟依据废法处罚忆通所"。该文主体部分是记事性报导，报导的内容是：海淀司法局决定让忆通所停业六个月，其处罚的依据是一部已经废止的法律规范。那篇文章的结尾是政治性评论："希望此案成为忆通所为推动中国法治进程、促进宪政事业的进步而在时代颠峰树立起来的一面猎猎飘扬的旗帜！"—— 连"宪政事业"这样具有冒险性的政治词汇，梁先生都一反常态斗胆使用在他的文章中了！

但梁教授认为这文章不是政治问题的时事性文章（一承认他就赌输了）。与之同时，某些学者用十分复杂的专业词汇，论证梁先生说得对——当然，是以提出问题的形式，将答案巧妙地包含在问题之中：这是知识分子都会用的方法！

大家看一看，这是主战场之外又辟的一个辅助性战场！

冷眼向洋（陈更）说：

余深知政治与行政的界分，近现代学界争论纷纷，莫衷一是，孙中山之语（政即众人之事，治即管理，政治即是管理众人之事）恐不服众网友之心。特将国（境）内外媒体将梁文章所置栏目，以及关于“忆通所遭停业处罚”的新闻、评论置于何种栏目提供如下，供大家辨析：

《中国律师网》将梁文置于公共评论之下的“法制时评”栏。

http://forum.acla.org.cn/showflat.php?Board=fzsp&Number=734527

《财经网》将“忆通所被停业整顿六个月”为题的报导置于“政经每日要闻”栏。

http://www.caijing.com.cn/templates/inc/webcontent.jsp?id=110123593&time=2009-03-18&cl=100&page=all

《和讯网》将忆通所遭处罚的新闻置于“政经每日要闻”栏。

http://news.hexun.com/2009-03-18/115764226.html

《搜狐网》：

《北京忆通律所创造岗位 北京海淀区司法局制造失业下岗人员》置于“社会经济栏”。

http://q.sohu.com/forum/7/topic/5420316

《价值中国》置于“政经·企业·产业”栏目：

北京忆通律所停业处罚争议

http://www.chinavalue.net/News/NewsList.aspx?id=973961

《中国人力资源网》，人力资源—事务所话题：

调查报告：我看对忆通事务所的处罚决定（此文与〈冷眼看国际四大会计事务所并列〉）

http://www.chhrm.com/?mod=tag&code=list_item&item=group_thread&tag=

《海峡资讯网》：

将“忆通遭停业六个月的行政处罚”为题的报导置于“大陆新闻”栏目。

http://www.haixiainfo.com.tw/38082.html

美国之音当日（09.3.19）关于中国的时政要闻（因众所周知的原因，未能提供网址，但各搜索引擎都能搜索得到）

BBC当日关于中国的时政要闻

德国之声等关于中国的时政要闻

……不一而足，众网友可自行查索，所获更多，所鉴更明。

举例之后，冷眼向洋又说：

政治预设行政，行政是政治的执行。具体的行政事务，一旦具有社会化的意义，被社会大众所广泛关注，其自身便具有强烈的政治性质。这是象牙塔中的书呆子所难以理解的，也不曾考虑的，但却是真理。

但是，看着白白的馒头，你冷眼向洋就是吃不成。梁先生积极促成组织“法官团”，要对是不是馒头问题一级一级审下去，想吃馒头，你先完成一级一级上诉，看“法院”判决这是不是馒头。

如中国法院的通常情况，也是“雅典学园”经常批判的情况，关于这个案件，在未受理之前已经有所合议了。合议庭（梁与法官的共同合议——这不是污蔑，但可以戴帽子说我是猜测：此文一发，两天不露面，只在夜间发帖撒谎复又撤谎的梁先生便第一、第二个跟帖）所拟出的问题非常具有专业性和学术性。“法官”提出的问题是这样的：

司法期待的魅力在于未知……

“法官”要出差去教真正的法官了，要是案件关系人对是否进入初审还有所犹疑，就请等候多日后吧。（注：冷君、梁君都已经呼我为法官，但我还不接受冷君的称呼，请君明确表态是否接受一裁）

为了促进冷君、梁君及各位兴趣，我先披露一点判决内容（本质是学术活动，请勿指责我违背程序）：

【对于梁君不知是有利还是不利的法律论证】

政经题材，这实难界定边界，但适用该项规定不得因“时事”二字将大量××××××的著作权置于无保护状态，这应当是界定政经题材的合理边界，譬如，一篇×××××××文章，其题材为时事，但其××××××为×××××，则不能因为它的时事性而否定其×××××××性，故该文应当理解为××××××文章，否则大量×××××××文的著作权实无保护，导致显著不公平。

【对于冷君方法的评判，也不知对其有利还是不利】

对于冷眼向洋提出的栏目认定法，本庭认为，此法不严谨：第一，诸多文章的归栏不是作者自己所为，因而缺乏×××性；第二，即使作者归栏，也存在随意性，×××××

×难以直接产生；第三，栏目规划很难具有逻辑严格性，譬如“雅典”论坛的“学术时评版”与“生活感悟版”如作为划分，其本身就有子项相容的逻辑错误，所推荐的文章经常让人感觉，亦可亦不可；第四，栏目认归方式可以很随意甚至很不认真，譬如，某人写一篇《朱门酒肉臭》，或有人归结为“饮食文化”，或有人归结为“社会谴责”，甚至归结到毫无关系的栏目，例如“杜诗研究”，但正文一点都不关心这句话是谁写的。如此多的灵活性，使得本案不必将此设为解决争点的主要方法（但这并不否定它有证明意义）而放弃争议更少的××××××方法。

唉，在严谨的学者眼里，全天下的人都弄不明白：馒头是不是馒头？财经网、搜狐网、和讯网、中国人力资讯网、海峡网、价值中国等等都弄错了，美国之音、BBC、德国之声都弄错了——他们不该把忆通所遭处罚的事件归入时政新闻，他们应该将之归为娱乐新闻、学术新闻、艺术新闻，或者其他花边新闻！

在学问家的高深研究中，在那张桌子上的那些馒头面前，又要饿死一个人！

（好在冷眼向洋不是傻子，他自己认定摆在桌子上的就是馒头，抓起来已经吃了。——他在昨日的《郑重声明：不接受裁断》中宣布：梁的那篇文章就是时政报导兼评论，从而宣布自己胜利了！这很使知识阶级遗憾，都如冷君这般鲁莽，我们还能从社会分配中，多分一杯羹吗？）

2009年4月2日

知识分子在公共表达上应持何态度？

——Protagoras《邓玉娇案：社会情感、法律立场与政治公共理性》一文的正评与商榷

前按：

这是一篇商榷文章，正当的肯定、适当的疑问、建议和结论是此类文章的三大要素。这篇文章是体现三个要素的典型文章，一，肯定：此文的贡献。二，商榷：对某些立场的质疑。三，建议：知识分子之立场与态度的选择。

选择恰当的表达方式，采用委婉的语气，在不伤和气的情况下，达到促成进步的目的，是写作此类文章应当注意的。讽刺与夸张是严禁运用的，比喻也应当适当少用，因为比喻会削弱真实，降低以理服人的可能。

文章的结尾处，作者说："在西方文化的问题上，不但博主的思想结果是正确的，其方法论的选择上也是正确的，所以我钦佩。但在这篇文字中，我看到了一定程度的思想结论的正确，但方法论的选择上——例如，在公共表达上，反对知识分子在判断条件完全具备以前介入——是值得商榷的。"恭敬与批评并融其中，而且不乏真诚，在语言运用上和方法选择上都是恰当的！

邓玉娇案件发生后，许多社会人士，包括许多知识分子都加入了评论队伍，进行评论，以期促进案件的正确处理。对此情况，

Protagoras教授发表《邓玉娇案：社会情感、法律立场与政治公共理性》一文，对知识分子参与公共表达问题进行评论。该文第一部分开宗明义道："据说（也据本人观察），当今网民无论左右，一律同情邓玉娇，并无半点异议——这就是无可置疑的社会公义的表现，没有人理会那些躲着的恐惧者。如果有人感到恐惧，那我们也不会感到奇怪，因为他们是反动的。"在这样的评价之后，接下来作者对许多知识分子所参与的"该一公共表达的质量深怀忧虑"。

笔者认为，作者所持的理性态度是值得肯定的，但忧虑大可不必。基此，笔者对Protagoras先生的这篇博文进行两分法的评价：

一、此文的贡献

1. 对我国对公民权利的限制与西方国家对公民权利的限制之根本性质不同做了准确的概括，Protagoras先生对此评议道："我国没有经历资本主义的个人权利抗制国家权利的阶段，我国现阶段的国家否定个人，不是西方现代法治的否定之否定，而是惯性。"

这一科学评价是对那些借助于西方国家也限制个人权利的事实，为我国政府对人民权利滥施限制的行为进行开脱的论调的有力反击。

2. 对我国关于正当防卫的官方观念进行了正确评判，Protagoras先生认为："二十多年来刑法在正当防卫问题上的保守倾向是中国封建法制观念的自然影响所致。"这一评价是极其客观的。

二、对博主（Protagoras）某些立场的质疑

1. 网络上所表现的普遍一面倒的舆论情况，是人民群众（包括知识分子）依据现代法制的基本原则在限制国家权力方面积极努力的表

现，更准确地说，是人民出于对国家惯常做法的恐惧（偏袒强者，打击无力小民的恐惧）而普遍地发出声音要求保护小民的权利的正确行动的表现。这种舆论情况是符合博主上述两个基本立场中的第一立场的。因而，此种舆情是正确的，无须担忧，但博主似乎表现了某种不必要的担忧。

2. 博主认为，人们在未全面掌握事实之前，不能依据媒体报导的并未经过最终落实的信息进行评判。笔者认为，社会的评判（包括知识分子的评判）只能依靠媒体透露的信息，他们不可能也没有权利依据档案卷宗所核定的事实进行评判。在最终调查结论公布之前，他们依据媒体披露的事实进行带有一定程度的假说性评判是合理的，但这种评判应该在不断发现的事实面前进行不断地修正。

在此意义上，知识分子随着舆论的进程参与公共表达无可厚非。

3. 博主对舆情之一部分，关于许多作者以小说方式表达自己的观念，怀有非议。例如，他建议将小说“浣纱于室”的标题改为“浣纱于梦幻宫”。笔者认为：

小说对事实的虚构可以是自由的（它不是新闻），但表达的观念须是正确的，如涉及某领域知识，不能悖于该领域的基本常识。

就作者所直接援引的《浣纱于室》的部分文字看，第一，它表达了对恶人的怒斥，对弱妇的同情，是绝对健康的文学作品；第二，恶官对弱女“鞭面以币”“邓贵大愈怒，乃按其于卧塌”“强起，复按之”，小说将此等三重事实作为弱女防卫的前提，是非常符合“自由正当防卫”的条件的。也与博主上述两立场中的第2立场完全一致，因而不必予以贬抑。

三、知识分子之立场与态度的选择

在公共表达上，知识分子之立场与态度的选择，必然间夹于某种感情之中，他不可能是一个机械的人，无感情的人。但在衡量是否具有某种偏颇时，要考虑所处社会的实际情况及历史的方向。逆于某种社会现实，但符合历史的方向，如此稍微偏颇一点的选择，是正确的。相反，等待绝对公正评判的条件出现之后，自己再加入评判，以期自己的评判一开始即是绝对正确的。这种态度，反而是应被唾弃的，因为持这种态度的人忘掉了社会的良知，从而也忘掉了自己应当采取的行动。

博主在西方文化的认识上，认为中国现代化的完成，其终端是整体上完成对西方正量文化的吸收（我表达得不准，但基本是这个意思）。这种思考，虽逆于社会现实中的主体意识，但符合历史的总的方向，我曾表达过由衷的钦佩。在西方文化的问题上，不但博主的思想结果是正确的，其方法论的选择上也是正确的，所以我钦佩。

但在这篇文字中，我看到了一定程度的思想结论的正确，但方法论的选择上——例如，在公共表达上，反对知识分子在判断条件完全具备以前介入——是值得商榷的。

2009年5月17日

一个提倡冷漠的人为什么自己不冷漠

前按：

典例的选用，往往决定着文章写作的成功。本篇文章的批评对象张教授是一个小心眼儿的人，双方政治立场、学术立场基本一致，因一次不经意的龃龉，结下成见，双方之间便再没有太平日子。那么，怨谁，必是大家关心的。作者认为，怪张教授太小心眼儿、太尖刻、太记仇，这就要寻找典型的例子说明张的性格。作者的选择是成功的——

某次，他与人发生了不同意见，对方与他商榷，他接下来应对的文章题目竟然是——《别逼我深刻！》，好似乎某位侠人说，别逼我动刀，别逼我拿剑！动刀拿剑是要人性命的，今天我想问一下，张先生，那人逼你“深刻”了，你后来“深刻”得要了那人的性命了吗？

本案仍有对比，张教授引用李银河的观点说“在意识形态的争论面前要保持必要的冷静”。作者原文抄引了李银河的话，在时代背景、意旨指向的目标诸方面进行对比，说明张教授援引李银河的观点来说话，是不正确的，违背了李银河的思想内蕴。

张正捷教授在其大著《撒尿型知识分子》一文中是极力提倡冷漠

的，但遇到一种情况自己却很不冷漠。那就是当他遇到曾经与他发生过不同意见的人，哪怕发生不同意见只有一次，仅仅一次。他很像隔壁那位小心眼儿的大妈，她的孩子的“美丽”是触碰不得的，你如果不小心没有表现出对她孩子的“美丽”的恭维，她将与你记仇，每路遇都要呸三声。我很不小心，在为日本开拓团立碑一事上发表了与张教授不同的意见，从此我便成了他的敌人。我文一发，他总要在我的文下拉屎、撒尿、吠几声。以近几天为例，我发表文章《也评孔庆东以鸣惊人》，他在文下破口大骂，“见骨头就咬”。我又发表文章《孔庆东为什么说朝鲜最讲忠孝》，他便著文《撒尿型知识分子》，极尽“尿臊味”的散播，以图熏死我和我这样的在意识形态上不够“冷漠”的人。

这位隔壁大妈的确是小心眼儿的，极其小心眼儿的。大家查一查，我与张教授在“雅典”论坛相识两年多来，思想、立场大致相同，大讨论、大争鸣中也曾互为翼阵，互作关照。不小心的情况唯其一次，即东北某县为开拓团民立碑一事的讨论中，我与“大妈”发生了不同意见，而且是“大妈”先发难的。自此他便视我为势不两立，每见面便横眉瞪目，呸呸连声，二人之间再无太平日子。

张正捷教授是一位极其自尊自负而且自恃其才的人。自尊自负过了度，便会变得极其敏感，也就必然小心眼儿，而且记仇。张教授最近骂我的文章是从意识形态入题的，意思是我对孔庆东的批评是一种由意识形态和政治立场出发的过敏、激烈，不够淡漠。由他的批评，我也不由得反省一下自己：政治主张相同的人或政治主张相近的人，就真的值得信任么？治国以公，治事以公，待人以公，但如果像张“大妈”这般小心眼儿，可以付之以国，托之以事，信之以人吗？

我想是不可以的。如他的文章所言，在利比亚、朝鲜、柬埔寨这样的问题上，我们的立场是没有歧异的。但我在这些问题上表达了什么观点，只要被他看见，他一定骂我——因为他看到的不是我的正直的意见，记起的只是我曾经没有恭维他“美丽”的小孩。让这样的小心眼儿大妈治国，他会单独地给我一场文化大革命，让他做法官，他会让我蒙冤狱，让他管理人事档案，他会往里边塞黑状。那是一定的！所以，这样的人虽然做的是治国学问、治法学问，而且与你的立场大致相同，但还是不敢信之以人而托之以事的。张“大妈”给我们的政治教训是：不能唯意识形态，不能唯政治立场，那人的小肚鸡肠，你一定要看得准确，并十分认真地考虑进去。

关于张教授的自负我还有一次印象，孩子式的语言，让人可笑。某次，他与人发生了不同意见，对方与他商榷，他接下来应对的文章题目竟然是——《别逼我深刻》！好似乎某位侠人说，别逼我动刀，别逼我拿剑！动刀拿剑是要人性命的，今天我想问一下，张先生，那人逼你“深刻”了，你后来“深刻”得要了那人的性命了吗?

天底下还没有深刻得要了他人性命的，即是黑格尔、马克思也没有，追溯到柏拉图、亚里士多德也没有！但是那人说：“别逼我深刻！”所以，我说那人真是自负得可笑！

近期，孔庆东问题成了社会的讨论热点。我也参与了热点问题讨论，张先生主张冷漠一些，就是针对我的热切而言的。

孔庆东现象不值得中国的思想界予以深切地关注吗?他的“三妈的”不值得关注，因为“三妈的”是表象问题。与“三妈的”相牵连的一系列问题太值得关注了：以现行改革开放政策为界限，孔庆东将主张继续推进而不是阻止这种政策进程的人统统地骂为汉奸；以文化大革命为是非标准，他认为文化大革命是正义的人民起义；以南韩或北韩为未来走向的标准，孔庆东为朝鲜大唱颂歌，却认为南韩人民生活在水深火热之中。孔庆东的观点如此，但据凤凰网调查，支持孔的竟然达74%。香港凤凰电视台评论员邱震海先生为此深自忧虑，他说：

“三十年改革开放的力量源泉来自于左右两派的思想共识，历三十年发展，力量已经释尽，现在是一个瓶颈时期。孔庆东事件标志着左右两派共识的撕裂，当局应有壮士断腕的勇气（解决体制问题）。”中国思想界对孔庆东问题予以热切关注是必然的，表现了中国知识界的良知。但是，在这里——也可能是张教授看到我在孔庆东问题上发表了意见——立即批评说：“在没有历史深度，喜欢时髦的某种场景，我们的知识分子很难像如上影片所表示的那样有思想。撒尿型知识分子浅薄而敏感，最搞笑的就是，像孔庆东那样从左衩向裤裆掏东西的时候，相对知识分子就从右衩开始尿裤裆里了……堪称神速。”

他更将这种撒尿型知识分子的对孔庆东的批评行为形象化地表述为：“以其浓郁的尿臊味标示其意识形态的归属和立场，虽然这看起来是在学习野生动物老虎和狮子的行为，但其精神却不是理智和凶猛”，继又理论化地将这种批评行为总结为：表面的意识形态演变成挂着尿片宣战，深深地掩盖了社会意识的真正矛盾，掩盖了重大思想的传播，现代文明精神主流也被弄得支离破碎……最后张先生借李银河写于二十年前的文章总结性地进行批评道：“我们应当在（意识形态的论争面前）坚持必要的冷淡，我们应当重温美国史、日本史、英国史，我们应当看到那些最成功的社会改革都是从具体社会利益开始的，意识形态不占上风，而是随风。”

那么，我们真的应当在意识形态和政治立场上持极其冷漠的态度，见孔庆东宣扬“文化大革命是正义的人民起义”也无动于衷吗？

张正捷教授所推崇的李银河的文章《必要的冷淡》是一篇以知识社会学创始人曼海姆的学说为研究对象的文章，是曼海姆的名著《意识形态与乌托邦》的读后感。李银河在总体上对曼海姆的观点予以称赏，在称赏的基础上面对当时中国的情况发出修正式的感叹：“对意识形态应保持必要的冷淡！”

曼海姆认为：意识形态和乌托邦在历史上曾经有多种形式的存在，曾经产生过或积极或消极的作用；在西欧北美，意识形态和乌托邦在现代几乎完全消失了，至少已不再像十九世纪那样蓬蓬勃勃。那种把人的思想与社会群体的特殊地位、生活状况和利益一一对应的做法已经让位给对人类动力（冲动，Drive）结构的永恒形式的研究；没有意识形态还问题不大，但是如果连乌托邦也没有了人就会变得和物一样（不比物多出什么）。人到达了理性存在的最高程度，任何理想都没有了，成了一种“仅存冲动的造物”（Merecreature of Impulses），人将丧失创造历史的意志，也丧失了理解历史的能力。

由曼海姆的观点我们可以知道，意识形态和乌托邦是人类创造历史的“意志”的寄寓之地，也同时是理解历史的“能力”的源泉。忧虑意识形态和乌托邦可能会带给人们盲目的冲动，这种忧虑是有道理的；但没有它，人类将成为“仅存自然冲动的造物”，与动物无异了。因此，曼海姆在总体上还是对意识形态和乌托邦的合理性给予一定的肯定的。

李银河对曼海姆的观点进行了批评。她认为，人的冲动也不仅包括生理的冲动——想吃、喝、睡、排泄，还包括精神的冲动，要追求消魂、狂喜的境界。所以，不要忧虑“去意识形态去乌托邦”会带来恶果，人类完全可以对意识形态和乌托邦冷淡一些。

我们必须看到李银河要求冷淡意识形态、冷淡乌托邦的历史背景，特别是应当看到她希望“冷淡意识形态、冷淡乌托邦”的言词后边所深蕴着的思想内涵。李银河的《必要的冷淡》发表于1992年，是在上世纪八十年代的自由主义的思潮之后，正在强调正统的意识形态复位的时期。关于思想内涵，以下这段话或能给出我们较为准确的答案：

> 从目前中国的情形（由“难得糊涂”一语的流行反映出来的政治冷淡）看，社会各阶层的人们对国家的现行体制和政策是抱着希望和基本上持肯定态度的，相信事情会向着更符合理性的方向推进，这种肯定由政治冷淡（意识形态冷淡、乌托邦冷淡）表现出来。而那些仍旧仅仅热衷于意识形态、认为应当把社会主义共产主义作为意识形态加以强调而不是以实际行动促其实现者，其潜台词却往往是认为现状有极大的偏差，即偏离了社会主义，偏向了资本主义，因此有必要重申和加强作为意识形态的社会主义和共产主义。这种人只是少数。中国人受意识形态论争之苦已经太多，事实是从1957年以来，这种论争给我们带来的只有痛苦——残酷的人斗之苦。噩梦醒来，我们已经落后于人几十年。到了我们彻底抛弃这些过于热衷意识形态和乌托邦的激情的时候了。我们也不需要任何新的意识形态和乌托邦，只需要一步一步走向我们的目标，争取人民的幸福生活（邓小平：发展生产力，提高综合国力，提高人民生活）。中国人民的意识形态冷淡和乌托邦冷淡已经表明了他们的意志，也证明他们对目前在中国进行的一切所怀抱的希望。这显然是好事，而不是坏事。

李银河所谓“我们也不需要任何新的意识形态和乌托邦”，对应的是那种“把社会主义共产主义作为意识形态加以强调”的现实。当然，李银河所说的“冷淡”对应的也是某种极其不正常的对某种主义某种思想“热烈”宣传、“热烈”贯彻的现实！

张正捷教授说：“像孔庆东那样从左衩向裤裆掏东西的时候，相对知识分子就从右衩开始尿裤裆里了……堪称神速”。张教授所主张的是什么，反对的又是什么呢？主张孔庆东尽可以从左方撒尿，相对知识分子则不要进行任何回击！——张教授引用李银河的话说明问题，但却脱离了1992年的特定的历史背景。张教授想利用那样的语言说明那样的思想问题，但却完全不同于李银河的思想内蕴——而且与其恰恰背道而驰！

不过，还得与本文开头所说的联系起来——我可能有点理论得认真了。我说的这一切，张教授心里本来是明白的。他是小心眼儿，才张"大妈"似的故意跟我闹别扭，泼妇骂街，而且尿得满地都是！

2011年11月28日

张教授又发臊气熏天大作——三十七个字

前按：

本篇文章不是杂文的正宗，不得已的情况下才为之的。鲁迅说“辱骂和恐吓不等于战斗”，这文章也等于辱骂了。所以，先承认它不是正宗。但某些情况下是必要的，对方的文章三十六个字，典型的骂人文章，反击是必要的。“雅典”管理方将此等不堪文章置顶，有榜样的作用，反击更为必要。于是产生了这文章！

值得注意的是，文章最后说：“此文的写作目的，不在于练习恶骂，只以突出、夸张的方法劝喻管理者明白：骂，是应当被制止的。”邪法正用，化邪为正，是需要大秉气、大力量的！

张正捷教授又发大作，正文三十七个字，连标题共计四十六个字，全文如下：

优雅地躲避“移动厕所”

既然我们反对撒尿型知识分子，我们就必须料到他会变成移动厕所……冷眼先生，拜拜，你太臭。

这篇文章被推到“雅典”论坛的窗口位置了。我知道，“雅典”

实行的是不平等的普选制，一般一人一荐为一票，某些地位高的一人一荐为三票。所以，此文的推荐，一定意义上代表了“雅典”高层的取舍标准。

标准归结如下：

1. 不怕短，几十字、一句话就行；

2. 骂人的话也行；

3. 一句骂人的话更行。

进一层的分析如下：

1. 这一句话包括“撒尿”就好；

2. 这句话包括“移动厕所”更好；

3. 再加上“太臭”二字好上加好。

于是就被推荐上去了！

孔庆东骂了“三妈的”，不够份儿，比起张教授小巫见大巫了。张正捷教授骂得更疯狂，臊味更足，他的最典型的骂文不在今天，是昨日的，上个星期的，放在最顶格：《撒尿型知识分子》。那文章开言不俗，臊气惊天：

> 所谓撒尿型知识分子，是这样的：以其浓郁的尿臊味标示其意识形态的归属和立场……

这句子妙极了，“撒尿型”“尿臊味”，“尿臊味”前边还有冠以修饰词“浓郁的”，很惹人性欲。在这样的浓郁的撒尿型的尿臊味面前，很容易让人性欲高涨的！

继续：

> ……这差不多等于在对他一点危险都没有的兔子窝边卷起袖子、露出杂毛、张开弥漫死尸味道的嘴声言……

袖子也卷起来了，裸出丰肉，“杂毛”更露出来了，杂毛是干什么的，造物为什么要在人的生殖部位安上“杂毛”，就是要提高性的诱惑力。所以，这样的骂语下，很容易激发荷尔蒙。你要是素质差，就可能产生强奸犯的犯意。

文章的最高潮是在这里：

> 在没有历史深度，喜欢时髦的某种场景，我们的知识分子很难像如上影片所表示的那样有思想。撒尿型知识分子浅薄而敏感，最搞笑的就是，像孔庆东那样从左衩向裤裆掏东西的时候，相对知识分子就从右衩开始尿裤裆里了……堪称神速。

鸡巴，鸡巴，鸡巴终于出来了，你看，你看，孔庆东“从左衩向裤裆里掏”的是什么“东西”，相对知识分子的“右衩裤裆里”的什么东西开始“尿”了？而且，这动作还“堪称神速”，“什么”动作“堪称神速”，什么，那堪称神速的究竟是什么“东西”？

最典型的骂文置顶一星期了（昨天撤了，放成冷眼我的，但马上又换成这文了），热度稍减，今天不应当再加加热吗？怎么加热，这三十七字的骂人文章，放在紧接着的那文下边，排成排，不是锦上添花吗？

说什么“辱骂和恐吓并不是战斗”！鲁迅真傻，辱骂和恐吓怎的就不是战斗？没找到地方。到“雅典”来，还会上首页的，还会上窗格的！

此文的写作目的，不在于练习恶骂，只以突出、夸张的方法劝喻管理者明白：骂，是应当被制止的。

这说明画蛇添足了。

2011年11月29日

致腊梅乡先生

前按：

论战进入到白刃阶段，也是论敌溃不成军阶段，深蕴于幕后的主帅浮出水面，以貌似温婉的战法指向他们的论敌——文章之作者。

论敌是温文敦厚的，与敌战斗的方法也要温文敦厚，不能像对新月小子那样动辄“揍他”，不能像对梁教授那样尖刻泼辣。这里用的是鲁迅的绅士笔法，慢吞吞的，致敌心上有痛，却身上无痕。

鲁迅杂文是鲁迅先生上个世纪二三十年代留给后人的一份十分重要的文化遗产。鲁迅以杂文为工具，揭示世相、批判虚伪、用缁衣照月的方法觇窥人心——捧出己心，透视人心，曾经震动过一个民族的灵魂。一般说来，当一个优秀的文化品种在一国、一个民族的历史上产生，它不会突地灭绝，必引起后仿之人效其秀者，溶成一定历史时期内的蔚然大观。鲁迅杂文却兀地而起兀地消逝，鲁迅生命断结即是本质上的鲁迅杂文创造的断结。

鲁迅杂文的产生以深切的历史黑暗为背景，却也以深切的历史自由为背景；鲁迅杂文以深切的人心猜疑为背景，却也以深切的人心之爱为背景。鲁迅消逝之后，黑暗没有消逝，有或更浓更深，但自由消逝，所以失去了鲁迅杂文赖以生产的广阔社会土壤；鲁迅消逝之后，猜忌全面取代了人心之爱，所以失去了鲁迅杂文赖以产生的高洁而冷峻的心灵资源。

鲁迅是幸者，也是不幸者，黑暗造就了他，自由更造就了他；他留存昨日夜间的恶骂尚有历史的回声，但显得幼稚了一点，若一个稚童，其撞墙泼骂只缘于撞墙泼骂于父母爱的空间；唯其不知，青春天才很快地夭折！

眉间尺很爱父母那剑，莫邪与干将，但父母造剑的小屋失矣！欲铸那剑，且建父母昔日的小屋，筑造铸剑的平台！

鲁迅也要改变。鲁迅宣称：我的杂文“不过是，将我所遇到的，所想到的，所要说的，一任它怎样浅薄，怎样偏激，有时便都用笔写了下来……就如悲喜时节的歌哭一般那是无非借此来释愤抒情。”鲁迅的主观性、偏狭性已经当不起我们本应博爱的时代。我学鲁迅杂文，战斗却不残酷，尖厉却不黑暗，阳光下的匕首，让伪者哭，却不伤害花朵，花朵在日光的碎片中颤动着银光灿烂的笑！

腊梅乡先生：

昨晚在你的文章《与新月君三书》下面追加评论，并将它粘贴起来作为另文《〈与新月君三书〉下面的评论》，发表在“雅典”论坛上。追加评论中我对你没有任何不敬之处，在后来粘拼而成的文章中更是对你表现了诚惶诚恐的尊敬——我在文章开头即说：“你除了批评我的那篇文章的题目（《毛泽东同志痛批新月》）以外，在内容的评论上更表现了一种平和、客观的态度。这表现了你的修养，为我所不及的。”——尽管如此，还是惹你生气，让你在“做了一个很长的考察报告”的一度百忙之后写出你很不擅长、也很鄙弃的“修辞激情式”文章——《再谈逻辑理性与修辞激情》，对我施以挞伐。我的不小心，惹你受累持杖，是很令人遗憾的，在此致歉！

你的文章关涉了多个问题，核心问题三个：文章可以不可以激情修辞；你是不是梁、新的后台；如何对待后进。今天的文章就这三个问题，简单表达一下我的看法。

第一，理论文章可以为纯理论的冷峻，也可以如老庄、孟子，汪洋恣肆，激情澎湃。我的文章写法在于后者，如你所说属于“激情修辞式”文章。悲哀得很，一向对十分刺目的赤紫赭红深恶痛绝，却不自觉间在文风方面传承了鲁迅老夫子，也是一种令人奇异的现象。但你认识得很好，我的文章虽然“激情修辞”，但“没放弃逻辑”（见《腊梅乡与秋水赋君对话》）；作为一种吸纳杂文风格的政（法）评式文章，逻辑始终是它的文脉、它的骨架。是的，将理赋之于形寄之于情，为求妇孺皆懂，较之于那些以洋洋万数的晦涩学术语言，到头来论证的却是“日从东出”（有时候还会是“日从西出”）的文章来，我并无惭愧之处。

听你道说“修辞尽管没有逻辑经久耐用”，我本很惭愧，但想起老庄、孟子，近之鲁迅，惭愧之心略消。至于是否“经久耐用”，是否如君之庙堂文章可以流芳百世，那本不是我所考虑的。生逢马世，却要非马作牛，草木一生，何求万年呢？所以，我的文章还要激情澎湃下去，即使许多中庸君子看不下去；各爱其爱，各好其好，各适其适，这也是君子国的人们所无可奈何的事情！

第二，关于你是不是梁、新的后台问题，这是我所不关心的，只不过不少朋友关心，我就此话题随口跟了一句罢了。但请你再看我的原话，我不过说“关于后台之说，我仍不信，但观点如此一致，让我惊讶”罢了。至于先生用逻辑的方法，从“我本不信”中推导出我说你是后台，我没学过黑格尔、阿伦特，不知道这复杂推导的路径是啥?

也正因此，你的愤怒使我莫明其妙。我真的不知道我怎的“借人之口，把腊梅乡封为梁、新的后台”了；我真的不知为何“既然梁、新已经借修辞激情被一些朋友口吐唾沫……乘势而前……把腊梅乡也淹泡在唾沫中，让这‘后台’轰然倒塌”了；我更真的不知怎的能如此一来，“‘雅典’论坛就可以顺理成章、水到渠成地成为‘所谓自由主义’独霸话语的‘家天下’了。”—— 据你文章后半部分透露，我的魂灵（你道出了我是陈更）曾在去年的官方围剿中遭到剿灭，今天你指我为如此罪恶，不禁又战栗了!

第三，关于你是否是新月老师问题，也不是我所关注的，你和我的争议其实是如何对待年轻人的问题。你说我要“揍新月”真的是亏了我了，文章谈的是“激情修辞”，怎么一会儿竟然忘了激情修辞文章中的激情修辞了。我在《新月的魔术》一文中，说要“倒颠了脑袋”让他露馅，我在《毛泽东同志痛批新月》中，说他无论跨越了几个脚蹬、台阶、足踏，我还是“捉拿”了他。如果不提醒一下，以你的号召力，会真的让人以为我倒颠了新月脑袋，捉拿了新月，会给我搞个刑事囚禁呢!

我其实是一个爱护孩子的人。从2009年5月1日，我写了《新月的悲叹》始，至今我可能写了十篇左右关于新月的文章。前期我对他委婉地批评，爱心可鉴；后来他与一位梁教授一唱一和大骂“群众是虚妄”，新月更唱言自己是“精神贵族”，最看不起群众，我对他的批评开始施力较重。及至再后，受梁教授的影响，他的文章开始出现痞子气——谁不知张口哈耶克、闭口阿伦特，最最满纸西洋名字的人是他，但恰恰也正是他大骂“西方资产阶级学者”“西方资产阶级意识形态”万恶不赦；他引用的西方学术全是无产的、红色的，他的论敌所信奉的西洋学术便全是敌人，要靠官方追剿了？——于是，我更开始“揍他”，甚至多次说：“三天不挨打，便上房子揭瓦。”拳施之重，只依其顽皮程度。

而且，每当重责之后，我总很痛心。下将《对新月的旁敲侧击》文下的跟帖评论移来，说明重责之后我的慈母心肠：

> 冷眼向洋　评论：　2009-10-07　20:52:10
>
> 希望新月君能共同面对文化与学术的严肃，我们身处一个极其浮嚣的时代，新月君的较真几近于我，或比我更甚，本是一块研究学术的极好的材料，只是受了时代的影响，虚伪的影响，浮躁的影响，自视甚高的影响，这会有损他的成就。
>
> 我无意于毁他，只寄意于砥砺他，我思考、奋斗一生默默在野而无人知晓，天地赋我之力量，如果能够通过这种攻击的形式，传达于新月这般的人，期于社会之大成，亦为我奋斗一生之慰了。并无毁他之意，只欲成他，望诸君告之。
>
> 看到JLUO君说“他恐怕因失望又要出走”，特写这段话。亦期达于学园管理者，我并无破坏之心！

看帖中之说，便知我所谓的“揍他”之意为何了。又恐不能及时达于新月，此帖曾张于《新月的魔术》《毛泽东同志痛批新月》等五六篇博文之下。新月看了我上边的话，曾为之感动，写了复言，但马上又删了。急急追踪，竟不得内容是何——但相信，面对如此泣血之言，新月回复必为善言，唯因羞怯，书之即抿；如是恶言，那也真没救了！

第四，“雅典”旗污，吾为锥心之痛。腊梅乡君，你是“雅典”的旗帜，是芸芸众友的兴奋和荣耀。然而，你和新、梁二君互为师徒之举，委实令我痛心，也使许多对你怀揣景慕之心的人失望。

新月在一口气大骂我十六个“棍徒”的那篇《关于批判，关于学园》文章中，指“冷眼向洋”即为“陈更”，在“雅典”“陈更”即是蒋介石的“共贼”，共产党的“蒋匪”——此显然为官军指路者也。先生今朝文章却以高徒新月为师，说：“好啊，那就不妨把这顶桂冠送给经史阅世一花甲的大律师（？）陈更先生；送给经世济民六十载的政论家冷眼向洋仁兄了。”——一顶桂冠，却要送给两个头颅，无论从语法上看，还是从现实可能看，都有毛病。看似语义之瑕，实则另有深指也。

中国有句俗语叫：“廉颇老矣，尚能饭否?”年纪大了，不能多吃饭了，也就不能干了。腊梅乡君效廉颇之问，谓冷眼向洋虽然每日一诗（“每日一诗”见我的2009年8月19日至10月20日博客），但实已时日无多，无须惧怕了。文章中你还风马牛不相及地谈到冷眼向洋，谓之“一位年近花甲之人（当然，也是听‘有人说’了）”。对年龄的关心，是新、梁二君的老学问，即是这次，梁教授仍在腊梅乡君的文章下兴高采烈地跟帖谈“陈更老律师”。互为师徒，相互学习，本是为学者的佳话，但你与新、梁二君于此处打成一片，却给人以十分悲凉的感觉。此股悲凉不在新、梁，而来于“雅典”那面迎风战栗的旗帜啊!

不过我的悲哀，也是君的悲哀，再有十年或十余年，你便步我而来了，这是无须修辞，也无须逻辑论证的!

2009年12月不知几日于尚能饭否的病中

从《中国重回世界第一大战略举隅》看李毅先生学识水平

前按：

剥开“学者”的伪装，最好从他的语言入手。因为语言是一个人从牙牙学语便开始了的，语言不济，还谈什么“学者”。

近期以来李毅先生是“雅典学园”的一个要人，与其半个世纪在这个当红国家一路走红的经历一样，来到“雅典学园”马上便红了起来。不但敢“理论”、敢“思想”，而且敢骂人，之所以敢骂人，一是有当红的背后世界撑腰，二是自以为很“理论”很“思想”。动辄说什么“要准确掌握李毅思想”，说什么你读读李毅的什么什么书，比当年的毛主席还要毛主席。毛主席的书让人读不好意思自己说，让林彪先生说：“读毛主席的书，听毛主席的话，做毛主席的好学生。”李毅先生了得，直接说：“你们要准确掌握李毅思想。”真是天底下的笑话！

李毅先生的近期代表作是《中国重回世界第一大战略举隅》，他本人多次向大家推荐，昨日又向“雅典学园”的著名学者PRO先生推荐，很有似乎没看到他这篇文章，就如读屈子没读到《离骚》、读司马迁没读到《史记》、读鲁迅却没有读《阿Q正传》《朝花夕拾》。他的这篇文章我是看过的，除浓厚的大国沙文主义和猖狂的“文革”气息以外，没有特深印象。由于李毅先生的一再强调，今天较认真（较认真但还是草率）地读了一次。对李毅先生尚存的一点准备在有可能的情况下向他献出的敬意，烟消云散，全归于无!

仅将阅读中所得到的李毅先生的思想要点及学识水平举隅如下。在“举隅”以前，有朋友说，看不懂李毅先生这篇文章的题目。朋友说，“举隅”虽然不好理解，但掀掀词典也就明白。举隅，类于举例，举一端而知其他。但整个题意让人摸不着头脑，陈更先生请你讲讲。

我知道这位朋友为什么弄不明白李毅先生文章的题目，因为我也是反复端详、反复寻思才明白的。难理解，难在断句：中国重回世界第一大战略，举隅；中国重回世界第一大，战略举隅；中国重回世界第一，大战略举隅。分了三回层次，我才明白。原来，李毅先生是说，为了使中国重回世界第一，他制定了大战略，战略太大，就举一端而明大概吧!

分析这题目很费事，“中国重回世界第一大战略”是没有意义的。战略是方法的范畴，让实体的中国回到抽象的方法上有什么意义?

“中国重回世界第一大”，也没意义。论面积大，俄罗斯最大，论人口多，中国本来就最多。一个是固有的，不可改变，一个是已有的，无须争取。怎么能让“中国重回世界第一大”呢?

最后终于明白，李先生是说，秦、汉、唐、宋、元、明、清初，中国都是世界第一大国；中华儿女要好生努力，让中华母亲重新恢复世界第一大国的地位。如何恢复世界第一大国的地位，李毅先生给大家举些例子，说明他制定的大战略是什么!

朋友听了这样的解释，笑了。让我继续讲下去，我说李毅是一位没有文化修养勉强做学问的人，并首先想到我身边的一个人。

我身边曾有一位成功者，是“中国成功者协会”理事长什么的，在京城开连锁店，专门销卖牛头肉。青年时代勤奋、多思，在算术方面有些技巧，名于地方。闯京城闹些名堂后，很在意于身后留名，于是出书多多。前年妻死，出书表彰亡妻，连带回顾自己一生事业。其中一篇为《王金花与许广平》，王金花是这位成功者妻子的名字，名不显我给大家介绍一下；许广平则是鲁迅的妻子，众人皆知。

我看这篇文章的题目，对这位朋友的家世充满敬意。老妻王金花与许广平有亲戚牵连，或者有社交联系，无论如何都是老先生一段荣耀。细读文章，却笑掉了大牙。王金花与许广平并无任何联系，更无任何世交，只如江河萍草，你在河尾，我在河溯，大风起尚不能摇动天下，故不能凑合牵连于河之两端。以此命题这篇文章的原因是，这位朋友认为，自己做了鲁迅一般大的功业，拙荆王金花便与许广平自有一比。于是请人捉刀，撰就此篇。

吾读李毅先生的“战略举隅”实有同感。这种感觉不只来源于草莽般的荒诞思想、无知世界里的狂妄自大精神，也来源于文章的断句和词汇的排列。李毅先生的学识底蕴尚不能使他自觉到语法的存在，以及逻辑关系在人类思想中精致细密的编织作用。滔滔大口，一切都可以胡来！

试举一例：

> 电影对产生民族凝聚力、社会凝聚力有重大作用。电影是当今社会最主要的艺术形式，甲骨文、金文、《诗经》、楚辞、先秦散文、汉赋、唐诗、宋词、元曲、明清小说、美术、音乐、电影，现在电影的影响力，比其他所有艺术形式的影响力加起来还要大得多。
>
> （见该文“高举中国大旗，建立世界文化强国”一段）

甲骨文和金文是中国文字演变过程中的一种形式，《诗经》、楚辞、先秦散文、汉赋、唐诗、宋词、元曲、明清小说是发生于中国不同历史阶段的中国文学的品种，美术、音乐、电影则是现代艺术的具体种类，或义有重叠或毫无干系的三个领域的事物，李毅先生统统将它们当作与“电影”同而视之的“艺术形式”并列表达。而且，“电影”这种艺术形式既然在句首已经单列，总领全句，为什么在具体叙例中，放在末尾，让它重复出现一次呢？

“电影”一词放在句首与句尾的重复出现，让人想起孙子的常山之蛇。孙子曰：“率然者，常山之蛇也。击其首则尾至，击其尾则首至，击其中则首尾俱至。”一句之中，“电影”一词，首尾相顾，诚得古人用兵之机，哈哈！

这样的语言方面的例子俯拾皆是，随手再拈一例：

> 现在，有钱人、有权的人、名人，广受推崇，这是正常的，但不全面、不协调的情况。更受推崇的，应该是中华民族在各行各业、各个领域自主创新、赶超世界先进水平的奋斗者和领导者。
>
> （见该文“自主创新，建立经济强国”一段）

不再啰唆，只将原句正为：

> 现在有钱人、有权人、名人广受推崇，这是正常的，但不全面、不协调。应当让各领域自主创新、赶超世界先进水平的奋斗者和领导者受到比有钱人、有权人、名人更高的推崇。

另请注意，前半句被表述的主体是“人”（一些比较具体的个人），后半句被表述的主体是“中华民族（者）”，这不仅表现出李毅先生缺乏严谨的思维能力、精细的语言把控能力，“人”而突换为“中华民族（者）”更表现出一种大炮气质——“中国第一”“中华民族第一”“李毅思想”等等都是这种大炮气质的反映。

这种气质是中国特有政治的铸造，文化大革命时期最为高产！

再讲一个逻辑问题，可以看到李毅先生是否具备作为一个思想者所必须具备的条分缕析的能力：

> 今后二十年，中国有三条道路可以走。其一，出一个戈尔巴乔夫，从世界第二掉到世界第十八，土崩瓦解，万劫不复。或者，顺利在三年以内总值超过日本，并在二十年之内总值超过美国。即使总值超过美国，也有两种可能。其一，不能自主创新，变成一个大墨西哥，在经济、军事、政治、文化、教育各方面，成为发达国家的附庸，这就是现在经常讲的拉美化道路。其一，自主创新，社会经济协调发展，全面赶超，在各行各业、各个领域，都能达到世界先进水平，对人类做出较大的贡献，使中国世界第一，成为人类社会的常态。何去何从？在这个人类历史的又一个转折点，中国人回顾过去、总结教训、展望未来、认清障碍、明确战略，至关重要。
>
> （见该文“中国社会和世界社会走到了一个转折点”一段）

请诸位看官帮助一下，李毅先生开宗明义说“今后二十年中国有三条道路可以走”，查一查，算一算，哪三条道路呢？如何区分这三条道路呢？

形式上三个“其一”，但第一个“其一”其实包含着两个“其一”，实际上是个“其二”：第一，出个戈尔巴乔夫，从世界第二掉到第十八；第二，顺利在三年内超过日本，二十年内超过美国。

顺着这“其一”中的“第二”往下看：即使总值超过美国，也有两种可能：第一，不能自主创新，成了一个大墨西哥；第二，自主创新，中国成了世界第一——这第二个“其一”中的第二，又同时可以视作李毅先生总说中的第三，而且无论它是哪个，它与第一个“其一”中的第二（二十年内超过美国）相重合——它说的就是第一个“其一”中的第二种情况！

无论以出不出戈尔巴乔夫为标准，无论以超过美国超不过美国为标准，再或者以自主创新不自主创新为标准，只能划分出两种可能、两条道路。今后二十年，中国的三条道路在哪里呢？东扯西搅，“三”字如何划分、如何计算呢？

这样的语言水平，这样的逻辑能力，没有以强大政治势力作后盾的农村大队长、妇女大队长的无知和勇气，是真的不敢到“雅典学园”来显摆的。

美国真是个腐朽的大国，这样的水平竟能在那里混，我过去真高看美国了，李毅先生给我上了一课！

2009年9月14日

也说“学术吵架”很有意义

前按：

本文要义是，与论敌梁先生一些相同观点的总结：共同认为关于学术品性和学术方法的争论很有价值。作者具体总结为：论争的意义在于两个方面：一，从方法论上说明，文章应当如何做；二，从修身的角度说明，要想做经世济民的文章，应当有什么样的思想和人格。

本文写作上没有特别值得称道之处，本文所提出的观点，写文章人应当特别注意。功夫在诗外，在于修身，在于知识和智慧的长期的全面的积累！

对于我和梁先生、吴先生之间的争论，一些网友已经厌战，认为：事实和道理已经很清楚了，不必再浪费口舌笔墨了。例如一册山河说：“其实，有些东西是不用辩的。作为精研法理的法律人，理应知道程序中的问题。”吴贞贡和葛先锋等朋友则更直接地认为：“与这种选择性失明的人辩论，真是浪费时间、浪费生命！先生还是点到为止，别再痛打了。”还有一些朋友劝我研究证据、研究法律，回到法律上一对一、二对二地厮杀一场，认为这样做更有意义。梁、吴二帅的麾下，肯定也有息战止争的议论。对此，梁先生发文《“学术吵架”很有意义》，表示不赞同这些网友的观点。梁先生说：

> 几天来，鄙人、陈更先生、吴先生等人为陈更先生所写的几篇文章，争吵得热火朝天的。吸引来一些喜欢热闹的看官，有看官说：越来越无聊了，这种争吵有什么意义呢？
>
> 我偏偏不这么看，我认为这种争吵很有意义。工欲善其事，必先利其器——这个争论反映了学术品性、学术规范等重要问题。
>
> 通过这个问题的辩论，我倒想讨论讨论中国文人究竟应该有什么样的学术品性、学术规范的问题，这个问题在学术方法论和学术规范方面极端重要。

我非常赞同梁先生的观点，同样认为这个争论很有意义，尤其赞同的是他放阔眼光，认为“通过这个问题的辩论，我倒想讨论讨论中国文人究竟应该有什么样的学术品性、学术规范的问题，这个问题在学术方法论和学术规范方面极端重要。”这里涉及论战者的人品问题、文章的方法论和学术规范问题，对于社会、特别对于学界很有普遍价值。

这是自论战开始以来，我和梁先生少有的、或者唯一一次在对某项问题的看法上基本达成一致：均排除众议，认为“学术争吵”很有意义，并认为这场争论应当较深地涉及学术品性、学术规范等范畴。

我以为，我们近日的辩论，尤其是本人近期所写的文章，的确已经深入到学术品性、学术规范的领域。例如：我的《反对美国填太平洋，反对连战纳妾》讲的就是学术品性和学术方法问题。现实中并不存在美国填平太平洋、连战纳妾的事实，你大批特批美国填太平洋、大批特批连战纳妾干什么呢？同样，你就没有论证我陈更先生有“被迫害感”、没有论证我陈更先生假设了“现实暴政”，你批判我的“被迫害感”、批判我假设了“现实暴政”干什么？难道这样写只是为了证明你会串缀出洋洋万言的文章，不愧教授、专家、学者的身份？或者，难道只证明战争还在继续，我们并没有一败涂地，还在不断发表这么大篇幅的文章？证明这些有什么用呢？对我们现存的世界、对双方之间的实际存在的观点的对立的弥合有什么益处呢？

我这篇文章的功用就是，强调写文章要实事求是，批评那种“随意指称对方有某种错误行为和错误观点，然后大加批评、大加指斥的文章”。我认为，我的这一批评是很有实际意义的，因为它不但针对了眼前争论中出现的具体事实，更因为它也针对了自“文革”以来，不，自五七年“反右”以来，不，自延安整风运动（王实味被批、被杀为标志）以来，中国盛行的一种学术品性，这种学术品性以某种政治品性为后盾，绞杀了多少人命、绞杀了中国人的多少智慧、绞杀了中国的多少创造力！

我的《文不对题——什么事情使吴先生如此为难呢？》《犬儒主义者眼中的现实暴政》《说“文不对题”之后再说“前言不搭后语”》《我没有给吴先生贴标签》等文也属于此类文章。综合看来，这类文章的意义在于两个方面：一，从方法论上说明，文章应当如何做；二，从修身的角度说明，要想做经世济民的文章，应当有什么样的思想和人格。

我认为，以上文章所要表述的第二层意义特别重要。林则徐先生写：“海纳百川，有容乃大。”这是一个心胸戚小的拘谨小人可以写得出来的吗？“苟利国家生死已，岂因祸福避趋之”，是一个在日常生活中将身家性命看得比什么都重要的人可以写得出来的吗？是一个时时考虑“要把学问用对地方”（梁先生劝告陈更语）的人能够写出来的吗？

写文章而文不对题，一般来说，不是一个教授可能发生的事情。但这种情况在吴先生身上发生过，所以我在《文不对题——什么事情使吴先生如此为难呢？》一文中批评那种以私利的原因或对势的评估的原因，而错误运用知识的人。我还在《犬儒主义者眼中的现实暴政》一文中批评中国知识分子，提意见时畏畏懦懦、吞吞吐吐、用尽"曲笔"，甚至下决心要批评时，话一出口却又变成了颂歌的情况。在这些文章里，我主要从知识分子自身的角度进行批评的。今天必须提出这样的问题：中国知识分子是中国社会的产物，中国知识分子的畏懦同样是中国社会精神的产物。客观的环境不变，客观环境的产物亦不会改变。中国社会、中国社会的精神如不改变，中国知识分子将永远是中国的知识分子，中国知识分子的畏畏懦懦的精神将永远是中国知识分子的精神。

前已述及，自论战开始以来，我和梁先生少有的、唯一一次的在对某项问题的认识上达成一致：均排除众议，认为"学术争吵"很有价值。不过，我与梁先生略有不同：我认为，应当将这场学术争议的价值和范围看得更开阔一些，并不仅仅定位在梁先生所说的"学术品性、学术规范"的领域和范畴。今天，我对止争派朋友在跟帖中的意见已经做了简单地回应，现将这简短的回应放在下边，表示我对这场讨论的价值和范围的看法。这则回应是这样的：

不断辩论，形成一种文化运动，一种启蒙。

由法律而及哲学、思想、美学、世界观、方法论，从一切方面打击虚伪和伪善，让真实呈于全国人民的眼睛之下。

就法律而论法律，狭隘了一些。

同五四新文化运动一样，任何重大的社会文化复兴运动，都起因于一次偶发的历史事件。北京某青年杀死警察，引起人们如此持久、如此广泛的关注和讨论，恐怕称得起一起历史性事件了。如能以案件为契机，引发一场和平的、端庄的、严肃而又深刻的社会文化运动，施杀者和被杀者也当得起死得其所了。“雅典”论坛如能引领一场新文化运动的潮头，那也将是无比光荣的！

我们向历史祈求！

2008年12月3日于北京

关于汉语语言与中国文化、国民性格关系的对话

前按：

这是一篇关于语言与国民性格和国家文化问题的对话。随意想来，随意答来，却是长期知识积累、思想积累的结果。与前篇一样，启发人们的是：文章应当如何做，功夫在诗外，终生修身，终生思考，一朝用来，思绪若河！

木典先生通过《汉语的语法结构与思维方式及民主法治理念》一文诚挚邀大家从汉语语言角度分析中国人的思维方式，并分析汉语语言与法治之间的关系。笔者与木典君有以下对话，认为有必要记在这里，供大家参考：

木典君问：

主要是想从汉语语法结构和西语语法结构的比较角度，看看中西的思维方式有何不同，从而看看中国的语言是否确实是农业的、专制的语言。

陈更评论：

想看汉语语言的特点，应先把汉语语言典型化为古代汉语。这样可以发现以下特点：

1. 模糊化、多解，是汉语语言的一大特点——导致的结果是表达不能精确，中国文化无论在自然科学和社会科学领域，均呈现出非科学化的现象。

2. 法治，即法律的治理，必须权利义务关系的精确对应，由于语言不精确，权利义务呈道德化的特点，软法之治，更麻烦的是，随意之治。

3. 中国语言的源头，讲赋、比、兴，“比”是中国古人情有独钟的铺陈之外的第一手段；这样的语言传统，导致“比”在中国古代史学、中国古代医学、中国古代军事学等一切领域，大为昌盛。比是以彼事说此事，彼究竟是彼，不是此，所以独立的科学建立不起来。

4. 语言的无原则导致中国人的性格无原则，可杀而不可辱的士人是少的，更多的人则趋附于生计需要的边缘，随波逐流。历史上两件事最能说明问题，魏忠贤秉政时日不多，吹捧他的时间更短，约三五年时间。但一介文盲竟然位齐孔子，生祠遍及中华。第二，则是文化大革命，情况从略。

5. 汉语语言也有其优胜的一面。理解伸缩度大，加上比、赋、兴的应用，想象的空间壮丽无比。加之语言的精练，懂得中国语言之美者，无限崇拜之，伏地自为渺渺矣。我为崇拜者之一。

……

木典君回应：

陈更先生的看法给我以很大启发。我还想知道，有人说汉语的“语法结构”是专制的，我想知道具体的理由。

又，语言的模糊和流变是任何语言的共同特点（当然，汉语这特征强点）。关键是想看看语法结构是否“压制型”的。汉语主动语态居多是不是其中的一个表现呢？

陈更评论：

语法结构是以西方语法解释中华古老语言的一种方法，它的作用是改造中华语言，使中华语言与世界现代主流语言接轨。语法的介入使中国语言相对准确化，从而相对科学化，是往正方向的努力，不宜否定。

古代汉语与西方语法的结合，使中国语言现代化——这是我的基本看法！

说语法有专制的趋势或性质是不对的，古代汉语太随意、太自由、太没规矩了，但中国古代的社会才是更典型的专制社会。

木典君又问：

汉语主动语态多，被动语态少，此与专制与自由的关系如何？

陈更评论：

什么问题都不应当形式化地理解和看待。汉语主动语态多用，西语被动语态多，这是实际情况，但与专制、自由没有对应关系。

主动语态，表达的是语言者自身的思想，并不是表达君主的思想。因此从群众的层面（非君主的层面）看，主动语态并不表示专制。形式化来看，较之于西语而言，主动语态以自身为中心，更表示自我独立。

但恰恰不能这样形式化地看问题，西语被动语态多，但西人主动性强、个人意识强——显然被动语态、主动语态说明不了民族性格、社会制度的问题。

当然，也可以联系东西民族关于“神”的观念来认识问题。西人宗教感强，认为世界由神主宰，甚至人的个人行为也是受神所宰制的。其被动语态可能源发于此。

中国人无认真的宗教概念，虽说天人合一，但实际上在天地人关系中还是以人（人类而不是个人）为中心。反映在语言上，呈主动语态为主。

陈更总评:

语言是思维的形式、思维的桥梁，如何思维、如何表达，人与人之间如何构合、联系，思维方式必然产生极其重要的作用，因而从语言角度研究民族性格问题，是有意义的。但是，这是一个宏而无边的问题，在民族性格的历史领域里，若神，若上帝，若浩渺苍穹，研究之手无切放之处。各国文化中，至今未见到这方面的显学，希望未来的研究有此大端！

木典君回应:

嗯，木典只是听说有人将汉语定为专制语言，大概也是说汉语无原则吧。心里好奇，想明白个究竟。

另，关于宗教的问题，请见我的上篇博文，还请陈更哥哥多多指教。

陈更:

谢谢！

2009年8月27日

“法律伪学问”：文法之争抑文义之争？

前按：

比较与思索，田衡岳君与法助绿蕊君争论的问题究竟是什么？文法与文义，有联系也有区别，区别是根本的。在这样细小的概念上认清区别，要阅读他（她）们的文章，对比着思索。

把思索当作一种爱好，酒精可作爱好，思索也有醺醺的作用，每日在思索中醺醺，你倒越来越清醒了。

在田衡岳君《邓玉娇案：伟大的中国人民》的跟帖中，法助绿蕊就田衡岳君提出的“法律伪学问”一词的构词方法提出不同意见。为此，田衡岳君发文三篇、法助绿蕊君发文两篇阐述自己的观点。衡岳君说，我的文法没有问题，法助绿蕊君认为，你的文法就是有问题。在此争论中，双方或多或少各有支持者。今日，衡岳君文章指斥对方：“因为道理上并不能说服人，就只能依靠人身攻击，声色俱厉地呵斥别人，俨如泼妇骂街。”此间意气，愈飙愈高，而距争论的目标，求真理、辩是非，却愈行愈远。

双方争论的文法问题，并不是大是大非问题，争执所产生的结果，本不可能具有较大的意义。口角两句之后，本当释然放下。唯争论者执意一争高下，一决是非，如继续采取袖手态度，非但不合君子之风，反失君子大义。思古人当仁不让的教导，吾趋前一步，曰：衡岳君、绿蕊君，都不要争了；你们的争论其实不是文法之争，而是文义之争。或者准确地说，你们争论的不是单纯的文法之争，而是立足于对文义不同理解的文法之争。一者说日，一者说日之光，二者虽有联系，实有本质的差别。崖畔跬步，所差岂以道里计哉！

为什么笔者有此认识。让我们看看，“法律伪学问”争执的初源！

法助绿蕊在衡岳君《邓玉娇案：伟大的中国人民》一文后边跟帖评论道：

人民的意见是“邓玉娇正当防卫，不负刑事责任！”而不是“故意伤害，防卫过当，心智障碍，免予处罚！”

• 2009-06-16　田衡岳 回应：

同意你对这个案件的人民的意见的陈述，但是，中国法律只能曲线行进。这是中国法律伪学问的一个表现。

• 2009-06-16　法助绿蕊 回应：

这是中国法律伪学问的一个表现。

——法律就是法律，学问就是学问，“法律伪学问”根本就是一个错误的概念。

继之，法助绿蕊君又补充道：

“中国法律只能曲线行进”

——“中国法律”倒是一直“高歌猛进”的，这些年立了多少法？洋洋大观。可惜还是“有法律无法治，有宪法无宪政”。

由上述评论可以看到，在争论的初始阶段，法助绿蕊君即明确认为：法律是法律，学问是学问，“中国法律”这些年一直“高歌猛进”；中国法治状况不好，不是没有法律，而是“有法律无法治，有宪法无宪政”。也就是说，她认为，中国法治状况不好，不是法律问题——但不排除有学问问题。

双方争论焦点的错位在此时就已经表现出来了。遗憾的是，衡岳君虽然对绿蕊君的批评十分在意，但迄今为止，更不要说最初之时，没有抓住双方发生不同意见的基本要点；因而，也当然不能及时地说服对方，使对方接受自己的观点。

衡岳君所说的“法律伪学问”，其实包含了法律之恶（伪）和学问之伪两重含意，并认为这种法律之恶（伪）是建立在中国法学之伪的基础上的。衡岳君将这种情况概括为“法律伪学问”本没有什么本质性错误，但他没有及时向绿蕊君指出两人理解上的实质差别：你认为中国的法律是好的，但法学理论可能是伪的，这与我的观点有重大差异，因而不存在争论文法问题的基础。——的确，衡岳君没有及时地指出这种差别，使双方的争论归于结束，或者使争论沿正确的轨道进行下去。

衡岳君当时是这样回应法助绿蕊君的：

> “法律伪学问”是个错误的概念？我还没有认为这是个概念，谁知你就把它扣上概念的帽子，还加上一个装饰，“错误的”。不知你怎么想的？

严重地说，衡岳君在这里犯了一个理论者不该犯的错误。思想的基本单位是概念，任何判断和思考赖概念这一基本单位得以进行。

“法律伪学问”显然是衡岳君进行此段思考的一个基本概念，以“我还没有认为这是个概念，谁知你就把它扣上概念的帽子……不知你怎么想的”质问对方，表现了衡岳君理论训练的欠缺。

接下来，衡岳君继续对绿蕊君的上述批评进行回应：

> 那你知道我说的法律伪学问是什么意思吗？法律是法律，学问是学问，两个不能连在一块？那搞法律的，不是有很多是做学问的？怎么就不能有法律学问呢？既然有法律学问，又怎么不能有法律伪学问呢？

非常遗憾，衡岳君至此仍没有找到他和绿蕊君思想差异的实质。双方的争论在“风马牛”不相及的轨道上继续展开。衡岳君在后发的《谈谈“法律伪学问”》一文中说：“‘法律伪学问’，中心词是学问，有两个定语修辞，‘法律的’‘伪的’，但中国人的语法习惯，经常会把定语的‘的’字去掉，例如中华人民共和国，实际上是‘中华的人民的共和国’，因此，英文就是People’s Republic of China。”绿蕊君则在她的《答田衡岳“法律伪学问”》中说：“修饰词该怎么用，自有其约定俗成的法则。就修饰限定词的排列来说，人们一般习惯于把与中心词核心意义关联更密切的词放在前面紧靠中心词的位置，而不是相反。比如，‘虚伪的法律专家’是符合人们的表达习惯的，‘法律的虚伪专家’就很别扭，同理，‘伪的法律学问’可以讲得通，‘法律的伪的学问’就很别扭，再简化为‘法律伪学问’就更不知所云了。”——双方的争论表面看十分激烈，但究其内心意思，各说各话，大相径庭。

说到这里，我必须解释一下刚才我为什么批评衡岳君没有及时地厘清双方在文义方面的不同意见。衡岳君所说的“法律伪学问”，其实包含了法律之恶（伪）和学问之伪两重含意，不争论则已，如果争论，必须首先把这一点说明白。

引用一段衡岳君在《谈谈“法律伪学问”》中的一段话，虽然长一些，但能够准确表现衡岳君“法律伪学问”所要表示的完整内涵。他说：

> “法律伪学问”是有必要如此创造的。因为这里所指的不是“伪法律”，而是法律，而且是真法律，而学问，则是“伪学问”……如果你要说通过中国立法机关产生出来的法律，是“伪法律”，显然是不对的，因为，这些法律都是真真切切的真法律。例如要你安装绿坝软件，这么个东西你不能说是伪法律，或伪规定，相反它是真的规定。但是，这个真规定，或真法律却是有学问的，其学问在于，政府担心青少年浏览低俗的东西，或者其他一些敏感的东西。这个学问告诉大家，绿坝软件必须装，而且是为了大家好，为了社会主义的中国更安定团结和谐。这个学问实际上是政府害怕人们享受的言论自由太多了，要加以限制。因此，这个学问，根本上讲是逆时代潮流而行的，所以，这样的学问是假冒伪劣的学问，是“伪的”学问，按照中国文法，是“伪学问”。由这个“伪学问”为基础形成的法律，要记住，是真法律，所以，可以称之为，“法律伪学问”。它既不同于“伪法律学问”，也不是简单的“伪学问”或“伪法律”。

在今天发表的《再谈“法律伪学问”》中，衡岳君以不同的语言再次表达了他的同样的观点。他说：“法律伪学问也是如此，它要表达的意思，就是法律中的伪学问，或者立成法律的伪学问。”也就是说，衡岳君的“法律伪学问”一词兼具双重含义：法律之恶（伪）和法律学问之伪。“法律伪学问”虽是衡岳君新造的一个词，但在表达如此双重意义的情况下，从文法上看没有本质的错误（当然，因为这样的概念是初次提出，提出这一概念者有义务对概念的内涵和外延进行解释和界定）。

前已说明，绿蕊君对问题的理解是：法律是法律，学问是学问，学问虽可能是伪的，但中国的立法“高歌猛进”，所产生的法律却是真的、善的，法治的混乱状况主要不是法律之恶所造成，而是“有法不依”造成的。在此情况下，衡岳君不先去厘定文义，却一而再，再而三地去谈文法问题，绿蕊君何能知歧而返，使双方的探讨具有同一的方向呢?

田衡岳君关于“法律是恶（伪）的、学问是伪的、法律之恶（伪）建筑于学问之伪基础之上”的观点，是不是在争议产生之后，为“狡辩”的目的而发生的呢？不是这样的。——如是这样，我今天的这篇文章也将是“无事实求是之心，有哗众取宠之意”的无聊文章了。以下让我们看看产生争议的范本文章，或曰基础文章——《邓玉娇案：伟大的中国人民》。田衡岳君在这篇文章中说：

> 然而，竟然中国人也能做出这样的判决？难道不值得为我们自己的判决而欢呼吗？难道不值得我们自己夸一下自己是伟大的吗？而如果稍微注意一下，这个案件的来龙去脉，你不难发觉，在这个案件得出这个判决的过程中，是网民的力量，是那些能够上网的人民的力量、人民的心声、人民的民意，一直在左右着、影响着、监督着、警惕着、关注着、热衷着这个案件。这个弱女子太值得同情，恰如人民自己太值得同情一样，中国的官员太混太恶，太令人义愤填膺，这就是人民的良知，这就是人民的共同的感觉，有这份良知，

有这个共同感觉，在美国，无需任何理由，当事人就会被人民的代表——Jury光荣地宣告无罪。而在中国，今天也做到了！这就是伟大的中国人民！

田衡岳君在这篇文章中又说：

让我们学学美国的Jury吧，去他妈的精神疾患问题，去他妈的防卫过当，去他妈的其他自欺欺人的法律借口和法律理论，去他妈的这一切伪学问、假道学，去他妈的——是人民，让邓玉娇无罪！难道这样的人民不伟大吗？不值得我们自己为自己骄傲吗？

也就是说，在田衡岳君的观点里，法律和法学都不是依据，因为法律和法学都可能是伪的，人民的意志最为神圣，符合人民意志的判决便必然是最公正、最伟大的判决。衡岳君的观点显然过激，但我们这里讨论的不是观点的正确与否，讨论的是衡岳君与法助绿蕊君的争论实质究竟是啥，是文法之争，还是文义之争？更准确地说，我们讨论的是：在对一个新造词语有重大不同理解的情况下，可以不可以讨论与构筑词汇相关的文法问题？

因为参加衡岳君和绿蕊君之间的争论，阅读了衡岳君不少文章。我清楚地看到，与衡岳君的思想和立场完全一致，为声气相通的志同道合者。尽管如此，仍不能不指出，衡岳先生近日的争论显示出一种拗于小节的偏狭，更显示出一种居高临下、王者在上的态势。今天，在《再谈“法律伪学问”》中，衡岳君仍然有这样的说法：“说了这么多，希望文法学问只学到半桶水的人应该明白了。半桶水的学问会害死自己，但我们现在看到许多中文文章索然寡味、如同嚼蜡的时候，就是因为现代的文法教育把人教傻了。”我想把衡岳先生的这句话改一下，将此句中的“文法”两字去掉，关于半桶水问题的观点从文法一词的限制中解放出来，扩延至于世间学问的一切领域，在知识、思想、逻辑、方法等一切的范围均为适用。如此，则不但能及时发现文法的问题，且能够及时发现有可能发生问题的领域的一切问题。那样，便不会在思想上存在着最为基础的重大差异的时候，檄文连连，篇篇剑指文法，却原来一直是言不及义了。

2009年6月22日

注：严格说，田衡岳先生文章中说的是法律之恶和法学之伪，并没有说法律之伪和法学之伪。

笔者用“一切真的皆是善的，一切恶的皆是伪的”的美学观点解释真善美问题。故，在衡岳君所说的法之“恶”后边括注上“伪”，将伪与恶当成同质概念。

骁勇将军的败劣之阵：衡岳先生的反法治文章

前按：

本文谈了三个问题，一，人民意志可以不可以代替法律？二，美国陪审团制度是不是脱离了法律的纯人民意志？三，邓贵大的强奸行为是邓玉娇正当防卫的前提条件。娓娓写来，层次分明。

择例十分重要，海陆丰的举例，辛普森案件的举例，都比较典型，这需要平时用心积累。

一、法治骁将的败劣之阵

“雅典学园”的前身“法天下”，其军前大纛赫然写着“法治天下，思想中国”，标志它的定位、它的宗旨、它的努力方向。“法天下”在中国思想前沿阵地的冲锋战斗中战殁殉国，但它的灵魂在“雅典学园”得以顺延和继承。“法治天下，思想中国”的大旗仍然猎猎飘扬，鼓舞着在这块阵地上战斗和写作着的每一位网友。

不能不说的是，田衡岳君自“法天下”开始以来，一直是战斗于这块阵地的英勇骁将。他的为争取民主的献身精神、自由主义的观念、对专制黑暗的裂眦之恨，以及关于中国法治的深长思考，给人留下难以磨灭的深刻印象。然而遗憾的是，这位英勇骁将近日却在“雅典学园”布下了一个败劣之阵，这位真诚的法治思考者写下了一篇意义严重的反法治文章。这篇文章的题目是：邓玉娇案，伟大的中国人民！

在这篇文章中，他同全国人民一样，对恢复邓玉娇人身自由的判决结果表现出无限的欣喜之情，为之欢呼雀跃。不能理喻的是，文章的内容却十分荒唐地呈现出一种彻头彻尾的反法治思想。

衡岳君在文章中说：

> 但居然没有料想到邓玉娇能够如此善报？世界上只有一个国家的法律能够让这样的英雄，既为民除害，又善终善报。那就是美国，因为美国有Jury。邓玉娇案件对于美国Jury来说，毫无疑问会判邓玉娇无罪。在Jury面前，去他妈的法律条文，去他妈的法学理论，去他妈的伪法学，去他妈的国会立法，jurors可以让所有这些禁锢人民的东西滚他妈的蛋！只要Jury觉得自己眼前的这个当事人，是值得同情的，是出于正义的，是有着充分理由的，是跟自己同类相惜的，他们就会判决这个当事人无罪。光明正大的，无需任何理由的，更无须任何矫情和借口的，判决被告无罪。然后举国沸腾，然后人民欢呼，然后法治因为这个案例让社会进步，幸福，和谐！

衡岳君对美国陪审制度的赞扬是无可非议的。但值得警惕的是，他认为：在Jury面前，可以“去他妈的法律条文，去他妈的法学理论，去他妈的伪法学，去他妈的国会立法，可以让所有这些禁锢人民的东西滚他妈的蛋”。这种思想是彻头彻尾非法律和反法治的，比文化大革命还要极左一些。衡岳君认为，只要符合人民的意愿，便可以“无需任何理由地，更无须任何矫情和借口地，判决被告无罪”。这样偏激的说法，不只让人感觉回到“造反有理”的文化大革命年代，简直让人感觉回到了井冈山、海陆丰的时代。有关资料记载，海陆丰的领导人是这样推崇列宁的。那位领导人说：“他的法律，是没有什么详细的，反动的就杀，他的工人农民，不用报告什么工会、农会、政府，直可把土豪、劣绅、地主、资本家杀却”。在这样的政策指导下，海陆丰存在的短短两个月中，一万多人被残酷处死，“反动的乡村”全乡焚毁。连毛泽东后来也批评海陆丰的领导人有些过激。衡岳君此处所表达的思想和那位领导人的思想何其相似！

但千万不要以为，我们把田衡岳君的观点领会错了，或者认为：此种错误出于他的书写错误。他在这篇文章的结尾再次说：

> 让我们学学美国的Jury吧，去他妈的精神问题，去他妈的防卫过当，去他妈的其他自欺欺人的法律借口和法律理论，去他妈的这一切伪学问、假道学，去他妈的——是人民，让邓玉娇无罪！难道这样的人民不伟大吗？不值得我们自己为自己骄傲吗？我要欢呼，伟大的中国人民！

综上而言，不讲法律、不讲法治、不讲法理、不讲诸如防卫过当这些法学名词，唯人民的意志而动，是这篇文章的主旨。他之所以在邓玉娇案件中大呼“中国人民万岁”，是因为在这个案件中人民的意志得以实现，人民的愿望得以贯彻。他并不认为，人民的意志得以实现，人民愿望得以贯彻，与法律的一定程度的得以落实是相一致的——尽管这种贯彻存在着严重扭曲的成分！

中国的法律远不足以保护人民，但无可奈何时它总是人民可以求助的或强或弱的指望。衡岳君摘离法律而欢呼人民，实际上将人民置于完全无可自保的境地！

二、关于美国陪审制度的应有评价

田衡岳君在文章中所表现的错误思想，基于他对美国陪审制度的错误理解，他认为美国的陪审制度是非法律的、非法治的，是脱离法律和法学理论而唯人民意志的。这是一种非常错误的认识。

美国的陪审制度建立在英美法系、大陆法系共同一致的法治思想的基础上，犹如一道文学的灵感，在关于法律的一切形而上\下的思考之外另添新意。当机械的法律或缺失的法律不能涵盖全部正义和公平的时候，这种制度要求，以人民的代表Jury所认定的正义、公平为标准进行裁决，绝不得因为法律的缺失或法律的机械而诬枉好人或放纵恶人。同时，陪审制度认为，普遍性的程序正义高于具体的、个别的实体正义，前者具有恒久和普适的意义，较之后者更破坏不得。

众所周知的辛普森案件，可能是最能体现人民意志、形式上最不循法律也最违背事实真相的刑事案件了。但究察实质，该案的处理始终没有脱离法律的主线：这一主线围绕着关于证据的认定问题、程序正义与实体正义的关系问题而展开。一个检察官，具有严重歧视黑人的个人履历的检察官，他在本案的侦破过程中伪造了袜子上的血迹。在此情况下，他所采集的关于一位黑人有罪的全部证据，还能够被法律所采信吗？当然不能采信，这是逻辑推导的结果。虽然地球人全部相信，辛普森杀了他的前妻；然而，即是纵放了辛普森一人，也决不能开道理不被遵守、逻辑被弃之不用的先例。那样，将会恒久地、普遍地破坏被秩序编织的人类世界！

辛普森案件中，陪审团（Jury）制度所表现的伟大之处，还可以从另一方面表现出来：生命唯有一次，在一切价值中，自由最可宝贵，因而刑事上的求证不同于民事上的求证。刑事求证要求绝对严谨，民事求证则要求“基本可以证明”。因为，财产权益失可复得，生命和自由一去不会回来。在对生命与财产两种价值作出不同衡量的基础上，虽然刑事陪审团判决辛普森杀人不能成立，但在另一案件中，民事陪审团却认定辛普森侵权成立，是他杀害了他的前妻。于是，辛普森虽然在刑事案件中获得了自由，却在民事案件中失去了巨额财产——这样的痛苦仅仅低于剥夺生命的惩罚：在光怪陆离、离了金钱寸步难行的资本世界中，被剥夺巨额财富的辛普森“净光光唯此一人”。关于刑事判决与民事判决所作出的截然相反的结论，客观的评论家如是评论——美国的法治达到了人类迄今为止最大的完善：由一般的公正，进而至于微调的平衡！

不能认为美国陪审制度是对法律的否定，而应当认为它是法律和法治的顶级发展。首先，美国的陪审团即是法治化的产物，陪审团成员的遴选，陪审团成员的管理和培训，在审判活动中法官职责与陪审团职责的严格界分，都要严格地遵循法律规定。其次，陪审团制度对法官专业化、学问化、官僚化有可能导致的偏离公正实施严格的制约。陪审团制度能够最大限度地减少人治，较好地体现民主精神，最大限度地避免司法部门的“关系学”，减少对法官个人素质的过分依赖，避免法官独裁专断的负面影响。再其次，陪审团随机成立，随机解散，陪审员对案件判决的结果不负个人责任，没有持续的社会舆论压力。判决一旦做出，陪审员便消失在茫茫人海中。像辛普森涉嫌杀妻案或罗德尼·金被殴案这类轰动一时、争议极大的司法案例，如果改由职业法官一锤定音，无论被告是否有罪，法官都将声名狼籍。由陪审团承担事实认定责任，则使对司法部门心存怨恨者找不到攻击的目标。在美国社会，法官的“护法神”形象高大完美，其直接的结果是：法律和法治深得人心！

美国的陪审制度是与一定的社会文化，特别是法文化相联系的。

在美国的背景下，稳固陪审制度，提倡人民精神，只会有助于法治的发展，而不会产生相反的作用。中国的背景却是千年封建专制、百年阶级斗争，民主精神匮乏，法治启蒙初开，更重要的是，在专制政治未能消解的情况下缺乏人民参与法治的有效途径。在此条件下，以人民意志为旗帜，高呼“去他妈的法律条文，去他妈的法学理论，去他妈的伪法学，去他妈的国会立法”，将会使中国人民历经三十年艰难竭蹶所取得的一点点法治努力，在瞬目之间消逝殆尽。

笔者十分理解为什么田衡岳君面对专制政治和司法黑暗发出如此的愤激之语。然而，愤而不激，怒而清醒，挫而愈奋，克力求治，当是学者的尽责之道。妄然一呼，害我斯民矣！

三、其他值得商榷的思想错误

仍然回到具体案件中来。

在邓玉娇一案中，群众一致认为，邓玉娇系正当防卫，不该遭受刑事处罚。他们认为邓玉娇的行为系正当防卫的思想基础是：邓贵大、黄德智的行为系强奸行为，面对强奸，依据刑法第二十条第三款的规定，被侵害方具有无限度的防卫权利。在此认识之下，当巴东法院以“自首行为”“限制刑事责任能力”为由，对邓玉娇免除刑事处罚，表面上产生了与无罪处理相一致的结果后，举国振奋，全民欢呼，认为是人民的胜利。但事实上这二者是不同的，认定强奸，从而认定正当防卫成立，不构成犯罪，是法的严格遵守；以“自首行为”“限制刑事责任能力”为由，对邓玉娇免除刑事处罚，则仍然是某种程度上的对法的践踏。

在有关讨论中，田衡岳先生提出了这样的质疑：难道你真的认为这是强奸案？面对这样的质问，被问者瞠目结舌，惊诧万分：难道田先生不认为这是强奸案？如果不是强奸案，邓玉娇所面对的仅是邓贵大、黄德智的一般纠缠、拉扯，甚或推打，她可以举刀相向，并使其中一人立即毙命吗？如果不可以，邓玉娇的杀人行为还属于正当防卫吗？如果不属于正当防卫，而属于防卫过当（故意伤害），法院迫于群众压力却将邓玉娇无罪释放，对那些滥施压力的“中国人民”还值得山呼“伟大”吗？

我们无法从中觅得衡岳君合理思考的逻辑轨迹。但无论如何，衡岳先生认为邓贵大不构成强奸的认识是确定的。而且，他很奇异地认为：无须考察对方的行为性质，直接认定邓玉娇的正当防卫就行了。他说：

> 对于邓贵大的行为，没有必要，也不存在法律理由判定为强奸，因为人已经死亡；在邓玉娇案件中，只要判定邓玉娇是正当防卫就可以了。我不知道你是否在做律师执业，法庭是没有必要先认定邓贵大强奸罪名成立，再认定邓玉娇是正当防卫。倘如此，检察官就要起诉邓贵大，而邓贵大已经死亡，案件已经不存在了，所以，邓贵大的强奸罪是不必为法律认定的。因此，法庭直接认定正当防卫就行了。

正当防卫或防卫过当是力与力的比较之下所做出的结论，是行为性质与行为性质的对比之下所得出的结果。属于正当防卫还是属于防卫过当，必须同邓贵大、黄德智的行为力度、行为性质（本案中主要是行为性质）联系在一起，才能确定是非。正当防卫与否，怎么可以抛开邓、黄二人不管，而进行独立地、直接地认定呢？

“万岁”的皇帝不能如此，“伟大”的人民也不能如此！逻辑不许，道理不许，唯请衡岳君三思！

2009年6月21日

吴教授的实例教学（一）：法治与政治

前按：

本文采用了对比论证的方法。对比论证，是把两种事物、两种状态加以对照和比较，推导出它们之间的差异点，凸映出正确的结论。“不怕不识货，只怕货比货”，最能说明这种写作方法的效果。当年杨佳犯罪，却先把他母亲关押起来，人们指斥这种不合法的行为，却受到吴教授的批评。今天他作为律师，因为当事人家属法庭上的拳脚行为，被限制人身自由直到深夜，这与杨母当年的遭遇性质相同：无辜株连。今日吴教授说：“昨夜，北京有雨……”杨母当年的同类遭遇更加严重，北京是否有雨呢？

对比有纵的对比，有横的对比，本文属于纵的对比。昨日之镜对照今日之“我”真有意思！

本文之后的那篇文章采用的方法也属于对比，不再另按。唯请注意这种与历史对照的对比，因发生在同一人身上，反差强烈，产生了讽刺的效果。

法治是逻辑的、理性的、程序的，因而是可以预测的，生活在法治之中，一切可测，不必恐惧；政治，是权力的，随机的，甚至可能是情绪化的，因而是不可测的，生活在政治社会中的每一个理智的人都会惴惴不安于随时可能发生的不测之祸。

基于这样的道理，司法独立问题，程序正义问题，是多年来我和一些教授、学者争论的核心，吴教授也是我曾经的重要对手之一。在前年的沪上杀人案件中，我们被称为“挺杨派”，吴教授被称为“拥政派”。近两年来，吴教授遁出争论的中心地带，一位青年新秀新月先生青出于蓝，将吴教授曾经的“拥政”学说发扬光大之，赤裸裸地称之为法理学的“政治自觉”。

如教授们所说，法理学是讲实证的，昨天吴教授以亲身经历，给大家进行了一堂实例教学。在这场实例教学中，他用反证的方法证明了自己当年观点的错误。

5月8日，吴教授在代理张远洋故意伤害一案时，因张远洋父母和他的一位亲戚与公诉人在审判庭上发生肢体冲突，致吴教授与张远洋、张远洋父母、张远洋多位亲戚一起被限制人身自由。直到深夜十二点左右，张远洋父母和那位亲戚被正式司法拘留之后，吴教授等人才被放出。当时，厄困中的吴教授通过手机短信，将署题为《紧急求救》的文章挂于网上，为自己和张远洋的父母及亲戚向全社会发出呼吁。

5月9日，吴教授非常沉痛地著文《昨夜，北京有雨……》，讲那位法官如何地将“维稳”思想渗透到案件办理中，讲审理的过程中，那位法官如何地一再要求律师讲政治。在这里，法官审判案件却不寄目于案情本身，而过多地考虑“维稳”，是吴教授所明确予以批判的；法官要求“律师也要讲政治”受到吴教授无情的嘲讽。当吴教授生动地叙述自己的切身遭遇，以此为实例进行教学时，他的法理学立场我是十分赞赏的。相信，所有的网友都非常赞赏，并且大家都同意：昨夜，北京有雨……

在吴教授的悲愤之中，也发生一个奇异的现象：在较为普遍的同情中，有一部分网友的留言却带着幸灾乐祸的口吻，甚至有人发文，题目竟然是："请原谅我的窃喜"。他们大都是当年在沪上杀人案件中与吴教授发生过争论的网友。

对于部分网友的幸灾乐祸和"窃喜"，吴教授感到委屈，大声叫苦道："我帮的是无辜的被告人（张远洋），不是滥杀无辜的杀人犯（杨佳）。"对吴教授的苦水，一位网友不屑地回应道："杨佳的母亲王静梅也是滥杀无辜的犯人么？"这位网友的反问指向了问题的要害：吴教授发出"紧急求救"的呼吁，主要地不是在替张远洋呼吁，主要地是为遭受非法限制人身自由的张远洋的父母、亲戚连同作为代理律师的自己呼吁。他呼吁道：张远洋涉案，成为犯罪嫌疑人，遭受审判，他的父母、亲戚、代理律师并未涉案，他们为什么也被限制人身自由呢？如吴教授一样，网友的回应所运用的也正是这样一个句式，这样一个逻辑，他提出的问题同样是：当年杨佳涉案，但他的母亲王静梅并未涉案，为什么王静梅要"被失踪"、被关在精神病院两个多月呢？吴教授当年的认识是否正确呢？

吴教授应当非常明白：如果今天自己可以写博文为张远洋的父母、亲戚、代理律师呼吁，题目可以名之为《紧急求救》，当年被无辜关押在精神病院里的王静梅是更有资格写《紧急求救》，向全社会发出呼吁的。一年多前，吴教授的对手们的最重要的观点是：程序就是顺序，少了顺序的一环是违背程序，多了顺序的一环，也是违背程序，杨佳杀人却把杨佳的母亲关押起来，是多出来的一环，显然违背了程序正义。吴教授当时不同意对手们的意见，在杨佳被行刑的那天，他多次著文欢呼：杨佳案件是法治的胜利，对于网友们提出的程序问题，他说是吹毛求疵。对王静梅被关一事，则采取鸵鸟政策，称那不是事实，只是刘晓原律师一人的胡言，并无证据予以证明！

今天，在张远洋案件中，作为代理律师的吴教授和张远洋的几位亲戚被十六位法警困于审判大厅数个小时，是不是法定程序之外多出的一环呢？以今天之例反望历史，网友们对杨佳案件中杨母被关一事的追究，是不是吹毛求疵呢？当年，在杨母被关成为举国皆知的事实以后，吴教授仍狡牙利口地予以否认，是不是有欠于道义方面的思考呢？

在此，我要重述这样的观点："法治是逻辑的、理性的、程序的，因而是可以预测的，生活在法治之中，一切可测，不必恐惧；政治，是权力的、随机的，甚至可能是情绪化的，因而是不可测的，在政治社会里生活的每一个理智的人都会惴惴不安于不测之祸。"在中国的法学研究中，那些极力主张"政治自觉"的法理学教授和学者们，其自身也难能外于上述规律。吴教授在以教授身份所进行的自以为正常的"法律漫步"中，却被极无尊严地大声喝斥道："把那位律师驱逐出去"，然后囚困数小时，以至于使北京的天空也为之淅淅沥沥地滴起雨来——他即规律性地陷入不可预知的"政治"陷阱之中了。

一个学者，应当有"窥冰而知寒，窥叶而知秋"的能力，哪能等到大雨淋湿了衣裳才知道"北京，昨夜有雨"呢？久晦不克，淫雨霏霏，是华夏之地长久以来令人忧心的景况啊！

2010年5月10日

吴教授的实例教学（二）：应该如何做学问?

吴教授是一位很有实力，也很具改造社会热情的青年学者。他在《就〈昨夜，北京有雨……〉一文答疑》中透露，张远洋一案他并未收费，只是作为一个典型案件而深入其中，做些法律实验。得知这样的情况，我对他更加佩服。在此情况下，更觉得通过意见交流，使他对现实具有较清醒的认识很有意义——馈赠给予壮士和给予只求吃喝、利禄的人，那价值是远远不同的。

身受一遭，超过耳闻目遇十遭。今天的吴教授正经历一种特别的痛楚，从切身之痛中思虑广阔的社会问题，也包括他曾经有过错误认识的一些社会问题，我认为是很好的时机。所以，我写了上边的题目，在文字成形之后，做《吴教授的实例教学：法治与政治》的续篇。

在吴教授的文章下边，文跃、OLD、真莫须有、否极泰来诸君与吴教授进行了真诚的对话。对于真莫须有君提出的吴教授在杨佳案件中的立场问题，吴教授答复道："对于杨佳案的了解，我只限于庭审中的证据和判决书，对王静梅案我不了解，也没有发表过评论。我之所以说杨佳案的判决是对的，也是因为从证据上看，定罪量刑没有错误。"

在这里，吴教授所作的"对王静梅案我不了解，也没有发表过评论"的辩解是不符合事实的。笔者认为，他的态度是真诚的，不符合事实缘于他的遗忘。关于王静梅问题，他曾经作过评论。我们正可拿他当年的评论与他今天的遭际进行比较，并借以研究这样的问题：做学问应当诚实，还是应当虚伪？面对自己的理论困境时是应当诡辩，还是应当实事求是地纠正错误？

关于王静梅问题，他的评论发表在他的《再谈杨佳案的程序问题（一）》http://www.yadian.cc/blog/54394/中，他说：

> 4、关于杨母“失踪”的问题。有一种说法，说杨母是7月3日深夜被当地派出所送走，以“化名”强制进入安康医院，作为精神病人接受治疗，后来才被放出来。我四处查证此一说法的来源，最后的目标都指向刘晓原律师的博客，而他所提供的这种说法，竟然完全出自杨母一人之口，虽然其中有刘律师的推测和分析，但没有任何证据。也就是说，我们还没有证实以下四件事情：第一，警方确实参与了“绑架”杨母，警方说“不知情”是撒谎；第二，杨母所陈述的经历是事实，她没有撒谎；第三，可以排除杨母自己“玩失踪”的所有可能；第四，刘律师所转述的是杨母的原话，他没有篡改。在没有证据证明上述事实之前，我们应当慎提杨母“失踪”或者被“绑架”的结论。正如刘晓原律师本人所说，杨母“既不是本案的同案犯，也不是本案的证人”，警方用得着“绑架”她吗？如果确有证据证明是警方限制了杨母的人身自由，我认为这足以提起一桩新的诉讼，热心的刘晓原律师何不代劳？即使我们承认杨母“失踪”，我实在想不出这与杨佳案的事实认定和公正审判之间存在什么必然的关系，难道被告人家属的在场会导致案件程序和结果改观？

吴教授的这篇文章发于2008年12月7日，杨佳已经处决，王静梅被关精神病院已是举国皆知的事实。但是，吴教授为了维护自己在杨案讨论中的一贯立场，竟然说王静梅被关精神病院的说法来源只有刘晓原律师的博客，并认为“这种说法，竟然完全出自杨母一人之口，虽然其中有刘律师的推测和分析，但没有任何证据”。

吴教授在这里显然持一种无理犟三分的态度。结合吴教授今天的遭遇，如果抠死理，拗墙角，吴教授等九个人被十六位法警限制人身自由数个小时的事实也只来自吴教授的博客，难道我们可以说“没有证据，不能信为事实”吗？采取这种态度，大家还能讨论问题吗？吴教授不伤心吗？

我一向认为，学术争论，要讲学术风格，要讲学术道德。吴教授当年说王静梅被关没有证据，因而便避谈这个问题，否认这个问题，这是一种诡辩，这种态度是不诚实的。如果大家都采取吴教授当年的态度，在其发出《紧急求救》之后，人们便不可能对他如此关心和同情！

吴教授上段文字中还有这样的话，也可拿来作为对照。吴教授当时揶揄那些对他持批评态度的人，他说：“正如刘晓原律师本人所说，杨母‘既不是本案的同案犯，也不是本案的证人’，警方用得着‘绑架’她吗？如果确有证据证明是警方限制了杨母的人身自由，我认为这足以提起一桩新的诉讼，热心的刘晓原律师何不代劳？”对照吴教授今天的情况，可以改造出这样的句子：“吴教授‘既不是本案的同案犯，也不是本案的证人’，发生肢体冲撞时也没有参与任何具体的行为，法警用得着限制他的人身自由么？如果确证法警限制了吴教授的人身自由，我认为这足以提起一桩新的诉讼，吴教授自身即是律师，也不必找人代劳，告他们一状多好！”——看了《紧急求救》，不动恻隐之心，反而发出这样的调侃之词，我们的社会还要得成吗？但是，昔日的吴教授就是这样做的。

在当年的评论中，吴教授又说："即使我们承认杨母'失踪'，我实在想不出这与杨佳案的事实认定和公正审判之间存在什么必然的关系，难道被告人家属的在场会导致案件程序和结果改观?"——这样的话是在无关己身痛痒的情况下，轻薄学者所说的不负责任的话。在今天的情况之下，吴教授一定会同意其辩论对手当时所提出的这样的观点：程序就是顺序，少了顺序的一环是违背程序，多了顺序的一环，也是违背程序，杨某杀人却把杨母关起来，是多出来的一环，显然违背了程序正义。

当时，吴教授的对手们认为：杨佳杀人却把杨母先关起来，这样的程序被认为合法，此例一开，天下大乱。此后的情况证明了我们当时的担忧：凡遇需要，与案件稍有牵系的人"被失踪""被精神病"已经成了普遍的司法现象。赵作海蒙冤十一年后，刚刚出狱，他不是急匆匆地回家探望儿女、老娘，却是"被旅游"了！由此看，从王静梅身上，我们当年提出的程序问题（多出来的被关精神病院一环）是多么重要啊！"仲尼厄而作春秋"，吴教授有今日之困，当会悟出此中真理来的！

在当年的相互跟帖评论中，吴教授还说："我国大多数刑事司法程序只能打6分，而杨佳案是在6分以上（或许6.5），我提醒大家如果以程序正义为理由，多关注那些在6分以下的案子，这样更有说服力……只是觉得以杨佳案为例，不大妥当。"

对于这段言语，否极泰来君当年回应道：

程序正义的重要性吴教授应该明白。程序不正义的后果，恰恰是鼓励暴戾。

任何程序不正义，都值得大家关注，对杨佳案当然不例外，而且由于此案受关注面大，其中对程序正义的践踏对人们对司法信心的打击难以估量。

不能理解关注杨佳案“不大妥当”之说。对任何事情的关注都没有不妥当的逻辑，就像您现在经历的案件，如果因为小，就不值得大家的关注，您伤心吗？

否极泰来君的哲学思辨是多年一贯的、稳定的，笔者十分赞成否极泰来君今天的反问式论证：“就像您现在经历的案件，如果因为小，就不值得大家关注，您伤心吗？”——以吴教授今日所遭遇的，来论证与之相同的问题，是符合实例教学的价值和意义的。以此为结，谨望吴教授理解笔者的诚恳！

2010年5月11日

世事洞明非学问

昨天，我在博客中发文《不会见萨科齐，这有点小儿科》，称大国政治要有大国的气象、大国的包容，又称，将会见美日俄领导人、不会见萨科齐诸新闻对比式地汇集一起，不只是政治的愚笨，还是媒体的无知。我知道，这样的立论并不全面，有些偏颇。第一，外交行事自有外交的方法和策略，见与不见，会见的时间、地点甚至先后次序等，都应在外交的考量范围之内，无可厚非；第二，媒体抓新闻，其眼力当微及毫末，大国领导的见面范围，当属他们观察和报导的内容。

有此合理性的观照在先，这篇文章是写，还是不写？深思之后，还是要写。第一，新浪将会见美日俄领导、不会见萨科齐、南非不邀达赖、台湾拒绝达赖访问四条新闻都放在首页，突出其新闻地位，有特别的议论价值；第二，主要的是，会见谁不会见谁的相关报导，诱导人们产生的是一种中华帝国的错误思考，清末的错误延续至今；第三，从政治而言，利害的权衡为外交的唯一思考，包容不足，道义不够，此为中国国内政治向国际外交领域的延伸，传统思维向现实世界的延展，有加以议论与相对议论进行平衡的必要。

两相权衡，写的必要大于不写的犹豫，写的意义大于不写的意义，于是便写了出来。

文章发出之后，受到网友的普遍赞同。但如事先之所料，也有个别网友，其中一位是南京某大学讲师，表示不同意见。在所有的不同意见中这位先生的观点最具代表意义。他留言道：

> 今天BBC的标题是“中国封闭王丹的博客”“中国执行死刑数字仍居全球之首”。这就是媒体的成熟、政治的聪明吗？
>
> 其实每个媒体都是一样的，你们含沙射影地整天骂，这次找到新浪垫背，还自鸣得意，不恶心吗？

我略作答复后，他又跟帖道：

> 你扯得好远啊……感觉你好脆弱……
>
> 你有空看看《明朝那些事儿》啥的，冤狱啥的其实都是各方利益纠结的产物。就这么回事！

通过跟帖，我们之间还有其他一些对话，他回复意见的要点，应能包含在上述两条里。在他的思想中，上述两条的深切内涵应是这样的：历史如此，故现实如此是合理的；域外如此，故国内如此是合理的。一切皆合理，那就没有改变的必要了。激愤是一种脆弱、不理智的表现，想通了问题，就不激愤了。我们应当平静地面对我们所面对的，不要激切地求其改变。

老实说，我对这位讲师先生并无恶感，但从与他的这些对话中读出了中国历史上通常儒者的聪明：世事洞明皆学问，人情练达即文章。中国的历史延入中国的今天，中国传统儒者的聪明结合今天的时代，在中国新生的知识群中产生了新的特点：中国传统的儒者，只知中国，不知西国，只知文学，不识机械和自然；今天中国的知识分子，不但读点中国历史，也略知世界各国，不但通文学、政治，亦粗知经济、机械、自然。知识和见识虽然不同，但历史与现实中的中国知识分子在这一点上却是相通的：安坐于知识的快活椅上，泰然于各种事物的矛盾变化、冲突、激撞，以知识的阐释而视一切为自然如此，也就避免了促其前进所必然带来的焦灼、痛苦和牺牲。

要言之，对于中国现实的不足，这样一班人物认为：西方也是这样的，骂我们的媒体和政府干吗？对于眼前的黑暗：看看历史，“冤狱啥的其实都是各方利益纠结的产物”。满足于理解，而不求于改变，理解是知识的目的，知识的终点，知识是处于现实矛盾纠结中的自我修身养性方法，而不是用于改造客观世界的工具。

讲师先生所表现的，是中国知识分子的普遍，尤其是九十年代以后，中国教育所镕造出来的知识分子的普遍。他们的知识和智力远超过他们大多赖以出身的农民和工人，他们谁都知道中国未完成的改革是多么样的任重道远。但在他们如此的眼光之下，知识促人前进的力量归之于无，先人期于他们的民族未竟之业，如何去完成，何时才完成？

所以，我说：世事洞明非学问，人情练达伪文章。

2009年3月25日

二克争骨

前按：

此篇是战争间隙的文学，是直接与战争有关的。犬儒，现实中的犬儒需要文学中的刻画！

犬儒嗜血，忠良在磔刃下呻吟！

王大克，明之善民也，居京西花市，已累八代。大克与东市之民李小克素善，同读诗书，皆为“君君臣臣父父子子”之民。然以卑贱故，忠善之心不达帝庭，常怀明珠埋尘之悲，晨昏太息之。

崇祯二年十月，努尔哈赤犯京，督师袁崇焕自宁远星夜驰救，力守九门。金兵惧，退归北巢。帝怨崇焕来迟，致使国门遭衅，更疑先时宁远和议，虏与崇焕勾串耳。见贼势既缓，则咎于功臣也。

帝时年十九，无须小儿也，玩时乐蟋蟀之斗狠，喜螳螂之断头。今得督师崇焕，正可借将军之体耍一乐子耳。遂决定处死，且磔刑，下旨：先割其趾，又割其指，再其股、其胸、其首、其鼻、其眼，最后死其心——曾御千军万马战胜无数铁骑者，卒死于命割千刀之碎碎痛者，实天下莫极之乐也。

帝所憾者，磔崇焕时，无争抢之人，如散米于地，无群鸡抢食，乃乐之不足，意之不饱也。大克之姨舅时于帝庭为宦，夜闻叹息，晨告其甥。大克闻而大喜，赴东市面小克，皆喜极而呼：吾辈效于朝廷之时至矣。

又日四鼓，二克跪于端门之外，买于阍者，得见赴朝大臣，泪泣以忠，代转泰和殿，帝曰大善。

崇祯三年三月十六日晨，崇焕自镇抚司绑发西市，刽子手寸寸脔割之。大小克率南市流氓懒散者百人竞抢其肉生啖之。刽子手血掌索钱，二克诸无赖投币争贾。臀胸臂腿皆尽，心与肺尚活，肋白脏青，呼吸呻唤若风箱耳。二克及徒皱眉为恨，壮志饥餐，笑谈渴饮，血濡齿面。代帝嗟嗟，恨犹未尽。

至未时，肉尽，刽子手复开腔出其肠胃，群起而抢之，大小克各得一节，捋其屎，和烧酒生啮，血流齿颊间，犹唾地骂不已。大克复于地拾骨，以刀斧碎礫之，骨髓俱尽。止剩一首，帝命传视九边，二克皆为随扈之人，骂之遍中国也。

后，二克以其忠，深得帝欢，增设官制——乌帽；赏赐其官，大克职拍马，小克职溜须，加号曰：仇忠。隔数年，后金复犯边，事急，崇祯已悟得割崇焕之肉，等不得儿时之礫螳螂、碎蟋蟀也。悔之已晚，传旨取命二克，铁棍烧红，捅屁眼，自口出，二克命尽。死时犹呼："万岁，万万岁！"

我们血液中的太监因子

前按：

深长的思考，悲哀的现实文章。

如果清除一棵恶树，也像拔除一根电线杆子那样简单，我们从历史的土地上清除一种植根千年的制度、习俗，也就容易得多了。

阉官制度取消了，阉官文化的影响，如草木笼地，如空气盈满天空！

“文革”如何产生？

如果失掉了太监，中国历史的图案必不是这样的，将失去它的浓重的沉郁之色，如法国，或如美国，明亮的色彩跳跃着，单纯的线条活泼地直刺着或幽默地曲折着，敞朗地笑着，坦荡地毫无隐私着。

如果失了太监，中国的舞台上也必少了那种阴鸷的声音，因而少了那种颇具意味的奸雄的声音，无耻佞官的声音；王皇的声音也将变化，少了一班失了性的奴才作比，便少了几分狂妄和放肆，无所忌惮的骄傲和自豪，生杀予夺也将变化，因为在他们的周边，他们不是唯一的男人，会有别的男人掣肘，而不是只有一些人卑下身来承接他们无耻的淫威。

民国肇造，中国废除了太监制度，但这种制度的影响完全消除了吗？太监的心理、太监的行为方式不存在了吗？我以为，没有。太监制度废除了，这种制度的影响继续存在，太监心理、太监行为方式日日可见，处处可见，浸洇着我们的生活。

现代的中国人都嘲笑那种制度，却没有认真地在深思熟虑之后去批判那种制度的影响。如果清除一棵恶树，也像拔除一根电线杆子那样简单，我们从历史的土地上清除一种植根千年的制度、习俗，也就容易得多了。

如果单单地禁止割蛋，否定“宫”与“阉”的合法性，单单地不允许特权者在他的家庭里使用“守卫床铺的人”，便真的消灭了太监心理和太监行为方式，那么，唐甄在《潜书》中所描绘的“望之不似人身，相之不似人面，听之不似人声，察之不近人情”的太监现象，在近百年中，特别是在近六十余年中，便不会那样频繁地呈于我们的生活，污染我们的眼睛，肮脏我们的心灵，践蹂我们的国土了。

太监制度、太监心理、太监行为方式对中国人的影响，与孔孟之书对中国的影响并长，与水浒、三国文化同样普遍。子贡、万章不在，张飞、武松不存，他们的影响化入人间。同样，张让、刘谨、魏忠贤、李莲英不在，他们的影像、声息、行为动作思维的方式仍然熏蒸着社会。

我说阉宦制度废除以后，太监现象仍广泛地存在于中国社会，你不要仅仅理解为只存在于中国的下层社会、中层社会，更不要仅仅理解为存在于普通的社会生活，而不存在于高层级的，甚至更高层级、至高层级的政治生活和文化生活。

或者，我说阉宦制度废除以后，太监现象仍广泛地存在于中国社会，你也不要仅仅理解为它只存在于至高层级的、较高层级政治生活和文化生活，而不存在于中国的中层社会生活、下层社会生活……

阉宦制度废除以后，太监现象充斥于中国，如草木笼地，如空气盈满天空，我们每个人都自觉不自觉地生活在它的或深或浅、或浓或淡的氛围当中。我们的思维受它影响，我们的行动受它影响，我们的努力结果受它影响。

我谈的问题一下子你可能认为令人匪夷所思。但是，如果你正确地理解它，从小的方面说，你日日所见的因循敷衍的生活、毫无廉耻的逢迎、阴狠歹毒的背后一刀；从大的方面说，中国三十年前文化大革命的发生，两年以前重庆唱红打黑的发生，你便理解个八九不离十了。

在我们曾经不久的历史上，一个人或四五个人肆虐中国，怪魔怪也怪魔怪周边环绕的“太监”。这些太监又有这片国土上大大小小的“太监”们支撑，中国的国民们又是容得下这类太监们的水分和土壤，于是一夫独是天下，四人嚣乱中华。

林彪手不离语录，口不离万岁，有人说他是太监。我说，至少他是在学习太监，看到太监在历史上、现实中的好处，效太监的样子办。而另一个人，儒雅外表，看似忠节，经历史的雕刀一剖，阉疾更深。

生活中，我们见到的拍马溜须，见到的诺诺唯是，见到的到处搭顺风船，这都是魏忠贤、李莲英们留给中国今日的影响。

太监也是翻脸不认人的，林彪不是要搞五七一工程纪要吗？王立军翻了脸，不是逃到美国使馆去了吗？

我们的日常生活也常防小人，因为那些唯唯诺诺的人们会从背后突然掏出最致命的一刀。

太监，也称宦官、公公、寺人、阉人、内官、内侍、中官、中涓、内竖、中贵人，指古代宫廷中替皇室服务并阉割掉外生殖器的男性。当然，中国早期宦官不一定都是阉人，在东汉之后才完全使用阉人做宦官。查询世界历史，太监并非中华所独有，埃及、波斯、印度、土耳其等文明古国都有太监，但对于该国发展的历史，其影响均不像中国这样大，以至于学者们说“宦官时代的结束，一定是王朝的覆亡”。

谈太监问题，必涉及哲学范畴的对立与转化——奴才与悍贼的对立与转化。英文中太监（Eunuch）一字是由希腊文“守护床的人”转变而成，可见宦官在中外本来都是为了保护后宫贞节、皇族血统而设，地位是极其低贱卑微的。但转眼一变，他们却又是赵高、张让、李辅国、童贯、王振、刘瑾、魏忠贤、李莲英者流。分析这种两面性转化的原因，可以王夫之在《沿书引义·舜典四》中的一段议论说明之。

王夫之说：“宫刑施之，绝人生理，老无所养，死无与殡。无罪之鬼，无人除墓草而奠怀焉。故宫者，均于大辟也。且宫刑之后，二气时乖，肢体外痿，性情内琢。故阉腐之子，豹声阴鸷，安忍无亲。且刑人并齿于天地之间，人道绝而发已凋、音已雌矣，何惧乎其不冒死而求逞于一朝？而又美其名曰，姑且怜其无用，引而置之官府之间，不知埋下祸根深矣。宦寺之恶，甚于士人，只因其无廉隅之惜，子孙之虑耳，故惘不怕死，何况乎其以淫而在傍君主之侧耳。”王夫之是说，太监生理的绝望而导致心理的绝望，心理的绝望而导致其行为无格的限制！

至于中国历史上，包括文化大革命在内的近现代历史，那些未阉未割的人也有着某种太监的心理和太监的行为方式，其心理和行为方式产生的机制和原因，分析起来比那些典型的太监更为复杂。笔者粗而要之曰：榜样力量在产生作用，榜样的力量是无穷的！太监既然作为一个群体存在于社会历史，它必然地对人群发生作用，一种卑躬屈膝以求利益或以求苟存，特殊情况下以求一逞的凶险枭利便由之发作了。

中国文化的改造，五四以来的前人们谈了很多，唯没有谈太监文化的铲除；中国民性的改造，谈了很多，唯没有谈到太监性格的改造！

我们的血液中确实存在些历史遗留的太监的因子！

2013年9月1日

近事答问

前按：

本文有一些对比的应用：关于一些反自由主义者嘲讽民主、嘲讽自由。冷答：朝鲜还嘲讽中国呢？自由中的中国还曾经羡慕屠刀呢？

将自己的认识说到极端荒谬，以表达某种引起感觉的东西一定是错了，是作者本篇文章所用的方法之一。不能称之为反讽，但与反讽所赖以成立的原因大致相似。瑞恰兹认为，反讽的效果来自于“对立物的均衡”；均衡被破坏，产生极大的反识作用。从一些人身上，作者感到知识是卑劣的，知识显然不卑劣，那一定是人使用知识的时候卑劣了。

网友：冷眼向洋先生近期似乎有些沉寂，这是为什么？

冷答：对世界的思考与观察需要沉寂、冷静。世界金融危机之后，所谓的“北京共识”“中国模式”甚嚣尘上。国内看，西南一片红火。这样的形势给一些反自由主义者打了气，我看到一些人更起劲地嘲讽自由、嘲讽民主、嘲讽共同价值。在此形势下，我退却，至少在“雅典”园地，会更能突出他们的胜利。我愿意帮助他们，配合他们！

网友：一些人为什么嘲讽自由、嘲讽民主、嘲讽共同价值，难道这些东西真的在中国过多了吗？

冷答：朝鲜还嘲讽中国呢？三十年代的自由中国还羡慕斯大林屠刀下的苏联呢？知识在起作用，知识分子在起作用。他们善于论证，阶级斗争曾被论证为正确的，计划经济曾被论证为最好的经济制度。你说的他们的“嘲讽”是一种论证，民主有弊端、自由会带来恶果，共同价值是没有的东西，这些都是应当摒弃的。虽然截至目前，中国人民还没有真正地见过这些东西，或见到的很少。

网友：知识者的卑劣性是从哪里来的？何以如此？

冷答：不知道，有时候我想：是知识本身的卑劣所致吗？但这肯定是不对的。不过我真的想不通，一些年轻人刚刚学了点知识，刚刚开始做学问，就卑劣得那么惟妙惟肖。例如一位后学新秀，近期经常批判一种所谓的政治观念——“即我们认为我们能够发现决定历史的最后原因或者某种形式的永恒真理。世界上一切的善都将最后统一于这样一种真理。这种观点在黑格尔的唯心主义历史体系中达到了最高的顶峰，他甚至宣布了历史的终结……”但他哪里是在批判黑格尔，他是在批判中国少之又少的自由主义，自由主义在中国虽少，但它在中国萌动的势头却大，那是会动摇专制主义根基的。于是，他便运用初学的知识，摇唇鼓舌，论证起自由主义的不是来了。

从这些人身上，我确实容易错误地感觉到，知识是卑劣的东西。因为它能够颠倒黑白，将草说成苗，进而鼓动人们将可怜的苗除去。

网友：哈哈，冷眼先生，你真的错怪知识了。民主政治，现代世界，不都是知识的结果吗？知识在中国的谬用，恐怕应从中国自身的土壤去寻觅根源。

冷答：我同意你的看法。专制培养奴仆，包含培养知识的奴仆。在这样的真理下，中国概莫外之，而且较普遍的世界更甚。中国是韩非的故乡，那可是比马基雅维利早一千六百年的中国的马基雅维利呀！

但韩非是阳刚的，中国儒的圆通、道的阴柔，化克强奴，最后的中国只剩毫无廉耻的、柔弱无骨的杨国忠、魏忠贤了。

网友：柔弱无骨、寡廉鲜耻，是他们的特点。

冷答："能够发现决定历史的最后原因或者某种形式的永恒的真理……他甚至宣布了历史的终结"的，这哪里是黑格尔，是一位自称为黑格尔辩证法的后继者的人啊！他门徒众多，胸怀世界，要解放全世界无产阶级，从而解放全人类，也只有他才敢宣布历史的终结啊！他用他的斗争理论、专制理论打倒了一切沦陷于他的主义统治之下的自由主义和民主主义。在蹂躏之下挣扎百年之后，才刚刚解脱，但那蹂躏者的帽子，却被一些知识者强加于被蹂躏者的头上了——你自由主义、民主主义想搞历史的终结，想被人们称为普遍的、永恒的真理?!

真是无耻，那人本是这位年轻知识者的崇之若神的祖始爷，他祖始爷的那顶破败不堪、声名狼藉的帽子，他今天拿来羞辱他的祖始爷过去一直羞辱、践踏的人！真是无耻，自由主义与自称发现永恒真理者何干，与宣称自己宣布了历史的终结者有何干系？真是无耻！

网友：好久不见先生谈话了，你还是这样率性。

冷答：看见那些文绉绉的样子下面那副霉烂的软骨头，我就生气。秦始皇以来，中国是个尚水的民族，骨头里边缺了些火。对弱势开刀，向强势叫好，我真不知道这样的知识分子是干什么的。高高的电视台、大面幅的报纸叫好还不够吗，还要你成帮结伙的知识者叫好?

网友：你最近曾有一个著名的错误判断，能谈一下吗?

冷答：确曾闹了一个很幼稚的笑话。关于李庄律师的前途，我曾在《薄氏治下，李庄判决无罪的可能性不小》中说："在除黑打恶上显身手，做更大范围的政治博弈，为其初衷；不意，除黑打恶给薄提供了一个更好的机会——李庄涉案，但在峰回路转之后，律师虽黑却不违犯刑法，依法脱之，还是依政治惯例缚押之——中国在看着他薄熙来，中国给他提供了一个千载难逢的表现机会：未来的法治中国会不会在我薄氏手下做个开端，请看我重庆吧，请看我如何对待李庄吧!"当时据此分析，李庄很可能判决无罪。

这是将薄熙来当政治家看了，其实他是政客。政治家看历史走势，看世界潮流，看潜在民意。政客看政治时局中的利害关系，窥测的是升迁之道。

网友：但你话中也有埋伏，所以网友并未对你的判断力表示完全的失望。

冷答：是的，在该文中我还说："所以，从大政治入手，此次薄熙来如瞅准了苗头，会让李庄无罪回京。这是我对此案的基本判断，此判断不能兑现，则中国之走向令人堪忧!"回首看，我们不能不对中国的政治的走势——至少，对前行速度——表示失望，集权未松，西陲更红，传统模式，固若金汤。

网友：海地地震，先生同许多自由主义的主张者一样，也没有著文表示哀悼和同情。腊梅乡先生以此对普世价值论者表示嘲讽，认为，这证明了共同价值论者的虚伪。你如何看？

冷答：我们关心科学，但我们并不研究每一个星球，人类所研究的是对人类最有用的，或者最可能同人类发生关系的。中国的共同价值信仰者，所关心的也是与中国关系最为密切的事件。地震如果发生在美国与欧洲，中国共同价值论者关注的程度可能更大，因为美国、欧洲与中国进步、繁荣的关系较密。但地震发生在海地，相对在人们头脑中的反应就弱一些。朝鲜发生了事件，与阿富汗发生事件，对中国人民而言是不一样的。朝鲜，与我有过相同的政治，朝鲜人民正经历着中国人过去的遭遇。难道朝鲜发生某类事件后，中国人予以特别关注，瑙鲁发生某类事件，中国人没有予以同等程度的关注，就应当责难中国人是某种假惺惺吗？腊梅乡先生那篇文章的观点是没经过深思熟虑的。

腊梅乡先生一贯为文敦厚，但这篇文章在表面敦厚之下却透露出某种挖苦和刻薄。历史来看，腊梅先生的观点是一向持中的，近期却有冒进的倾向——左的冒进，这与本文开头所述的思想大形势有关。

我过去看过腊梅先生关于极左极右的分析性文章，记忆不深了，但印象是不错的，腊梅先生当时应在主张民主主义、宪政政治的右的一边。今天再谈老话题，梅先生当另有分界了。

我一向尊重腊梅先生，希望腊梅先生继续是带领青年争取中国积极进步的开明儒者！

2010年1月27日

我的文章不够清真

前按：

再次谈到人与文的关系。借品文而褒贬清浊，这是自有文（化）学史以来的批评文章所一贯遵循之的。以文观人，以人推文，文、人互推，达到人、文互进，这向来是文化批评的正道。即使“文革”，也说“要写革命文，先做革命人”呢！

有些时间不在“雅典”论坛比较认真地发表文章了，前作《近事问答》解释这一问题，并发表一些对时局的看法，包含对“雅典”时局的看法。

《近事问答》不但批评文章，也批评某种文章所表现的知识分子的品操、人格。借品文而褒贬清浊，这是自有文（化）学史以来的批评文章所一贯遵循之的。以文观人，以人推文，文、人互推，达到人、文互进，这向来是文化批评的正道。无论曹丕的《典论·论文》，还是钟嵘的《诗品》；无论陆机的《文赋》，还是刘勰的《文心雕龙》，以至于王国维的《人间词话》，都坚守人品与文品相统一的立场。即使极不讲道理的“文革”，在人与文的关系上还是循些道理的，所谓“要写革命文，先做革命人”。但在和谐社会的今天，文化批评只能指向文，而切勿指向人。我的《近事问答》就犯了时忌，既批评文，也附带论了人——虽然引些原话，辟去人名，但还是被认为有人格攻击之嫌，被置于不可推荐之列。昼夜之间，荐票十三，但始终榜上无名。夜再来，标题被推入新博列名之下，文章也就渺渺杳杳，不可闻见了。

玫瑰有刺，但它是代表性的花。如不反对这样的自然评价，我相信我的文章也是批评文章里最文明的文章。至少，其文明的程度超过“杀右派”的呼声，超过破口大骂、“棍徒”成串的檄文，甚至较暗示“廉颇老迈”的讽喻文章，其文雅程度也不稍逊。

“杀右派”、骂“棍徒”以及某种实实在在的人身暗讽，都是可以容忍的，甚至可以推荐的，唯其不文明的方法符合无产阶级的套路，符合大政策的方向。泼妇骂街，若为红色之骂，那泼妇是要请进“文革”领导小组的。为社会卫生所为的最合程式的开枪——不，最合程式的小手术——却是行不得的，因为它有违于“和谐者”规定的“和谐”的方向。

长时间不写文章了，忘了“雅典”的规矩，我的文章不够清真。清理笔下的腥臊，重写合格式的文章，争取推荐，不，争取推荐之后榜上有名！

2010年1月28日

我处在一种无定见的状态

前按：

本文的特点是排比的运用。排比的不但可以是句子，排比的也可以是段落。本文是段落的排比，层层“无定见”，表达了作者的重重郁闷。

此文写于西南正红的时候，网络上甚至有新的“东方红”！

很久不写东西了，我处在一种无定见的状态。

无定见：道路两旁的楼宇参差与道路两旁并漫延于整个世界的恶一样高，我不知道是善高一些，还是恶高一些？

无定见：历史上的血渗透下来，弥满了我的视角、我的呼吸，损坏了我的良心、我的纯洁；现实中，我看到人肥于六零年、肥于民国，草滩上正在建造厂房，沟壑处正在铺设铁路。我不知道，是原谅历史，感恩现在，还是蔑视现在，牢记历史？

无定见：公平与正义在凡常之间并非那么重要，人们最关注的是吃喝住行，而较多的人们也正在歌舞升平，只有较少的人们为公平的倾斜、正义的缺失而痛苦哀号——虽然，那些较多的人们在时间环境的交移中时时都有沦为少数的可能。我不知道，为多数而牺牲少数的理论是否确有它的合理之处？

无定见：追求正义是高尚的，寻求公平是值得歌颂的，然而追求正义、寻求公平却总与累累灾难密切相连。人生是短暂的，记载历史的书是有限的，为正义而牺牲的行为，在较为多数的情况下并不记于史册。人是苟活眼前，还是眼睛总关注于正义的天堂？

无定见：单纯一些是美好的，但单纯却易于受伤。是教育孩子复杂一些，还是让他们保持对这复杂世界的天真？

无定见：为悲怆的现实而怒吼的知识者在愤怒的呼号中渐渐老去，那悲怆的现实却少有改变。是教育学生们坚守责任，还是放弃对现实的关注而将目光收束在个人幸福的天地内？

无定见：昨日的蟊贼今日为官，昨日的纯粹的盗窃者今日却有时间“为人民服务”，而昨日的战士，或惨死、或在狱、或碌碌于野，反束却了为邻为人做点儿事情的手脚。做奉经守义、品德高尚的君子，还是自始就龌龊心灵，做男盗女娼的小人？

无定见：5·12地震时，许多信息是被封锁的，尤其，当年那则5月9日发布于四川政府网上的——阿坝州地震局平息了一场地震误传的事件——是被长期以来予以屏蔽、删除的。时水流逝，这则信息的被披露已不可能产生颠簸、震荡政府的作用，政府允许安邦集团将这一情况在其《经济信息》第3620期上报导出来了——人们已不再关注地震，政府也不太可能被民众行政追责，渎职的执政者得以袒护，社会得以继续地和谐。我不知道，信息应当公开，还是应当限制信息的自由流通，以保证大局的总体稳定？

很久不写东西了，我处在一种无定见的状态。

十分郁闷，写下这些无聊的话，丧自己的志气，让智叟先生们嘿嘿地笑！

2010年2月26日

汉语词典强奸刑法法典

前按：

再次使用比喻。某些不可告人者，通过对语言的解释和歪曲，完成对刑法的解释和歪曲。刑法在流泪，它被语言强奸了！

五月以来，邓玉娇案件，普天之下闹得沸沸扬扬。明明两个强奸贼，却被官方袒护，还持之以理，持之有故，持之语言的考究。

黄某人要求与邓女性交，先已被隐言为要求提供特殊服务。提供特殊服务犹嫌太显，巴东公安第三次通告全国时，将特殊服务进而隐言为异性洗浴。于是，邓玉娇为何杀人便成了一个说不清的问题：你说，他们要强奸我，所以我就持小刀自卫，虽致他死，依法仍属正当防卫，不负刑事责任。巴东公安说，他们要求你提供的是异性洗浴服务，异性洗浴可不是性交，按字面意思讲，就是女士陪同男士洗澡，我们无法认定，拉扯推搡你陪他洗澡就是要强奸你。因而，你动刀致他死命，就是故意杀人。

全天下都看得绝对明白的事，经巴东公安这样的语言分析，真是百口莫辩；黄德智在一边嘻嘻窃笑，谁说我要与你性交，我不过是要与你洗澡。邓女没有办法，律师没有办法，法学家没有办法。查词典、翻辞海，找语言学家，无论如何也不能将异性洗浴服务解释为性交。政府官员的形象得以维护，强奸暴徒得以开脱！

邓女衔冤莫辩，她本是为了维护她的那块最温柔、最温馨、最珍贵、只能献给最亲爱的人的地方，所以才动刀杀人。转瞬之间，却一切都说不清了。面对着使用了二十多年的中国语言，深恨其中竟有如此之语言陷阱，在荣辱选择之时，在生死相较之间，陷害了我！

邓玉娇的退休法官爷爷是最认真的人，维护词典权威，忠于语文教学，更相信要与政府保持一致，一次次向媒体阐明：邓玉娇根本没有面临强奸，黄德智只不过要与我孙女一起洗澡。原聘律师说邓玉娇遭遇强奸，是道德低下，不尊重事实，将简单的事情弄复杂了。

实事求是的精神不见了。梦幻城这样的服务场所是干什么的，异性洗澡在一般情况下将会发生什么事儿，黄花女儿与禽兽小者一起洗澡又会发生什么样的事儿，全不在考虑之列。“嫌我们老，不为我们提供服务！”“什么上边下边，既想当婊子又想立牌坊。”“我用钱砸死你，你非得为我提供服务。”——如此疯狂的叫嚣下，两位施暴者究竟掩藏着什么样的淫邪用心，更不在考察之列。

司法大人紧紧盯着一本汉语词典：洗浴就是洗澡，异性洗浴，就是异性陪同洗澡。我们无法阅读出棉花见火必着，禽兽见裸体美女必奸！一本刑法法典，一本汉语词典，邓玉娇被恶官强暴的同时，刑法法典也正在被汉语词典强奸！

愤怒的网民要对汉语词典治罪，汉语词典万分委屈地说：非我之罪，乃万恶的虚伪之罪。君不见，遍我中华的洗头城、足疗屋、美容院、梦幻城，哪在洗头，哪在足疗，哪在美容，又哪在梦幻，他们都在异性洗浴啊！

是的，语言在戏弄着法律，又是什么戏弄着语言呢！

2009年6月2日

我的卑贱我的狂歌和我的忧虑

前按：

反讽与直斥。反讽最显著的特征即言非所指，陈述的实际内涵与它表面意义正相矛盾。从诗学角度看，如英国著名文学批评家瑞恰兹所说，反讽来自于“对立物的均衡”，表面意义与其要表达的内涵强烈冲突，产生电光石火般的醒悟效应，启发真理的作用由之发生。

本文以反讽入题，后起各段继随其衷，完成极其低抑的铺垫之后，直斥新月：新月每天担心得睡不着觉的“多数人暴政”缘何而生？经济的贵族、政治的贵族加精神的贵族，少数人的优越高踞于多数人的卑贱之上，林肯、华盛顿引导则产生了民主，列宁、毛泽东引导则产生了阶级斗争、文化大革命。新月之所忧虑的，他正在有意无意地织造和制造啊！

反讽与直斥如对立的两仞，完成情与理的壁垒森严的构合。

新月先生著文《寻找自己的路》，读来我的自卑之情难禁。新月不抽烟不喝酒不打麻将，不干一切世俗的事，不同一切世俗的人打交道，看书，看书，还是看书，并且每年结交许多高贵而智慧的朋友。

这是多么高贵的生活啊，正如新月自己所说：“我承认我是一个精神贵族，傲视群众。”可自己呢，也读了一辈子书，却没养成一种高贵之气。反而更加粗蛮、更加卑贱——

“昨日入城市，归来泪满襟”“朱门酒肉臭，路有冻死骨”“衙斋卧听萧萧竹，疑是民间疾苦声”，我读书总是自觉不自觉地看到群众，那些弱势无依的群众。

我尊崇自然，芸芸众生是自然所造。我对天命有一种畏惧，今天我们可能是贵族，明天呢？我的儿孙呢？所以，我不鄙睨任何不如我者（唯粗鄙的或文化着的流氓除外）。同情于他们，感动于他们，有时候为他们歌，有时候还为他们哭，虽然他们中许多是胼手胝足的不思想者。

我鄙夷自己，自己永远做不了精神贵族。所以也很羡慕新月先生在“过去的一年时间自己的智囊团又新加入了不少新的朋友，法学家、社会学家、历史学家等等”。

此生“只对荒野只对天，青风明月任我沽。狂歌詈骂当朱门，纵横浮沉任由之”吧！

唯有一种忧虑。新月每天担心得睡不着觉的“多数人暴政”缘何而生？经济的贵族、政治的贵族加精神的贵族，少数人的优越高踞于多数人的卑贱之上，林肯、华盛顿引导则产生了民主，列宁、毛泽东引导则产生了阶级斗争、文化大革命。新月之所忧虑的，他正在有意无意地织造和制造啊！

2009年8月8日

学术是分阵线的

学术是分阵线的。写了一个多月的诗，从诗的象牙塔里出来，在思想的碎片的一篇文章后边写了一段支持这种讨论的话，竟然就懵懵懂懂地涉入了两条路线斗争。害得一些人跳出来对我破口，而我在莫名其妙的境况下不得不说某某人："你三天不挨打，就上房揭瓦。"

思想的碎片是何人，过去可能支持过我，也可能批评过我。但你相信，我这没心没肺的人，除了新、梁是我惯有的批判对象，柔如花、冰凉总是站在我这边，是我的记忆之外，其他的一概不记得。要掌握他们的基本立场，必须查他们原来的博文，一贯的博文。也就是说，我在思想的碎片的文章后边留言之时，是断不知道他的一贯立场的（说这话也不怕得罪了思想的碎片），更不知道他的这篇文章针对了谁—— 一个多月了，我极少从诗的象牙塔里出来走走。

但万没意识到受学术是分阵线的规律制约，我一支持思想的碎片君的讨论，马上触怒了他的对立阵线的人。惹他冒出刺来，像只刺猬，扎我，感觉好疼，又像我刚从塔中出来，想呼吸一下清晨空气，却踩了狗屎，好不惹人懊恼。

思想的碎片君的文章是《邀请探讨："亚里士多德法治观与先秦法家法治观的区别"》，其核心观点之一是："法家所主张和追求的法治不是解放社会，不是使人成为人，不是近代所讨论的为实现民主，而不过是为了寻找到更有效的实现专制集权统治的思路和方法，所以这种法治应当划入旧法治的范围；亚里士多德的法治学说强调建立一种有序的政治生活。而政治生活一旦有序化，则必然排斥专制，必然在一定程度上意味着民主。”我的跟帖留言是：“这个讨论非常好。中国文化值得非常认真的反思。我先前写过《马基雅维利式犬儒主义的中国文化的探源及当代表现》，其中似乎涉及这一论题。罗素认为，马基雅维利也是犬儒主义的一种，由消极的无原则转而为积极的无原则。如此，则韩非应属马基雅维利式犬儒主义。韩非的君学（而非人学），本来还受孔孟之道制约。而孔孟之道发展至董仲舒，屈民伸君，也演变成为一种君学。这样一来，中国便彻底地没有了关于“民主”和“人本”的学问。博主所探讨的应属中西文化差别之大端。”某君看到我的留言火冒三丈，说什么我过去将犬儒主义给过吴教授，他还以为是首先送给他的呢，并大骂我说些大而无当的言不及义的话。

出门呼吸新鲜空气，却踩了这样一泡狗屎地雷，真的挺懊恼。因为人家不署名，只认为这炸弹是过去我曾经惹恼过的人，因为陈年积怨安放的。回家之后，接到该人电子邮件，这才知道，“你支持诋毁我的文章，我当然对你动怒。”同声相应，同气相求。我看思想的碎片的这篇文章，感到他所提出的基本观点与自己的认识有重大交集的地方，便支持一下；不意间却涉入到一场自己根本不知情的战斗之中了。可见，无论怎么学问化、学术化、知识化、理论化，阵线总是存在的，不是东风压倒西风，便是西风压倒东风，说“不将学术问题政治化，不将政治问题学术化”都是假的。正如老祖宗说的：“在阶级社会里，阶级斗争无往而不在。”

研究一下我无故涉入的双方的一贯立场，确实发现，思想的碎片的上述观点以及我的留言中所表达的认识，是与那位火冒三丈跳出来的老爷的认识是一贯不一致的。思想的碎片君一贯主张，做学问者“要生活在真实中”，与社会现实结合起来研究学问。他在《虚假的愚昧主义究竟能带我们走多远？》一文中批判说：“‘雅典’论坛的注册网友们多为法科出身，在这里安然混着的‘学者们’究竟整日在思考些什么问题，处在这种幼稚的‘伪法学’时代还有哪些法律文化遗产值得我们为之骄傲，我们的文字和思想究竟在多大程度上还有所贡献？一个心理上虚伪、信仰上缺失、思想上僵硬、道德上沦丧、行动上‘无所畏惧’的民族（我谈到这个民族很傻很天真，也很黄很暴力。因为没有什么东西可以从根本上去约束和震慑无所畏惧的中国人们，即使刑罚的设定也很无力，充其量是行为的规制，也调整不了思想。中国人骨子里那种根深蒂固的强权意识和无赖文化可以压制一切，那么我们缺少的却是真正的信仰）何时才能建成法治国？”——注意，他不但批判了学术可以脱离现实的谬论，也同时批判了这种谬论的主张者“骨子里那种根深蒂固的强权意识”！

而思想的碎片所批判的那些人呢，即看到我的评论立即对我火冒三丈的人呢，他们的观点如何？宣称与自由主义决裂，回归到反对自由主义的强势阵线中去，是他一个月前的表态。这是他的政治立场。学术立场呢？让我们看一下他的最新文章——《散论：分析法学与除魔世界》。该文在谈到什么是分析法学时说：“对日常语言进行分析和归类，这是英国哲学家奥斯汀的主要哲学研究方法和思想。奥斯汀将自己的哲学称之为‘语言现象学’……可以看出，奥斯汀的‘语言现象学’在理解语言和理解实在两个方面都有积极的作用。通过对日常语言的细密分析，发现和认识我们的经验世界。”在这里，在这起始点上，他对奥斯汀的理解还是对的：“通过对日常语言的细密分析，发现和认识我们的经验世界。”——也就是说，学问的目的还是指向我们生活其中的经验世界，语言分析只不过指向经验世界的一个通道。

但结论呢？结论就和奥斯汀大相径庭了。这位先生说：“我们知道在经济世界中马克思揭示了人与物关系掩盖下的人与人之间的关系。他用的方法就是一种‘分析’，对整个资本流动各个环节的数据的分析。今天我们能在《资本论》中看到这些分析。实际上分析法学同样在做这个工作。不同之处就在于经济领域中，拿到的是数据，而法律世界面对的是各种各样的文本。通过对于文本的分析，对于概念和语境的澄清，逐渐让人们认识到掩盖在物化的法律世界下人与人之间的关系，这是分析法学的历史使命。当然，这一使命也只有在抽象社会中才能完全地体现出来。”——注意，奥斯汀的理论是：以抽象的语义作为起始点研究经验的世界，现实的世界；这位先生经过辩证之后（他们，是他们而不是他，经常这样辩证），所关注的落脚点最终是“各种各样的文本”，是分析法学的使命只能由之体现出来的“抽象社会”。我过去批判梁教授，将西方贤者的理论提着脚、颠倒着脑袋使用的方法，在这里，在他们的结盟者中，又表现了一次。

要而言之，学术是分阵线的，不但社会立场的阵线，受社会立场之左右，研究方法上也分实践的和空中楼阁的，地上的和象牙之塔的两种阵线。无论你承认不承认这种阵线的界分，无论你有意与无意，一不小心你就涉入到不同阵线的纷争中去。由此看，学问在事实上是不能纯之又纯的，它必然建立在地上，与地上的价值判断、道德判断、社会立场联系在一起的。

附带说，一些人一边摩擦一边又总在暗中乞和。谨表态如下：战斗不是我的目的，我要生活，还要做诗，但路遇不平总要支持一拳，遇见鬼魅还是要投去一块石头的！

2009年10月2日

马基雅维利式犬儒主义的中国文化探源及当代表现(一)

前 言

犬儒主义是西方文化史上一个重要名词，其含义也广。一曰：本质积极形式消极之犬儒主义，以看不惯社会黑暗而遁于世外。二曰：本质消极形式亦消极之犬儒主义，放弃第一种犬儒主义的道德追求，放弃一切原则，玩世不恭。三曰：本质消极而形式积极之犬儒主义，道德在他们眼下视为无物，服务于权势门下，为了成功的目的，不择手段。第一种的代表人物是犬儒主义的创始人狄奥根尼，第二种犬儒主义的代表是德勒斯，第三种的代表人物是罗素所说——意大利文艺复兴时期政治学家、《君主论》的作者马基雅维利。

笔者认为，中国存在着更其盛大的犬儒主义。与中国文化史对照，与第一种相对应的是老子、庄子，他们因愤世嫉俗而逍遥世外，与第二种相对应的是杨朱，一味玩世不恭，以至于杨朱无书，与第三种相对照的是韩非，立论“法术势”，辅佐君王，完成霸业。但从第三种犬儒主义的特点来观察，中国文化史上马基雅维利式犬儒主义的文化辅佐元素尤多：自董仲舒起，本来健康的孔孟之道也被改造为“君学”—— 为君之学，欺民之学。

犬儒主义是专制的产物，马基雅维利式犬儒主义是恶劣专制的产物。改装后的孔孟思想成为忠君无我为特点的中国的普遍文化；为马基雅维利式中国犬儒主义文化的肆虐铺设了最为普遍的社会基础。二者的结合，出现了人类历史上前所未有的文化大革命奇观。

思想的缘起

一

这是一个很大的论题，本人不擅长作学术文章，又想抛砖引玉。故用这种相对散碎，被某人称为意识流的方式写作此文。

人称意识流，我却想使它有论语的思想质地，并略有泰戈尔《飞鸟集》的艺术形式。即使不能实现期望，我向大家保证：

第一，要讲究思想的系统性，使阅者有清晰思维的逻辑过渡；第二，要做到语言活泼，不死板着理论和学术的面孔。

二

写作此文的缘起。

公共知识分子的社会责任，以自己的知识和思考引导社会良知，推动社会进步。社会科学的知识分子，一般说来，其责任不在于表扬政府，论证国家行为的合理性——因为那是其应然的责任；而在于批评政府的错误和不足，揭露社会的黑暗并和国家治理结合起来。

然而，我们却看到了完全相反的情况，应当予以纠正。

三

一些自以为高贵的知识者，非但放弃了对于国家和政府的批评责任——这我们可以谅解，在专制尚有残留的时代里，必须允许作为个人的知识者，为了自存自保，而采取回避的态度。但不能谅解的是，他们不但不为其该为的，相反，他们要做他们不该做的：他们将体制导致的黑暗归于人民，将独裁者倡导、主持的暴力归于群众。由是，他们骂群众，骂人民。他们最常见的理论归结是：民主暴政，多数人疯狂。

在中外文化史上，这一现象是极其罕见的。应引起一切有良知的学人的足够重视。

四

人类是有缺点的，因为人类是社会性和自然性结合的产物。人，一半是人，另一半是动物。制度状态合理，他们便更多地彰显人性；制度状态不合理，他们便更多地彰显动物性，如中国“文革”，如红色高棉。

大水纵行乡野，大火焚毁城市，但它们仍然不失为可以被人类所利用的一种自然力量。它们虽然有恶的一面，但我们仍然歌颂大海、歌颂江河，歌颂吐鲁番炎热，歌颂火山的喷涌烧灼。

那么，人类有缺点，我们就该咒骂他们吗？

五

近世的人们奢谈人类本性的改造——从“文革”的斗私批修，到近日的批判群众。

他们为什么不去改造水呢？他们为什么不去改造火呢？那泛滥决堤的力量在大坝中产生出电来，那焚毁城市的力量却推动了机车的前进。将横流的人欲也装进一个机器里去吧，这伟大的机器便是：一个笼盖人间的合理的社会结构！

六

人不改造水、人不改造火，是知道规律不可改造，但又知道规律可以利用。于是，人类设计机器，将水之恶、火之恶转化为善。人类，以自然科学家为代表的人类，原谅了水之恶，原谅了火之恶，没有骂水，没有骂火。

与之相反，专门研究社会的、专门研究人之关系的社会学家们，却咒骂起人类来了。他们称群众为虚妄，当然，他们的心目中人类也是虚妄的了。

他们忘记了，他们的责任在于：改造笼盖于社会和人类的这台机器——体制、制度、国家、政府和专制国家的领袖们。

这些学者们的作为，多么让人痛心！

七

人是虚妄的吗？比水还要虚妄吗？比火还要疯狂吗？

一些精神贵族，真的就那么高贵吗？他们自称傲视群众，那当然是傲视人类了。

他们忘了，自己来源于土，是上帝造人时用土捏的人类，是人类这个物种中的一个微小的尘埃。傲视群众和人类时，自己已经被自己的傲视所首先淹没了。

泰戈尔说，那些把灯背在背上的人，将他们的影子投到他们的前边去了。人呀，反过来，朝向光明吧！

八

大如马克思、恩格斯、列宁、毛泽东、波尔布特，至少在形式上他们不敢傲视人类；小如罗尔斯、亨廷顿、韦伯、阿伦特更对人类怀着无比的虔敬。

他们的拥趸、他们的粉丝、一些自称为他们的学生的人，却立在门下吠吠，说是卫道，以骂群众为名向人类开骂了。岂不异哉？

于是，便想到了犬儒主义，由狄奥根尼的犬儒，想到了德勒斯的犬儒，最后想到马基雅维利式的犬儒，便和我们眼前的形势联系起来了。

西方犬儒主义的发展及马基雅维利的犬儒主义

九

首先要谈到犬儒主义的起源，并要谈到积极犬儒主义和消极犬儒主义，进而还要谈到消极犬儒主义与积极犬儒主义的历史转化，以及二者之间的相互渗透。

对社会危害最大的，是有消极意义的事物以积极的形式出现。那么，对人类思想危害最大的犬儒主义当然是本质上消极但却以积极形式表现出来的犬儒主义。它的历史典型是西方的马基雅维利，东方似乎也有它的代表，应当是崇尚权术的韩非——先秦时代的某位法家先生。

十

犬儒主义的创始人是狄奥根尼（安提斯泰尼的弟子），他裸身行遍希腊，享受阳光、温暖和一切自然的恩赐。他的身边聚集了几千个皈依他的思想的人，他向他们讲述：这个不德而唯利的社会是多么值得讽刺。甚至亚历山大大帝在东征途中也拜访他，足见他的影响力之大。

狄奥根尼去世了，人们在其墓碑上刻狗，表示他的信奉是“犬儒主义”。

十一

这个墓碑上刻狗的人物，行为形式上看是消极的，道德本质上却是积极的。他是一位善良之狗，人类思想的善良的朋友！

狄奥根尼学派最关心道德问题。这个学派认为：人的美德是获得幸福的唯一要件，拥有美德足以获取幸福，其他都是多余的，所以他只享受阳光和山水。他劝亚历山大放弃东征，因为那与幸福无益，却与人的幸福有害。亚历山大拒绝了，理由是：“我的命运已经注定。”

狄奥根尼的犬儒主义的最大特点是：基于对道德的渴望，而愤世嫉俗，以至于远离凡尘。

十二

随着犬儒理念的流行，犬儒主义的内涵发生了微妙的根本变化。后期的犬儒主义者依旧蔑视世俗，但是却丧失了赖为准绳的道德原则。他们认为：既然无所谓高尚，也就无所谓下贱。这种思想的结果是，对世俗的全盘否定变成了对世俗的照单全收，往往还是对世俗中最坏部分的照单全收。至此，愤世嫉俗变成了玩世不恭。

后期犬儒主义的代表人物是德勒斯，他的事迹从略不表。

十三

说来颇具讽刺意味，早期的犬儒是坚持内在的美德和价值，鄙视外在的世俗的功利。可是到后来，犬儒一词正好变成了它的反面：只认外在的世俗的功利，否认内在的德性与价值。王尔德说：“犬儒主义者对各种事物的价钱（Price）一清二楚，但是对它们的价值（Value）一无所知。”

是啊，晚年的郭沫若，这位中国现代诗歌的奠基者，他写：“大快人心事，揪出四人帮……迫害红太阳。”你说它不好，它不是诗。郭晚年所考虑的只是文字的价钱：自保其身和作践灵魂，永恒的美的价值在所不思了！

后期犬儒主义无论在形式上还是在实质上都是消极的。

十四

至此我们必须引出现代思想家罗素。

对于犬儒主义的表现，罗素做过归纳。他在《西方哲学史》中介绍文艺复兴时代意大利政治家、哲学家马基雅维利的时候说：

> 历史上有纷乱的年代，在这些时代里，彰明较著的恶行常能成功；马基雅维利的时代便是此种乱世之一。在这些时代里，犬儒主义有迅速增长的趋势，这个主义能使人宽恕任何事情，只要它能成功。

显然，罗素把马基雅维利也当作一个犬儒主义者。罗素的看法是本文立论的支点，请看官予以重视，以后的肯定我者与批评我者都应以罗素的此一观点为标准。超出此观点范围的批评文章，无论赞赏我者，无论批评我者，本人概不接受。勿谓言之不预！

十五

为了很好地理解罗素，先让我们看看马基雅维利。

马基雅维利在《君主论》中摈弃了一切道义原则，论述一个君王怎样才能够获得成功。他说：

一个君王，要想保持权势，必须学会如何不做好事，而且当他学到了这种本事之后，要懂得依时取势，去应用这种本事和不应用这种本事。

至于如何做坏事，他告诉君王：

加害于人要一次完成，这样，受害者尝到痛苦滋味比较少，给人的冒犯感也比较少；给人的恩惠要一点一点来，他们将长期感恩，利你驱驰。

十六

罗素这样的归纳马基雅维利的学说：

用一些注定要失败的方法追求政治目的，那是一种徒劳，如果认为那个目的是好的，就一定要选择足以胜任的手段去完成。手段问题可以用纯科学的方法来处理，不必顾及为善为恶。如果世上有关于成功的科学，坏人的成功和好人的成功，同样可以拿来研究；而且相信前一类成功还更好研究些，因为恶人成功的事例比圣人成功的事例要多得多。不过这门科学一经成立，它对于圣贤和对于恶人是一样的。因为，一位关心政治的圣贤，他必和恶人一样，以成功为至高目的。

十七

依据罗素的看法，犬儒主义又有了第三种表现形式：以马基雅维利为代表的形式积极而本质消极的犬儒主义。笔者归纳其具有如下特点：

1. 道德上是虚无的；
2. 方法上是不择手段的；
3. 一般说来是趋附于权力的；
4. 长远看对社会发展是消极的；
5. 其动机是自私的。

笔者依据马基雅维利犬儒主义的此等特点，进行中国马基雅维利式犬儒主义的文化探源。

马基雅维利式犬儒主义的中国文化探源及当代表现（二）

中国犬儒主义的文化滥觞

十八

犬儒主义是来源于西方文化的一个名词，如果认可它的文化特点，承认它的思想流变，则可以以之对照中国。

中国文化中其实存在着非常丰富的犬儒主义要素。其最早源头是老子、庄子。与古希腊对照，他们二位可以称之为东方的狄奥根尼：崇尚自然，遗世独立，追求内心的道德满足。

十九

老子的犬儒主义名言：

以智治国，国之贼；不以智治国，国之福；

师之所处，荆棘生焉；大军之后，必有凶年；

不尚贤，使民不争；不贵难得之货，使民不为盗；不见可欲，使民心不乱；

五色令人目盲，五音令人耳聋，五味令人口爽，驰骋畋猎令人心发狂，难得之货令人行妨；

大道废，有仁义；智慧出，有大伪；

绝圣弃智，民利百倍；绝仁弃义，民复孝慈；绝巧弃利，盗贼无有；

天下多忌讳，而民弥贫；人多利器，国家滋昏；人多伎巧，奇物滋起；法令滋彰，盗贼多有；

非以明民，将以愚之。民之难治，以其智多；

圣人之治，虚其心，实其腹，弱其志，强其骨。

二十

庄子犬儒主义名言：

吾以天地为棺椁，以日月为连璧，星辰为珠玑，万物为赍送；

忘其肝胆，遗其耳目，芒然彷徨乎尘垢之外，逍遥乎无事之业；

巧者劳而知者忧，无能者无所求。饱食而遨游，泛若不系之舟；

日出而作，日入而息，逍遥于天地之间，而心意自得；

甘其食，美其服，乐其俗，安其居，邻国相望，鸡狗之音相闻，民至老死而不相往来；

至人无己，神人无功，圣人无名；

山木，自寇也；膏火，自煎也。桂可食，故伐之；漆可用，故割之。人皆知有用之用，而莫知无用之用也；

鲁酒薄而邯郸围，圣人生而大盗起。

二十一

从老子的反对以智术治国到庄子的以“天地为棺椁，以日月为连璧”，我们是否从他们身上看到了那个裸体游遍希腊的狄奥根尼？

聆听历史的声音——“师之所处，荆棘生焉；大军之后，必有凶年”和“鲁酒薄而邯郸围，圣人生而大盗起”，我们是不是看到了当狄奥根尼在西方劝诫亚历山大停止东征的时候，在东方，也有两位老者劝诫他们的王者停止征伐？

二十二

杨朱。

与西方后期犬儒主义者德勒斯相对，老子之后中国出了个杨朱。杨朱的著名言论是：“拔一毛利天下而不为也。”因为他坚持这样的自私观点，“杨朱无书”成为中国的名典，致我们无法窥知这位东方犬儒主义者的行迹大略。

从因为怕利于他人而拒绝著述来看，杨朱的自私、消极是超过德勒斯的。但《列子》为我们留下了杨朱惊天动地的自私之言，他说：“公天下之身，公天下之物，其唯至人矣。”

其“公天下之身，公天下之物”演变为后来的“普天之下，莫非王土，率土之滨，莫非王臣”，更其后来，演变为以“全民”之名而王霸天下、饥饿天下、屠戮天下。杨朱应是后来中国的马基雅维利式犬儒主义的滥觞，这一点却是德勒斯所不及的。

二十三

杨朱的智慧是我深为佩服的，他的智慧所演绎出来的诙谐，更是开了中国幽默之先河。杨朱之弟杨布，出门素（白）衣，归来时换为缁（黑）衣，看家狗不认识他了，朝他乱咬，杨布愤而笞之。杨朱曰：不要再打它了，这只狗出门时是黑的，回来时却变成白的，你还认识它吗？杨布笑而纵犬，不再责之。

这是一则杨朱的笑话，可以看到他玩世不恭的潇洒。与本题无大干系，只供看官一笑，破一下这理论的、古文的所带来的沉闷空气！

二十四

然后应当写到主张法术势的韩非，他是早意大利文艺复兴一千六百余年的中国马基雅维利。

韩非，战国末期韩国人，目睹韩国积贫积弱，多次上书韩王，但其主张始终得不到采纳。韩非的著作流传到秦国，秦王嬴政派兵攻打韩国，迫使韩王让韩非到秦效力。韩非在秦国倍受重用，引起了李斯的妒忌，后来自杀于云阳。但他的法术势理论却在秦始皇和李斯手上得到了实施，帮助秦王嬴政成就了千古一帝大业。

二十五

马基雅维利却没有这样幸运。马基雅维利于1513年写下了《君主论》，以表达他对君主的忠诚与崇拜，旨在赢得君主的宠幸。但是，《君主论》还没来得及发表，佛罗伦萨发生起义，共和国再次推翻君主统治。最后他在向共和政府求职而不得的过程中郁郁而死。

中国马基雅维利犬儒主义的文化代表韩非（韩非思想）

二十六

韩非总结了商鞅、申不害和慎到的思想，把商鞅的法、申不害的术和慎到的势融为一体，形成了自己的独有主张。

他推崇商鞅和申不害，同时指出，申商学说的最大缺点是没有把法与术结合起来，他认为“申子未尽于术，商君未尽于法”。

韩非论述了术、法的内容及关系。他认为，国家图治，君主就要善权术，同时臣下必须遵法。与申相比，韩非的“术”主要在“术以知奸”方面有了发展。他认为，国君对臣下，不能太信任，还要“审合刑名”。在法的方面，韩非特别强调了“以刑止刑”思想，强调“严刑”“重罚”。

二十七

韩非明确提出“法不阿贵”，主张“刑过不避大臣，赏善不遗匹夫”。这一点倒是对中国法制思想的重大贡献。

韩非认为，光有法和术还不行，必须有“势”做保证。“势”，即权势，政权。他赞赏慎到所说的“尧为匹夫不能治三人，而桀为天子能乱天下”（圣明的尧如果是没有权势的一般人，则连三个人也管不了，桀没有才德但有权势却能够乱天下），提出了“抱法处势则治，背法去势则乱”（有法有权势才能实现治理，背弃了法制而且失去了权势就必然导致大乱）。

二十八

韩非的全部理论导源于荀子“性恶论”，这一点与马基雅维利是完全一致的。他认为人的关系都是利害关系，无不“畏诛而利庆赏”，人君必利用“刑”“德”二手，使民众畏威而归利。

韩非的思想不仅对中国封建中央集权制度的确立产生了巨大作用，它更渗入中国的国家治理文化：铁血而残酷，尖锐而苛刻。看历代君王对于万千人民生杀予夺而不以为意的源远流长的情况，认为中国历史偏重于以礼、德治国，是对韩非的影响理解不足。

二十九

曾几何时，在所谓追求法制社会的过程中，侈谈法家成了一种时尚。但真正了解法家治下的生活世界的真实况味的人，恐怕寥寥无几。事实上，在中国古代“法家”又被称为“形名家”，“形”所蕴含的意味，其实就暗含了将人的生存贬降为物的趋向。

韩非眼里，民不为人，全天下唯君一人，余皆为物。马克思所谓异化，先视为人，后异为物；在韩非这里其实无须异，韩非本来就视人为物。

《韩非子·二柄篇》中有这样一段记载：

三十

昔者韩昭侯醉酒而寝，典冠者见君之寒也，故加衣于君之上。韩昭侯一觉醒来，甚感温暖，非常高兴，问左右曰：“谁加衣者?”左右对曰：“典冠。”韩昭侯阴脸思索了一下，对典衣官和典冠官各治其罪。其罪典衣官，以典衣官失于职守；其罪典冠官，以典冠官越分其事。

韩非认为，韩昭侯这样做，不是不怕寒冷，侵官越分的情况比寒冷可怕得多。韩非谏议于后代君王：“故明主之畜臣，臣不得越官而有功，不得陈言而不当。越官则死，不当则罪。”

在韩非的“理想国”里，国家的权力必须渗透进社会生活的每一个细小的空间。儒和侠的存在是不能容忍的，因为任何在国家权力之外构建正义原则的企图，都将从根本上削弱国家的权威。在那样一个被彻底规训了的世界里，没有学者、儒士、剑客和游侠，甚至连工商之民也将因浮惰之名而遭到斥逐。

韩非的理想国在中国的历史上是否曾经有过实现？笔者成童于1958年，车马辕犁为物，人被东斥西喝，亦为物也！

三十一

顾准对韩非的评价：

在“法术势”三者之中，韩非的贡献在术势两者，也许势还是他的创造发明。所以他的贡献，似乎不外是：1. 君主阴险残酷的御下之术；2. 君主有权无限纵欲的说教。这两者，在法家的全部武器库中是积极作用起得最少、消极作用起得最多的东西。两千年来法家被攻击为刻薄寡恩，目标首先是韩非。

吾以为，法家在中国文化的评价中是积极的还是消极的，时有争议。但肯定的是，韩非是法家的黑马。铁蹄千里，纵入中国千年专制黑暗，为福于中国者浅，为祸于中国者深。

三十二

韩非名言——如何治臣？

有道之君，不贵其臣；贵之富之，彼将代之；

主利在有能而任官，臣利在无能而得事；主利在有劳而爵禄，臣利在无功而富贵；主利在豪杰使能，臣利在朋党用私。

（韩非认为，君臣之利异，君主要警惕臣下的一举一动，君臣关系成为虎狼关系）；

人主之患在于信人。信人，则制于人（君主的祸患在于信任他人。信任他，便必然受制于他）；

夫妻者，非有骨肉之恩也，爱则亲，不爱则疏（夫妻关系都不可靠，何况君臣关系?）；

去好去恶，臣乃见素（君主不表现出好恶的感情，让大臣们无法揣摩）；

万乘之患，大臣太重；千乘之患，左右太信，此人主之所公患也（万乘之君的祸患，在于大臣的权势太重；千乘之君的祸患，在于对左右太信任，这是君主所共有的患害）。

三十三

韩非名言——如何治民?

欲为其国，必伐其聚；不伐其聚，彼将聚众（不允许人民聚会）；

夫民之性，恶劳而乐佚（安息）。佚则荒，荒则不治，不治则乱，而赏刑不行于天下者必塞（让人民无休止地劳动，不能让人民安息，安息就乱了，你的惩罚和赏赐的政策也行不通了）；

今不知治者必曰：得民之心。欲得民之心而可以为治，则是伊尹、管仲无所用也，将听民而已矣。民智之不可用，犹婴儿之心也（得民心有什么用？有用就不要伊尹、管仲了。民智不可用，要视它如婴儿一样）；

群臣为学，门子好辩，商贾外积，小民内困者，可亡也（愚民并愚臣：群臣研究学问，门客喜欢辩论，商人把财物囤积于境外，小民持械好武，就可能亡国）。

三十四

韩非关于“术”的名言——顾准认为“术”是他的最大贡献：

术者，藏之于胸中，以偶众端而潜御群臣者也。故法莫如显，而术不欲见（术藏于胸中，以相机处理各种事宜而暗中操纵群臣。所以，法越公开越好，而术则越深藏不露越好）；

术者，因任而授官，循名而责实，操杀生之柄，课群臣之能者也（权术就是，根据能力授予相应的官位，按照名位而责求实际的功效，稳操生杀予夺的大权，约束群臣中有能力者）；

探其怀，夺之威。主上用之，若电若雷（探测臣民的意图，剥夺他的权势。主上使用杀伐大权，要像电闪雷鸣般迅速猛烈）；

涵掩其迹，匿其端，下不能原；去其智，绝其能，下不能意（帝王要掩藏起自己的行迹，不暴露自己的观点，使得臣下无从探测；要运用智慧于无形之中，不显示自己的才能，使得臣下无从揣度）；

故明主观人，不使人观己。

三十五

韩非关于势的名言：

尧为匹夫，不能治三人（尧如是普通百姓，他再有德行，也管不了三个人，因为缺乏了权势）；

鲁哀公下主也，南面君国，仲尼非怀其义，服其势也（鲁哀公当然不是个好国君，孔子为他服务不是因为他的仁义，当然是因为他的权势）；

势必于自然，则无为言于势矣。吾所为言势者，言人之所设也（如果势是属于客观自然的，那就不用再去议论它了。我之所以要议论势，是说人的威势是靠人［君主］设立起来的）；

徒善不足以为政，徒法不足以自行（必须靠权势）；

上古竞于道德，中世逐于智谋，当今争于气力（道德不足恃，智谋不足凭，必须靠权势）。

三十六

马基雅维利，意大利之小韩非也，韩非，中国之大马基雅维利也！

卑劣之术，奸邪用心，不择手段，荼毒万民，将维护一人之事业，心景仰之，力从事之。天下之苦而不以为苦，孜孜然乐于君权之高下垒砌，王势之凌空筑成——虽其自死也，然完成千古一系、遍及东方之无尽大恶也！

秦制恒立东方，韩颂未至高响，相对于颂孔、颂孟，于君王之心有愧也哉！相对于刺秦刺暴，于人民来说，刺韩非、刺君学犹嫌不足也！

2009年8月10日晚至8月11日凌晨五时暂歇

马基雅维利式犬儒主义的中国文化探源及当代表现(三)

孔孟之道改装起来的犬儒主义(本色的孔孟之道)

三十七

儒家和儒，孔孟和孔孟之道，在上世纪五四运动之后被污名化，人们认为中国的落后都与中国信奉儒家文化、信奉孔孟之道有关。这是一种错解，中国的落后与中国人在长时间内信奉儒家文化、信奉孔孟之道有关，但不是与信奉本色的儒家文化、本色的孔孟之道有关，而是与中国人在长达两千多年里信奉被改装了的儒家文化、孔孟之道有关。

改装了的儒家文化和孔孟之道，是中国犬儒主义文化的极其重要的构成要素，它与韩非的马基雅维利式的犬儒主义文化一起，一主一仆笞杖中国，勒索人民，使人民匍匐于政治君主的脚下，俯背颔首，奴态累累，使中华民族成了世界文明民族中最缺乏民主、战斗精神的一个民族。

三十八

改装了的孔孟之道？那么没改装的、本色的孔孟之道是什么情状呢？

说起现代中国对孔孟之道的讨厌，无过于对孔孟之道所提倡的中庸精神的讨厌。普遍地认为，所谓的中庸，就是折中、妥协、无原则，进而是世故、油滑、颠倒是非；乃为一种使人失去阳刚的进取精神的一种东西。人们认为，西方人“不自由，毋宁死”的精神，在中国人身上很少看到，就是因为中国人骨子里潜含着孔子和孟子那样的中庸意识。

三十九

但这实在是对孔孟之道的最大误解。孔子一生“知其不可而为之”，是极富战斗精神的一个人，为了追逐自己的人生目标，惶惶然如丧家之犬，困乏劳顿，奔波至死。孔子说，道不行，则乘桴浮于海。—— 如果天下人不接受我的主张，我就乘着木筏四海漂流吧。他其实是一个很可爱很有性格的老头子。他是积极的，并不是一般人心中所刻画的那种四平八稳、不急不徐的“中庸”的样子。至于孔孟之道的峰巅之处 ——孟子，则更是一位愤世嫉俗者，一位激切、峻厉之人。

让我们看看这位老愤青，他是如何发出他的激进之言的！

四十

将古今政治家的言论做成集子，毛泽东的“造反有理”够激进了吧。然而，还有比他更激进的，那就是孟子。

齐宣王与孟子谈话，说到武王伐纣，问：“臣弑其君，可乎？”（汤武把纣王杀了，这难道可以吗？）作为一国之君，齐宣王提出这样的问题，他所期望的答案是一目了然的。孟子却不畏不惧，慷慨回答：“贼仁者谓之‘贼’，贼义者谓之‘残’。残贼之人谓之‘一夫’。闻诛一夫纣矣，未闻弑君也。”翻译为今天的白话就是说：“残害善良百姓的行为叫作‘贼’，残害道义之人的行为叫作‘残’。当一个君主贼仁残义，就已经自我放弃了君主的身份，沦为暴君。所以，我只听说汤武杀的是独夫民贼（一夫），没有听说汤武弑杀的是他的君主！”

闻者骇然，孟子却不动于色。

四十一

对于孟子的这番话，贺卫方先生评论道，对于无道君王持何态度，不要说古代，就是较之于后世也是极其激进的。

孟子的确不是软懦儒者，他讲话常常是不讲分寸的。谈到如何选拔官员，他对齐宣王说：左右亲信官员说某某人好，你不要信他；满朝的官员都说某某人好，你还是不能信他；一国之人都说某某人好，你才可以使用。谈到杀人要慎重，他说：左右亲信官员都说该杀，你不要杀他；满朝的官员都说该杀，你还是不能杀他；一国之人都说该杀，那你才可以杀他。

四十二

你可以看到，孟子是位腐儒么？孔孟之道是腐儒之学么？中华民族在后来的历史长河中所表现出来的与现代精神所尖锐抵触的慵惰、散漫，平庸不事，那种在邪恶面前看不到血液奔涌的麻木不仁，在强势面前无原则地推躲退让，在利益面前巧施心计，其精神的源头是在孔子、孟子那里么？

当然不是！

四十三

孔孟的核心思想是“仁”。孔子是“仁”的大厦的奠基者，孟子是大厦的建立者和完善者。孔子针对“春秋无义战”提出了“仁”的思想，他并没有将“仁”的思想具体化，“仁”还只是一个笼统的概念。孟子则在“仁”的基础上将其形象为“不忍之心”，并建立“性善论”来对其进行论述，进而提出“仁政”的概念。

由“仁”到“仁政”是一种从社会道德到社会政治的一个飞跃，这种飞跃将能更好地巩固“仁”的观念，并能更好地施行“仁政”。

四十四

关于社会治理和社会秩序，孔子所谓“君君，臣臣，父父，子子”给现代人留下了不好的印象。

其实，他不过是说：政府要像政府的样子，干部要像干部的样子，做父亲的要像个做父亲的样子，做儿子的要像个做儿子的样子。其言语大略如此，并无压迫奴化之处。客观需要秩序，秩序要符合客观。唯此而已，岂有他哉！

值得强调的是，孔孟之道提倡秩序，但并不死守秩序，尊重王者，但王者必须以仁义为依归，否则可以去之。这远比今天的不可变更的一些原则要灵活一点。在此问题上，我们实在对两位先人存在极大的误会。为不偏离题之大旨，使文章过分散漫，孔孟思想的要点我们还将在它是如何被曲解的解说过程中来谈。

新儒学——儒学犬儒化的完成（被改装了的孔孟之道）

四十五

孔孟二人都是平民，一者为野合而生，青年时代做过吹鼓手；另者是孟母择邻、孟母断织故事的主人公，均是底层人物。他们的思想当然充满了平民色彩，乡间意识。孔子晚年曾说：“礼失而求诸野。”

可见他对于乡土、民间具有什么样的思想感情。

由于这样的出身，孔子的爱民思想是很明确的。他提出仁者爱人，为政以德。马厩失火，问人而不问马。这都表现了孔子对人的严重关切。孔子这位老爷爷还很糊涂，有时候糊涂到因为爱人而说错话，别人给他扣帽子。他是一位讲“孝”的人，有人难他，说一个战士战场上逃跑，要养活他必须养活的老母；他竟然被问倒了，说逃跑是应该的。以至于韩非攻击他，国家养活这样的知识分子何用？

孟子更将人民的地位提到比君王要高得多的位置，他说：“民为贵，社稷次之，而君为轻。”人民第一，国家第二，君王第三。他没讲三个至上，更没有讲四个什么。关于君、国、民的位置，他是这样三、二、一排的。就是今天看，好像也排颠倒了。可见孔孟思想在当时的进步。

四十六

谈到韩非的时候，我们忘了提及一个问题：其学问是为人民服务，还是为君王服务，以此为区分，韩非之学被后世称为“君学”。马基雅维利自名其著作为《君主论》，韩非虽不自名为“君”而后世名之。韩非是君学之滥觞，而君学的发扬光大者则是汉代之董仲舒，这也是后人的定论。从君主论、君学命名问题上的中外不期而一来看，看官应当意识到我们将韩非之学和被改装了的孔孟之道称之为中国的马基雅维利式的犬儒主义文化大体是有道理的。

上段谈到了孔孟的人民立场，以下应该谈到董仲舒新儒学的反人民立场。

四十七

董仲舒怎么看待君主与人民的关系？

董仲舒认为，君权神授，君受命于天，人民是微不足道的。孔子的爱人思想到了董仲舒这里，已经被歪曲为："屈民而伸君，屈君而伸天，《春秋》之大义也。"这里哪里还有孔子仁者爱人的影子，但他竟然说这是春秋大义。

既然屈民而伸君，所以董仲舒又说："下事上（皇帝）如地事天也，可谓大忠矣。"孟子的国、君、民三者的关系在这里完全被颠倒过来！

四十八

那么，对于无道昏君，人民和臣下怎么办呢?

对于君主，孔孟之道本来是不主张愚忠的。孔子说："大臣者，以道事君，不可则止"（臣子只能以真理和道义服务于君主，如果不听，那就不要为他服务了）；又说："邦无道，谷，耻也！"（国家失去道义，做官从他那里取粮食、拿俸禄，耻辱呀！）

孟子则说的更有性格："无罪而戮民，则士可以徙。"（一个君主无端地屠戮他的人民，那么，就离开这个国家吧！）又说："君有大过则谏，反覆之而不听则易位。"（君主有重大过失就劝说阻止，反复劝说仍然不听，就变更君主。）他当然还有更激切的话：杀独夫民贼，不是弑君，干吧！

在董仲舒这里，凡遇君王，人民和臣下就无原则可讲了。他说："以人随君，以君随天。"到了孔孟之道被改装的第二个阶段，那就更不讲原则了。朱熹说："臣子无说君父不是的道理，此便见得君臣之义处。"由此看，华国锋先生的"两个凡是"并不是现代发明，它是从董仲舒和朱熹那里来的。

四十九

在董仲舒的思想中，因为“天人合一，君权神授”，人民对于无道昏君，是无能为力的。他虽然也认为君主可以易位，但“故其德足以安乐民者，天予之；其恶足以贼害民者，天夺之”。君位之立、君位之夺全部由天，人民无份，人民只能逆来顺受。秦去不远，董仲舒“天夺之”而不是“人夺之”的说法是在帮助君主肃清陈涉“篝火狐鸣，揭竿而起”的流毒，统治者将何等感激他。

这与孔子的思想是完全不同的，孔子说：“儒有上不臣天子，下不事诸侯。”（儒者上不臣服无道的君王，下不侍奉昏庸的诸侯）——至少还有选择自我行为的权利。

孟子则说：“君之视臣如手足，则臣视君为腹心；君之视臣如犬马，则臣视君如国人；君之视臣如土芥，则臣视君如寇仇。”——人民对于君主完全具有选择或敌或友的立场、态度的权利。

五十

在有昏君明君对比的情况下，人民和臣子有选择的自我取向的自由吗?

孔子认为有选择的自由，他说：“君子之于天下也，无适也，无莫也，义之与比。”（君子对于天下的事情，没有规定要怎样干，没有规定不怎么干，只要与道义并肩就行了。）管仲是公子纠的门客，公子纠死，他辅佐公子纠的政敌齐桓公“一匡天下”，使广大百姓安宁。孔子称赞他：“如其仁！如其仁！”

董仲舒则认为，无论是昏是明，是仁是暴，“心止于一忠者，谓之忠；持二忠者，谓之患”。意思是只能一心一意忠于一人，哪怕他是独夫民贼。程颐更说：“臣之于君，竭其忠诚”,朱熹承传说：“此天下之大义，不可须臾少忽也！”

五十一

孔孟之道改装的第一阶段是汉之董仲舒，第二阶段是宋之程朱理学。程朱理学对孔孟之道的最大改造是将人的学问，改造成“非人”的学问。其最响亮的口号是：“存天理，灭人欲。”君权神授，君权来自于天，存天理，自然保君权；灭了人的一切欲念，失去与生命结合的人身的要求，天便稳固，地便持久，君权便永恒如一。

朱熹将《大学》开章明义的“大学之道，在明明德，在亲民，在止于至善”（大学问的道理，在于明白光明的德性，在于爱人民，在于达到最完善的境界）中的“亲民”，改为“新民”——改新人民的思想。对此臧否褒贬，学界历来是有争议的。我以为，将“亲”改为“新”，“亲”的意味减少，“新”的意味增加，是符合程朱理学的一贯立场的。

“亲民”，有要求君主亲民爱民的意思，“新民”则是人民的自身的改造，要日日“斗私批修”，存天理，灭人欲。人民私欲一灭，皇朝千古一系，永远稳固。

五十二

需要介绍一个有意思现象：“君学”人物似乎都没有好下场，中西概莫外之。

马基雅维利写出了《君主论》，尚未献给亲爱的君主，君主便被共和政府推翻。马基雅维利向共和政府求职，不用，忧闷而死，逝年三十一岁。

韩非不惜荼毒人民，奉事于君主一人，招李斯之忌，遭秦主流放途中，自杀于云阳。

董仲舒亦因惧遭谗言，恐久获罪，疾免居家，早早退休，终生不治产业。

主张“存天理、灭人欲”，认为丈夫死后“守节事大，饿死事小”的朱熹老夫子最为可笑。忠君一生，倡节一生，却被政敌指为与两尼姑私通。连累其学问，被当朝帝君斥为伪学，与之一起遭贬谪者数十余人。为尼姑事，朱老夫子还写了检查，惹得后学嘲笑。吾以为，朱老夫子这点节操还是有的，不至于与尼姑私通。

五十三

在四十四节中，笔者将韩非之学和改装后的孔孟之道均称之为中国的马基雅维利式的犬儒主义文化。对于是称，笔者心有不安。二者是终有区别的：韩非唯君是立，不讲道德、不择手段，以“势”为称，倡高压霸道；被改装后的孔孟之道，虽然唯君是立，但仍然提倡德政、仁政，倡王道、反霸道，与韩非主张是不同的。

改装后的孔孟思想，唯君至上，致天下之民忠君而无我；君不正而夺之的权力在天，于是君不惧民，肆意行之，德政、仁政之义实被掏空——这是与本色的孔孟思想的最大区别，是董仲舒新儒学对本色孔孟思想灵魂的阉割。

改装后孔孟思想成为忠君无我为特点的中国的普遍文化；为马基雅维利式中国犬儒主义文化的肆虐铺设了最为普遍的社会基础。二者的结合，其历经近两千年的聚积，出现了人类社会前所未有的文化大革命奇观。

附下余部分提纲：

六、马基雅维利式中国犬儒文化在历史上的政治表现（简）

1. 对统治者的作用：杀伐、无德（相对简略）。

2. 对社会的影响：A、武氏当朝；B、天启：魏忠贤；C、崇祯帝宦官作乱；D、历史上的奸臣、恶吏……

3. 由于儒的影响，韩非之后彰扬恶行的学说没有大显，但臣者媚君，君王恃霸之特点（忠君无我），远彰于西方。

4. 文化大革命是中国两种主要文化积累的结果，“儒”终于克制不住“法”（韩非，中国的马基雅维利）的文化恶势，一个全面畸形的社会应运而生。

七、马基雅维利式中国犬儒主义的当代表现（详）

当代源于近代

1. 大革命时期对于各类农村力量的运用。

2. 抗日战争时期的政策策略。

3. 土改运动，包含间夹于抗战与解放战争期间的农村土改运动。

4. 解放长春，雪白血红。

当代

1. 民主主义阶段革命目标向全国的普遍推行。

2. 人类历史上最大的什伍之法，财富的集中。公天下之身，公天下之物，其唯至人矣。

3. 大鸣大放，百花齐放，反右前奏。

文化大革命

1. 中国马基雅维利式犬儒主义。形式上极其积极，本质上极其消极，反道德、不择手段都达到了人类历史前所未有的程度。

关于林彪的思考。

关于周恩来的思考。

2. 文化大革命，不是犯上作乱为本质的造反，而是中国马基雅维利式犬儒主义文化积量的总爆发。

当前的现实

马基雅维利式犬儒主义文化对现实的严重威胁：

1. 特点：理性化、学术化的表现。

2. 学术的不德：对西方文化理论的严重颠倒和扭曲。

3. 政治的不德：维护强势专制，吠声于于无声处萌动的新思想、新潮流。

4. 对民众的嘲骂——世界文化中的千古奇观。

八、尾声

1. 洗清中华文化中的犬儒主义，特别是马基雅维利式犬儒主义要素，是全民族的文化任务。

2. 制度的改革的成功与否，在于对中华犬儒主义，特别对马基雅维利式犬儒主义歼灭战之成败。

3. 任重而道远，吾辈应当努力！

可能增加之章节：

犬儒主义文化的中西比较：

1. 西方犬儒主义，个别的，特殊的，未对历史之发展产生普遍作用。

2. 中国犬儒主义，普遍的，互为支持的，对中国历史发展产生了长远的普遍作用。

2009年8月15日

从著名经济学者的理论困境看“东风压倒西风”

2007年7月10日《南方周末》“政经”栏目刊载该报记者与著名经济学者王小鲁、姚洋先生的对话《俄罗斯的改革比中国更成功吗?》。这篇文章的基本内容是：有人认为俄罗斯此前的社会、经济发展并不如中国，但由于其政治体制改革彻底，所以，较之于中国，其未来发展付出的成本会小一些，而中国在未来的发展中将付出较大的成本。两位学者认为，这种观点是靠不住的。十年增长可能是暂时性的，二十年增长是一种惯性，现在三十年了而保持继续增长，难道说我们不可以对我们目前的状况（经济制度和政治制度）保持自信吗?

一眼可以看出，在纷乱复杂的政治、经济局势下，这篇文章是给当局者吃定心丸的。在舆论一律的中国，两位学者写这样的文章，持这样的观点十分可以理解——连《南方周末》为什么选择这样的文章刊载出来也十分可以理解：汶川震后十天，该报在重要位置刊出编辑部文章《汶川震痛，痛出一个新中国》，引起舆论大哗。保皇（守）队伍连连声讨：难道想翻天，痛出一个什么样的“新中国”，杜鲁门、艾森豪威尔所期望的“新中国”吗？《南方周末》的捉刀者们胆战心惊，尤其在地震引起的“紧急状态”期间，谁不害怕“破坏和谐”“造反作乱”的帽子扣到头上呢？多登“对话”这样的文章正可以洗白自己，向党表忠心。

“对话”的观点、作者及《南方周末》编辑部的用心，都不是我今天要谈的主要内容。我要谈的是，从学者在词语选择、概念运用、理论推导上的一些不适当之处，可以看到：民主政治的主张者与反对者之间，已呈东风压倒西风之势。那么，顺应潮流，主动改革，当是站在政治峰巅上的人物们的自觉选择。成就历史的功业的时刻已不期而遇，对此装聋作哑，不仅是对国家的不负责任，也是对自己的不负责任。

以下介绍两位学者词语选择、逻辑运用、理论推导问题上的不适当之处：

两位学者在表述了他们的核心观点之后，《南方周末》记者问道："那么多西方学者看到俄罗斯的现实，为什么他们仍认为俄罗斯的改革优于中国?"对此，王小鲁先生是这样回答的：

> 我可以理解很多人，从国内到海外，他们为什么会有这样的评价。因为他们心目中有两个东西是至高无上的，一个是市场体制，一个是民主政治，这是一个终极的理论目标。从形式上看，俄罗斯两者都有；而中国是有了市场经济，但不太彻底，政府干预较多，从政治体制上说还没有形成一套完善的模式，因此单纯从理论上推导，可以得出来一个结论，认为俄罗斯改革好于中国改革。
>
> 但是问题在于，市场和民主是不是终极目标？我认为这两个东西都是非常必要、非常重要的，但终极目标应该是让老百姓得到利益，得到改善，得到发展的机会，让整个国家的人民今天比昨天好，明天比今天好，这应该是这个社会至高无上的目标。

在王小鲁先生的回答中，将持他要批判的"这种看法"的人，扩展为"从国内到海外"，较记者所说的"西方学者"又充实以"国内学者”的内涵，几近于普世公认的意义了。然而，王小鲁先生还是要否认他们的这种认识。他说：“他们心目中有两个东西是至高无上的，一个是市场体制，一个是民主政治，这是一个终极的理论目标。”“但是问题在于，市场和民主是不是终极目标？我认为这两个东西都是非常必要、非常重要的，但终极目标应该是让老百姓得到利益。”——王小鲁先生是说：那些“从国内到海外”的学者，他们认为一个市场体制，一个民主政治，是终极的理论目标。但应当把这二者当作终极目标吗？显然不能，因为人民幸福、人民利益才是终极目标，“市场体制”“民主政治”（王先生在这里主要是指“民主政治”）才不是终极目标呢。

表面看，王小鲁先生的词语选择、逻辑运用、理论推导都没有错误，尤其是在亟须理论普及的中国大众看来，王先生的这段思想表述简直是天衣无缝、天经地义——难道不应当把人民幸福、人民利益当作终极目标吗？只要实现了人民幸福这一终极目标，我们中国老百姓才不管它什么市场经济不市场经济，不管它什么民主政治不民主政治呢！——只要吃得好，我们才不管什么制度呢！

亟须理论普及教育的中国大众这样一说，王小鲁先生、姚洋先生就一定会发现，自己原来是说错了。严肃的理论，在大众中却产生如此不严肃的理论后果，两位先生必然在内心深处感到愧疚。本为开发民智，反而起到了愚弄民众之效，惭何如哉！

问题究竟产生于什么地方？产生于：第一层级的问题，往往不再是问题，例如：生存就必须吃饭，这是第一层级的，所以从原始人以后，人类就不再讨论“生存就必须吃饭”这个题目了。但是，为了某种目标，某些人就偏偏提出来讨论这样（“生存就必须吃饭”）的问题，这是为什么呢？因为有时候，它可以提供一种方法，让论题的明晰性模糊起来，让讨论的目的性变得混乱不堪，让人们陷于糊涂之中。

像“生存就必须吃饭”这样的论题在原始人之后就不再讨论一样，在文艺复兴之后、工业革命之后，对于“人民幸福、人民利益至高无上”这样的论题，人们，特别是近现代的西方学者以及中国现代的知识分子早就不讨论了。讨论的是什么呢？是第二层级的问题：为了实现“人民幸福、人民利益”这样的目标，我们应当如何进行制度设计。讨论得出的结论是：市场经济、民主政治是人类社会朝向“人民幸福”的天堂飞翔的两翼，少了这两只翅膀的任何一只，便无法实现人民幸福的目标。这是毋庸争议的共同认识，于是像王先生所承认的那样，“从国内到海外”，人们把市场经济和民主政治视作“至高无上的终极的理论目标”。

将第二领域里的问题，混入第一领域去讨论，概念发生了混淆，词语意义发生了混乱，从语言表层看，不存在偷换概念问题，但从思想实质上看，概念的偷换已经完成了。两位先生也已经实现了自己的论辩目的：即便作为实现人民幸福的目标的手段，民主政治亦并非绝对必要的。

由王、姚两位先生身上，我们确实看到了某种思想所面临的理论困境：是必须进行政治体制改革，还是可以不进行政治体制改革？不进行政治体制改革，我们的理论根据何在？“中国国情特殊、不适合民主”之说已经破产或濒临破产，“人民幸福、人民利益为终极目标”之说，又显得如此简单、如此幼稚、如此低层级，而且显得如此陈旧和老掉牙，它能够使某种困乏的理论冲出重围吗？

王先生、姚先生的理论困境实在不是基于其理论和思想自身的原因，因为，我们可以真切地看到：两位先生一会儿否定政治改革的必要性、紧迫性，一会儿又说市场经济、民主政治“这两个东西都是非常必要的、非常重要的”，他们在思想表述上吞吞吐吐。“对话”要呈现其批判的主题，但又说“我们都很尊重某某（他们的对话所批判的对象）”，在被批判者面前谦谦卑卑，不敢理直气壮。这是一种悲哀，其理论的困境不是基于其思想自身的原因，而是基于其生活于其中的某种社会现实的困境！

在对话中，两位先生还表现出其他一些思想的错误，例如两位先生想借用“叶利钦是民选总统，但叶利钦却让俄罗斯人民吃苦了”的事实来实现他们的论证目标：人民幸福是根本，民主政治并不是重要的。但这样的论述多么荒唐，一个学者借此事实来论证这样一个问题显得多么欠缺深思熟虑。叶利钦制定了俄罗斯现行宪法，确立了以人民普选为核心内容的民主政治制度，在这一政治制度之下，普京得以继任，多种善政得以制定和实施，这才有了俄罗斯今天比较繁荣的局面。叶利钦之功，是根本性的—— 延及俄罗斯千秋万代的，俄罗斯遭受的阵痛，是俄罗斯所应当付出的走向民主政治道路的学费，这学费支付得也并不算是十分昂贵！

看问题应当根本一点。缅甸军政府十分邪恶，其眼观数百万百姓饥饿、疾病而死，却让载运可供饥民食用、医疗的粮食、药品的国际救援船只在国门附近的海面上游弋，而拒绝其登岸。这样的政府真当诅咒“时日曷丧，予及汝皆亡”！但在国际援助船只在海上游弋期间，缅甸通过全民公投，制定了一部宪法：在一定的期间内，结束军政府统治，国家实行政党轮替、民主宪政。尽管公投的程序近如一场闹剧，但中国的近代共和制度的确立不也是从1912年的闹剧开始的吗？在这场闹剧之后，即便雄过秦主之人，也不敢再以明晃晃、赤裸裸的面貌称朕称皇了。那么，我们可以随随便便地去诟病叶利钦这样划时代的人物么？

2008年7月13日 于盛福大厦

“中性政府”，一个毫无价值的虚假概念

前按：

本文所批评的是一位其文章不断发表于大报的知名学术人物，对他的批评也就不必隐其名号了。他的事例说明，写文章不讲逻辑，随意缀文，是当今文化的通病。我不敢研阅姚洋先生的文章，罅漏惊人。他提出了中性政府的理论，为立论奠基，他要说个一、二、三。这“一、二、三”说明中国有建立中性政府的基础：一、1949年后中国是个平等的社会；二，1949年至1978年中国搞阶级斗争，1978年后吸取了经验。不待说三，矛盾便暴露出来了：“搞阶级斗争”的社会可能是一个“平等的社会”吗？那站在高凳上戴着高帽子的人和拿着红缨枪斗争他的人是平等的吗？这是不当犯的毛病，农民一出口也自知失言的，却由一个教授庄而重之地当成理论向民众发表。我希望审查机制不要滤掉这篇文章，特别这则前按。知名教授、学科带头人尚是如此，当知纠正学风，纠正文风，于我中国是何等必要！

青年人应当警惕：电脑带来了敏捷和方便，也带来了荒唐和草率。必须意识到：传统的严谨态度加电脑的现代化，中国文化才能在坚如磐石之陆上葱茏茂盛。你可见过河边粗泡的枯柳，昔日的清秀茁壮衍化为今日的朽木枯心，是沁液不济的结果。青年人应当以恒固坚毅的文化努力，壮大我们文化的祖国。士不可不弘毅，但不可假弘毅！

近读载于2008年7月10日《南方周末》记者与经济学者王小鲁、姚洋的对话《俄罗斯的改革比中国更成功吗？》，对其理论的玄想式荒诞、所据“事实”的可笑不经，深感惊讶。不吐不以为快，特撰此文！

在对话中，姚洋先生提出了一个学术上的新概念——中性政府。姚洋先生认为：因为中国政府是一个“中性政府”，所以中国创造了连续三十年经济高速增长的奇迹。什么是中性政府？姚洋先生说：“所谓中性政府，就是政府的政策选择与大多数人的利益取向一致，而不是倾向于特定的利益集团。”姚洋先生对这一概念的发明沾沾自喜，他认为他的解释适用于一切的政党和一切的国家，一个政党只要能够成为一个“中性政党”，一个政府只要能够成为一个“中性政府”，就能够使它为之服务的社会得以发展，为之服务的民众得以幸福。他欲将自己发现的理论推广至全世界，造福于全人类。然而，“中性政府”实在是一个毫无价值的虚假概念！

所谓“毫无价值”，是说一切美好的名词，诸如“共和政府”“人民政府”“民主政府”“国民政府”等，对于社会问题的解决并无实际意义。那么，相信在换了一个新的美好名词“中性政府”之后，仍然同样的无济于事。请注意，“政府的政策选择与大多数人的利益取向一致，而不是倾向于特定的利益集团”，这不正是任一个“共和政府”“人民政府”“民主政府”或“国民政府”所应当具有的内涵吗？“中性政府”只是“共和政府”“人民政府”“民主政府”或“国民政府”所指向的事物的另一名称而已。欲以名而求实，实从镜而求月，应是古代童话中的故事，不应当是现代学者之所思所为！

所谓“虚假”，是说姚洋先生关于“中国政府是一个中性政府”

的认识不符合中国的实际情况。中国政府的政策选择是不是与大多数人的利益取向一致而并不倾向于特定的利益集团，这是值得认真研究的问题，而并不是一个已经确定了的事实。姚洋先生亦不得不承认中国面临极其严重的贫富分化，这一状况的存在难道不是他的“中性政府”理论的反证么？去年贵州发生的“瓮安群体性暴力事件”说明了什么呢？今年湖北石首事件的内蕴深处又有些什么含义呢？尤为奇异的是，去年发生的上海弑警事件中，百分之九十以上的人竟然不同情被杀者，反誉持刀青年为侠客、义士。这种情况的出现在全世界都是少有的，在中国历史上也极其罕见……这些现象应当不应当引起政策制定者的反思呢？在这样的背景之下，姚洋先生不是帮助政府寻找症结之所在，反而一味地下安眠药、服安慰剂，岂不是贻害于人！

姚洋先生究竟是如何得出中国政府是中性政府的结论的呢？笔者研究了姚洋先生的其他有关文章，他不是从现实中寻找结论，而主要是从历史中寻找答案。其一，他认为，中国从1949至1978年的阶级斗争中得到了经验教训；其二，他认为，1949年建国之后，中国社会是一个平等社会，不存在特别的利益集团，这是建立中性政府的社会基础；其三，他认为，1978年之后，中国逐步凝聚了共识——为建设一个强大而平等的中国，中国共产党也逐步成为了一个全民的政党。（见姚文《中性政府：对转型期间中国经济成功的一个解释》，此为DOC版。填如同题，在百度页面首行。因其过分荒谬，姚在其他同类文章中对相关论述作了修正。）

我无论如何也弄不明白，姚洋先生是如何从这些历史研究中得出这样结论的。阶级斗争，必然是一个利益集团对另一个利益集团的斗争。既然1949—1978年是一个阶级斗争的历史阶段，那么这一阶段又怎么同时会是一个平等的社会呢？这，是笔者对姚洋先生历史研究的第一疑问。这第一疑问也同时指向了姚洋先生理论错误中的全部问题：姚洋先生的所谓平等，仅指经济而言，并不包含政治平等，因而，他所谓的利益，也只包含经济利益，而并不包含政治利益。所以，他认为，中国社会是平等的，无特定利益集团的，因而中国政府也就是一个不代表特定利益集团而只代表大多数人利益的“中性政府”。

但问题也恰恰出在这里，利益集团真的只指经济上的利益集团，而不包含政治上的利益集团么？更深入一步，政治上的利益不可以转化为经济上的利益么？如果上述两个问题的答案都是否定的，那么姚先生所得出的结论应该给予肯定。但科学的结论恰恰相反：政治利益是一切利益的基础，政治利益可以转化为包含经济利益在内的其他一切利益。那么，姚洋先生的理论显然就不能成立了。的确，自1921年以来，中国逐步确立起一个巨大的政治集团，中国一切利益的划分，都不能不以是之背向作为衡量的基点。1978年之后，不，只能说二十世纪九十年代之后（苏东解体，冷战结束），中国共产党很想使自己变成一个全民的政党。但是，由于理论的、信仰的、历史的、现实的局限，这种努力至今仍处于实验和探索之中，“和谐社会”的探索与“民主专政”理论的相互磨合，始终在摸着石头过河。

稍作展开来谈，如果以姚洋先生的观点（只从非政治的角度确定利益冲突，认识平等与否）来看待问题，中国的确很容易建立起一个“中性政党”或组织起一个“中性政府”。因为，除个别的朝代（如魏晋南北朝）以外，中国受“王候将相宁有种乎”的思想上的影响，受“朝为田舍郎，暮登天子堂”的科举制度的影响，不存在较为固定的血统上的贵族阶级。进入所谓的“半封建、半殖民地”阶段以后，由于“共产主义”的影响，中国也不存在一个稍微像样的经济上的利益集团，或经济贵族。所以，从非政治方面考察，中国社会基本上是平等的，中国有很好的条件可以建立起一个所谓的“中性政府”。但遗憾的是，一个并不以“既有血统”和“既有经济”方面的优越而组织起来的政治集团，亦必然地有其背后特定的利益诉求——在当今的经济时代，其利益诉求便必然地脱离不了经济诉求，脱离不了物质财富的分配。所以，“中性政府”的概念是否能够成立，当是一个尚待研究的问题，并不是一个已经可以确立的事实。

姚洋先生关于中性政府的研究，是以奥尔森在其《国家的兴衰》中所提出的泛利性组织的有关研究为基础的。因而，他提出中性政府的建立必须具备三个条件：1. 集团成员的广泛的代表性；2. 一个平等的社会基础；3. 中性政府应是一个镇压力量较弱的政府，因为，政府对反抗的镇压能力越强，它就越不可能成为一个中性政府。由姚洋先生所开列的中性政府的第三个必要条件可以看出，姚洋先生认为：中国政府是一个镇压力量较弱的政府。这是一个多么不堪一击的命题：一个以打败国民党八百万军队而自诩其光辉历史的政党所支配的政府、一个以阶级斗争和暴力革命为政治信条所建立起来的政府，竟然被姚先生认为是一个“镇压力量较弱的政府”！姚洋先生，你愿意以这样光荣的头衔赋之于党，党绝对地不愿意接受呢！《中华人民共和国宪法》第一条规定：“中华人民共和国是工人阶级领导的、以工农联盟为基础的人民民主专政的社会主义国家。社会主义制度是中华人民共和国的根本制度。禁止任何组织或者个人破坏社会主义制度！”

姚先生的呓语令人匪夷所思！

姚洋先生在《中性政府：对转型期间中国经济成功的一个解释》第三节中说：“本节用三个例子说明中国共产党所采用的策略有利于社会整体的利益而不是个别群体的利益，甚至是当这样做有可能威胁到她的权力基础的时候。”这是一种拍马，而且“拍”得违背和践踏了中华人民共和国宪法。接受中国共产党的领导是中国人民的宪法责任，怎么能说“甚至当采用某种有利于社会整体利益的策略可能威胁到她的权力基础的时候”她也会这样做（采取这种有利于整体的策略而不考虑党的权力基础）呢?

姚洋先生是一位中青年学者，北京大学中国经济研究中心副主任，林毅夫先生已经高升世界银行副行长，正可取而代之挑起学术大梁。一位学者，欲善其身，必善其论。对于科学问题的研究，必须严肃而慎重：换一个新名词可以解决实际问题吗？不切实际的理论推导是应当提倡的学术风气吗?

2008年7月15日

季先生——中国文化的肚皮

前按：

与俗思相异，是好文章的基点。当一个社会在政治的左右下轰轰烈烈称颂一个人的时候，一个正直的人应当有所思考、有所警惕。阿谀是陷阱，但阿谀面对的不一定是你本人，而是你本人身上常常表现出来的缺点。季先生已经仙逝，他们阿谀的不是季先生，他已无知无识，他的不孝儿子也不需要对父亲的阿谀。一些人操动电台、电视台、各种报章媒介所恶意阿谀的是我们自己身上的缺点，通过对逝者的阿谀而阿谀我们！

原序：

从蔡元培，到胡适，到马寅初，到季先生，北京大学校长的变化，表征着中华民族精神和性格的变化。民族的基因，要集聚一些好的东西，而摒弃一些坏的东西，从而有利于优胜劣态的自然选择。季先生仙逝之后，在巨大的舆论面前，人们畏畏懦懦，不敢发出讨论的声音。我也曾一度犹豫，犹豫于对自然死神的敬畏，也犹豫于众多正人君子的滔滔之口。今天，季先生仙逝双七了，尸骨火化也已经一七了，因必要的尊重而保持的沉默约束可以略有放松了。我将日前所写的文字公布于世，并将继续以文字形式讨论这一问题。为了民族基因的良向变异，我以为，朋友们都应当认真思考、积极讨论。

还要提醒朋友思索的是，一位知识分子，一位北大教授，在文化大革命中，1976年春天，那样的国家危机时刻，在《人民日报》发表那样内容的文章，这样的行为比无知红卫兵的“打砸抢”的恶劣程度更严重一些呢，还是稍值得原谅一些呢？

我们对一位有缺点的文化老人的纪念和评判，应当特别慎重。

郭沫若，一代文化人物，在考古、甲骨文研究、诗歌、戏剧、书法诸领域卓有贡献，关心政治、积极参与政治，在中国近代政治史上也是风云人物。然而，其晚年所表现的短见和浅视，让人扼腕。郭沫若的两个儿子在文化大革命中自杀身亡，这是多么令人伤痛哀绝的事情：一些文献记载，其两个儿子在两年之内连续自杀之后，郭沫若以泪研墨，书写儿子生前日记，表达人生的极悲。这样锥心裂肝的经历仍不能使郭沫若对中国近代的历史问题有清醒的思考：他的死前遗言是，将骨灰撒在大寨的虎头山上——在死亡之后，他的灵魂还要继续革命到底。不幸的是，郭死后不久，大寨的红旗便被十一届三中全会砍了。郭沫若骨灰撒放虎头山的故事，便成了一代学人、一代智者政治眼光短浅的有名经典。

季先生，郭沫若之后的又一代学人，中国近代政治史上，虽其不显，但他终究是一位共产党员，追悼会上覆盖党旗的人。衮衮诸公在他的灵前吊唁，死后哀荣为二十年来所未见，恐不让当年郭沫若之逝。与郭沫若还有一比的是：其政治眼光的短浅，二人互无高下。季先生自身受难于“文革”之中，“文革”之后，此仇此难虽萦萦于怀，至死不忘，但即使到其生命结束，也没能悟出文化大革命与阶级斗争理论有关，与某种倡导暴力的传统思想有关，未能悟出文化大革命的发生是与此前的种种社会运动环环相扣而自然发生的。如此，季先生在“文革”过后虽对文化大革命唾骂不止，但乃大观园中焦大之骂，是短视的。

那么，为什么称季先生是中国文化的肚皮呢？这是由中国文化的脊梁，中国文化的大脑这些比喻说起的。

鲁迅被谓为中国文化的脊梁，胡适被谓为中国文化的头脑。这些比喻是割裂的：鲁、胡二人一左一右，左的如是脊梁，右的当担待不起头脑，因为无缺乏脊梁支撑的头脑存在；同样右的如是头脑，左的也将担待不起脊梁，因为不可能有缺乏头脑思索之下的脊梁。但从纯语言学的角度来看，我还是赞成这种比喻的。文化的支撑（脊梁）和文化的灵魂（头脑），其二者构成了文化的大体、文化的架构。结合政治进行思考，或者待中国的历史再向前一步，中国左、右之翼与历史的顺逆之势有了明确的划分，则将脊梁、头脑合归于左边或右边的或鲁或胡的一人。又或者，将中国的前进作矛盾对立运动的思考，左与右的斗争共同推进了中国近现代的政治生活，促成了中国一百多年的进步之势：胡与鲁则皆为中国文化的脊梁和头脑，其二人亦不必就脊梁与头脑分占其名。

在此意义上，我谓季先生为中国文化的肚皮，既非脊梁，亦非头脑，是很恰当的。非头脑者，因季缺乏胡、鲁二人那样明睿的政治思想——说“缺乏”有点表意不足，从政治思想上说，季先生简直如一传统的农舍小人，甚至连一介农人也不及。

做为一个不但与胡适同时代而且是同事的人，其政治上的思想糊涂是令人难以想象的。写这篇文章之前，我看了先生两篇旧文，一篇1971年8月24日发于某刊的《大学的青春》。该文说：我所居住的房屋“窗子面对北京展览馆的高塔”，能够“看到高塔顶上的红星”。这颗“幸福的红星”“希望的红星”引起了我“一连串的遐想”：“我不知不觉地就会想到，我们今天真是无限地美好，只要有一颗正常的心，谁能够不随时随地感觉到这一点呢？这是伟大领袖毛主席‘知识分子与工农兵相结合’真实写照啊，想想我原来关在书斋里研究什么巴利文、梵文，自以为是，高踞于人民群众之上真是惭愧万分啊！”另一篇：发于1976年1月24日人民日报的《党的知识分子政策不容诬蔑》，文章说：“去年七、八、九三个月，教育界刮起了一阵否定无产阶级文化大革命、否定教育革命的右倾翻案风。这是在新形势下的一场尖锐的两个阶级、两条路线的斗争。”“我们决不能等闲视之。我们有什么理由认为自己已经改造得差不多了呢？我们决不允许任何人再把我们拖回到精神贵族的老路。我们坚决在毛主席指引的金光大道上阔步前进。”两篇文章发表的时间都在文化大革命的特殊时刻，一个是林彪即将跌落，“文革”是非已显，一个是邓小平复出又被打倒。但两篇文章都作践自己，作践知识分子的灵魂，称颂残酷斗争的合理。

在思想觉悟上，季先生真的糊涂得可以！

季先生就这样糊糊涂涂地日出而作，日落而息，每天用心孜孜于自己的一亩二分土地，桀纣尧禹之事，在所未闻也。至于“树欲静而风不止”，撕裂身上衣衫怎么办？则桀纣亦明君，尧禹亦明君，唯臣下不明而致乱国也。

非脊梁者，季先生一生最称赏的是“忍”。无论千般摧残、万般邪恶，季先生对待它的法宝唯有一个“忍”字，以“忍”克化一切，还要什么脊梁呢？季先生《容忍》一篇对“容忍”二字歌颂道：“新年贴春联，只要门楣上写着‘百忍家声’就知道这一家一定姓张。中国姓张的全以祖先的容忍为荣了。”

季先生还有一些很糊涂的说法。在《病榻》一文中，他说：“比如说，我一辈子舞笔弄墨，现在为什么不能利用我这一支笔杆子来鼓吹升平，增强和谐呢？现在我们的国家是政通人和海晏河清。可以歌颂的东西真是太多太多了。歌颂这些美好的事物，九十五年是不够的。因此，我希望活下去。”——一生歌德，死而后已。他根本不知道一个公共知识分子更重要的责任是给政府提意见，而不是给政府唱颂歌。

关于“肚皮”问题，其正解如下。肚皮者，充实（充塞）也，安享也。季先生以自己一生的耕耘不辍，充实了中国文化的内容，扩展了中国文化的领地。季先生寿至近百，以同行之人先逝，而安享文化尊荣。

季先生研究的领域不属于显学，而属于边缘领地的学问，经国济世，前引民族，绝对说不上。但在充实中国文化的内涵，扩展中国文化的领地方面，绝对功不可没。当然，相对于头脑和脊梁来说，肚皮者，不思也，软沓也。身躯带往何方，肚皮便跟往何方。天塌下来，有脊梁撑着，关我肚皮何事？然而，称得起中国肚皮，亦很了不起了。充实了中国文化，加大了中国文化的内涵，对于一个青年时代甚至不期于自己在寿命上能胜过别人的人来说，其能够最终被称之为中国文化之肚皮，此生之功，堪其大也！以我之此评为不敬者，当思我之评定为持中之说，而并无贬义！

2009年7月20日

钱先生、“恩师”、磕头与其他

前按：

文章有匡正世风的作用，“恩师”之呼合适吗？有谀谄之气吗？对朽木一样的“恩师”叩头，不感到滑稽吗？对“恩师”叩头的时候，你想过这个西服笔挺、直着膝盖的人在家堂给他的老娘叩头吗？请思视一景：北大、清华之内，“恩师”声声，莺啭燕鸣，跪拜打揖，随处可见。我中华文化将其如何，我民主进步斯于何境？

又回到老题目：歌诗合为事而作，文章合为时而著。《钱先生、“恩师”、磕头与其他》，出乎此也！

一

钱先生忽闻死了母亲，应该置从北川赶来的学生于不顾，急匆匆回家奔丧吗？

说严重一点，钱先生忽闻同时死了母亲和父亲，应该置从北川赶来的学生于不顾，急匆匆回家奔丧吗？

给学生上课，公也，在百家讲坛，给特别学生上特别的课，大公也；母死而奔丧，私也，父母并死，稍急之私也。

先公后私，私不废公，乃当代公义。那么，钱先生在忽闻私丧的情况下，只能强压悲痛，以给这些特别学生在特别地点上特别之课为优先，方显示当代知识者应持的责任观、道德观、公私观、社会观、国家观。

那么，在忽闻“恩师”辞世的情况下，钱先生应当如何选择呢？在实际中，他又是如何选择的呢？

二

天地之间，人类之中，以父母恩泽为最大。钱先生在每年父母节寿之时，给父母跪拜磕头吗？

如果给父母跪拜磕头，则在寿节之时给“恩师”季先生跪拜磕头为常态。非如此，则当以另意解之：或别有用心，或另有企图，或名有所沽，或利有所索，社会大众当鄙视之、各路媒体当批判之。

三

或曰：季老为一代大儒，国之瑰宝。季老去世，国家领导人即及时赶赴现场，故季老为师，非一般为师，钱先生急于奔丧，乃急于公义，非私也。

此言差矣。国家领导人及时赶赴现场，为其必须履行的职责，乃行政公务也。钱先生弃课堂于不顾，急匆匆赶赴现场，则基于何等责任，履行何等职务？——相反，将北川学生弃于一旁，为教师之背信，非但职责堕地，社会之大公亦委于地矣！

四

我读钱先生近日博客，“恩师”“恩师”连称不断，每篇不下三十许，如奴才之叫恩主，如宦官之称恩皇。只是阅读，未曾闻声，亦感头皮发麻。

我们是系领带之人，我们是穿西服之人，衣裹之下，当是现代思想。无论如何，总感觉“恩师”一词带有极腐朽的旧时代味道。

与相声界是不能比的，与书法界也不能比。“恩师”之说，虽仍可质疑，但那究竟是中华国粹地界，保留一些传统称谓和传统习俗是可以原谅，可以理解的。

五

“恩师”实为饱含私意之词。

现代学校，乃为公立之器，为社会传育知识，培养后代，发展文明，推进科学，乃其公职也。

现代学校里的现代之师者，授资于国家，享薪于社会，其平等地、平行地、一视同仁地尽职尽责于每一个学生，乃是他当为之义，容不得任何一点偏向和倾斜。

在平等的教育中，学生中仍有出类拔萃者。出类拔萃乃基于努力与天分不同，老师针对特进者履行特别之务进行特别培养的结果。对特进者履行特别之务进行特别培养，是职责的要求，国家的嘱托，仍为分内之事，乃公也，非私也。

据此看来，即便在季老门下，钱先生确乎超乎同侪，应非季老对之特别施恩、另有相授的结果。

季老如对钱先生另有特别施恩，则当不起一代大师称号，因私心而特惠于人，岂不渎乎于人民之仰慕欤?

六

“恩师”之说尚且如此，跪拜之举更当如何评价?

吾观钱某，西服革履，金笔领带，跪拜一垂朽老人之前，只感到滑稽无限，卑琐无限——发自肺腑地折腰于老师恩泽，吾恐其为不然。钱先生者，虽师（教授）也，亦商也，先商也，后师（教授）也。故，我之眼中，其所跪者：乃金钱也，名利也。

钱先生，非为学者，乃一巧人!

七

在钱先生面前，余秋雨显得可爱。

余秋雨虽有伪评，却无巧评，有时候还傻乎乎与读者对垒，憨态可掬，有点可爱。

钱先生明光晃晃，泥鳅溜滑，四处钻营，毫不掩饰。在余秋雨那里，斯文虽萎，尚未扫地，钱先生处，则现代文明委地无遗，古老传统中的善的一面尽被荡洗矣。

八

“恩师”之呼、跪拜之风，绝不能倡之。

季羡林之死，钱先生蹿跃其间，国人如不慎思，则此风有可能盛于中华!

现代学校乃西式设置，所倡意识、所导风尚均应以现代为矩尺。“恩师”之呼，是否夹杂着教益私授之货？跪拜之下，是否含义着贵贱高下之分，亲疏远近之别？则公平置于何地，民主又当何思？

请思视一景：北大、清华之内，“恩师”声声，莺啭燕鸣，跪拜打揖，随处可见。我中华文化将其如何，我民主进步斯于何境？

2009年7月23日

再谈罗京之死：面对疾病，需要哲学

——与浮生若梦先生和X1961君商榷

一

关于罗京之死，我写了两篇文章。

其一，《罗京与邓贵大》，谈两个社会人之间看不见的深远而微妙的影响。邓贵大的龌龊死亡，在人民群众中造成极坏影响，使不少人认为这就是当代公务员形象的代表。当局需要“消毒”，恰遇罗京亡逝，于是大张旗鼓，借罗京而为公务人员正名，遂获生前未料之巨大哀荣。而邓贵大死前之作为，与罗京先生无关吗？哪一个中国人不受中央电视台的教化和影响，更何况邓是一位公务员，是一位身在组织的共产党员！

二

其二，昨日所发《罗京为什么死掉》，谈人应当如何对待疾病，讲对待疾病的“斗争哲学”。讲人是自然的人、社会的人、单位的人、组织的人，疾病是自然人层次的疾病，所以遇到疾病，要首先将自己降低到动物层次，从自然的深处、从上帝和造物主那里，祈取意志，求得战胜。而罗京却在生病之时，逆层次地认识问题，仍将自己当作一颗螺丝钉，被动地交给医生——医学车床边的钳工手——去处理，过分简单地导致不治。据此观点，深为罗京先生遗憾。

三

两篇文章所说都是实话，唯第一篇文章，为醒人耳目，作了那样的标题，深恐正人君子们谓我不义，说我亵渎罗京。对第二篇文章，我倒没有什么担心，虽潜含着“组织”观念对罗京生命无形危害的批判，但实属外谐内庄的文章（并且把“谐”的成分减到最低），因而，未作接受攻击的思想准备。

让人想不到的是，第一篇文章未招致异议，而第二篇文章，大面积支持之中却夹杂着一些颇表愤怒的声音。

四

在异议者中，“雅典学园”以浮生若梦先生为代表，在1510论坛上以X1961君为代表。

浮生若梦先生说我“站着说话不腰疼。你怎么知道别人没有‘凭借精神和意志，对抗病魔，与死神战斗’，看看身边那么多癌症患者，有几个能靠所谓的意志坚持到底?”X1961君则以自己榻前侍亲的经历，对我作出了与浮生若梦先生相同的批评。两个声音的共同之处是，认为我说得空了、泛了、大了，按X1961的话是：哲学能治病，那就不要医学了。

五

谨借此文答复如下：

不是站着说话不腰疼，生而为人，在造物面前是平等的。生命之强弱、生命之厚薄，于尔于我并无相殊之处。但如何对待生命，彼此尔我，则各有不同了。如何对待生命，便是一个哲学问题，按党的传统语言，属于世界观范畴。

我一贯并不信奉某位圣人的思想，但他年轻时代“野蛮其体魄，文明其精神”之说，我以为作为生命之指导无可挑剔。我的“遇到疾病，要将自己降低到动物层次”的说法，只不过某位圣人“野蛮其体魄”的思想的扩延，并将之具体运用到对待疾病的态度上罢了。

谁说谈疾病的时候不可谈哲学？谁说进了医院就只能谈医学，不能谈哲学？

六

野蛮者，未开化也，未开化者，非人而动物者也。

从生命、健康、身体的层次上说，人应当将自己以非人视之（专指男士，女士可以参考）。虽居美屋，而仍视天地为巢穴，虽处安适，而仍以雷电为景幕。

疾病之时，虽有现代之医疗条件，则视其为自我动物之坚强后盾也、完善辅助也；而内在之自我精神，则狮也，则虎也，则猪彘牛羊也——绝不娇嫩自己，绝不视现代条件为完全依赖！

七

以下平和一些。

人对于疾病的治疗，应采取一种积极的、主动的态度。而不是，将我自己交给医生了，一切唯医生的安排是从。

必须注意到，每个学科都有各该学科的狭隘的专业弊端。结果，一切的医学学科都要求严守规程，结果忘掉了活的生命，忘掉了生命是活的。

活的生命，有自己的感知，有自己的内在需求，这些感知和需求与科学测出来的很可能不一样、有区别。要将科学规程与自我生命的感知和要求结合起来，灵活处理。

医生有医生的“运用之妙，存乎一心”，病员要有病员的“利用之妙，存乎一心”，切不可在治疗之中放弃自我！

八

医生将每个生命都看成是同一的、同样的、无所区别的，以此为前提寻找规律、建立方法。他们不会，也不大可能要求他们十分精细地区分不同个体的基础力、坚韧力、意志力如何，内在可调动的活的因素如何，并据此做出个性各异的医疗方案。而这些内容，具体的生命个体自知最清，科学的指导加内在感知，以实验的态度和实验的方法，做出与医生或重合或悖离的正确决定。对规程有所微调，有所突破，奇迹往往发生。

九

罗京的一生缺乏突破，缺乏创造性突破的能力，在疾病面前不敢幻想、不敢突击、不敢稍有冒险的尝试，于是面对了癌症的通常结局：死亡，而且似乎比一般还来得更快一些。

不只是疾病的悲剧，医学的悲剧，也是性格（导致认识）的悲剧！

十

以一流医学专家所提供的种种医学信息、医疗判断和治疗方法为背景，他不可以将自己间断地放归山林，放归社会，到动物、植物中去，到泥土般的民间父母中去吗?

生病之后，他接触的全是不食人间烟火的专家，高高在上的CCTV同事，高级的、现代的与东方生命本质极其遥远的西方设施、现代器具、化学粉面和现代治疗技术。如何恢复健康，如何回归“野蛮”的生命本质?

十一

需要说明的是，我不是说，当父母患病，我们要鼓励他们不听医生的话，靠自己的意志解决问题。那是纸上谈兵的马谡的方法，机械而可笑。

哲学是一种素养，意识在于平时的积累。我们的父辈中，有一些就是照此（我所主张的观点）做的，我们做父母时，应当照此做。

当我们的父母有病，我们要劝解他们听医生的话，配合治疗。但对于他们与医生意见有所错异的作为，我们要用上述观点分析之，对待之。

十二

用上篇文章中的一段话做结语:

人，是动物的人——社会的人——单位的人——组织的人。但疾病是一种自然现象，当疾病光顾时，患病者首先要使自己回归自然的属性。从自然的深处、从上帝和造物主那里，祈取意志，祈取精神，祈取力量，求得战胜。当疾病来临，仍把自己当成一颗螺丝钉，交由组织的机床去铣磨，则虽其千金万金，虽其名医名师，而难以挽救也！

2009年7月1日

余谜精猜：他未捐款

余文豪捐款还是未捐在网络上炒作得热议纷纷。新浪网终于出现一则“关于余先生捐助都江堰新建学校图书馆的声明”，内容为：

> 去年5·12汶川大地震发生后，九八公司名誉董事长余先生在2008年5月14日决定，捐款二十万元修建一所希望小学，请公司联系安排。公司和上海对口援建的灾区城市都江堰经过多次商讨，决定将余先生的捐助用于三所新建学校的图书馆。今年5月初，随着都江堰新建学校的即将落成，此项工作已经启动。图书馆将于9月新校舍启用的同时开放，欢迎大家参观指教。
>
> 针对某些人的诬陷，事实会说明一切，同时保留使用法律手段的权利。
>
> 上海九八文化实业有限公司
>
> 2009年6月8日

这是一位姓肖的先生对余先生个人捐款二十万的真实性提出质疑之后，余先生做出的一个最清朗、最明白的答复，此前的回答都搪搪塞塞，支支吾吾。然而，即是这样一个最清朗、最明白的答复，仍然在绕弯子、兜圈子，让大家猜谜子。

那位姓肖的先生是说，余先生个人未捐款二十万，他的九八公司也只不过捐款六万元。如对肖先生的说法有意见，余先生或他的九八公司只须对如下要点作出回应就够了：1. 余个人捐款确实为二十万元，何日何时何地；2. 余个人捐款二十万是自己亲自捐出，还是委托九八公司或其他助手；3. 如是委托九八公司，九八公司所捐款中，多少属于余的个人捐款，多少属于公司捐款，捐款受理机构是如何记载的。

然而，在这则声明之前，余先生的个人初始回应内容，偏重于说"揭老底战斗队"唯"肖沙金余"四条汉子，除了这四个挟嫌小人，没人说我老余坏；至于与上述三点有关的内容，则含糊其辞。

九八公司关于这一问题的声明终于出来了，如何声明，文字如何斟酌，无疑是余先生的授意，经余先生过目。这则声明却只是说：1. 余先生在2008年5月14日决定，捐款二十万元修建一所希望小学，请公司联系安排——余先生有捐款的决定，请公司安排；2. 公司与都江堰经过多次商讨，决定将余先生的捐助用于三所新建学校的图书馆——余先生的捐款决定用于何处；3. 今年5月初，随着都江堰新建学校的即将落成，此项工作已经启动——这是个文理不通的模糊句子，用于一代文豪的重要声明，很像是一则笑话："今年5月初"，是一个时间确指，"随着都江堰新建学校的即将落成"，则是一个羞羞答答的过程性时间表述（而且，即将落成就是即将落成，"即将落成"怎么可以"随着"，真要请教余先生这位语言大师了）。那么，余先生的款是在一个确定的时间里已经捐出了，还是在"随着……即将落成"的时间段里将陆陆续续捐出呢？

真是含糊，真是谜语。但这则谜语还是不难猜破的。要在第三句话：时间确指，今年5月——这说明今年5月以前并没捐出。过程性时间用语，则过程性的时间均在未来（随着……即将落成）——这说明，现在尚未捐出！

“此项工作已经启动”，放在总体环境看是谈捐款，具体看又像是谈“图书馆落成”，是一种打模糊的说法。经语法分析，“此项工作”只能是捐款事宜。那么，“此项工作已经启动”，只能是刚刚开始，尚未进行！终于出来了，虽然“犹抱琵琶半遮面”，但终究出来了。虽有长袖遮掩，“真相”终于露面，余先生好害羞啊！

那位与余先生唱对台戏的肖先生，最初只是据余先生的一贯表现，从人格出发进行猜谜，但依据笔者对这则文字谜语的解析，肖先生是猜对了！

2009年6月12日

生态文明外衣下的犬儒化教授

前按:

从知识与智慧的关系，可以大致了解到知识与文章的关系。《人跪狗，善哉》这篇文章是一个头衔颇多的知名教授写的，教授胸中的知识定然很像个样子。他是研究环境的，但出了环境，他不懂政治，政治管理者要有起码的悲悯情怀；他不懂法律：此处的狗不是荒林之狗，野外之狗，人跪狗不是对自然下跪；此处的狗是人之物，跪狗即是对人下跪，对人之蔑贱之物下跪。怎么可以善哉?

知识是文章的前提，但知识绝非文章的充分条件。知识、智慧、人品、眼界、心胸，共同编织文章。汝写作之文，若不能彩虹在天，也当是小桥流水，滋润于村户人家；但在知名教授这里，书写却只是粪便。

一篇题目为《人跪狗，善哉》的博文，引得网络之上舆论大哗。这篇文章，可不是以贬斥时弊为内容的反讽式的文章，它真真实实地、且诚心诚意地希望人们向狗低下人类那高贵的头颅、向狗弯曲下人类那高贵的膝盖。更准确地表达，该文并不只是以生态文明为名，仅仅地将狗作为另外一物，要求人平等地向狗示礼，它要求人们在自觉不自觉地对狗有所伤害时，向狗后面的人屈膝、下跪、鞠躬、忏悔；更重要的是，它磨灭、消解中华文明中一切英雄的血气、正义的精神，要求人们为追寻怯懦的和平，低下头来，屈下膝来，向“和谐”投降。在这篇文章中，人格是没有的，把狗格视为道德的至上，正义是没有的，将息事宁人视为天下、社会之至高。

这篇文章的作者是某某教授，文章之后的注释，赫然标注自己是中国中部一座大都市某大学的教授、博士生导师，中国法学会环境某某法学研究会会长（笔者替他害羞，为隐他的身份，多用了几个“某某”，莫嫌啰唆）。教授、导师、会长，而发此言，足见被“现代”文化，“现代”思潮，“现代”观念，甚至“现代”政治所腐蚀的中国士人所本应服膺的中国传统文化中的“道”“义”“廉”“耻”观念已被糟蹋、蹂躏、磨灭至何种程度。一种动物式的毫无廉耻表现得如此淋漓尽致，却一点也不自觉，且深引为荣，实是中国文化的悲哀，实是向世以来对“道统”的担当为己任的中国士人的悲哀！

苏州花园小区内所发生的人跪狗事件，彰显了在物质、经济的腐蚀下，在扭曲政治的挤压下，在沉重生活辕轭下，中国底层民众已陷入何等卑微软弱的地位——人异化为物、为低于狗之物。面对如此不堪的情况，普通网民发声，谴责逼他们下跪的强势人物——狗的主人。就连一贯站在强势一方的地方当局，为挽回教化，也不得不对双方进行调解，要求逼人下跪的狗的主人对下跪者赔礼道歉。在群情汹涌中，狗的主人也低下傲慢的头颅，承认自己错了，伤害了下跪民工的尊严。唯引领教化的教授先生们，如某某导师、会长，却对愤愤不平的人们发出愤愤不平的声音，认为：人就该给狗下跪，因为按照生态文明说，狗和人同是上帝造化之物，人和狗是平等的。这位教授真是白读了书，他看不到物质关系背后的人的关系，他看不到人向狗下跪的后边，其实是人对另一个人的下跪，是无钱人对有钱人的下跪，是下层群众对上层养狗者的下跪。看得再分明些，是人对钱和势的下跪。在这里，下跪民工所跪对的狗，已经不是一只单单的狗。在森林里，在原野中，在没有任何人的作用之下，一个人对一只狗下跪，那确是一种原始生态的表现，不值得诧异，不应该谴责，或许可道说为庄子时代的淳朴民风的表现，是值得敬礼，至少是值得拾趣的。

我们还应该更深地究其本质，这形式上的人对物（狗）的下跪，潜藏着比人对人的下跪更其卑鄙、更其悲惨的内涵：你不要对我下跪，你不配对我下跪，你对我的狗下跪吧！

此次人跪狗事件，的确是有强烈的人的背景的。或者赔钱五千元，或者给狗跪一小时，这是狗主人的要求；而因为无钱去赔，只能向狗下跪，却是两位民工的无奈的选择。某知名教授不但是博士生导师，而且是中国法学会环境某某法学研究会会长，当然是懂法律的；但他不以为狗主人的要求是一种强者的胁迫行为，下跪民工的行为则是被人胁迫之下的自侮其身行为——从根本上说，加害与受害双方的行为，因宪法和民法保护的客体（公民的人格尊严）遭受侵犯——共同构筑起一种违法状态。教授先生的是非不分已经达到这样的程度，他认为这是双方协商的结果，比那些动辄冒火、动辄生气、动辄打架的行为好多了。

在教授先生眼里，荆轲刺秦、陈胜揭竿，都是可笑的历史笑话，李煜自缚、阿斗献城这才是识大体的和谐行为。让我们且引用教授先生文章开头的一段话看看他的思想状况吧，这样的引用胜过我们费尽心机的千言万语。他说：

> 面对眼前一幅摘自视频的“人跪狗”照片，我不禁陷入了深思：下跪的青年是那么严肃、心情沉重，他膝下的小狗是那么脆弱、沉寂，青年仿佛是在对无辜逝去的生命表示深刻的哀悼和歉悔。笔者不禁发出一声长叹：“人跪狗”，善哉！

看着教授的这段话，我们感到：不仅那两位向狗下跪的青年在自虐，教授写这文章也在自虐。两位民工的自虐是迫不得已的，教授的自虐是自觉的，沾沾自喜的——他为自己能用自己的知识为人跪狗的社会现实确立理论根据而沾沾自喜！

在教授眼里不知义为何物，中华文化的典籍在他的脑子里未曾留下任何印象。什么拔刀助义，什么见义勇为，他统统地没有听过；或者听过了，但在他那儿没有一丁点雄性荷尔蒙，从肌体内部激荡出任何一点点痕迹。

开车的民工将突然蹿出来的狗轧死了，面对凶神恶煞的狗主人，他的同来的朋友没帮助他对付狗的主人，反而跟着他跪在地上，帮他讨饶。教授先生对这位朋友赞赏极了，他说：

> 司机勇于承认自己因过失压死狗的事实并自愿选择“给狗下跪”这种方式来承担自己的责任，司机的朋友没有像某些习惯于“为朋友而两肋插刀”的哥们儿那样采取激化矛盾的举措而是能够理性地理解司机的选择并一同下跪表示对死者的哀悼，他们两人的态度和行为之认真和虔诚，应予理解甚至赞赏。

在这段言语所倡导的理论之下，不但那因打抱不平而拳打镇关西的鲁提辖应当千刀万剐，即是现代，那向日寇献城的汪精卫不也应当受到士人们的青睐吗？

看到这些奇谈怪论式的文字，我对教授先生的为人为学产生了浓厚兴趣。打开百度是这样介绍的：

某某某，教授，博士生导师，男，汉族，1944年生于湖南省某县某某司。1957年至1963年在某县耀祥中学学习。1963年至1968年在某大都某某大学学习。分别于1988年、1993年去美国俄勒冈大学法学院、华盛顿大学法学院学习研究各一年。现任某大都某某大学、某某省大学、某某省大学法学院教授、博士生导师，中国法学会环境某某法学研究会会长。历任中国法学会第二届、第三届、第五届理事，国家环境保护总局某某大学绿色环境研究所所长。

除此之外，还介绍了他的著作：什么环境政策概论、什么法的理论与实践、环境外交概论、环境法制通论、什么法学教程等等等等，真个是著作等身！

我们不能不承认他是一位知识分子，而且是一位大知识分子，但知识并不定然地培养出智慧和哲思，更不定然地培养出高尚的人格。在这位教授这里，在智慧形成上，在人格塑造上，知识直如一堆垃圾，知识唯一的作用是帮助知识者胡言乱语。看他的文章，广览现实，我们不由叹息，在畸形社会关系的影响下，知识不但没能弘大此类人物的人格、扩张此类人物的智慧，相当普遍的情况却是：知识加剧了知识分子犬儒化的程度。

从这种意义上说，"文革"中的一句话应当平反：知识越多越反动！

2011年1月24日

文怀沙年龄争议的最新进展及发展趋势

前按：

写文章要寻索资料，有时候还要计算。林北丽无书，她的诗附于《徐蕴华、林寒碧诗文合集》中，很不容易找到；但作者找到了林北丽的诗《和怀沙弟元韵示亚子兄》，由林北丽的年龄，计算出文先生的年龄。下篇文章不再另按，由朱某海父亲的年龄，得知了朱某海的年龄，从而推出了文先生的年龄。这是考据的结果，考据是很有意思的事情，大千世界里一些小的拾趣。

2009年2月18日，李辉撰文称文怀沙自称百岁老人，是以诓语炫于世人，徒为其学问增彩。李辉称：文怀沙实生于1921年，现其自报年龄与实际年龄相差一轮。又称：正文怀沙年龄，实为正社会风气、学术风气，亦便于未来之历史考据。

20日，文老先生撰写启事，称："人之将死，其言也善；鸟之将死，其鸣也哀。我诞生于忧患频连之己酉腊月初五，即阳历1910年1月15日，其他歧说，俱不足信。后世史家当以此为据……"所言哀哀，然未提供事实和史料说明其1910年出生之后的少年事迹。

其子文斯先生同日发表文章《也谈我父亲的年龄》，称生母与父亲离婚后嫁于诗人卞之林，卞之林生于1910年，与父亲互称兄弟，此事实可证家父生于1910年左右。然，恋爱、婚姻，女少于男乃人之常情，女差夫十岁、二十岁、三十岁乃至更多的情形颇不乏见。故文子之言，颇乏说服力度。

今日新浪网公布文老门下弟子赵缺先生文章《驳李辉先生〈李辉质疑文怀沙〉》，所言凿凿，甚能信于人者。文章要点是："1919年，年方11岁的文怀沙随母亲寓居杭州西湖秋社，从才女徐自华学习诗文，之后，文怀沙与徐自华的外甥女林北丽结为总角之交，两人情逾兄妹。直至2006年，91岁的林北丽临终之时，还打了一个电话给文怀沙，如童年时一般，温言软语地向人间仅存的兄长提出最后的要求——请文怀沙为她亲笔撰写一篇悼词。这篇悼词发表于2007年第5期《读者》杂志之上。如今，林北丽女士虽然已经与世长辞，但她和文怀沙先生的那些往事、那份真情，却令很多仍然在世的人记忆犹新，缅怀不已。"

林北丽系革命志士林庚白遗孀，声名甚显。其死前向文先生索要悼词属实，文界传议颇广，林北丽生前自认文先生系其幼年所交，识者皆不否认。此等事实，增加了赵缺文章的说服力。文老与李辉之争，胜败之势出现新局：李辉转强为弱，文老扭弱为强，其生于1910年的结论跃然即出。

然，事情并非如此简单。细考林北丽生前言语、著作，并不能得出文怀沙系其同年长兄或年纪大致相当的结论。非但如此，对林北丽生平事迹、文章著作进行考证，恰使文老之述露出最后的破绽，无法弥补。林北丽生前有文收录在《徐蕴华、林寒碧诗文合集》（附《林北丽诗文集》）（社会科学文献出版社）一书中，其中有词，题为《和怀沙弟元韵示亚子兄》。生于1916年的林北丽称文怀沙先生为弟，则文先生断不是生于1910年了，李辉先生所言"文怀沙生于1921年"反而为真。这段事实尚未在报章公布，然而，众言滔滔，公布这样的信息则只是明日或后日之事了！

呜呼，对于一位耄耋老人，李辉揭这样的疮疤近乎残忍，吾心痛哉！

然，我中华文化基因出了何种问题，使一位老年学者在行将就木之时出此悲剧，吾心痛哉！

乱象纷纷，恶事横流，文人刀笔不向更恶者开刀，而指向一位老人，向小不检者行残忍之手术，吾心痛哉！

文先生，向你掬一捧泪，不是赞扬式的同情，而是浇灭式的哀哭——恶世不可恕，恶世之中不能自洁其身也不可饶啊！

李辉先生，也向你奉上某种称颂：“文革”式的残忍，“文革”式的造反有理啊！

2009年2月

文怀沙、朱某海：年龄造假一条龙?

鲁迅文学院副院长白描先生著文《文怀沙的宠辱与“群体极化”》为文怀沙大叫冤枉：最有力的事实证据是，国学研究者朱某海出来说话了。朱某海今年九十四岁，朱先生说，文怀沙与之同为创办于三十年代的章太炎国学讲习班的学生，比自己大几岁。白描先生认为，朱某海的证词对那些想对文怀年龄打假的人，来了个彻底颠覆。

笔者对此甚感兴趣，但考虑到世上虚言太多。要凭借朱某海证言查证此事，应当先查一下朱某海本身的年龄。于是打开百度，查索朱某海的身世。词条介绍道：朱某海（1916年—），其父朱偰（1907年—1968年）曾留学德国，为日本投降时国民政府派往越南受降的代表。朱某海十六岁时从业国学大师章太炎先生，是章的最小弟子，云云。

朱某海的这则生平介绍之下有网友评论：“朱某海1916年生，其父朱偰1907年生，难道9岁就生他?”我为之大讶，复又认为，现代人为文不肃，或为不经意的错误。遂寻找其父朱偰的生平介绍。查索情况如下：凡朱偰之介绍均为，1907年生人，国学大师，文物保护专家。1923年入北大预科，1925年入北大读本科政治。曾代表国府赴越南受降。拒去台湾。因反对拆城墙被打右派。1968年因冤死亡，“文革”后平反。

朱偰生于1907年断无可疑，则其子朱某海1916年出生显然系伪。

难道章太炎国学学习班有此年龄造假的某种基因，待到“从心所欲而不逾矩”的阶段以后，都可以随心所欲地虚夸年龄，炫于世人?

鸣呼，年龄造假一条龙，互为袒护，互为佐证耶!

2009年3月

从倪萍获“脊梁奖”看中华文化现实病痛之深

无论“中华脊梁”，无论“共和国脊梁”，都不是一个可以小视的称谓，后面冠以“奖”字，那奖项获得者人格之伟大，气节之高尚，对于民族影响之深远，对于国家贡献之丰硕，即鲁迅、胡适之辈，若不用如椽之笔，亦当难能书之。

但是，近日一些专事文化的单位，诸如中国纪实文学研究会、中国经济报刊协会、中华文学基金会、《中国影响力人物》杂志社，竟不知“脊梁”一词的分量，更不知自己是否有代表国家、民族的资格，主办起“中华脊梁”“共和国脊梁”这样的评奖、授奖活动来。

好端端的一个个人物，诸如倪萍女士等，让这些主办者们糟蹋了。“美食巨贾”加于卖炊饼的武大，不是要从这位小个儿男人的炊饼挑下，更压榨出他的侏儒形状来吗？同样，“民族脊梁”这样的词汇加之于倪萍女士，不也是要从她那袅若竹柳的身段下，更彰显她的媚艳与顺从吗？

文天祥说，“人生自古谁无死，留取丹心照汗青”，林则徐说，“苟利国家生死以，岂因祸福避趋之”。在主办单位将“脊梁奖”授于倪萍时，我们看到了这些真正的堪称中国脊梁者呕心沥血的殷诚，以及他们的百折而不摧的铮铮钢骨。相形之下，倪萍女士的华丽裙袂也在人们的眼前张大、飘摇，若凤凰开屏——颁奖台下，所有的观众都笑了。

我们是同情倪萍女士的。

她是一个面貌姣好、形态得体的大姐。人生世间，谁不求食？她有幸以表演、主持之技宠食于宦门之内，我们有什么理由不平等地对待她，而要苛求于她，贱视于她呢？即便作为人大代表的她，说什么咱不添乱，不投反对票，遭人诟病，我以为也是可以原谅的。但是，“脊梁奖”的主办者——那些文化人们，却有意剥去她的裙装，用反衬的方法，将她的本被裙袂掩盖的无骨胴体暴露于众目睽睽之下。

由此，我们憎恶那些文化人。同时，也看出了这些文化人的怪异行为所暴露出来的中国文化的现实病痈——功利、浮躁、浅薄、拜金、势利、蔑下，失尽廉耻！

中国的现实文化是功利的。这些主办者们，他们主办此次评奖活动是为了促成中国优秀人物群体的进一步形成，促进中华民族骨骼钙质的增长吗？他们把获奖人物集中在演艺界，而在国民心中，这一界别正是中国骨骼钙质缺乏症患者较为集中的地方——如百灵鸟，人们欣赏的是声音，不重视声音之下的真实内涵。但是，这一界别的人物却是有影响的，选择他们做授奖的对象，授奖者的名声可以立马增进！

中国现实文化是浮躁的。诸如中国纪实文学研究会、中国经济报刊协会、中华文学基金会、《中国影响力人物》杂志社，他们各有己务，但己务可能是不挣钱的，于是他们旁门左道地效颦他人，主办评奖活动，以虚躁浮漂的心态实现他们的“幸福和快乐的指数”！

中国现实文化是浅薄的。“脊梁”的含义非同寻常，当得起这等称呼者，国民必无尚敬仰之。倪萍、刘兰芳、张继钢这等人物，能承当得起这样的称号吗？前有“美食巨贾”授于炊饼武大之例说，这些承办此次活动的文化人，竟然未曾事前虑得反衬的效果，闹出一般人也不可能闹出的笑话来：徒使倪萍大姐尴尬。此次事件，凸显了中国现实文化极其浅薄无知的一面！

中国现实文化是拜金的。奖项主办者营营碌碌，辛苦恣睢，但“醉翁之意不在酒”，在于罗致金钱。当网上传出拿出九千八百元钱，可以获得奖项时，主办者解释：不是向获奖者收九千八百元，而是向参会者收会务费九千八百元——不管向谁收，拜金的事实已经暴露无遗！

中国的现实文化是势利的。中国社会在极其艰难的曲折前行中，有多少人士每日每时在以或血汗或牺牲的悲壮的行动，推动国家的进步，人民的福祉——这些人确实是在为中华民族的肌体增加钙质。他们，散于江河湖海，甚至在草莽之中，这些真实的，与奖项的宗义确有一定关系的人们，主办者根本看不到；他们看到的，尽是在现实庙堂中已被镀过了“金光”的人！关于势利，再加一说：奖项原名“中华脊梁奖”，但时逢九十大庆，“共和国脊梁奖”不是加入了政治意味，更能取悦于人吗？于是，以时而变之，以需而变之，神圣、隽永与否便不在选词用典的考察之列了！

中国的现实文化是蔑下的。奖项的主办者们认为，普通的人们不具智慧，主办者说什么是什么。即使把“宇宙奖”授予他们想授予的人，普通的人们也看不出其中的虚伪来；即是看出，也莫奈之何！——但是，这一次他们看走眼了，人们还是有点智慧的，网络之上，群众的蚂蚁已使这些文化大纛下的君子们溃不成军了！

要而言之，中国的现实文化是失耻的。孟子说：“无羞恶之心，非人也。”孟子又说：“耻之于人大矣。为机变之巧者，无所用耻焉。”也就是说，人无廉耻，便不再是人；廉耻是至关重要的，但那些投机寻门道的人，是根本不讲廉耻的。中国的现实文化已经放弃了中国文化中的孟子观念，投机、利益，是它所寻索的唯一目标。如孔雀开屏一般，在花枝招展的艳弄之下，即便露出后边的肛门，也是在所不惜的！

倪萍获中国“脊梁奖”，是黑色幽默，是莫大讽刺。但其同时，也暴露了中国现实文化的病痈之深。小笑之后，每一个热爱祖国文化的人，当有深长之哭！

2011年7月20日

何以疗伤，我的中国？

——中国的悲伤、愤怒和恐惧

近十余天来，北大那位自号为孔和尚的教授孔庆东俨然成了中国的符号——文化的符号、情绪的符号和预示中国未来晴雨的符号。如同古老龟甲上出现的莫名谶纬，让久渴和平的中国，感到悲伤，感到愤怒，更因这不祥之物而感到恐惧。

悲伤着的是，自上个世纪初叶种下痈根，历某种暴戾精神五十年的折腾，至“文革”达于极点，其后略示痊状，不意又遇世界金融危机，西风稍下，内冥复萌，顽疠再呈肆虐之态——孔庆东近日的表现，即是中国百年痈根复现的一种标志！

愤怒着的是，那种暴戾精神入侵神州，肆虐华夏，漫漫将近百年而仍无退出之意——孔庆东者，亦即魔瘴将继续扰乱中国的恶性标志！

恐惧着的是，某一强大的摧却人的尊严的力量，即是百年恶风吹聚的历史结果，从善的角度言，除却它才有人民的太平。然而就孔庆东所表现的情况（即是从凤凰网统计的数字，也有74%的支持率）看——控制的盖子不可放松，一旦出现力量的真空，如孔一般的势力将逞何等的猖狂和凶顽，在如此嚣乱的中国，天下又将是何等的血雨腥风！

一百年的革命，中国虽有辉煌，但也摧筋折骨，曾历天崩崖塌，扰扰乱乱，动荡不息。近三十年来，中国的仁人哲士波澜壮阔地反思着的是，突进的革命是不对的。这种反思不仅溯及于国共之争，甚至溯及于民国之于满清。与这种壮阔的反思力量同样强大的是，不仅坚持清末之革命是正确的，共产党之于国民党的革命是正确的，甚至坚持昨日的文化大革命是正确的，直至认为，今天亦当继续革命！

孔庆东言：“文化大革命是人民的正义起义！”“如果再来一次‘文革’的话，所有的‘五毛’都会被揪出来。你以为你是匿名的，就查不出你来了？一旦查出来，杀头怎么办啊？”“把这个人真名实姓查出来，直接干掉他就完了。”孔庆东多么渴望再来一次“文革”呀！

孔庆东言：“（药家鑫）干了这个伤天害理的事情，过了一定的界限，你怎么自首都是没有用的。你愿意跑，你跑吧，跑到天涯海角，我把你满门抄斩！这才是严肃的法律。”对于连同家眷一起逃到海外的罪犯，他要求“灭九族”——株连他的亲戚！他多么希望复辟封建的、“文革”时代的“法律”啊！

对于中国大众喜欢美国大片《泰坦尼克号》，孔庆东说：“我不知道中国人为什么这么无耻，不看美国大片，你会死吗？为什么你非要看美国大片，你还是人吗？”他多么希望中国回复到文化大革命中文化上闭关锁国的状况啊！

即使在物质上，他也带着怀古的情结，他说：“七十年代我第一次回山东老家，乡亲们衣食无忧，精神面貌也愉快乐观。”

中国的东邻—— 一个魔瘴肆虐下的国度，规定在重大自然灾害发生时抢救圣像是第一任务。这样一个无视人权的国家，孔将他视作政治的样板。

孔庆东上述这些血腥的话语，这些消灭法治、消灭文化、消灭人权的话语，在中国大地上引起雷鸣般的响应。这是令人悲哀的、愤怒的，也是令人惊恐的！

从孔庆东这个中华古老龟甲上的谶纬，我们看到：某种邪恶思想的魔鬼的肆虐是辽阔而深远的，恶波高蹈，不见边垠！

何以疗伤，我的中国？

2011年11月24日

第二编

艺术博思

祖母——清明节前写谁?

清明，明天就是清明，应该写点什么？将怀念和追思于人，将同情和爱悯于人，将悲悼和哀念于人，将我们的歌和我们的哭于人。

写谁，写我的父亲、母亲?

这不是我要写的，我的悲伤与痛苦，我的坚强和力量，我的刚毅、热烈和内心深处的真温柔，我的粗率、狂野和性格质底上的严谨与细密，我的爱、我的恨，我的坚执和我的思考……在阳光下前行的我，看似脆弱却坚强得像怪物一样，看似鲁莽却又机敏得像兔子一样，是父母先天的设计和勾画，是他们后天的雕琢和锻造。这是多么复杂的事情，我不能写。不是不想，而是不能，除非上帝再多给我一些力量!

写我的祖父，我不曾见过我的祖父，在我父亲七岁的时候，他已经故去，像草、像土，像曾经在某个山头吹旋一阵子的风，远远离去，在我的脑子里没有任何的影记。

至于我的祖母，她陪着我们多灾多难的家，直熬到黑夜深沉，曙光将近。她，是我家的奴隶，我家的女奴，我家的老奴，就写她吧，写小小的几件事!

她讷讷的，不识字，不会说话。父亲的青年时代以前，我们是个大家庭。后来分为多个家庭的爷爷们，当时全在一起。祖母是负责为大家做饭的，夜炊朝食，日间二餐，是十分辛苦的。她做好了饭，大家吃。各有贫薄的肴馔，她没有，只将酸菜剁碎下饭，也没有盐。父亲自幼失怙，其他爷爷自然照顾不周，裤子破了，祖母用皂荚刺帮他别起来，因没有针线。她讷讷的，对于这一切，通通不说，也不让她的儿子说。

她是爱物的，在我幼年的记忆里，总是她手里捏把树叶，彳亍着从田中归来的情景。树叶和路边可以抓把起来的干草，是农家的柴火。不会荒时，更不会荒物，干草和树叶，在她眼里都是上天大地的馈赠。

她怯怯的，不敢拿钱。对她的一生而言，钱是陌生的，是比她高贵一些人的手中的什物，是儿子的、媳妇的、孙子的，唯独不是她的。春节压岁，父亲给过了小孩，给自己的母亲，她的手总是瑟缩着，不敢接。勉强塞给她，到了初二，她又还过来。父亲去世，做孙子的履行发压岁钱的责任——她仍是这样，一直到她离世。

她缩缩的，吃饭时总远离桌子。她在世时的日子虽然艰难，但餐桌上总多少有些简单的菜肴，调配味道，增进胃口。但这是她从来不曾想象的企望，每顿饭都离餐桌远远的。望着儿孙的享受，她很享受。往她碗里夹菜是困难的，她的避闪，她的躲让，今天想来让人泪花长流。

她会做错事，那时候总是要哭，带有自责的哀音。油有黏稠度，不像水清澈，一次她将新购的油误作污水，倒入下水道。这是不小的错误，在那贫匮的时代油是奢侈品，价格当然高，一罐油价抵得上全家半个月的粮食。如何禁得起这样的错误，如何禁得起这样的错误，在她的媳妇面前她搓着手哭了。然后，从下水道的地面上刮起，脏一些，带着土，能刮多少就抢救多少吧！

我们的家庭是一个孝道不足的家庭。特别的年代，灾难频仍，孝往往也忽视了。另一个原因，我家是一个母权家庭。父亲的温和和逊让，自然对自己的母亲照顾得少一些。在那艰难的年代，在一个贫困的家庭里，我地位特殊，一直在城市和在城市下乡的青年里，与同龄者厮混，醉心文化与思考，成熟到自觉起家庭责任非常迟——这真是一个很特异的现象。我对祖母怀着极深的愧疚！

我从大学回来，已经经历了极深的灾难。在那郊区小院里，看苍黄面孔的祖母墙边晒太阳，看她有时候扶墙而行，我在院角刨土种菜，感到一种暖润胸臆的享受。想把时光把住，就这样陪我的祖母，哪怕此生虚度，亦感充实。

我祖母去世的当年夏天，我终竟尽了一次孝道，或者说干了一次还算孝顺的事儿。当时祖母被姑姑接回乡间去住，阴雨多日，我思念祖母，忧姑姑家更贫，老人营养更亏。与妻一起，乘车一百余里，蹚齐足深的泥泞十多里，背我的祖母、抱我的祖母，带她回家，和我一起在院中沐浴阳光。

也就在那一年，我的祖母去世。当晚家中无人，穷乱年代的家庭粗疏啊，一位垂垂老人怎能独留屋中？

祖母的坟埋在我家居住四十年的小村的北边的一块田地里。有春鸟相伴，有秋鸦相伴，有蝉虫的鸣叫相伴，我还看到有刺猬和松鼠相伴。祖母是一位和善到无用的人，是一位没脾气到没性格的人，也正因此，万物都愿意与之为邻吧！

2009年4月4日1:26

可敬的小城故人

一

张剑工先生是我的前辈，我应当呼伯父的，是我所曾经生活的南阳小城里的知名人士，作为晚辈和后进者，我对他满怀敬仰。他逝于1985年，我与他的儿女私交颇厚，但以家居分离之故，在他生前我未曾一睹尊颜，这是很遗憾的事儿。

未有一面之识，我却与张伯父有着至深的缘分，我的居、我的友、我少年时期知识的增进、青年时代挫折之后与旧物相处中的忆旧疗伤、中年时期的思想磋磨，在现实之中、在冥冥之下，都与这位年高德劭者有着千丝万缕的联系。

张伯父是张氏名门望族的主要承嗣者，南阳小城最繁盛的地带——十字街以东百步之处有他家的高宅阔第，中堂森森，檐檩高耸，气派异常。在张先生之前，其父、其祖辈曾在此连出三位进士；民国废除科举，张先生则继承祖上文脉，考入北京大学法律系攻研西方法律。清末延至民国，张门此处宅第的隆望之象可以想知大概。

我是从一个更僻狭的乡野地方来到南阳的，直接原因是父母为了把我从即将发生的六十年饥饿中拔擢出来。我的父亲当时在南阳市商业局任职，商业局的处地便是张家这处大宅。前不见历史后不见来者的稚嫩童子，很难想象偌大机关所处之地竟是过去一家私宅，私宅竟能如此轩仰、如此广阔！然而自己的少年生涯也就在这里安顿下来，与亲爱的父亲在这里度过数年美好而温馨的时光。商业局的后院正对着就读的南阳市第三小学，央求叔叔打开后门可以在铃声响时赶往课堂，也并不迟到；月光之下，遐想天上地下；风雨之中，室内掀阅书本；檐下种着穷乡僻壤不曾见过的西红柿，常惹自己的涎水……这段美好的时光是与这些光华的屋宇共同度过的。然而当时不知，自己沐浴着张伯父的恩泽：这些屋宇是张先生的继承之物，在政策之下，由他亲手捐献给国家，后来做了商业局的机关驻地。

懵懵懂懂到了文化大革命，父亲入了牛鬼蛇神的缧绁之中，自己也就随着父亲的悲惨的足踪，与这所充满少年馨香的大院告别。但并未与张伯父的缘分告别，甚至加深了这种缘分。文化大革命进展至第三个年头，知识青年上山下乡，我与张伯父的小女儿张颖在南水北调工地——邓州市陶岔相遇；她带着书门望族的书卷之气，畅朗的笑，智慧的思，健美的谈，是我略感卑微中的强烈的印象。我与张颖的友谊便保持至今，她增进了我的见识，曾经的困难中给我温暖、勇气和希望。与她的交往是我丰富人生的构成元素之一，这岂不是张伯父对于我的又一重恩泽！

我是通过另外途径认识张显的（并不是发缘于同张颖的交往），张显是张伯父的长子，一位儒者，一位极其忠诚的人。虽然后来相识相交，但我与他的友谊笃厚，竟然逾于张颖，也可能是共有男性的胸襟，更容易惺惺相惜吧。张显文蕴深厚，且为道德君子，数十年相处中，我受益颇深。不能不记的有以下三点：我的父亲于“文革”中死亡于工作岗位，但一直未按因工死亡处理，加剧了我的青年时代的艰难；八十年代，张显在市信访局工作，力主公道，在我父逝十三年之后，按政策解决，使穷困的母亲略有补益。八十年代后期，我开始在南阳开办事务所，从事法律工作。翁述妪议，道听途说，拣来许多材料，效柳泉故事，写作《聊斋新志》，张显先生是故事素材的重要提供者。吾以《鬼啮》一篇开卷，此中故事即是张显先生提供的。张显去年辞世，余志此事，甚为悲怆。

第三件事至为重要，故破例另段叙述。文化大革命结束，高考制度恢复，我借此入得大学。青年意气，难堪时代风云，八十年代初，又一代思想激进者网入灾难，我在其中。举国春明，自己却以极个别身份陷入黑暗，漫漫崎岖，何时是个尽头？凡从那一时代来者，当能悟我此时痛苦之深。在这一阶段，张显是我十分重要的慰藉者，聊人生，聊历史，聊先辈人物，帮我解脱。而必须说明的是，“文革”之后，落实私房政策，张显搬回故第后院。通宵畅谈之处，竟是我少年时代的商业局居处。那堵老墙，那扇木窗，那棵高高的梧桐，都是带有凄凄愁情的——从它们我闻到了已逝父亲的味。旧物之前道述现实故事，于无路处寻觅未来路径，温馨、凄凉、思旧、瞻新，长兄谆谆而谈中体尽百般滋味。

我的伤痛渐渐平复，此岂不是张伯父对我的第三重恩泽！

二

张伯父生于1916年，卒于1985年。览其一生，处在中华民族多灾多难的年份。奋斗、冲突、挫折、磨难，是民族的境遇，也是张伯父这样的民族优秀分子的境遇。张伯父出身书香世家，一生酷爱文学，留下的诗文却不多。—— 清风不许掀书，民生何得窍口？是为一悲！——尽管如此，我们仍可从他留下的为数不多的诗文中，窥见他的胸襟、他的抱负、他的意蕴，以及他的苦难、他的凄怆……

张伯父是1934年进入北大攻读法律的，是际东三省沦陷，日寇觊觎整个中国。热血在张伯父的身上振荡激扬，受袁葆华等中共人士的激励，他与众多青年一起参加了一二·九爱国救亡运动。在中共的影响下，在民族救亡图存的过程中，他接受了社会主义思想。此种思想导致他后来在国民政府社会部工作期间，以贤达人士身份营救过十几位遭受逮捕的共产党员，也招致此后连续不断的终其一生的灾难。

自五七反右开始，直至“文革”结束，他的身份是国民党残余人员、反动学术权威，还是叛徒特务，这是一个纠结不断的问题。前两种身份已使他受尽劫难，叛徒特务则更是至为严重的问题，使他万劫难复。而恰恰那些受他解救的十余名共产党员，为了说明自己逃脱国民党监狱是清白的（不是自首出狱），共称搭救他们的人是共产党员，奉组织之命——张伯父于是成了共产党员，也就成了叛徒特务，至1978年方才清洗明白。当此之际，张伯父余寿还有七年，一生抱负化为黄昏的云烟，一片怅惘。

可以搜集到的张伯父存诗约五十来首，散文两篇。卷帙不大，然篇篇美文。最早的一篇是写于1945年的《思乡赋》。时，抗战尚未结束，张伯父避于西山之中，东望故乡，愁思百结。摘取片段，以会其味：

余思余乡兮，唯难过乎哽怆。叹乏慈爱兮，始获情乎姬姜。既延以孳兮，迺庆娱乎蠡祥。昊天曷亟兮，复多降于灾殃。乱离苟安兮，且幸寄乎山乡。念兹亲温兮，余独忍其悽凉。余思余乡兮，恨运命之乖常。坎坷相继兮，罹世途兮悚惶。痛离舍别兮，饮泣泪乎奔亡。天涯踟蹰兮，余不胜其沧桑。

让我们更清晰地览乎美情，虽然有些“国破山河在”的伤感！

——译：我爱我的家乡啊，以至于我难过得泪水流淌。我从小受到的关爱并不充裕，最早给我温暖的是出身大家的我的亲娘。到了后来慢慢长大一点，我和儿童们一起玩蚱蜢，那是一段最愉快的时光。敢问皇天你为什么如此极端，常给人间降下灾殃。在战乱离别中苟且生活，我逃难来到这片山乡。想念母亲曾经的温暖，我的心中更加凄凉。我思念我的故乡啊，叹怨命运为什么如此无常。一个灾难一个灾难接踵而来，我所遭遇的人间道路为什么让人如此恐惧惊慌。满眼都是痛离伤别，到处都是饮泪逃亡。天涯之畔犹豫不前，我感到无限的沧桑悲凉！

人们说，作家的写作往往是其个人命运的自况，这种说法对于张伯父也是适合的。

昊天曷亟兮，复多降于灾殃？

张伯父恐怕没有想到，眼前叹息的是日寇带来的灾难。而异族撤出国门之后，还有更多的同类相残呢！

坎坷相继兮，罹世途兮悚惶！

此声叹息之后，张伯父可能经过了捐出祖业的1950年和继此之后在三中教授的三两年平安日子。再后，便是反右、大跃进、大饥荒、四清、“文革”，真真是“坎坷相继”，何不“罹世途而悚惶”？

引起我关注的还有这么一首诗——《我有这么一个愿望》。这本是张伯父用以表达社会主义信念的，却被认为反映了资产阶级情调，文化大革命中增加了他的罪孽。此诗是他的学生从“文革”大字报中抄录的，灾后存文，堪可珍重：

我曾有过一个私愿，把一处村庄造建：

村边傍着溪水，村前临着塘面；
村中花木繁盛，村后绿竹千竿。
这里面对场圃，盖起几间精舍，
周遭筑起篱笆，豆棚瓜架满园；
溪边栽培菱藕，塘里养着鱼鲜；
水果菜蔬自艺，鸡鸭群绕宅边。
勤劳力耕自食，亲朋时过谈宴。
请莫说这是鹿门隐士，也不是武陵桃源，
它与邻里共有，生活连接着人间。
然而，终于是我的梦幻，却一直未能实现，
不过我终不自悔，我欣赏有这个梦幻。

1962年7月6日

诗中写村边溪水，写村前塘面，写村中花木，写村后竹竿，写对面场圃，写瓜豆满园；但一切的美好都不是为了私享，他明明说："勤劳力耕自食，亲朋时过谈宴"，"它与邻里共有，生活连接着人间"。然而，张伯父仅仅做了这个美丽而善良的"梦幻"，便加剧了他漫长的肉体和心灵的双重之苦！这是什么世道，但愿这样的悲剧不再重演人间！

张伯父的一些诗极具文学价值，例如他写的《花间曲》中有这样的句子：

漫思量，小轩窗，
日作园圃近兰芳。
一枝红杏沿春意，
含苞绽蕊艳出墙。

且莫说绰约轻盈临风舞，

只看那文采绚烂勾心肠。

这样的诗句，即是视为文学的典范也不为枉！

然而，生命降临于灾难频仍的某一时段，土地不珍惜她的宝贵的出产，家园不爱惜她的忠诚儿女，疑惑、仇恨和杀戮成了那片土地上连年不散的阴云，则此生者，可悲也，可慨也，可歌也，可泣也。

张伯父，在敬仰和追忆之余，是为引发我今日之慷慨浩叹之缘由也！

2009年12月4日

我的姑姑——楼

我的姑姑，名字叫陈学英，那是后来上夜校时候起的，原来的名字就叫“楼”；上夜校以后的文雅的名字很少用，好像那时代节日时候穿新衣，很不寻常的事情；平日里大家都只叫她“楼”。

一个女孩家叫“楼”似乎是很奇异的事情，由她的名字可以看到那时代，人不金贵，石头、狗、猫，叫得应就行，连女孩也是这样。于是，她就叫“楼”。

我童年时期在我的家乡度过，能记得姑姑回村，榆树缝里、皂荚树影里、房前屋后、胡同中，响彻一片“楼哎”“楼哎”的呼叫。一个女孩子也无羞怯，欢天喜地答应着婶婶娘娘伯伯们的问候。她一面笑一面抬起手来打招呼，笑是她的永远。

她的笑是无知而无心的，但这无知而无心的笑是她的保护；我不知道如果没有她的永恒的无知也无心的笑，她如何度过她的坎坷艰难的一生；而且她至死乐观，与我妈妈的至死忧愁形成对照。

我的姑姑为什么叫“楼”，因为她出生的那一年我家修建了炮楼。那时候中国的政策像现时的美国一样不控枪，于是我家不仅可以有枪、有炮，也可以修建炮楼。美国人拥枪是一种自由、一种浪漫，中国人那时代拥枪可不浪漫、更不幸福自由。

辛亥革命推翻了满清，中国自此不安生。隆裕皇后“何忍以一姓之尊荣，拂兆民之好恶，总期人民安堵，海宇乂安”，好心办了坏事；正应了曹操那句话，无我在，“正不知几人称帝，几人称王”。强力一灭，四方泛滥，江山如此多娇，引天下英雄竞折腰——我的家乡虽没出什么“挥斥方遒”的豪杰，在上世纪一二十年代，却也是土匪成串，烧杀抢掠，民不聊生。

我家那炮楼就是那时代的产物——我父亲生于1927年，我姑姑比他大三岁，我家那炮楼就建在1924年吧。“楼”，我姑姑的一个字的名字竟然是一部史书，我第一次由我父亲的年龄，读我姑姑的名字，得知我家的炮楼建造的具体年代。

春秋大义，微言知著，却不是胡说，我姑姑的名字便是明证。

“楼”是史书，那座炮楼便是我家历史的起点吧！

炮楼建起的第九个年头，1932年——从我父亲的年龄推算出来的——我父亲六岁，也就是“楼”九岁的时候，我的祖父去世。流鼻血不止，就那样死了。据说，麦收天气赶牛车，从坡上老龙潭边赶回来，赶得费劲，就流了鼻血，用大烟灰也止不住，死了。去世时也不过三十六岁。

我很难认识那样的时代，究竟是什么样子？

我不仅知道我家有炮楼，还知道我的爷爷的上一辈弟兄两人，一个叫码头客，另一个叫马客，一个在汉口码头做生意，一个整日里赶着两匹马，恐怕也是做生意的，很荣耀于乡里。但我爷爷的生计仍很艰难，至少劳动十分艰苦，衣食节俭得让人难以想象。

我爷爷的创业故事是：在坡上（松红石质的丘陵）闸档子——现在理解应当是开梯田，劳动得累了，腹中饥饿，就倒躺在山坡上，让血液充盈大脑，借此提神恢复力气。

两个祖爷爷衍生出五个子弟，两家地主，三家富农（我家是富农），他们因为在上一辈享了福，遭了解放后二十多年阶级斗争的罪——他们的福原来是这样的！

“楼”应当是在十七八岁的时候出了嫁，嫁给庙沟一位人士，那人青年早亡，姑姑年轻轻守寡，没有子嗣。姐弟俩很友善，父亲上学期间认识一位房寨的人士，给姐姐做媒，那人便成我们终生的亲戚——我的姑父袁西九——对我的命运、我家命运产生了至关重要作用的人。

我的妈妈是位漂亮而且自矜的人，显得姑姑愚蠢而且庸俗无味，这是受了母亲影响的年轻时的看法。其实，姑姑柔和贤惠且心有分寸。姑姑与姑父结婚仍然没有生育，但夫妻和谐，姑父且能以妻之故舍职而救护我家，那必是感于姑姑恩德之所为——这是后边要交代的！

幼年时节，各种运动、大干特干鼓劲干，汗热熏蒸，炎焰张天。串亲戚到姑姑家，过穹隆的寨门，第一两户人家便是姑父家。姑父家永是悠闲，大楸树下一张躺椅，几上清茶，姑父仰躺椅上，姑姑在后边张扇。姑父在家里是不劳动的，如我是不劳动的，姑姑是任劳任怨且做得心满意足的丫鬟和妃嫔，若我妻于我是干得欣欣然的爱人！

姑父面色黝青，不苟言笑——虽然他看到我时，黑色的沉默总是绽着欢欣的笑意。他是我们心目中的智多星，解放初干过民兵，有点文化，自然受一定青睐。姑姑是有心人，区干部来家与姑父闲聊，她在地上撒下薄薄的小灰（做饭烧柴的灰烬）。干部走了，她从小灰取样，照尺寸用心做下鞋子，送那干部，于是姑父被擢拔到区政府做民政。结婚、离婚、户口迁移、民事调解都是姑父的工作，我离开我的家乡内乡赤眉公社之前，他是区里的红人——很知名的人！

1959年，阶级斗争已经搞了两年，饥饿马上就要临到头上。姑父给我开了户口转移，妈妈送我上南阳，跟做干部的父亲读书。我那时少年已老，很感到世事艰难，人间竟然有与母别离之事。妈妈送我，我感到呕血，呕几声，是少年青痰——少年不知愁滋味，为赋新词强说愁！

我逃离了饥饿，更重要的我趋近了文化。南阳是诸葛躬耕之地，浑天仪的制造者张衡出生之地，城东有医圣祠张仲景故里，我笼罩在先人的灵气氤氲里，幼年和青年的我时时能闻得他们的气味。

我感谢我的姑父袁西九，我当然感谢我的姑姑“楼”！

我到南阳的第二年，妈妈也来到南阳，还是在“楼”的怂恿下，姑父运用手中的权力帮的忙。千村薜苈，万户萧疏，妈妈到南阳给我带来的是更加的凄风苦雨。妈妈心高气傲，常叹时运不济，使天空常处在阴云密布之中——我便在她的天空下时常感到阴霾！

妈妈到南阳不久，奶奶和妹妹也来到南阳，父亲眉头添了皱——父亲是小心人，他不堪重负。

奶奶和妹妹能到南阳来，得了姑姑的大济。别看妈妈比她们只早来几个月，势之所积，只在最后时刻——奶奶、妹妹吃树皮、草根、麦苗，大便不通，互以手掏。

但姑姑还是救了她们。由姑父安排，姑姑在区办工厂做工，省下馒头、米饭，接济母亲和侄女儿的生命！

“楼”，我家的“楼”，她不但挽救了我家的政治生命，她首先挽救的是我家的自然生命！

但也正是“楼”对我家的帮助，姑父在六十年代以后就洗了职，归于乡里，再未出仕。我父亲“文革”中（1972年）去世，他到南阳奠我父亲，回家吐血，两个月后，他也去世——姑姑说，他以我家为希望，我家栋梁倒塌，他忧郁不起，死前口中念我，我赶到房寨时，已在他的灵前了！

我知道姑父为救我和我家付出的牺牲。“文革”夜深时我到他家，姑父病在床上，想抽口香烟，那是农村贵族的嗜好，即使没落，也改不掉。黑暗中他与姑姑窃窃低语，要姑姑到村里借支香烟。白河桥香烟是那时代最低廉也最普通的香烟，一角五一包；姑姑走了一圈借不到，空手回来。姑父躺在床上叹气："楼啊，我还有口气，你连支烟都借不到，我走了，你的日子咋过？"嘱姑姑到村东某人处（也是"文革"落魄者，从城市赶回农村的人）去借，说："他会给你的，我有恩于他。"——1960年春荒，姑父对那人母子有瓢米之赠！姑姑走出去，欣欣地带回五支香烟。姑父燃上火，贪婪地吸着，凄红的烟头沉重地明灭。我噙着泪，黑黢黢的窗外滴滴着星光。

我的姑姑"楼"2008年去世，我没能很好照顾她，她一生穷命，也没赶上我有充裕的力量去照顾她。我愧对我姑，也愧对我的姑父！

姑父家的宅院风水不好。一院住着三户人家，正房三间，东为姑姑、姑父房屋，西为姑父的哥哥和嫂嫂的房屋，中间共用。哥哥和嫂嫂如《聊斋》中三郎、四郎样人，若阴冢鬼魂，我从没见他（她）们言笑，没有子嗣。东厢房住着姑父的叔叔，我叫袁二爷，袁二爷和袁二奶都乐呵呵的，她们只有一个叫凤阁的女儿，黑黑的，也乐呵呵的——现在看，这样的家庭结构很正常，但在当年，有院中两个无子嗣的子弟相衬，袁二爷家也日暮途穷！

姑父的宅院就这样的风水，人丁不旺，阴气笼于屋宇。上世纪六十年代中期以后，我姑父家独占了那院，哥哥、嫂嫂下世，袁二爷、袁二奶下世，他（她）们的女儿远嫁，院子里只剩下姑父和姑姑一家！

六十年代，姑姑和姑父家的日子比较美谐。我离开内乡赤眉之前，姑父和姑姑收养了个儿子——一位面白目大、甚不聪明的红喜。红喜的父亲被镇反，长子外逃新疆，次子红喜送人，辗转了几家，因傻而不招人喜欢，最后被姑父和姑姑收留。

我很不理解姑父散随的心，不讲政治，竟然也不讲痴愚——红喜有蛮力，但是三成脑力人！

姑父是乡村诸葛亮，足不出户，运筹帷幄，却总能高人一筹。六七十年代，万户萧疏鬼唱歌，生育女儿也少，不说地富家光棍汉十之七八，即贫农家庭，毛主席也没给他们多大福祉，光棍汉十有三四。红喜不聪，姑父凭乡望却能招女作媳；红喜之幸福，惹动多少男性农民涎水。文化革命中我与表兄归家，看那黑滋滋少年媳妇，即是城中少年也很眼馋！

躺在躺椅上的姑父后边，多了一位掌扇之人，一为姑姑，一为黑滋滋的儿媳！

父亲和姑父相继去世之后，两家人都陷入了窘境。姑姑家先是红喜因房事不谐触电断臂，姑父去世两年后肠绞痛死亡。两代寡妇拖着红喜的三个儿女艰难劳作，抚育成人。文化仍然不是他（她）们的考量，三个子女均小学三年级以下文化水平。姑父在时，姑父不事劳作，姑姑也不事劳作，姑父下世，阖家劳作不息，姑姑病时甚至将短凳撑于肋前，剔苗浇水。后些年份儿，老寡与少寡不合，那少年时黑滋滋的媳妇，四十多岁时便也走了。姑姑含着泪将自己的老衣——那是她一针针缝织，准备将来与姑父会面的——给儿媳穿上，她想起姑父死罢红喜死，劝媳改嫁的情况：二十七岁的媳妇扑嗵一声跪在地上："妈妈，我是你的儿！"她用金线给媳妇阖眼，眼上溢着泪叨叨着，忘却妈的不是！

父亲去世以后，我家命运像断了线的风筝，在空中抖动，风暴中险得厉害。父亲逝世，一般情况会催儿郎早熟，我却学诗作文，父亲去世带来的人情冷暖更增了诗的癫狂。诗癫狂人更癫狂，妈妈只骄于儿的聪明儿的漂亮，看不到儿的危险；她也是"作诗学文"的人，将生活诗化、将社会人情诗化；八十年代先后，我以诗而曾被拖拉机辗轧生命，继又以思想弃离了学问高堂，那时代这是另一种生命完结。

妈妈和我互推着、互助着，我和我的家一会儿颠簸在深深的谷底，一会儿又飞扬上万丈浪峰。姑姑常到我家，当着我的奶奶："嘿嘿，刘大姐（我母亲）把家搞得这样啊！"

国之将亡，老臣心焚，家之倾覆，老姑娘心忧啊！

我家的这种情况直到八十年代中期以后才逐渐结束，我与妻子结婚，家庭逐渐现了阳光。我家的"楼"时常到我家小住，从偏僻内乡到南阳小城来说是增增肚里油水。

我当时住在妻任教的校院内，梧桐树叶闪着亮光，我家的"楼"在梧桐树下替妻装棉被，笑语诙谐，与妻的歌声同样披着暖阳。在姑姑的最后十年，我才深尝了姑姑的滑稽。我举不出例来，她土语艮艮，将那家常、将那乡情煲成浓汤，若幽默的厨娘，捧出来，先享表情，再享她美肴的芬芳。

"楼"老矣，长孙去了新疆，改归原姓，追随解放时逃往新疆的大伯去了。长孙女儿庸庸农妇，生活甚不富裕。唯小孙儿为人讷讷，十分忠厚，赘入南阳郊区做人夫，为人子，做人父；接奶奶过来享"福"，"福"难享矣，离了故土，即老年的一点儿欢乐，须何营养?

内乡的"楼"，命塌南阳，幡白簌簌，喇叭呜咽。"总为浮云能蔽日，乡关不见使人愁"，她的骨灰送往内乡，并与姑父身旁，土归于土，安息了！

"楼"为我家建了大楼，我是那楼宇的飞檐高瓴。充实一些，再充实一些，我的下边是长辈的砖石，包括那无知而无心地笑着的她和她的男人，黝青色的袁西九！

2015年2月6日于北京

葛金与我的“聊斋”岁月

岁月转眸，葛金已经离我而去了。

他，是一位埋没于民间的智者。当我们自骄于自己的学术成就，享受于他人对我们的尊敬与恭维的时候，我们窃想，感惠于我们的努力，感惠于我们的父母，他们赐我们以智慧的头脑，使我们在努力奋斗之后有今天傲于世人的成就。这样想的时候，也往往多少有卑贱于他人的思想成分在里面；这是不对的，父母恩赐的智慧，何止于我们；我们岂能知道父母赐于另外一些人的智慧，不是比我们的父母赐于我们的更多一些。深山里无人识处的花，岂是劣种？公园里的牡丹才非纯粹自然的培育，有人工的劣迹在里边呢！

我想起了葛金，他是城市懒散人，工巧、智慧、草莽雄心，陈涉、吴广、绿林、赤眉都是他意想中人，意想中事。“力拔山兮气盖世”是他心中常常吟啸的，“大风起兮云飞扬”他自知是不得了，但“博浪锥”的故事则是他心中最快意的。小人与堂皇伟人之斗，像做贼又像盗匪，像白日鼠、像鼓上蚤，有时候又像黑李魁、莽张飞，平沙落雁，飞狐行侠，是他一辈子草檐下的梦想！

他懒散而哀切着度过他的一生，哀切的程度与他的智慧的高超和他的无人识得之比的程度是一样的。他秉性并不高贵，那高超的智慧却足可以换得高贵的地位，那哀切的程度是与他高超的智慧与那并不高贵的秉性和并不高贵的地位之比的程度是一样的。

我有幸与他相处约十年光景，在那乱世嚣闹的市井之下，在那庸庸如草的群氓扰攘中。

他更中国化一些，所谓更中国化一些，是指更中国民间一些，我曾在大学高堂里熏育，还写些现代诗，形式上我们当然有些距离。

他拖趿着鞋，缩着手，寒冷的天气里更隆曲着背将前臂蜷曲在袖筒里，哪怕你请他赴高贵的盛宴，也是如此。他人因之而卑小他，可我不敢，我称他为“大哥”，扶持他，给他让座。他是高堂满座中的智慧上乘者，他的智慧或许略低于我，但也可能略高于我，我不敢卑小他，内心对他充满尊敬。

他的爸爸是卖水的，城市卖水的，拉着车卖水还是挑着担卖水，我不清楚，但那样的卖水人我还见过，他们是城市中的卑贱者，地位不高于清理厕所的人。我幼时的市井由挑着担子或拉着车子的卖水者、打豆腐者、卖浆者、清厕者和一瘸一拐的卖荸根、黄黄苗者组成；我在机关里生活，但笔挺的中山装不是《水浒》里的描绘，他们那样的人物才更像卖炊饼的武大郎和郓哥儿，茶坊里拉着风箱的老爷子和坐在街边聊天的姆娘构成了潘金莲、武松、西门庆出没其中的街坊，他们的共同的形象组成了我脑子里的幼年的中国市井。

但无疑的，他们是贫穷的，极其贫穷的，一担担清水和一挑挑豆腐养活不了家，生孩子是控制不住的，葛金的两个弟弟都送到郊区，给大户人家做子弟。他回忆当时的情景，幼小的他攥着拳，追随送人者的足踪，待英雄发迹，扶义而报母。

但那都是稚纯的梦想，成人之后对这世界的一切看法都不一样，社会也变得不一样。找回弟弟，带给母亲，只如刻舟求剑。他的两个弟弟中一个做了我妹妹的丈夫，我也因之而结识了他，一生记忆中割之不去的葛金。

我来了北京，回去看他，谈什么话，引起他的伤恸，他流了泪。

他上到了南中，小城最好的中学，家中没钱，他辍了学。他认为那是他天才的葬送。谈到一位朋友，地方很有名的诗人，他说："他的学习赶不上我！"

晚年的他因瘫病缠身，感情已很脆弱，已不是往昔的落拓不羁的葛金，我看到了他的清泪，那无人识得，一块宝玉朽腐一生，只与路边劣石相伴的遗憾的清泪。往昔的他，草莽中的铁石闪烁着金，内心一直是自傲的，在他的心中，他一直是荒野上踽踽的英雄，落魄但不自馁，低俗但怀豪气，以蔑视的眼光睥睨高堂之上的煌煌者。

他嗜酒，每当酒后都散发出一种醺醺的醉气，脏腑的龌龊从痫廊里溢出，混和着酒糟之味发出蠢蠢的闷声，卧于椅上大睡。醒来，涎水与红目，汗蒸与鞋臭，酽茶一杯，慢慢沾唇，在惺忪中享用，你看不到"大梦谁先觉"的智者形象。

但他确是一位智慧的人，若能趁他醉时打开他的宝藏，滔滔口中展示的是未经雕琢的《镜花缘》《石头记》《金瓶梅》与《水浒传》，"聊斋"里的惊奇是在这些世俗故事中打磨出来的——不要错以为他在叙述书本，他在讲他胸中的故事，生活中的观瞥、路边的拾遗，经他胸中块垒的酝酿，都变成性格奇崛的故事，砰出来如刀如枪，却也如古老的绳索，将你带到侯嬴、朱亥的时代，有幸在信陵君门下，做英雄的建功立业！

当时我也落魄，或者说正在落魄中自救，我一边写法律文书，做些代人诉讼的活计，另一边抽出手来写些"聊斋"故事。葛金给我很大帮助，如今掀那不大的陈书，快有一半儿都着有他的痕迹。1997年我将那书在坊中付印，带着油墨香，我将其中一本在扉页上写字，送给了他。那字这样写："面壁十年图破壁，屠间英豪是吾师。"

写得真是不错，这字写了不久，我便弃离低层的市井，来到北京，在高入云端的写字楼里办公；但我忘不了他，仍在低层市井中拖趿着鞋子，在酗酒中度过余生的葛金，我的大哥。

“面壁十年图破壁”，无须解释的了；为什么说“屠间英豪是吾师”呢？唯《信陵君窃符救赵》故事，侯嬴向信陵君荐猛士朱亥，荐语曰：“臣所过（拜访）屠者朱亥，此子贤者，世莫能知，故隐屠间耳。”朱亥是青史留名的英雄，但英雄事迹成就之前，他却默默无名于俗市之中，只不过一介宰牛杀猪者罢了。

我所谓“屠间英豪”，将葛金意比朱亥，惺惺相惜也！

他一直卑睨于我，也内心真诚于我。卑睨于我，因为较之于他，我是煌煌堂上人，后来到了北京，更是如此；内心真诚于我，是因为他晓得我对世俗者的热爱，更对他的热诚与尊崇！

他给我讲了很多故事，都成了我《聊斋新志》的素材或酵母。我未把这本书做大，是遗憾的，“需要是创造的动力”——在文化传播方式如此迅速而便捷的今天，我的书在那样的年代必遭那样的禁锢，像荒稗之草，簌簌难以伟岸了。但我感激他，他是我的“聊斋”故事的驱动力量之一，是我的“聊斋”之母。

他讲好茶叶与黄金“斤对斤，两对两”，从那梁头取下，偶沏一杯，一啜而昏睡三天，醉了；他讲落魄客流于天涯，适值风寒，得了哮喘症，百治不愈，一日行道，口渴难耐，鲸饮井畔浣菜剩水，病愈，知菜乃某草，识之为医，成康熙赐匾之“江南一叶”。中国背景，中国故事，深入泥土，根须染着深沙，震人灵魂，令人耳目一新！

这是一些散碎材料，尚未入书。一些入书的，真是神奇：骡野性太狂，不适军驮，废之欲卖，王绅乃运输大户，购而驯之，则黑白肥瘦之仆者皆遭踢咬，王绅颇无面子。恰鄂地神鞭女侠至，女侠乃行豫鄂晋陕一带富商，挥鞭驯骡：骡奋蹄直蹿裆下，女侠扬鞭，声唳青空，稍夺耳尖，落肉如豆，惨然血红。

有此惊奇，恐葛金再无新意，何得故事高潮?

葛金低头稍饮，捋唇再讲：骡俯首强项，翼翅而进，再次袭来，女侠略避，复扬鞭，稍入骡鼻，濡血盈尺，淋漓扬空，场上场下，羡喝盈耳!

这是一些技巧上的神奇，表达思想性格的神奇篇章尤让人难忘。

“文革”一侠，拉一破车迤逦自南而北道过汝河，探望病母，庖厨之人腆宦者之肚，虎喝狼吼阻其前进，令与众工运土筑桥。侠人无奈，俯眉低首帮运。午时盛食如山，惊倒一应俗人；更有屁声如雷，知其虎罴者也。次晨，桥上五巨木遭盗，庖人失踪——寻之，在清凌河边“老头看瓜”，脱裤套于头上，口中塞有屎巾，警人救之，知高侠所为。警捕那侠，破车与人俱无踪影。警电连达南北，鄂豫冀三省皆无侠影。如是三天，疑为东西方向逃跑。询及两岸群众，得报日前河上有侠，拼五巨木为筏，乘风飞下，浪遏飞舟!

他的故事中多有一些卑琐些小状英雄人物，那是他的化身。

巴布图拉，乃蒙古族人，祖蒙清恩，世享宦福。辛亥炮响，撤回北疆。中日战起，祖宗与仆人遭飞蝗所炸，尸骨错枕狼藉。求于军伍，以个小形鄙遭拒，唯昂扬仇报之音惊倒酋首。破格留之，后营饲马，驯马之术惊于全军。日人退出中华，国共战起，1948年遭俘，刑判无期，职乃牧马。内蒙草原辽阔，无垠原野及狼虫虎食者为铁栅也。连长欲扔一驹，以旋毛遍体，皆称不祥之驹。巴布求之，曰:“养肥求肉，亦是利益。”后得此驹，巴布知其千里良种也。泥沙糊毛，凸其琐像，混与群马练走，技巧百态，妙味横生。众因及首长只以闲极技痒，未以为意。

秋黄时节，巴布突然患病，尽取袖中之铜，向连长求蛋。次日为冬前最后一牧，巴布取蛋，尽饮是驹，驹已长成，呼名青驳。饮毕跨马，北逃似箭。连长派马三十，兵者十员，轮乘换马以追。至夜戍堡枪声数鸣，知入外蒙境矣。与前潜外蒙首长会，相抱涕泣。同在异乡，同为逃人，呼朋呼友，安道爷奴？

巴布后仍驯马，名于世界。所驯良马，北输英法，西输西班牙，伊丽莎白女王及弗朗哥元帅所乘，非巴布所驯概而不择也。

葛金后续一节，至为感人：赤兔千里，仅是书上故事。实行八百，元气丧矣，马成废马。巴布何敢忘旧，只以恩畜待马。又十五年马老，巴布之子只以“马伯”泣之。异类相恩相友故事，何逾是哉？

讲至此，我与葛金都已眼中含泪。英雄与自由，自由与英雄，是我们心中共同的思考。巴布的压抑岂不是葛金的压抑，又岂不是当年的我的压抑？巴布与青驳，最后北逃外蒙，英雄追寻自由也。自由之珍贵，引来英雄与马之亲爱。马死，巴布之子呼青驳为“马伯”，泣之哀之，当知魔王专制下人民生活之悲惨万状也！

啊，我的“聊斋”，我的葛金！

葛金逝世，是果绝地自拔喉上氧气导管而咽气的。雍容的嫂子，忆及此潸然泣下。葛金一生豪气，智慧与雄心却形同废草，他厌弃自己的生命，决绝弃世，毫无留恋！

鸣呼，罗尔斯差别论谓：政府应制造一些有利于弱者和贫者的政策差别，使弱者、贫者中的智慧而努力者有机会脱颖而出；而我的故国，则在对人性的千磨万击的摧毁之后，制造这样的差别，使弱者更弱，贫者更贫，如葛金这样的智慧者，只能黄草埋身，一辈子默默无闻了！

啊，我的大哥，我的葛金！

2015年2月2日于北京

重庆印象——中华民族的“哭墙”在哪儿?

重庆是一个光荣的都市，我却直至去年10月，生命征途的六十甲子，才去拜谒这座城市。老实说，表面的渝城给我的印象不好，江流宏阔，立桥纵横，然街道逼窄，坡道陡上陡下，飞车如镖，街行惊魂。重庆市民没其他都市那般雍泰和从容，苍黄面孔的瘦弱老人，在我这久居东隅的人看来已是稀罕，但在这里，公园旁、街道侧多有精神不振的踽踽者。我所见到的少女也缺乏矜持，哓哓多舌，低俯了姿态，减低了她们的美韵。

我知道我看到的只是重庆的表面，这座城市承载了大中国多少光荣和苦难。历史上它是横扫欧洲的“上帝之鞭”折断的地方，蒙古大汗蒙哥在重庆合川被流弹击中身亡，此后欧亚各战场蒙古众王回师争夺汗位，使得宋王朝延续二十年，欧亚战场的格局也因此改变。在近代，它的历史更是被掩盖了的。西风东渐，是近代以来的总体趋势，沪、广、津、杭、浙，自有它们披沥现代风尚的地位优势，重庆却是万山屏障之后，内陆深处最早得以西风开化的地方。中日甲午战争之后，1895年重庆与苏、杭一起，成为中国第一批向日本开放的内陆通商口岸。次年，法国、日本、美国分别在重庆设立总领事馆。今日寻踪，沿江一带有些未了解名称的街道，寻常歌亭酒榭，问来竟是前俄罗斯公馆、德国驻重庆领事处。却又闻说，法国水师码头兵营已改变了形象，淹没在寻常巷陌、繁华闹市的嚣杂之中。

历史的幽思绵长，江流拍击古崖。拍击着什么，提示着什么，一咏三叹！

有人以为，我在揭重庆历史的秃痂，却又引以为重庆之光荣。这是何等愚陋的思想了？香港、澳门，是一种耻辱，它同时是一种光荣。中国的现代化从耻辱开始，耻辱是中华古老文明与世界先进文化汇为一流的发轫，它同时是一种光荣！

为游长江三峡，旅行社将我夫妻安置在储奇门一带的一间旅馆里。坡道狭窄，弯急多折，摊贩拥于旧街两边，污流四溢，嚣声充耳，虽疲而难以安寝。储奇门似乎是重庆最不值一道的偏僻陋街了，但这样想却大大辱没了它，如一般的夷蔑之思辱没了重庆的一山一水、一石一木一样。

抗日名将张自忠随枣之役壮烈殉国，日人夺尸，四岛肃穆，为这位与己对垒的忠国之士献上敬礼。我军复夺回将军尸体后，于1940年5月28日将灵柩运至重庆储奇门码头。蒋介石、冯玉祥等军政要员臂缀黑纱，绕棺致哀。验将军尸上之伤，炮弹伤二处，刺刀伤一处，枪弹伤五处，总有八处，蒋介石“抚尸大恸”，令在场者无不动容。蒋书“勋烈常昭”，发布国葬令，颁发“荣字第一号”荣哀状。重庆十万民众，于国难正深之时，观此情景，何等慷慨悲壮。这一切的历史景致正发生在我们下榻的储奇门，这极其平凡的庸庸无奇之处！

我们没能免俗，红岩村是我们的必去之地。抗日战争时期八路军联络处设在这里，庭院不大，楼阁两层，人员扰攘。庭馆前边是周的塑像，左臂搭着一件衣衫，衬托着他的干爽利亮，洒脱挺拔。我想那是全中国最大一尊，其他地方它都要比毛像矮一些的，历史抖擞出整片的肮脏之后，周是代表革命的最光辉的形象了！

然而却是那般地经不起思量。办事处的八百米处，即是抗日战争中国民政府遗址所在地，非经历史考证无人知者。国民政府所在楼宇（一处大礼堂）解放时作了西南军政处，后被拆了。初拆还有遗痕，但在1979年，国家已停止全面疯狂之后，在头脑清醒的情况下将它消灭得全无痕迹了。抗日战争期间的国民政府所在地就那么不值得纪念，小小的办事处就如此神圣?

二十公里外的歌乐山渣滓洞我们没有去，与这个共和国成立的大致同时，那里有二百多位信仰者殉难。人们纪念这些殉难者，歌乐山似乎成了中华民族的“哭墙”!

中华民族的真正的“哭墙”在哪里，中华民族更多的殉难者在哪里?

我们循“中国抗日战争遗迹博物馆”的皇堂名称来到长江南岸约三十公里的黄山。什么“遗迹”? 最大的遗迹其实是坐落在一座小山之上的蒋介石官邸。但那是避而讳之的，即是到了博物馆，大多数人们仍不知一位人物在民族灾难最严峻的八年中，蛰伏于此，与罗斯福、丘吉尔携手，以中国政府元首、世界远东地区军事统帅身份，率四亿五千万中国人民同法西斯进行抗战。

在我中国，稍有读书能力的人都知道，抗日战争胜利之后，那位的老人就是从峨嵋山的此一山麓被人奚落着、嘲笑着、侮辱着走下山来“偷摘人民的桃子”的!

来这里的人不多，来了而知道瞻仰这博物胜地核心之处、灵魂之处的就更其稀少，与八路军办事处门前拥拥攘攘、嚣嚣闹闹的情景形成鲜明的对照。我与妻携手探寻那位老人呕心沥血寓居八年的卧薪尝胆之处。左边一座小山，山不大却岑峻，木不古却葳蕤，三层水泥小楼淩然伫于这座小山的顶脊之上。

跋约五七百级梯阶，我来到这里——于中国人，于粟粒般的钓鱼岛也有那般感情的中国人，本来应是十分神圣的地方。但是，门庭冷落，香烟断绝。这里没有一个游客，看守者低头打鼾。这是看守者歇其长息的打鼾处，不是人们的游览胜境的寻踪处，这里是整个中华民族完全遗忘的角落!

为避日机轰炸，山也僻，屋也僻，在万山红遍之后，它更被中国人民完全遗忘了!

我怀着庄严的心情十分虔敬进入一层，看抗日战争期间殉国将领名录，他们被默默地弃置在这里，名录沾满灰尘，掩着他们的血，掩着他们的泪。我蒙眬了泪眼，心中哽咽。日人，那些为入侵他人家园而战死者，二百一十余万皆有姓名，安享在靖国神社，受后人尊敬。他们，这些为国捐躯者，却孤独地置名于这里，在峨嵋山的天风号啕中无声地号啕，号啕他们的天与国，号啕他们的族与民!

二层是蒋公的办公之地，寝床与公文桌相并，壁上乃蒋公手书:“坚苦卓绝”。那字严肃如铁，挺拔坚韧，古倔入骨，无丝毫油滑。写这字的人是写不出“俱往矣”那样的风流，但坚韧如铁，颠仆踣踬，百折不馁，让人灵魂振动!他是一位严肃而深沉的悲者，“举世皆浊我独醒”，十年、二十年后，文化大革命闹得天翻地覆，大陆如晦，雾瘴故园，人们才知道他长历三十年、五十年的孤愤!

面对“坚苦卓绝”，我默祷有时，泪水洗面。我默默地自知:为了某种神启的使命，人应当如何承受灾难，一路奋进，自强不息，我知道!

在这个山顶之上的陈列馆里，净化自己的灵魂，我驻足约半个时辰。没有一位旅者上来，陪侍这位老人。我不能久待，走下山来，将那位老人默默地交给初来时的孤独，万壑风生的孤独，浮云遮障的孤独!

回旅店已是黄昏，匆匆地吃饭，通过网络继续寻索历史，让历史的重庆和现实的重庆连为一片。无意间看到“九·二”大火，发生在1949年的重庆，有人称“世界第二大火”——第一大火是莫斯科大火，发生在拿破仑1812年入侵俄国期间，这场大火使拿破仑逃出莫斯科，托尔斯泰称这场大火改写了欧洲的历史。我万分惊愕，我看到了重庆为中国命运所承受的比我想象还要深重得多的灾难!

1949年9月国府将退，我党正在筹备建国。9月2日的重庆发生了一场大火，古城一半建筑物被大火吞噬、消灭，市民死亡一万多，是抗战期间在日机的轰炸下重庆市民死亡的相当之数。火势驱逐下的人们由城中惶乱地逃往江中，油轮泄油，江面成为火海，死尸错杂江流，景象令人震憾！一些地段民房被水泥楼宇或山梁遮断，成为幸地，火鸟如镞飞来，该地与全市火海连为一片。

此火为天灾，还是人祸，两党推责，至今未有确论。国之将倾，巨祸频仍，此乃天数。抗日战争中，川兵一百二十万，重庆占六十万，殉国者多矣。飞机对重庆周边进行长期无差别轰炸，机弹总数逾全国罹弹总数的一半。日战刚结，内祸更烈。吾为多灾多难的重庆人民一哀！

过去一直以为，上海为共军攻克之后，蒋介石即乘船去了台湾。今日阅郭岱君先生介绍蒋介石日记的一篇文章，才知道蒋介石是在中华人民共和国建立后两个月，才从西南离开故国的。发生这场大火时，蒋公可能正在重庆。目睹这场大火，他将如何地为国为民悲悼啊！

文章说："蒋介石1949年7月1日在台北设立了总裁办公室，12月8日才下令中央政府正式迁台。但从6月21日到12月10日，蒋介石留在大陆，指挥据守西南的国军作战。11月30日晚上10点，他离开重庆前往成都。蒋介石是1949年12月10日从成都离开中国大陆的。起飞的时候，在成都上空绕了两圈，他眼泪流下来。这一次离开，他再也没能够回到中国大陆。"

"11月30日晚上10点，他离开重庆前往成都。"九·二大火时，蒋介石应该正在重庆。他是中国近代史上第一悲人，而他的许多悲伤与重庆这块土地紧紧相连，包含抗日烽烟，包含九·二大火，包含"偷摘桃子"的奚落，也包含迄今为止黄山顶上他所忍受的不应该忍受的冷落！

2014年2月21日

宋祖英的庙堂之音

一个国家在压抑着什么，宣传着什么？不做认真观察和仔细分析，一下子是看不清的。一般认为，所呈现于世界表面的似乎一切都很自然，都是事物本质的当然。事实上不是这样，国家，那种缺乏公民社会的国家，往往借统治者的权力彰扬着一些，掩饰着一些，于是人们本应看到的不一定真的看得到，而那些本无生命力的东西则因为符合“国家”的需要而异乎寻常地大行其道。在非民主政体的国度，许多社会现象是非自然的，强弱之势，萎茂之迹，并非生命力的原样，强势的人工在支撑着一些东西。

公正的人们应当为那些本该彰显但未能彰显或应该彰显得更好但仅彰显得一般的事物发出长长的太息，而那些哗众取宠的事物，严肃的有识之士则应当代表社会之良知，代表上帝赋予人类的智慧，对其嗤之以鼻！

宋祖英与刀郎是我今日的议题，上述感慨由他们的不同遭际而引发。宋祖英，一个唱声姣好的演员，一个普通的歌者，因为与政治因素有关而红极神州，且推广及于世界，俨然中华民族的一代天才。相反，刀郎，中华民族的天才，象征中华民族力量的——其歌声中的悲怆传达着中华民族的千年压抑，其歌声中的豪迈传达着中华民族的不屈力量——在中国的条件下偶露峥嵘之后，却长期屈穷于西北荒漠的偏僻一隅，而并未获得充分的发展：国人并未给刀郎以应有的普遍承认，辽远的非华人世界更其不知。此乃国人之一悲，而数十年来，中国的此类悲者正不止千万！

宋祖英，1966年出生于湖南省古丈县宕头寨的一个土家族姑娘，原名宋六英。同她的原名一样，本是一个家世不显的普通的山地女儿，却以知识单纯、头脑简单为底，外配天生一副金嗓，在政治社会风雨阳光的特惠之下，青年时代便成了国家一级演员、全国人大代表、全国政协委员、海政文工团副团长，传闻军职为少将。二十年来，以《好日子》为代表的她的歌声红遍神州，且以国家力量为背景，连连在奥地利维也纳金色大厅、美国肯尼迪艺术中心等国际知名音坛代表中国放歌，已然成为中华民族音乐艺术的代表。

宋祖英的艺术成就果真与其现有的声名相匹吗?

有人说，宋祖英名声的取得与其甜美的长相有一定关系。对于艺术人才，笔者不否定长相与艺术名声相互联系的合理性。但具体到人，我并不赞成这一观点。宋虽娇美，但并不如其他歌星一样璀璨明亮，端正之中透露出雍容高华。与台湾前明星邓丽君相较，邓是人人为之倾心的忧郁情人，宋祖英则为不敢贸然沾身的轻扬女子。与孟庭苇一类的风格比较，孟为大可放心的闺门之秀，宋却伪笑挂于唇边，难揣胸中所想，谁敢贸然寄情于她？中庸平和一点说，宋品貌端正、身段娉婷，但却缺乏特点，田震之野、那英之憨、韦唯之犷在她身上均无表现。人们常以“奶油小生”形容无特点之男中美者，宋祖英正是那种与“奶油小生”相对应之女中美者，论其形，尚不足以助其艺术声名之成功。

她的歌声有什么特点呢？阴柔么？宋恰恰不具传统女性的阴柔的特点。女性的阴柔是从性别、性格的本质深处所生发出来的，因阴而柔，因柔而更其母性十足，足以化解男性张扬、焦灼之苦；宋的歌声，其自身便是以其浮浅而张扬外露的、喜于矛盾的化解（或本无）而踔励高歌的，在她的歌声之下，原有的浮躁更其浮躁，原有的不安化为浮器！

有人说清纯与亮丽是宋祖英歌声的特点，表象上看似乎是这样的。但清纯是与真结合在一起的，亮丽是与美和善结合在一起的，而宋的歌声却是轻浮与不思结合在一起的，故很难真实地给人清纯的感觉。我们不能要求一个歌者必是思考者，这样的要求混淆了职业的分工；但歌声必须与时代气息相通，《总路线万岁》《人民公社好》《大海航行靠舵手》唱红了一整个时代，却因与那时代的本质的呼吸不洽，无法认为那是时代的声音——在风、雅、颂之中，风、雅各当有其地位，作为庙堂之音的“颂”则无甚价值，让历史学家（包括音乐史专家）研究吧，艺术家并不认真寻索它的艺术内涵。

从百度评论上看，有人称：“宋祖英善于将生活中的苦酒酿成醇美甘甜的佳酿。贝多芬说，音乐是苦难的控诉处，同时也是苦恼的避难所。那时的宋祖英当然不知道有个叫贝多芬的人说过这样的名言。她总感到，当某种情感无法再在心灵储蓄的时候，她唱唱喊喊，那种饱胀的情感就得到宣泄，浑身轻松畅快。”这是无心者的独到之见，生活中的苦可以酿成催人奋进、唤人努力或战斗的烈酒，也可以被酿成带有杜冷丁麻醉作用的让人酣然进入遗忘之梦的佳酿美酒。评论人本是想褒宋的，但却让人联想到了“贬”的一面。试想，上世纪六七十年代的歌者，为什么要在社会的水深火热中酿制《总路线万岁》和《人民公社好》呢?为什么要在满目疮痍中大唱《人说山西好风光》呢？在那样的光景下，曹操《蒿里行》、杜甫“三吏”“三别”中的慷慨和悲切不是更可以引动我们改变这世界的悲悯心肠吗?

绝对不应该要求一个歌者同时是一个思考者，但自由的歌者有足够的艺术空间歌唱人间之真情、自我之真情，哪怕仅只为狭隘的个人失恋而发出悲切之音，哪怕他只为亲人的生死离别而号哭阵阵。作为欣赏者的自然人，有足够的心灵空间被这样的歌声所打动。然而歌与张扬跋扈的强势结合一起，歌与并不优美的虚夸浮漂结合一起，总是伪的，失去美的原始成分。宋祖英的幸与不幸，都缘于此。

有哲者评论说，宋祖英的歌声是声音的国家化。在政治学领域，国家与社会已经被公认为互有联系互为对立的两大领域。歌声的国家化，即意味着社会化的褪色，当然意味着人性化的褪色。宋祖英较之她的先辈已有进步，她的先辈专门以宏大叙事的方式专唱“伟大的祖国”“伟大的党”，随着政治狡猾的成长，艺术家们的歌声也狡猾起来。宋祖英撇开政治主题，转唱人民日子的幸福、个人心情的美好，以外围相助的方式给和谐的社会、和谐的国家提供文艺支援。《好日子》《你好吗》《越来越好》《风景这边独好》等歌曲构成了众所周知的宋祖英的“好”字系列。让我们看一看她的响遍大江南北的《好日子》的具体内容吧!

> 嗨开心的锣鼓敲出年年的喜庆/好看的舞蹈送来天天的欢腾/阳光的油彩涂红了今天的日子哟/生活的花朵是我们的笑容/嗨今天是个好日子/心想的事儿都能成/明天是个好日子/打开了家门咱迎春风/嗨门外的灯笼露出红红的光景/好听的歌儿传达浓浓的深情/月光的水彩涂亮了明天的日子哟/美好的世界在我们的心中/嗨明天又是好日子/千金的光阴不能等/明天又是好日子/赶上了盛世咱享太平/今天是个好日子/心想的事儿都能成/明天又是好日子/千金的光阴不能等/今天明天都是好日子/赶上了盛世咱享太平

这是宋祖英1998年春节晚会上奉献给全国老百姓的歌声。改革开放政策的弊面所积累起来的弊端在九十年代中期以后逐渐显露出来，贫富悬殊、城乡差别，官的专横、民的无力救济在此一段皆已经凸显无遗，更深层次的改革是人民的呼声，是涌动于社会深层的急切需求。其实，更深层次的改革也是洞悉社会真情的上层人士的真心谋划。但日子这么好，光景这么红，人们幸福得发了疯，心想的事儿都能成，哪还需要更深层次的改革呢？咱们“赶上了盛世”“享太平”吧！在她的歌声里，社会所积郁的一切不安、一切有可能影响统治安全的向前推进的要求全部消逝；人民在幸福和谐的美梦中安享太平，当权的官员们可以对社会矛盾视若无睹。苟且吧，任凭不幸的危险在未来的某日降临于全社会每一成员的头上，今天的安全是最重要的！

宋所演唱的歌曲也有抒发个人感情的，然而她所抒发的个人的感情也被政治社会格式化了。人的本质属性所发生的喜怒哀乐在这些歌里统统看不到，看到的只是在神坛之下信徒们为歌颂神祉而对神祉所作的幸福内心的统一表白。例如《美丽的心情》：

水蓝蓝水蓝蓝山青青山青青/鲜花打扮我们青春的倩影/灯闪闪灯闪闪鼓声声鼓声声/舞姿拥抱我们不眠的欢腾/梦啊乘上那祝福的翅膀/让美丽的心情飞越星空/歌啊洒向那多彩的画屏/让美丽的心情赞美成功/一双眼睛一道风景一张笑脸一个黎明/人人都有啊美丽的心情/天朗朗天朗朗地盈盈地盈盈/阳光浸透我们甜蜜的笑声/星灿灿星灿灿雨纷纷雨纷纷/真情编织我们共同的憧憬/风啊放飞那欢乐的鸽群/让美丽的心情诉说追寻/月啊揽在那年轻的手中/让美丽的心情与爱同行/一双眼睛一道风景/一张笑脸一个黎明/天天都有啊美丽的心情

在这里，鲜花是打扮美丽倩影的，舞姿是拥抱不眠欢腾的，美丽心情是赞美成功的，阳光是浸透甜蜜歌声的，水蓝、山青、星灿、天朗，唯有一处“雨纷纷”，但雨纷纷也并不凄迷，并不清冷，接下来还是让“真情编织我们共同的憧憬/风啊放飞那欢乐的鸽群，让美丽的心情诉说追寻”——在宋的歌声里，雨是不沾衣衫的，是不会打湿头发的，因为有神的护佑！

很显然，宋祖英成为了符合新时期特定需要的品质优异的发声器，她将大姐大们的“宏大叙事”之音与邓丽君式的充满旧上海脂粉气的“粉色柔情”之音加以高度整合，体现了国家和社会的折中，整合起国家/社会/个人三者之间“三位一体”的新型关系，从而实现声音的国家化，成为来自于意识形态主旋律的声音代码。必须指出的是，“三位一体”本无特别可以指责之处，但宋祖英所表现的“三位一体”的比例是严重失调的，国家掩盖了社会，更掩盖了个人，以国家、社会和个人名义所演唱出来的欢乐主要是国家的欢乐和权力的兴奋，个人的苦痛、挣扎，社会的压抑不满和进步的要求的表达未被彰显，至多笼统地被表现为“明天又是好日子/千金的光阴不能等”——要做一个只顾低头走路的马，一头只顾耕耘的牛，努力是形而下的，宏观层面的问题仍由决定命运的神来考虑吧！

宋祖英的成功是由权力支持的，虽有其个人秉赋和个人努力的成分，但相对说来，其个人秉赋的优异程度、个人努力的艰苦程度，与其既已取得的名声相比是远不匹配的。权力的支持构成她取得成功的基础，庙堂之乐向来有得天独厚的现世胜利的条件；然而，民间所要纪念的，人民将世代给其香火的，还是那些艰苦踔励的、代表了人民痛苦和人民声音的努力者。

下边一节，我要讲述刀郎，一位十六岁离开学校，以初中文化为基础，在努力奋斗中遍读社会大书的歌者，他的歌声似西域大风般的凶厉粗犷，唱尽了人间的悲痛和人间的辉煌——他的歌声是蔓爬着青草的人间之歌，是呼嚣着风浪的江湖之歌，悲伤中充盈着人类生命的力量，欢快中宣示着苦痛的人民对于命运的宣战、荒蛮之中的不屈的自豪。

这位歌者可能是不自觉的，但他是大地的儿女，他的身上流溢着大地的血液，他的歌声诉说着大地的命运，传达着大地的要求，宣示着大地的力量；悲痛与自豪、伤悲与明亮、惨遭蹂躏和不屈的伸展，都是大地本身的自然呈现。

不能不提前说一下，刀郎，这位十六岁辍学的少年，今日不但是伟大的歌者，他且是一位不负于时代的才华横溢的诗人，这是很少的评论者中也从无人评论的。他的歌多是他本人的诗，粗犷而豪放，雄浑而哀伤，他是一只代表中华民族在北方大漠中奋声嚎叫的狼。社会和人民的深层声音借他而发，但以权贵并不垂青的原因，他仅仅只是“西北望，射天狼”——空有一腔豪气，并未得到与其努力相等的承认，他的功业并未得到足够的宣传。此为后话，今日暂写到这里。

2009年12月4日

刀郎的江湖豪歌

刀郎是谁？这真是一个问题。尽管刀郎在唱歌的领域里，以及他所说的作歌（作词、作曲、配器、录音、制作）领域里已经做出了如此巨大的成就——很可能在王洛宾之后划了时代（或者比王洛宾更高）——但从历史的、理论的、社会价值的角度说“刀郎是谁”确实还是个问题。

为了写作这篇文章，我想搜索些关于他的艺术评论和事迹资料，打开百度或进入资料室都很难找得到，唯一能够查索到的文章正如需要解决的这个问题一样，其题目是“刀郎是谁?”。于是《刀郎是谁?》这篇卷帙不大的类于传记和通讯之间的文章便成了我赖以认识和研究刀郎的主要资料。

这与宋祖英是不同的，国家用宣传的力量、经济的力量、外交的力量，彰扬这位女子的成就，在红遍神州之后，让她红遍全球；刀郎的努力是个人的努力，他的奋斗是个人主义的而非国家主义的，他的歌声彰扬的是与血肉相连的人的精神，而非轰隆隆鸣叫着的国家机器，于是国家对他的努力视若无睹。柔弱的草苗依靠自身生命力破岩而出、享受太阳的光华已是幸运，既然与“人”有涉而与国家无涉，那就让它自兴自衰、自生自灭吧！于是，2004年曾一度震动中国的刀郎现象，又历五年之后，仍处于寂寂无闻的状态，在西部荒漠上艰难地存在、艰难地挣扎。

刀郎的出身与宋祖英的出身大致相同，一个是湖南山间的土家族姑娘，一个是四川省位处偏僻的穷人孩子。但他们走的道路不同，一个由基层文工团走向国家文工团，由基层文艺学校到师从国家歌剧院御用大师；另一个则由山野小镇于苦痛流浪中学习到边远南疆，再从边远南疆陷入人迹罕至的大漠深处——从无识之处学得下里巴人，由穷野荒落效得虎叫狮鸣。方向不同，道路迥异，其获得的待遇怎能相提并论呢？——这也是刀郎研究资料匮乏的原因。

刀郎1971年出生于四川省资中县罗泉镇一个拉二胡的艺人之家，十六岁辍学，从此之后再没有同学校结缘。辍学之后，从资中山地来到内江，虚报年龄在歌厅打工，案后偷窥和民间乞学是他学习音乐的方式。一两年之后，他便与友人一起组建起自己的乐队，游走四方。刀郎可能不但早恋而且早婚，上世纪九十年代，因妻子要他在家庭和音乐之间作出选择，他便在无奈之下结束了他的第一段婚姻生活，留下一个儿子给前妻，自己踏上了向南方大海寻求音乐的流浪之路。就婚姻观而言，也如人间蔓草，随季而生，并无计划——而今算来，那位小刀郎应有二十岁了，早已超过他的父亲独闯世界的年龄——此为题外话。

他的人生的第二站是海南，在上世纪九十年代初那里是理想主义者天堂。在海口他与友人一起再次组建起乐队，并在此遇见了他的第二任妻子新疆人朱梅。1993年他与朱梅相携来到乌鲁木齐，像历尽苦难的他的前行者王洛宾一样，在荒阔的大漠深处寻找他的音乐天堂。刀郎舞的故乡，那漫飞砂砾的戈壁滩上的阿瓦提县、麦盖提县是他常驻的采风之地。在这里他与土著野老抵足而眠，向他们学习歌唱技巧和器乐方法。

必须说明的是，刀郎的青少年音乐史并不是歌手的历史，是词作者、曲作者、键盘手、音乐配制合成者的历史。在以唱声显名以后，他曾经这样讲述他和王洛宾的区别，他说："王洛宾是传唱者，我是唱作者，别人演唱我制作的歌曲是我最大的愉快。”所以，仅以歌手认识刀郎的价值是一种误会，甚至仅以制词作曲者认识刀郎的价值仍是一种误会。据《谁是刀郎？》记载，在2000年以前，刀郎在他的西北音乐工作室制作的词曲有三千多首。他所创作的《2002年的第一场雪》《冲动的惩罚》《爱是你我》等歌词无疑也是对中国诗歌的贡献——作为诗歌，它打破了上世纪八十年代以来的诗坛娇弱不振的萎靡之风，嘲笑了那不知所云的虚假之风，充实而丰蕴的人间生活内容对干瘪苍白的学院派诗歌创作也是辛辣的讽刺。那么，在国家力量（“宣传部等”）的支持之下，这样的诗歌不可以“文起三十年之衰”么？——即使沙里淘金，这三千多首词作中也应当能够淘出良多诗歌精品。我以一个曾经的诗人的身份说：这是值得重视的！

刀郎以歌手引起中国的注意，在表面上看甚至是偶然的。2000年左右，在他与友人制作《大漠情歌》时，因无力聘请实力歌手，只好让他充数，如大漠风沙琢砺的沙哑嗓音得以发现。他自觉地把四川山歌的唱法汇入本性粗犷的西域民歌之中，使文人化了的民歌从“文人化”状态解放出来，展现出民歌本所具有的鸿荒初开的原始风貌。《吐鲁番的葡萄熟了》使他一夜成名，而歌手的成名，背后却是十几年来幕后音乐制作的全面积累的结果；“无心插柳柳成荫”，并非一般意义的偶然，而是施肥、育种、改良土地等等为基础的偶得之妙，实是一种必然！

刀郎的经济道路也崎岖艰难。在内江时，他的乐队每天甚至只能得到二十元报酬；辗转至于乌鲁木齐，他和他的朋友曾经穷困到凑钱买一包烟、一瓶劣质酒。使他初度走向成功的《大漠情歌》，也因缺乏资金的支持而未能投入任何广告，只通过商店播放的形式推进营销。结果却事出意外，一炮走红。

刀郎只有初中的文化底子，他所取得成就的领域却是人类文化中至高雅的领域——诗词的写作、曲谱的创造、音乐的合成、美声的高度把握等等等等。就一般标准而言，不但其最终成果极难想象，努力途中，因耻而畏问畏学的障碍克服，则更难想象。

在刀郎成功之后，有人说他毕业于四川省音乐学院。记者到学院进行采访，八十年代之后的学生名单中根本没有罗林（刀郎原名）的名字，查对历史上被除名的学生名录，仍然未列其中。四川省音乐学院无缘得到这份荣誉，只将这荣誉拱手于名人辈出之巴山蜀水。

当记者问刀郎：是什么培养了你的音乐素养？刀郎说："其实我是音乐世界的苦行僧。我从未上过一天大学，在新疆，没有人帮忙让我上过任何晚会。作曲、作词、音乐制作、弹琴全靠发狠自学，全靠一个人打拼。新疆的民族音乐丰富多彩，这八年来我采集、挖掘了大量的新疆民族音乐，重新编曲、配器、整合。如果要说什么培养了我，我认为是新疆优秀的民族音乐培养了我。"

是的，刀郎是自然的生产，是社会的硕果，是人的精英！

我们不反对国家以非自然（非市场）的方式对一些成绩特异者提供支持，但是我们认为：国家应放弃纯政治的眼光，而应以自然的、社会的眼光选择成绩特异者给予扶持，其扶持的目标应是社会的、人民的、人类的，而非仅仅统治利益的。

下边谈谈刀郎的艺术价值之所在。

刀郎的艺术成就是什么？是人性的发挥，是政治的普遍圈囿之下，摆脱政治圈囿而尽性抒泄的人性的发挥。

刀郎的代表性歌曲里并没有政治性的歌曲，无论拥现实的还是反现实的都没有。但我们还是应当给刀郎的成就以高度的评价——将人性从传统政治中解放出来，是压抑和扭曲人性的传统政治赋予当代艺术的伟大使命。

刀郎最感人肺腑的歌曲是他的爱情歌曲。《2002年的第一场雪》

《冲动的惩罚》《爱是你我》《喀什葛尔的胡杨》《披着羊皮的狼》等，他的代表性歌曲无一不是爱情歌曲。这些爱情歌曲与一般的爱情歌曲、特别是与庙堂式爱情歌曲有什么不同呢?

第一，爱的本质，由自深广，发生于人的生命的基底，是人的第一基因里的原生之音，不含蓄、不羞涩。涉及生命的存在与不存在，当仁不让、当生不让，有什么可羞涩的?因而，爱也表现了人的本质深处的巨大力量——从中国的文学史看，自三十年代以后，中国没有以相应力度表达此类感情的爱的诗歌了。

上世纪二三十年代，郭沫若、戴望舒、徐志摩、郁达夫、李金发、闻一多等从海外带来了全新的、发自生命的爱情的声音。例如:“北冰洋，北冰洋，多少冒险的灵魂死在了你的心上(郭沫若《瓶》)。”又例如:“昨天我瓶子里斜插着的桃花 是朵朵媚笑在美人的腮边挂(徐志摩)。”“你‘眼角留情’，像屠夫的宰杀之预示;唇儿么?何消说!我宁信任你的臂儿(李金发《温暖》)。”但三十年代之后，个人解放的声音被人民解放、国家解放的声音所取代，彰扬人性的任务被彰扬主义、彰扬集体利益的任务所取代。于是，由文化了的人的动物深层所表达的爱情之声渐渐沉没。即使“文革”结束，新诗恢复，中国爱情诗歌仍然羞羞答答，因为政治道德的眼睛总在偷偷监视着它。

刀郎流浪的足迹辗转至于西北荒漠，政治统治的力量相对较弱，终于在那里打破了数十年来传统文化对人性的禁锢，爱的豪歌在那里唱响，中国的爱情诗歌同三十年代的历史传承衔接起来!

在《披着羊皮的狼》中他哀唱道:

让我爱你相偎相依
我确定我就是那一只披着羊皮的狼
而你是我的猎物是我嘴里的羔羊

我抛却同伴独自流浪就是不愿别人把你分享
我确定这一辈子都会在你身旁带着火热的心随你到任何地方
你让我痴让我狂爱你的号叫还在山谷回荡
也许我这一生都无法走进你的生命
我却有为你守候一生的勇气
一直到沙漠日落大海干涸始终为爱执着
也许我这一生都无法改变你的决定
我却有为你祝福一生的勇气
只要你能够坚信我的真心至死不渝
我确定你就像那我心中如花的羔羊
你是我的天使是我的梦想
我搂你在怀里装进我的身体让你我的血液交融在一起

“你让我痴让我狂，爱你的号叫（注意诗的意像为狼）还在山谷回荡”，“我确定你就像那我心中如花的羔羊/你是我的天使是我的梦想/我搂你在怀里装进我的身体让你我的血液交融在一起”，爱是世界的本元，人的原始，为爱而发出动物式的号叫是自然的。将爱的对象装进自己的身体，“让你的血液与我的血液溶化在一起”。在爱情面前，虚伪的世界被打破了，人归之为人，刀郎借爱所抒发的是人的本真之音！

在《喀什葛尔的胡杨》中他表白道，

任我是三千年的成长，
人世间中流浪，
就算我是喀什葛尔的胡杨，
我也会仔仔细细找寻你几个世纪，

在生命轮回中找到你。
我不怕雨打风吹日晒，
被大漠风沙伤害，
让心暴露在阳光下对你表白。
我宁愿我的身躯被岁月点点风化，
也要让你感觉到我的真爱。

爱是多么的刻骨铭心，“让心暴露在阳光下对你表白，我宁愿我的身躯被岁月点点风化，也要让你感觉到我的真爱”！

在《2002年的第一场雪》里，他歌颂道：

忘不了把你搂在怀里的感觉，
比藏在心中那份火热更暖一些。
忘记了窗外北风的凛冽，
在一次把温柔和缠绵重叠。
是你的红唇粘住我的一切，
是你的体贴让我再次热烈。
是你的万种柔情融化冰雪，
是你的甜言蜜语改变季节。

激越而优美，万般柔情却又无限放狂，因与传统文学的相对接近，此歌的意蕴易为大众认识接受，这是刀郎传唱最为广泛的一首歌！

第二，人类的爱情不只是自然的，也是社会的，带有社会条件的背景。刀郎的歌曲与庙堂之音中的“山青青，天蓝蓝”的“美丽的心情不同”，它所表达的爱情表现了人们对命运的挣扎、奋斗和反抗，并同时表达了驾驭命运之后的骄傲和自豪。其代表作是《爱是你我》：

爱是你我
用心交织的生活，
爱是你和我
在患难之中不变的承诺，
爱是你的手
把我的伤痛抚摸，
爱是用我的心
倾听你的忧伤欢乐，

这世界，我来了，
任凭风暴旋涡，
真心的爱的承诺
让我看到了阳光闪烁。
爱拥抱着我，
我感觉到她的抚摸，
就算生活给我无尽的苦痛折磨，
我还是觉得幸福更多，
觉得幸福更多！

“爱是你我用心交织的生活，爱是你和我在患难之中不变的承诺，爱是你的手把我的伤痛抚摸，爱是用我的心倾听你的忧伤欢乐。”爱情是人类的最伟大、最深刻的幸福，但感受这种幸福时为什么却发出如此的悲怆之音呢？爱的承诺所安抚的“患难”是什么，爱的纤柔之手所抚摸的“伤痛”又是什么，爱所用心倾听的“忧伤和欢乐”是什么？在幸福歌吟的同时，人所经历的雷电风雨尽现其中！

“这世界，我来了，任凭风暴旋涡，真心的爱的承诺让我看到了阳光闪烁，爱拥抱着我，我感觉到她的抚摸，就算生活给我无尽的苦痛折磨，我还是觉得幸福更多，觉得幸福更多！”这里展示着生命的力量和自豪，昭示着生命对世界的宣战；这里的幸福绝不是“赶上了盛世咱享太平”的庸俗幸福，而是在饱尝无尽的痛苦折磨之后，所感受到的人之为人、人战胜命运的幸福！

不能不提的是，与刀郎同唱《爱是你我》的是他的伙伴云朵和王瀚义。云朵所唱最震撼人心，当她唱到“真心的爱的承诺让我看到了阳光闪烁，爱拥抱着我，我感觉到她的抚摸，就算生活给我无尽的苦痛折磨，我还是觉得幸福更多，觉得幸福更多”时，有心的欣赏者会为她击节长叹，会为她泪如盆泼！

我建议你不只是听，还要看他们的唱歌。云朵的嗓音本质可能不符合教授们的要求标准，但什么是标准，动情为标准，启发为标准，共鸣为标准。云朵不仅以她悲怆、激越、清厉的歌声震撼人心，也以她的由心而发的痛苦且幸福的失魂荡魄的面部流露而震撼人心！

云朵的形象为乡间女子，年轻而瘦小（不是娇小，面貌不美而甚至略有缺点），她是如何味得人间的千年悲凉，从而感受战胜苦痛之后的“幸福更多”呢？结论是：她不但是父母的女儿，也是大地的女儿，她领略的是大地的千年苦痛和千年辉煌，她所歌唱的也正是此。那么，前边对于刀郎所作的思想评析，是他本人的自觉么？不是，或不尽然是，如同云朵一样，他是大地的儿子，他歌唱的苦痛和辉煌都来自于脚下的土地！

刀郎是西部大漠雄豪狂放的艺术代表，是音乐所展示的中国力量的代表。最后把一句赞词送给云朵：云朵，刀郎中的刀郎，她的代表意义可能更甚于她的老师！

2009年12月5日

再评刀郎

刀郎音乐产生于中国西部，并曾经一度风靡大陆中国，直至现在仍在中国具有无限的生命力。刀郎歌声对大陆中国人生命的打动是其他音乐——来自港台的、西方的、苍凉非洲、贫困印度乃至其他一切地域的——所无可比拟、无可替代、无法逾越的。

历史的中国的歌声，也不具这种作用。过时的中国苦难天空下所曾经颤动过、飘翔过的歌声无法在现实的中国人心中激发出如此谐洽的和声，产生如此的共鸣和震动。

刀郎音乐的本质是什么？是灾难激励下的精神昂扬，是苦难漫过大地、大地开放的灿烂之花，苦涩而优美，清澈而醇厚，激越却无半点浮飘，雷电斫劈的峭壁与浪涛的合唱，狂飙摧折的古树与风雨的共鸣，幸福天霄与苦难大地同张共震的天籁之音——是上苍对伤痛中国人心的甜美、苍凉却又无限力量的馈赠！

香港音乐、台湾音乐，在刀郎音乐面前成了富门公子哥儿们，弹指走过长街，美女背后追风，霓虹侧畔唱晚，虽力尽夸事张扬，唯雄风沉落、阳健稍逊了！

大陆高台上的庙堂之音，那些在“山蓝蓝、水清清”中颂赞高堂闲居式幸福生活的，弹拨着袒卧东床般柔情蜜意的，夸耀着历史中的炎焰张天的，在刀郎的歌声面前，或成为庸庸小者，或成为无知莽夫，一概大失颜色了。

2010年1月

对顾随先生苏词批评的批评之一

——对顾先生关于苏词《减字木兰花》的批评的批评

前按：

如何对待前人？崇敬他们，学习他们，但不盲目于他们。在前人面前，要敢于有自己的独立见解，但一定是言之成理，持之有故的。必须注意，你的文章一定要当得起前人的文章，否则就不要下笔。我评论顾随，但我心有忐忑。

历史不远，但人们已经忘了，在民国及解放初遭的岁月里，有一位学人——顾随先生（1897—1960），曾以他对古典诗词的批评之笔，光照中国文坛。顾随先生是韵文里手、散文作家、理论批评家、美学鉴赏家、讲授艺术家、禅学家、书法家、文化学术研著专家，但他最突出的成就还在古典诗词的批评方面，所著《稼轩词说》《东坡词说》最为鸣世。著名红学家周汝昌是他的学生，受他的影响至深至重。周汝昌曾这样评价顾随："一位正直的诗人，而同时又是一位深邃的学者，一位极出色的大师级的哲人巨匠。"

顾随先生文学批评的最大特点，是当扬则扬，当抑则抑，在充分揭示、褒赞先代文豪的文采之时，并不隐讳先代文豪的缺点，甚至他们的愚蠢颟顸之处。这种批评方法的好处是，让后人学习先典的优妙之处，而避免喝粥却连同粥中的砂粒一起下咽。他的批评与一味阿谀者的批评是不同的。

笔者亦是不会谀人之人，对顾先生也是如此，今以对他的批评文章的批评来纪念他。如果读者在批评的过程中，也同时发现了顾随先生文学批评的正面的光华和灿烂，则是本文之幸，也完全符合笔者写作此文的目的。

苏轼有词《减字木兰花》（双龙对起），序文及全词如下：

> 钱塘西湖有诗僧清顺，所居藏春坞，门前有二古松，各有凌霄花络其上，顺常昼卧其下。余为郡，一日屏骑从过之，松风骚然，顺指落花求韵，余为赋此。
>
> 双龙对起，白甲苍髯烟雨里。
> 疏影微香，下有幽人昼梦长。
> 湖风清软，双鹊飞来争噪晚。
> 翠飐红轻，时下凌霄百尺英。

这是一首泛泛一般的应酬之作，历来不被词家重视。顾随独欣赏之，将之列入他最为推赏的十首苏词之一。令笔者不解的是，其最为推赏的唯其中一句，其余皆为负面批评。更令笔者不解的是，顾先生所负面批评的其他各句并无错误，而其极其称赏的一句则并无秀色，甚至可谓狗尾续貂的不值之句。

顾先生最为称赏的在于末句——“翠飐红轻，时下凌霄百尺英”，尤重后边半句：“时下凌霄百尺英。”他所批评者，在于除此句之外的全篇。对此评论，笔者不能苟同。

先析前半阕，“双龙对起，白甲苍髯烟雨里。疏影微香，下有幽人昼梦长”。这是白描，描写手法极其到位。“双龙对起”，笔力峭拔。两株古松冲天而起，铜枝铁干，屈伸偃仰，如白甲苍髯的两条巨龙在烟雨中飞腾。词人乍见古松，即产生兴风作雨的龙的联想，恍惚中似见双龙风雨中翻腾。傍晚时分，浓荫遮掩的枝干，以湖光岚霭为背景，若隐若现，极易使人产生烟雨的错觉，故此语似奇幻实真切。然而，顾随先生却机械地进行了批判，他与下句“疏影微香，下有幽人昼梦长”相联系，傻问道“烟雨里”，如果不是真烟雨，便不知其何所指，如果是真烟雨，那位清顺和尚又如何在烟雨之中“昼梦长”呢？

这样的问句简直让人认为，是不是顾随先生不懂文学呢？纪晓岚批评蒲松龄写男女床帏中的亲昵，谓：若不亲睹亲见，何能闻得儿女私事，得如此细微体贴之描写；若亲睹亲见方能写得，则儿女颠鸾倒凤之时，又何得允许他人偷窥呢？结论道，蒲氏文章，荒唐至极。梁启超后来批评纪晓岚道：他简直对文学的创作一窍不通！顾先生不解此处“烟雨”，似乎忘记了文学联想、想象和比喻的妙用。

对于接下来的“湖风清软，双鹊飞来争噪晚”一句，顾先生也是持批评态度的。他说“湖风清软”，若仅以两棵松树为背景，则古松虬结，从意象上与清软不搭边，若与缠络在两棵松上的凌霄花相联系，这样的描写大致无错。但他对“双鹊飞来争噪晚”则持完全批评的态度。他说，就本句看，“双鹊争噪”破坏了“湖风清软”，文意不谐调。就大环境看，清顺和尚正在“昼睡”，刚刚“与人与香与花与梦融成一片”，一片甜梦却被两只聒噪的鸟儿打得稀碎。不要说无鸟，就是有鸟也不该写。

大多数词评家是反对这一看法的。他们认为，“双鹊争噪”的动势与“疏影微香”“幽人昼梦”静态形成对比，这是以动衬静的绝妙之笔。在一般的情况之下，顾先生也同意这种看法。笔者为此曾经寻例，在对苏词“明月如霜，好风如水，清景无限。曲港跳鱼，圆荷泻露，寂寞无人见”（《永遇乐》）的评论中，顾先生即认为：“曲港跳鱼”，人不静鱼不跳，“圆荷泻露”，夜不深露不泻。至于该词的下句，

“紞如三鼓，铿然一叶，黯黯梦云惊断”，顾先生更是惊叹道：“明明是‘紞如’，明明是‘铿然’，明明是有声，却又漠漠焉，叆叆焉，如轻云，如微霭，分明于数点声中看出一片色来。”就“黯黯梦云惊断”半句，顾先生更是称赏万分：“黯黯”字、“梦云”字、“断”字，无一不是与前八字水乳交融，岂只是相得益彰而已。至于“惊”字阴平，刚中有柔，虽含动意，却与前八字相反相成。读之、听之，甚至手按之，无处不锋芒俱收，圭角尽去。即“天风海雨逼人”之豪放，与此对比，也失尽光华。——由此看，顾先生是绝对地懂得以静衬动、以明喻暗之法的。唯在此处否定，显得其为文而文，为完成而不惜唐突了！

再说顾先生最为赞赏的末句——“翠飐红轻，时下凌霄百尺英”。单独摘开来看，确实写得好：景物描写，细致入微，静妙传神。只见微风的摩挲之下，青翠的松枝伸展摇动，金红色的凌霄花儿微微颤动。浓绿的枝叶之中，忽然一点金红，轻飘飘、慢悠悠地离开枝蔓，缓缓而下，尘归于地，寂然无声。过了好一会儿，又是一点金红，缓缓而下，尘归于地，寂然无声。好一个物我两忘的恬淡世界！但结合全篇来看，此句却并不精妙，甚至给人续貂之感。你看，“白甲苍髯烟雨里”“下有幽人昼梦长”“双鹊飞来争噪晚”，却忽地一朵红花飞来——“时下凌霄百尺英”。小学生作文的结尾，以花作结于美好，以太阳作结于光明，此处亦不过光明的尾巴乃尔，有何可称道处。顾先生却作莫名之叹，笔者也憾然为之抚掌了！

前边曾说，顾先生把此词推为最佳的十首苏词之一，这本身即是不当。南朝刘勰在谈到文章谋篇布局时讲：“执术驭篇，似善弈之穷数；弃术任心，如博赛之邀遇（以技巧驾驭篇章，如善弈者深通棋术，必然能写出绝妙文章；抛弃技巧全凭主观，则好像赌博者全凭运气，写出好文就很难了）。”顾先生对刘勰的这一看法是持保留意见的。其意见是，“如只任术便得，尚何须乎机与会之顺与待耶?”顾先生认为，触景生情、感时发愤，才能写出好文章，单纯凭借技巧，则是难成其就的，哪怕你是妙手！笔者同意顾先生的这一看法。

笔者以为，和尚清顺那天是难为苏轼了。一西湖，一老僧，二古松，两凌霄花，加上聒噪的双鹊，均不太可能唤起苏轼的热情与灵感，他给老师写文章，交差而已。唯顾先生错识，将其选作苏词中之精华，与“明月几时有”及“大江东去”并俦，则亏欠千古雄风韶音了！

2012年10月4日

对顾随先生苏词批评的批评之二

——“凭仗飞魂招楚些”代译

顾随先生最为推重的十首苏词中有《蝶恋花》（暮春别李公择）一首，词曰：

簌簌无风花自堕。寂寞园林，柳老樱桃过。落日有情还照坐，山青一点横云破。

路尽河回人转舵。系缆渔村，月暗孤灯火。凭仗飞魂招楚些，我思君处君思我。

顾先生开篇即向读者解释，为什么在如此严苛的选择中，选了如此一首。作为一首送别之作，他认为，此词上片写暮春之景，却无惜别之情，后片写惜别之情，却无暮春之景，应是一种突兀的割裂，一种遗憾。但他认为，上片暮春之景，写得前无古人。他说：“大凡大英雄行事，未必件件尽属惊天动地，但总有一二件事，作到前人作不到处。大文人之作，也未必句句震古铄今，但总有一二语，说到前人说不出处。”故虽有如此明白的缺陷，为此两韵，亦当录之。

表面来看，他的话是没错的。虽然人们惯说白璧微瑕，瑕不掩瑜，我们还当承认，宝光之珠（一两妙韵）寓于石内（整首词里），石当宝之也。但具体地作局部分析，顾先生的认识还是有些偏颇的。惜别者之主体，人也，李公择及苏公也。但主体必在时间与环境中活动，前片以特殊之景，言特殊之时，充分地交待了惜别的时、地要素。在这样的时、地要素中，衷心的朋友恋情依依，不忍别离。这二者紧密相联，在写作上并无缝隙，顾先生以为“前后片间缺少联络”，是并不恰当的。

顾先生对于东坡暮春之景的描写，其称赏却是极精当的。他赞颂首句，“簌簌无风花自堕”，“簌簌”字、“自”字，真将花情花理写出，更不给后人留些地步。继之，“寂寞园林，柳老樱桃过”。淡沱之春光已去，清和之初夏将临，一何神完气足？他更将三句相连进行评论，“簌簌无风花自堕。寂寞园林，柳老樱桃过”，直透出天地之妙用，自然之神机，行乎其所不得不行。人力既无可施，造化亦只任运。更不须说瓜熟蒂落，水到渠成也——面对这样的生花之评，你不得不叹先生功力，不得不相信他说“东坡春景之描前无古人”。

上片之中，对于“落日有情还照坐，山青一点横云破”之句，顾先生未作首肯。他说，“读来硬骨碌的，不似坡公平日笔触之圆融”。笔者亦持此看法，“山青一点横云破”，勉强可以解释；“落日有情还照坐”，则极难理解：是那多情的落日将其余辉披洒在席地而坐的朋友们的身上呢，还是说落日自身，坐于山头，同今天的日子依依惜别呢？这的确是坡翁的败笔！

苏轼此词之下片写得很好，却未受到顾先生的称赏。“路尽河回人转舵”，在道路的尽头河流转弯，挚友李公择转舵没入视野之外，对朋友的牵系只剩一片想象。“系缆渔村，月暗孤灯火”，远行之人今夜只能泊舟于冷落的渔村，在昏暗的月光下独对孤灯。想到这里，东坡先生不由一声长叹：“凭仗飞魂招楚些，我思君处君思我。”——让我的魂魄飞去与你相伴，相信你也与我一样，正可谓：我思君处君思我啊！

李公择是东坡先生的挚友，无论在政治上还是在文学上。苏轼在《送李公择》一诗中叹其他故人之远：“嗟予寡兄弟，四海一子由。故人虽云多，出处不我谋。弓车无停招，逝去势莫留。”继叙他与李公择关系之近：“宜我与夫子，相好手足侔。比年两见之，宾主更献酬。乐哉十日饮，衎衎和不流。论事到深夜，僵仆铃与驺。”了解李公择与苏轼之间的这种关系，当能深会“凭仗飞魂招楚些，我思君处君思我”一句表达的是一种多么深刻而热切的感情了！——此情描写之精，绝不亚于前片所描之景！

遗憾的是，顾先生却说，不知苏先生“凭仗飞魂招楚些”一语在胡言乱语些什么，从而将不可分割的下句“我思君处君思我”与本意割开。句意前后断裂，语气不能贯通，使此惜别之词，空留下前片之景，后片所抒之情则空置之了。顾先生是如此表达他的观点的：“‘我思君处君思我’，虽乏远韵，亦自去得。但上句之‘凭仗飞魂招楚些’，又何耶？《水浒传》中李铁牛见罗真人归来，乃云不省得说底甚么。苦水（顾随先生名号）于苏词此处亦复不省苏胡子说底甚么。”

鉴于“凭仗飞魂招楚些”在此词之抒情中如此重要，我们须将它破译出来，使它与下文“我思君处君思我”贯通承接。

首先看看该句中“楚些”一词何意。《楚辞补注》卷九《招魂》一词曰：“魂兮归來，北方不可以止些。增冰峨峨，飞雪千里些。归来兮不可以久些。魂兮归來，君无上天些。虎豹九关，啄害下人些……”全词每句结尾均用“些”字，“些”无实意，为语气词。后人因以“楚些”指招魂歌，亦泛指楚地的乐调或“楚辞”。如，唐牟融《邵公母》诗：“搔首惊闻楚些歌，拂衣归去泪悬河。”宋范成大《公安渡江》诗：“伴愁多楚些，吟病独吴音。”金元好问有“招魂楚些何嗟及，山鬼暗啼风雨。”对于“楚些”的这种用法顾随先生当然是非常清楚的，正因为过于清楚，便容易执于一端，故而对坡翁“凭仗飞魂招楚些”表示不理解了——“楚些”是招魂歌，只能用歌招魂，怎的用“飞魂”招歌（“楚些”）呢？

关于“楚些”一词，在语言演化上有两个层次的发展。第一层次，因“招魂”歌中反复出现“楚些”之故，以“楚些”借指招魂歌，借指楚辞，进而借指诗歌。第二个层次，在“楚些”为诗歌的另一名称已成共识的情况下，进而以“楚些”借指诗人。唐孟郊的《楚些待谁吊》一诗“楚些待谁吊？贾辞缄恨投。翳明弗可晓，秘魂安所求”即为明例。此诗写贾谊谪长沙，及渡湘水，为赋以吊屈原，其首句“楚些待谁吊”必应译作：诗人屈原在等待着谁来凭吊他呢？此处的“楚些”即指写作招魂歌的辞人——屈原，而不是指招魂歌！

在进行这样的考究之后，我们可以知道，苏词所谓“凭仗飞魂招楚些”，不是“楚些”的通常用法，而是非常用法，即第二层次借指的用法。“楚些”借代的不是诗歌，而是诗人。该句句意是：凭仗我飞去的魂魄去召唤你（诗人），与你相聚！

做了这样的破解和翻译之后，苏词全词之妙亦豁然了然了。上片写景，借景言时水流逝，光阴不再，下片写朋友离去，渐行渐远。情景对比之下，人何以堪？东坡先生只能痛呼：“凭仗飞魂招楚些，我思君处君思我”了！

2012年10月4日写，11月6日又修

国家的对外牙齿

叙利亚化武事件之后，美国宣布对叙动武，英国三议之后决定放弃参战，法国在一个类似乡愿式总统奥朗德的领导下，竟不改其国家性格，坚决支持，派兵出发。除政治的、道义的评价外，对此类战争问题，应放在国家自身力量的生长和保持的角度来研究。黑格尔认为“战争能保证民族伦理的健康”，费尔巴哈、恩格斯都有类似认识。

除了历史的辉煌，中国为保持对高丽、安南的宗主国地位所作武力炫示外，中国对外始终没有牙齿。中国历史上的战争，一直是内戮，对外是没有骨骼、肌肉的。不要说鸦片战争中大清国看到了来自欧西的雄国之牙，就大清国问鼎中原，也是内国团之肉对外族雄国之牙即刻降伏的结果。——李自成雄顽万分，历十余年战斗，打碎明庭江山，不月之后，一片石战场与外族交手，顷刻之内，丢盔弃甲，望风而逃，逸出北京，一蹶不振。

一百年来中国进行了哪些对外战争？中国是两次世界大战中的战胜国，胜者群体中的跑龙套者而已。与其说中日战争是民族血斗的胜利，毋宁说是国家立场选择之胜利。即立场选择正确的情况下，最后的完胜仍借助于别国的雄利之牙：俄国不出兵东北，“满洲国”难灭，中国抗日战争的胜利仍未完成，故有割弃外蒙的千古伤痛。

新中国建立以来，进行过两场战争，朝鲜战争和越南战争。这两场战争打得窝囊，如一个八百斤肥胖臃妇，压倒了一个身体矫健的小伙子。是赘肉之胜，不是勇力之胜，更何况胜与不胜，还真不好说。

看美、英、法、俄等国，建设是其常态，战争亦是其日常功夫，尤其在美国。其蛮力、筋肉，尤其其武力智慧和战争技巧是值得国人眼羡的。

美国是一个只有二百多年历史的年轻国家。根据美国官方统计资料，无论是冷战期间或冷战后，美国一直对外频繁使用武力：1798年至1993年期间，美国以武力解决冲突的案例高达二百三十四次；冷战期间美国对外较大规模的军事行动约有一百二十五次。1990年以来，美国以执行联合国决议、维持和平、实施人道主义援助、反对侵略以及保护美国公民的生命财产安全等各种借口，先后对外出兵达四十多次，其中对他国进行强力军事干预至少十次。

让我们简单盘点一下，三十余年来美国的比较重要的对外战争。1983年闪电入侵格林纳达。战争起因是格林纳达发生了军事政变，美国以应加勒比国家“紧急要求”和“护侨”为由，出动“快速部署部队”，八天内达到战略目的。

1989年12月20日凌晨，美国政府以“保护美国侨民生命财产安全”为由，乘夜突袭巴拿马，作战行动在四十八小时内完成。

1990年6月3日，美国以利比里亚内战威胁到本国侨民的安全为借口，宣布实施“利刃”行动。此次行动一直持续到1991年1月9日，共从利比里亚撤出两千六百名外国侨民，包括三百三十名美国人。

1992年12月4日，根据联合国安理会的决议，美国派遣一支两万八千人的部队，参加在索马里的援助行动。12月底，美军完成了在索马里的军事部署。1994年3月21日，美军从索马里撤出。

1991年9月30日，海地发生军事政变，民选总统阿里斯蒂德被推翻后逃亡美国。1994年大兵入侵太子港，海地军政府与美国达成了一项协议，规定一万五千名以美为首的多国部队从9月19日开始进驻海地，实施“坚持民主”行动。1995年3月，美军向联合国维和部队移交任务，1996年4月美军全部撤出。

1998年美国为了报复恐怖分子对美国驻肯尼亚和坦桑尼亚大使馆的炸弹袭击，用“战斧”巡航导弹打击苏丹和阿富汗。

1994年“战斧”导弹抡向波黑。塞族最后被迫接受了北约提出的停止轰炸的条件，从萨拉热窝周围撤走了三百件重武器，北约仅一架飞机被击落。

1999年空袭南联盟，并取得成功。这是北约自成立五十周年以来第一次对防区外、对一个主权国家的侵略战争，也实现了其由一个地域性军事组织向全球性军事组织的过渡。

2001年反恐首选阿富汗。阿富汗战争是美国以“反恐怖”名义发动的一场战争，是一场以空中精确打击为主要打击样式、实力对比悬殊的非对称战争。它揭开了美国新世纪“反恐”系列战争的序幕。

伊拉克战争又称美伊战争，是美国因伊拉克拥有大规模杀伤性武器（疑似）而发动的全面战争，美国从2003年3月20日入侵伊拉克到2010年8月撤出全部战斗部队，历经七年零五个月。

国家与国家的战争，尚不足为神奇。以单独的个人为对象的战争，则不单单看到国家的力量的强大，而且看到了国家武力的精致、缜密与灵活。萨达姆地窖被擒、基地领袖拉登宅中被射杀，让整个世界叹为观止。此乃国家战争能力的科学化、精密化，准至毫丝！

俄罗斯这个历史上一贯尚武的民族亦不可小觑。冷战中的败绩，使俄罗斯处于元气恢复与调整阶段。尽管如此，其对外出手往往多有出奇制胜。

1999年中，科索沃战争行将结束，俄与北约在南联盟军队撤出科索沃后国际维和组成及区域划分争执不下，俄方最终选择先下手为强。6月11日，驻扎在波黑的俄维和部队突然接到指示，集合二百名空降兵，向科索沃首府普里什蒂纳急行军，抢在北约部队前占领斯利季奇机场，并立即在那里布防。

此举打乱北约的全盘布局，令北约独霸科索沃维和任务的如意算盘落空，北约不得不考虑业已存在的俄罗斯维和力量，承认既成事实。俄军“飞夺斯利季奇机场”壮举至今是个谜，总理、国防部长、外交部长均不知情，甚至连俄武装力量最高统帅叶利钦似乎都蒙在鼓里，有传说正是当时担任俄安全会议秘书的普京主导这次行动。

2008年的俄格战争亦称南奥塞梯战争，更值得元气恢复阶段的俄罗斯拿出来炫耀。2008年8月在格鲁吉亚境内发生的一场战争。交战一方为格鲁吉亚政府，另一方为单方面宣布独立的南奥塞梯。俄国出于国家利益考虑，支持独立方。

俄罗斯军队于8日进入南奥塞梯地区，9日展开军事行动很快控制了茨欣瓦利，并在随后几日占领了南奥塞梯以外的格鲁吉亚领土和军事基地。在国际各方的调停下，格鲁吉亚和俄罗斯分别于15日和16日在停火协议上签字，俄军于18日开始撤离格鲁吉亚，战争结束。俄罗斯于8月26日承认南奥塞梯以及另一个单方面宣布独立的格鲁吉亚地区阿布哈兹独立，格鲁吉亚于9月2日与俄罗斯断交。俄国实现了它的战略目的。

俄罗斯沙皇亚历山大二世有句名言“俄罗斯只有两个盟友——陆军和海军”，普京总统经常引用。“俄罗斯国土虽大，却没有一寸是多余的”，这话是普京针对于日本索要北方四岛的要求而说的。普京轻蔑地调侃日本说：“有本事来抢啊。”他还真的敢动手，2010年有日本渔船试摸着开进北方四岛，普京不但敢说狠话，也敢做狠事。俄罗斯毫不犹豫地枪击。

中华民族是一个内斗有方、外战无能的民族。其国家的稳定存续，不靠对外的拳头，只靠躯体的庞大。占之者，无法用之，只好不占。所谓八国联军占领北京，闹出一个《辛丑条约》，割银四万万五千两，可任设炮台，但就是不亡你朝廷，亦是一种存而用之，避占而乱之之智慧。

美国又要打击叙利亚，其战争行为，我徒眼馋，何时敢向钓鱼岛开一炮，也过一下尚武之瘾!

中国太大，又太无统一的信仰，一切的力量都用在内部平衡上（所谓维稳），哪有对外练拳的功夫呢?

说名“令计划”

前按：

本文是一篇杂谈，杂谈与杂文有所区别。前者诙谐、幽默、知识性、趣味性，倾向于轻松，寄寓某种启发和思考；后者则是战斗的武器，直接面向论敌的，群众不是目标，群众只是搏击发生时的看客。建国之后，杂谈最盛于六十年代灾荒过后的“调整巩固”时期，自留地的恢复、自由市场的少量恢复是该时代的经济特点，《燕山夜话》《三家村札记》则代表那时代的文化特点。政治松了口气，文化便松了口气。但《三家村札记》所代表的杂谈内容还是单薄了点，思想底蕴也挖掘不出特多东西来，但我们应当理解那样的时代。笔者的杂谈式文章不多，但期望自己的文章从杂谈的本质要求来说，内容深蕴一些。是为按。

令计划儿子令谷之死给“令计划”说名解字提供了一则很好的故事，这故事比令谷之死更加令人惊悚。说，令计划之子令谷2012年3月18日夜驾法拉利在北四环航空大学附近撞墙，车体分裂，令谷当场死亡，车内两女裸体摔出车外，一死一伤；令计划闻事告于上峰老虎，指示铁道部长刘志军处理，令计划则安心工作去了；后两裸体美女中伤者亦死，“高铁一姐”丁书苗出面各以千万元摆平。说，次日令计划按时上班，神态泰然从容，召开会议、安排工作、接听电话、灵敏机捷，意气风生；胡哥哥闻事，叹曰："亲生子死，镇定从容如此，非血肉之人可为，令人毛骨悚然！"后6月，令计划由中办主任位置调统战部，离君王之侧，去君王夜夜之恐，仕途也就此下坡路了！

"令计划"，太有计划了，独子令谷青春夭折，仍排阵指挥若定，致胡哥哥疑其为妖，锦绣前程断然作结矣！

但从另一角度思考，创造物异于主人之事又有新的发现。上世纪一位伟人要求打造的"五种人"——"一个高尚的人，一个纯粹的人，一个有道德的人，一个脱离了低级趣味的人，一个有益于人民的人"——被人理解为一种失去怜悯、失去亲情，甚至失去性爱要求的铁血的人。经半个多世纪努力，这样的机器人、电子人终于打造出来，如令计划这样，却惊了御下。由此看，《黑客帝国》的故事并非科普神话，内中引喻正发生在脚下的土地。

这种聊斋式惊异却是教化的结果，本文只谈姓名教化。

令计划实姓令狐。令狐本是春秋时代的一个地名，周文王姬昌之子毕公高的后代魏颗得了胜仗，晋景公把令狐一带赏赐给他做封邑，魏颗之子魏颉以封地为氏，称令狐颉，此为姓氏渊源，至今已有两千三百多年的历史，望出太原郡。现主要分布在山西省运城市、太原市，以及贵州省桐梓县等，姓氏人口排名第五百四十一位，人口仅四万。"令狐"显然不是中国的主流姓氏，姓中"狐"字更与近世以来的革命氛围不合。早入红军的令计划之父令狐野去"狐"存令，以之为姓，命令、法令，光明正大，威严赫赫。令狐野以路线、方针、政策、计划、完成起名一女四子，五虎踊跃，颇壮时代风云。

姓名学者认为，姓名是人最有代表性的生产力，拥有一个好姓名，就是人在自有阶层最好的起步格局，姓名塑造可变能量气场，助人成功。令计划姐弟路线、方针、政策、计划、完成，多能攀至高位，得福于父赐好名。但人生之最终黑暗也因名之过也，路线、方针、计划太周，非于常人，终露妖相。

姓名可解，亦为中国文化。据庄绰《鸡肋篇》记载，南宋刚定都又名钱塘的临安（今杭州），会稽有个叫钱唐休的人颇有声望，被人举荐给宰相赵鼎，但高宗坚持不用，认为名字不吉利："钱唐遂休乎？"致休终生未仕。又，元末起义军首领之一张士诚，原名"九四"，"士诚"是一读书人献给他的。据说，此名其实是骂他的。《孟子》有曰："士（人名），诚小人也"，另外断句就是，"士诚，小人也"，暗讥张士诚不学无术。此名不祥，故终败于"天日照尔不照我"之朱元璋。令计划之名也有一断：令计，划也，划为刀戈，令计，刀戈者也，戾气太重，岂不亡于君侧？姓名本来产生于生产生活的需要，更古时代甚至与自然天候有关。东汉文字学家许慎认为，名字最初是因夜晚相遇时的辨识需要而产生的。《说文解字》称，"名，自命也，从口从夕。夕者冥也，冥不相见，故以口自名。"黑夜之间，伸手不见五指，我是张三，我是李四，原来是这等意义。到了后来，文化意义衍生。在孔子"名不正则言不顺"的思想影响下，人们把为后代取名之事看得非常神圣，甚至非常神秘。从周朝起，命名已经纳入礼法，形成了制度。但无非倡德倡道、倡仁者爱人，敬天事祖而已。

比孔子略早的取名大师、鲁国大夫申曾提出取名选字的五项原则："有信，有义，有象，有假，有类。"这是《左传·桓公六年》中所记，那时桓公的太子出生，便咨询申怎么给太子取名，申遂说了这番话。申的具体解释是："以生命为信，以德命为义，以类命为象，取于物为假，取于父为类。"生辰八字、对子女的期许、初生时的相貌、自然物什、父辈特点都可以成为命名的方法。在具体选字时，申强调要“不以国，不以官，不以山川，不以隐疾，不以畜牲，不以器币。”

令计划姐弟之取名，得于申，也背于申。所谓得者，其起名的方法表达了父辈的期望：路线、方针、政策、计划、完成。所谓背者，不以国，不以官，但路线、方针、政策、计划、完成，全在于国，在于官。从许慎的自然需要的观点看来，路线、方针、政策、计划、完成，与汝何干？

申的观点，后来的书籍也有照应。《礼记·曲礼》中也提到“名字者不以国，不以日月”。令计划姊弟五人的名字太大了，有福祉，也有祸殃。大哥方针夭亡最早，1977年高楼擦玻璃时跌落而死，年不过三十。政策为山西高官、完成为神秘富商，随计划之落马，皆失去自由。计划之子令谷之死神秘而诡异，笔者曾驾车走过保福寺航空大学一带，辅道不宽多障，是何速度，车祸竟致全车解体呢？美女裸尸撂出车外岂非聊斋故事？

从令计划姐弟的命名，足见时代风尚，革命、浮躁、自夸、非义、非礼、非忠、非贤，唯国、唯官、唯红、唯势。令计划姐弟之命名方法，领风尚之极也。新中国成立后，人们纷纷为子命名“建国”，张建国、李建国、宋建国，这种名字多得不可枚举。据中国公安部调查，全中国名叫“建国”的人有九十五万多，名叫“国庆”的人达四十多万。1950年抗美援朝，则开始流行邓卫国、王援朝、姜抗美，到战争胜利，又开始有人改名叫“建功”。大跃进时期，“人有多大胆，地有多大产”“共产主义是天堂，人民公社是桥梁”。全国各行各业“浮夸风”四起，各地纷纷效仿放“卫星”，父母给孩子取名大多为跃进、胜天、红花、铁汉、卫星、超英、超美、向阳。

上世纪五十年代以后，中国人在命名问题上表现的附趋政治倾向，若疯若狂，何愁文化大革命不在中国大地上发生？

文化大革命初开，笔者曾得过恐怖症。听高音喇叭播放毛泽东语录歌和其他红歌，造反有理，杀杀杀杀杀，总心惊肉跳；看到卫东、捍彪到来，瑟缩着马上悄悄离开；人叫党委、司令，当时感觉不到滑稽，当时的党委、司令尚小，但是总担心党委、司令的爸爸会不会把自己抓起来；那时候没遇到路线、方针、政策、计划、完成，如果遇到一定会心中打颤，如遇虎豹狼豺！

电视上令计划在那高位上出现，总觉得让人不舒服。〇〇〇，给人儒雅的感觉；〇〇〇，给人家常的感觉；〇〇〇，给人老实道德的感觉；〇〇〇给人聪慧敏捷的感觉——可能都是假的，但至少能表面上蒙人，轻柔的面纱，温文平安，使人心灵镇静。令政策，你知道他下一步的政策是什么？令路线，你知道她又要贯彻什么阶级路线？令计划，你知道他心里琢磨着下一步要干些什么？令完成，他完成了么？是不是装作完成，心里又计划着新的毒计？

普遍的姓名标志着一国文化、标志着社会风尚，在心理上引领着一国民情。我们有如此源远流长的文化传统，儒尚五德：仁、义、礼、智、信。将尚五德：智、信、仁、勇、严。至孝五德：庄、忠、敬、笃、勤。我们给儿孙起名不可以回到五德上去吗？看起来传统、古化了一些，但文字的使用需要下些功夫，仁诺儿，义莱儿，智逊、勇叶、严雪、忠化、诗信，岂不都是一些好听的名字？

古时命名又讲四维。“四维”即礼、义、廉、耻。《管子·牧民》中说：“四维张，则君令行。”吾言：四维张，则天下顺！即是民家，以“三宝”“三多”“五福”等观念定名，亦无不可。即是石头、狗儿也挺亲热，比计划、路线、方针、政策可亲得多！

随政治大势命名的风潮已经去了。近闻，一位名叫“是朕”的高考生被网友曝光，成为“史上最霸气考生”。又有爆料，南昌某高校迎来一个叫“操日本”的新同学，人还没来，吓得日本校友赶快转学。又传，华中科技大学文华学院来了两名“大人物”，一人名叫康熙，一人名叫王子，两人不仅读同一专业，且还是同一宿舍。“康熙”与“王子”在武汉爆红后，又有消息传出，“雍正”去了南京，而南京审计学院2011级会计系还有一名男生叫“雍正”，来自江苏盐城，“雍正”正等待着会见“雍正”。这些怪异的名字让人心烦，但也解人心焦，让人会心一笑。虽说同样不可提倡，但是，比令计划好！

令计划，令计，刀戈也；今、点、言、十、刀、戈、休也！

2015年1月1日

泰国王权下的“文化大革命”

泰国是君主立宪制国家，但与一般君主立宪国家不同，泰国上世纪三十年代立宪是国王看到世界大势，与国内各势力主动协商的结果。那么，如中国的清末立宪，“皇帝万世一系，永永尊戴”便十分明显地着痕于泰国的立宪制度中。泰国宪法规定，国王神圣不可侵犯，任何人不得批评和控告，国王为国家元首和王家武装部队最高统帅。在泰国，泰王具有家长主义、威权主义、神权主义至高无尚的三重身份。

从另一方面看，民主又是泰国君主立宪政治的真诚内涵，自由结社、言论自由、多党政治是泰国国民最为通常的政治生活。

泰国王室利益与泰国民主之间存在着一个巨大的政治空间，这一政治空间缺乏现代法制的组合，该空间缺如的东西，便由泰王据其利益需要以家长主义、威权主义、神权主义来补充。

这样的政治生态下，泰王保持着领袖和神祇的双重身份，稳泰的神的外表之下，保持着恣意泰国政治的方便；泰国民众是唯尊泰王为神的小鬼，在无拂神意的情况下，政府、司法都不对它构成根本限制——泰国民众是世界上最自由的民众，泰王宠坏的孩子，泰王手中可以泥塑泰国政治的土泥和波浪。

夹于泰王与民众之间的泰国政府是尴尬的、为难的。泰王是毛主席，民众是“红卫兵”，当今的泰国政府是中国当年“文革”开始之初的刘少奇、邓小平。北京各大院校的学生已闹得不可开交，刘邓到杭州请示于毛，毛只说："相机行事。"说等于不说。军队、法律、一切的生杀予夺权力都在毛的一边，刘邓如何办，尽人事听天意而已。

当前的英拉政府所面对的便是中国四十多年前的"文革"局面，泰国上演一场泰国王权下的"文化大革命"。素贴是北大北航的蒯大富、韩爱晶，他的后面是恣意妄为的红卫兵。英拉政府的手中没有军队，军队在窥测国王的意图，使用警察队伍，也必须先将警察卸了牙齿，伤了神的"红卫兵"那可是不得了的事情。

泰国的"文化大革命"闹了三个多月，2月17日警察终于开始清场。清场刚过，红卫兵闹得更凶，开全天下之大玩笑——素贴带示威民众垒砌高墙用水泥封堵总理府，称："英拉永远不可能在此上班了。"18日有关清场的细节报导，让世人更加为泰国政府寒心：

18日清晨，泰国政府邀请大批记者来到距离总理府不远的曼谷警察总署，请媒体见证"和平曼谷"清场行动。本网记者看到大批警察集结在曼谷警察总署，配备了警棍、盾牌、催泪瓦斯枪等装备，用来关押示威者的囚车也停靠在附近。

在当日的清场行动中，有两处和平进行，两处在紧张对峙后警方撤离，另一处发生暴力冲突，造成包括一名警察在内的三人死亡、六十多人受伤。差林表示，警方会继续向示威者施压，但不会使用暴力手段，特警队也在寻找逮捕素贴等核心示威领导人的合适时机。

但是，在总理府附近的繁华桥，当警方向示威者推进时，遭到枪榴弹和制式武器袭击，一名警察被从高处射来的子弹击中头部，枪榴弹也炸伤几名警察受伤，警方也发射了催泪瓦斯和橡皮子弹。混乱中，双方共有几十人受伤。

警察最终收复了繁华桥附近拉差丹能路部分路段，但无法接近总理府，警方逮捕了包括示威领导人之一颂吉，但是颂吉竟在一小时后从囚车中逃脱。据颂吉表示，在双方发生激烈冲时，有一名男子打开关押他的囚车，带到一辆车上，随后又有四名男子送到附近的泰航总部大楼。他说，带他逃脱警方拘留的男子都戴着面罩，身着黑衣，身手十分专业。

……

参与清场的警察配备的是警棍、盾牌、催泪瓦斯枪、橡皮子弹和囚车。示威群众配备的是枪榴弹和制式武器。

实施清场的警察恐恐怯怯，表示只向示威者施压，但不会使用暴力手段；被关进囚车的人士又被人带走逃跑，带他逃脱警方拘留的男子都戴着面罩，身着黑衣，身手十分专业。

特别令人动容的是，政府派出警察清场，同时邀请各国媒体临场见证：我们没有对示威群众实施武力。

在泰国政治生态宪法框架的局面下，泰国政府怎么办？悯心若此的英拉怎么办？泰国王室怎么办？泰国法律究竟可以允许素贴肆无忌惮到什么地步？

泰国正在进行一场泰国王权之下的一场“文化大革命”。泰国“文革”如何结束，尚是未定之数。但泰国此次“文革”之后，以泰王为首，当对泰国的君主立宪制度进行检查和认真的修改。泰国民主应当装上牙齿，法制的齿钮应当科学地填满王权与民众权利之间的政治空间。

泰国民主政治应能保证每一届民选政府的平稳运行。每一届政府不可能符合每一派别的利益，这是民选政治的必然。萨科齐是右，奥朗德是左，但他们通过合法选举推向法国的政治前台之后，都能将政策贯彻到底，不以政策不符合举国所有人的利益而中道而废。任何政策的优劣都需要一定的时间予以检验、辨别。

在同一篇报导中，我们十分遗憾地看到：虽然英拉政府经济政策十分稳健，但闹事以后，“泰国去年第四季度经济增长率同比仅增

0.6%，这是自2012年第一季度以来的最小增长”。

在深沉的压抑下，我们为泰国的尚待完善的民主政治祈福！

亦企愿英拉的慈悯之心与政治不悖，神赐广阔的运作境域，为国谋福，为民谋福！

2014年2月19日

评沃伦斯坦《我们生活在后美国时代》

——中国和世界正在向保护主义回归？

前按：

我们可以不说“修齐治平”的大话。但是，一个真正的知识分子仍然必须做到：不只安于蜗居，还要眼观天下。社会是安放蜗居的地方，国家与社会不稳，何以安家？这仍然不是吓人的大话，薄熙来现在已在狱中，虽然有人说这是政治的必然，但也有人说事出偶然，如果没有薄谷开来、王立军所带来的不测，说不定你我这一会儿都在被迫唱红歌！

本篇文章写于2011年初，西南红焰正炽，传统力量纷纷抬头。新、旧马克思主义如遗老遗少，拖着辫子杀回紫禁城。《我们生活在后美国时代》就是美国新马克思主义者沃伦斯坦当红于是年的文章。文章的意思是说：1945年至二十世纪七十年代全世界都有最好的政策——发展主义，二十世纪七十年代以后世界受美国的影响，开始采取自由主义的政策，这就错了；2000年以后，包括中国在内的世界各国正在从美国的自由主义带来的灾难中的抽身，重回保护主义道路。

你看，这是一个向后看、向后走的倡导，要人们重回1945年至二十世纪七十年代的状态。真是站着说话不腰疼：回到城乡资本主义工商业改造，回到阶级斗争、反右、

“文革”，回到民不聊生的1960年，回到“文革”末期国民经济崩溃的边缘?

这当然是国人的灾难。但对于某些人，回到那时代，就是张勋拖着辫子回到了紫禁城，多么令人兴奋！所以，在2010—2011年，美国新马克思主义者沃伦斯坦的诓语《我们生活在后美国时代》大行其道。笔者当时不合时宜地著文评沃伦斯坦《我们生活在后美国时代》，质问：中国和世界正在向保护主义回归？回到计划经济？回到闭关锁国?

这里谈的是写作，还是谈的写作之外的思想？分不清了，也无须分清，这二者本质上是一回事儿，写作写的就是思想！

伊曼纽·沃伦斯坦（Immanuel Wallerstein，1930年—），美国社会学家、历史学家、经济学家和政治学家，新马克思主义的重要代表人物，曾于2007年在上海大学发表讲演，题目为《我们生活在后美国时代》。在这篇演讲中，他唱言美国霸权已经衰落，美国倡导的新自由主义时代已经过去，结论说：“在前此二十到三十年间相对重要的开放边疆的政策，将会开始消亡——事实上，它们已经在开始消亡了，我们正在向保护主义回归。”这位新马克思主义学者的理论是与世界经济一体化、全球化、市场化的总趋势不符合的，也与中国改革开放的现实要求背道而驰，但是这篇演讲却被上海书店出版社从历史文牍中拣取出来，录入2011年新年伊始出版的《生活在后美国时代》一书中。读者还可以看到，沃氏演讲的题目——“生活在后美国时代”，恰好作了这本书的标题，足可看到沃伦斯坦此次演讲对中国思想界的影响之深。鉴于中国三十年改革开放的成果还要巩固，鉴于中国三十年改革开放的政策和经验还要坚持，鉴于中国目下的任务是更加深入地融入市场化、全球一体化的进程之中，甚有必要对沃伦斯坦的思想加以澄清，慎思是非，厘清利弊。本文试作尝试。

一、美国的相对衰落是内在制度使然，还是文明中心循环交替的规律使然

沃伦斯坦先生没有像马克思那样，从资本的本质入手，通过对剩余价值的分析，论断垄断资本主义大生产和生产资料私有制的矛盾不可克服，最终必将导致资本主义制度的衰败、灭亡，但他仍然基于潜藏在传统理论深处的某种观念，在这篇演讲中系统论证美国在二战以后，由强盛的二极之一，到挫折、失败，再到一极被多极取代的衰落过程，从而断言我们已经生活在一个“后美国时代”。

沃伦斯坦承认，在1945年时拥有强大的工业生产能力的国家，就是美国。当时的美国拥有极其高效的生产体系，使得它能够以比世界上几乎所有其他国家都更为低廉的成本来生产和推销它的任何商品，此乃美国成为世界体系中霸权性力量的基础所在。沃伦斯坦承认，在拥有强大经济力量的基础之上，那一时期的美国可以尝试动摇世界政治秩序，在文化上居统治地位，并且创造出一个美国经济可以于其中繁荣兴盛的世界环境。在1945—1970年之间，美国还非常成功地发展了日本经济、西欧经济及台湾经济。但沃伦斯坦又同时认为，即是在这一时期，美国也是在走下坡路的。

沃伦斯坦说，1955年，法国与越南签订和平协定，前殖民者法国同意在越南全境进行自由选举，并在南越与北越之间产生一个全国性的政府。但是，美国担心越共将赢得在南方的选举，于是美国取代法国扮演起了反共的角色，开始支持南、北越之间的战争。多年以后，

美国输掉了越南战争。其后果是美国取消了金本位制度和全民义务兵役制——取消前者为美国的经济衰败、整个国力的衰败留下了祸根，取消后者（改为只有穷人才乐意支持的志愿兵役制）导致美国从此再没有强大的军队可供使用。

总之，沃伦斯坦认为，自二战结束以后的美国的强盛，只持续到1970年。此前二十五年间，全世界推行发展主义的经济政策，建设了美国，建设了西欧，建设了日本、韩国和台湾；在这一政策之下，苏联、中国和第三世界国家大家都干得很好；各国都得到良好的发展。但在1970年之后，在美国的影响下，世界取消发展主义，改而贯彻新自由主义。新自由主义倡导的东西正与过去二十五年间发展主义所倡导的东西相反——政府不再在经济发展中起主导作用，取而代之的是私有化；它也不再采取保护主义的政策，而是积极消除影响物品流通的障碍，以商品和资金的自由流通为导向；它不再花大气力兴办教育、改善公共卫生服务，相反却不断缩减税收和市政服务。在沃氏看来，这种新自由主义的推行并没给各国带来好处，反而更糟，二十世纪九十年代中期以后受到普遍反对，导致美国众叛亲离、分崩离析，走向衰落。

沃伦斯坦有一个与世界不同的看法，他认为1991年的苏联及东欧阵营的解体，不是美国的胜利而是美国的失败。其原因是，一，苏联解体使美国失去与西欧、日本结盟的理由，其原来赖以支持的国际架构松散或解体；二，苏联阵营的解体，使世界失去了对某些发展中国家发展核武器的约束力量，这增加了美国的责任，而这种责任是美国不能胜任的——这导致新保守主义者布什等人所领导的美国在伊拉克中战争中的全面失败。而且，昂贵的伊拉克战争加速了美国对他国债务的积累。最终引致美元贬值，中国等债权国币值上升。而这又意味着两件事情：其一，美元将不再是唯一的储蓄货币。因为欧元、日元、英镑、人民币都有可能成为储蓄货币，于是美国将不再可能再像现在这样继续积累国债。其二，中、韩、印等国购买美国国债，在双方看来，本来乃是一个双赢的举措，但如果美元持续贬值的话，中、韩、印等债权国和美国人的生活水准都将降低。到此，沃伦斯坦先生得出结论："二战之后，美国引领世界二十五年；其后三十年其影响力开始下降，但它采取了措施以延缓其衰颓之势；接着，新保守主义者上台，试图使美国重振雄风，但事实上却加速了其衰颓之势。"于是，世界将重回保护主义旧道，人类已进入"后美国时代"。——马克思从人类大历史的角度勾勒出资本主义制度必然衰落灭亡的图景，沃伦斯坦从二战以后小历史的角度勾勒出美国失去霸权、从一元帝国走向与中国、西欧、日本、印度诸战国平分秋色的衰败图景。

值得指出的是，美国由二战后的一元强国走向多极世界中的最大强国，甚至失去其在多强并存局面中的举足轻重的重要地位，这是美国的内在政治制度、经济制度使然呢，还是文明中心在不同民族、不同国度的轮替出现的一般规律使然呢？进而，我们应当从这种由强而衰的过程中，总结出些什么经验？是否定三十年改革开放过程中美国影响所带给中国的正面因素——诸如削减政府控制、促进自由市场等——从而阻滞中国前进的历史步伐，还是正确看待文明在不同地区、不同国家交换轮替的规律，使自己趋向文明中心之时，慎以处之，延长和保持民族、国家文明、强大的盈涨之期？

笔者认为，从大历史上看，出于规律的限制，埃及文明、印度文明、希腊文明、中国文明都不可能持续千年、数千年而不变。世界的发展是变动不居的，文明亦将以不同的民族、不同的国家为中心，在不同的历史时期之内出现、发展、衰落，甚至消亡。从近现代历史上看，葡萄牙、英国、美国轮流成为世界文明和进步的中心，其兴衰起落的过程是自然的和必然的。英国取代葡萄牙、美国取代英国成为最具代表性的文明中心，从马克思主义理论的意义上，看不出三者之间制度的本质区别；文明发展的过程必是历史局限性产生的过程，兴盛、衰落由此而发生，其他的解释都是传统理性主义历史发展观的遗孽和延续。

二、美国制度的调适性——自由主义是基础，保护主义是补充

在沃伦斯坦的演讲中出现了三个主义，发展主义、新自由主义和保护主义（保守主义是保护主义的同义语）。沃氏认为，1945年至1970年阶段，世界贯彻的是发展主义，这一阶段大家都很成功，受到所有人们的称赞；自1970年以后，在美国的影响下，新自由主义被许多社会主义国家和发展中国家所接受，但逐步受到抵制，至上个世纪九十年代中期，遭到的抵制更为明显，再后，“中国等国现在正在做的，就是逐渐从中抽身而出”；自2001年布什发动伊拉克战争以后，美国明显地采取保护主义而摒弃（新）自由主义。因而，世界目前的总趋势、总走向是：“相对重要的开放边疆的政策，将会开始消亡——事实上，它们已经在开始消亡了，我们正在向保护主义回归。”

这里的问题之一是，什么是发展主义，发展主义与新自由主义在本质上有何不同？

关于发展主义，我们找不到确切的定义。一种解释认为，发展主义是一种意识形态，以经济增长和城市化为中心的发展主义，只讲GDP而不顾民生。具有学术价值的解释是，发展主义是以阿根廷经济学家劳尔·普雷维什为代表的拉丁美洲经济委员会关于拉丁美洲和其他发展中国家经济发展的主张。认为世界经济体系的中心是发达国家，发展中国家依附这些中心，属于它们的外围。中心经济的多样化

决定外围经济的单一化和不平衡的畸形发展，因此，必须进行国际经济关系改革，调整国内经济结构，发展“外围”国家的工业化，使其提高到“中心”国家的水平。以上这两种解释都不符合沃氏“发展主义”一词在此处的运用。在这篇演讲中，沃氏对发展主义的有关表述是:“现今（1970年以后）发展主义已经过时，全球化取而代之，新自由主义所倡导的东西，正与过去二十五年间发展主义所倡导的东西相反——政府不再在经济发展中起主导作用，取而代之的是私有化；它也不再采取保护主义的政策，而是积极消除影响物品流通的障碍，以商品和资金的自由流通为导向；它不再花大气力兴办教育、改善公共卫生服务，相反却不断缩减税收和市政服务。”也就是说，在沃氏语典里，发展主义的内核与自由主义相反，它强调政府控制，反对私有化和市场化，加强商品流通的壁垒，注重公共事业，强调社会福利。

无法认为，美国以及美国所支持的西欧、日本、台湾的建设，其根基的理论是与市场主义（自由主义）相反的所谓“发展主义”；遍观美国、西欧、日本、台湾在1970年之前所取得的建设成就，正是因为它们摒弃了苏联、中国、东欧等社会主义国家所遵从的计划经济、国家控制理论。所以，我们认为，美国并非在1970年之后，采取（或推广）了一种与前不同的新自由主义，其1945年至1970年推广和实行的也是一种自由主义。这种自由主义与所谓其后推广贯彻的新自由主义没有实质的不同。迄今为止，也无根本性的变化。它没有导致1991年苏联解体之后的重大危机，也没有造成伊拉克战争之后的特别危机。保守主义者所推行与社会主义计划经济略有相似之处的保护主义——表现为国家管控的加强、某一阶段特定领域的国有化措施，是自大、小罗斯福酝酿和制定“反垄断法”开始的应变方略，而并不意味着1990年之后，特别是2000年以后美国政治、经济政策发生了制度性的根本的变化。

笔者认为，以财产私有制和自由市场为基本内容的自由主义是美国立国二百余年来的发展基础，是其逐步发展为世界头号强国的不变原因；以政府管控为内容的保护主义则是自由主义的补充，它赋予美国制度以强大的调适能力——故美国制度未像某些人所预见的那样从历史上消亡，相反我们看不到美国国家土崩瓦解的任何迹象。

由此，我们得出的结论是，对于美国来说，自由主义是贯穿美国历史的和未来的不变意念；以自由主义立国的美国，不会走向孤岛主义的保护主义；中国三十年的成绩，是经济制度、社会制度一定程度的“美国化”的结果，对于中国来说，由于历史原因和社会原因的阻滞，“美国化”的进程深度尚未完结，中国不应该，也不可能回归于传统的闭关锁国的保护主义。沃伦斯坦关于世界正在“回归保护主义”的断言是错误的。

在此章节之下，我们还要表达的不同意见是，沃氏将美国在越南的惨败视作根本性的惨败，将苏联和东欧的解体，未视为美国的胜利，而视作美国的失败，是美国衰败的开始，这都是错误的。越战失败是美国在冷战过程中的局部失败，苏联和东欧解体是美国冷战战略的全局性胜利，这一胜利果实影响全球，包括中国制度的调适和选择。

作为美国学者，对于美国政府来说，沃氏理论虽然偏颇，但是有意义的，它并非美国制度的丧钟，而是美国政策的警钟。中国的思想界应从中汲取积极的价值和意义，而不是解读出与我无益的糟糠之物。

三、我们是否已经处在“后美国时代”

按照沃氏的说法，美国的霸权已经彻底衰落，世界已经处于“后美国时代”。对于美国之外的中国来说，这一说法是过分乐观的。在金融危机之后，在“中国共识”“北京经验”被某些学人提出来之后，在近期的达沃斯会议上中国为群星绕拱之后，沃氏“后美国时代”之说被重新提出，正可以麻醉我们自己。这是十分危险的。

二战后，美国逐步确立了在全球的超级大国地位。苏联解体后，美国更毫无争议地成为全球唯一的超级大国。但随着伊拉克战争的打响，美国万能的神话开始破灭。美国对世界的影响力逐渐变弱。表现在军事方面，美国深陷伊拉克泥潭而难以自拔，最后不得不求助联合国和欧盟为其解套，并牵头召开国际会议，寻求国际社会援助。而阿富汗的塔利班卷土重来，阿拉伯世界的激进势力和反美情绪不断上升，伊朗开始公开向美国叫板，朝鲜公开试爆核武器。各地烽烟四起，美国已深感力不从心。表现在国际体系塑造力方面，美国对国际体系的塑造能力的严重下降甚至部分丧失主导权。气候变化不仅关系到各国的长期发展战略，而且决定未来非传统安全领域多边体系的关键。但今天因欧盟掌握着气候变化的主动权，预示着美国将逐渐失去非传统安全领域的主导权。美元持续贬值，作为世界最主要储备货币的基础在发生动摇，越来越多的国家开始减持美元，欧元、英镑、日元和人民币成为许多国家的选择。这意味着作为美国霸权支柱的世界货币体系也面临危机。美国的价值观和民主政治模式也不像先前那样被各国所推崇。美国软实力影响力下降的另一个突出表现就是经济全球化已经不再是美国化的代名词。今天，越来越多发展中国家成为全球化的受益者。这是任何人都不能不承认的事实。

尽管如此，人们仅仅据此判断世界已经进入了后美国时代仍然为时过早。从硬实力来看，美国仍然保持着史无前例的强大。美国的军费开支占全球军费开支的将近一半，且连年增长。美国在世界经济中所占份额有所下降，但仍占近三分之一，美国的GDP总量仍是世界第二的中国的约两倍。

沃氏断言世界已经进入后美国时代，在思想上陷入了以下几个误区。首先是混淆了“强大”与“万能”的区别。强大是基于该国的综合实力而言的，现在的美国仍是公认的超级大国，是世界最强大的国家。其次，是对导致美国当前困境的主要原因的误解。美国国际影响力的下降，主要是其过分迷恋军事和单边主义所致，而不是自身制度和体系已经跟不上世界潮流，也不是因为遭遇了外来的，甚至可以与冷战时期的苏联相提并论的威胁。第三，错误地把美国的战略调整理解为霸权衰落。从布什第二任期开始，美国就开始对其外交战略进行了较大的收缩性的调整，更加借重和依赖其他大国来管理全球和地区事务。这种调整是一种战略常态，并非一种基于其完全力不从心的特殊。第四，对美国自我调适能力的低估。美国自大罗斯福总统以来的发展史显示，它有一个自我改良和自我调适的机制，能在出现危机或衰落的迹象后做出政策调整，并通过转嫁危机、分担风险等方式挽救自身的困境。

中国GDP总量是美国GDP总量的二分之一，中国人口是美国人口的四倍，中国土地问题、环境问题等可持续发展问题比美国要严重得多，中国长期经济发展的同时，也积累起非常严重的社会矛盾。在此情况下，相信别人的断言，认为世界已经进入后美国时代，从而盲目地以为中华民族复兴的盛世已经到来，这显然是非常天真的。中国先民在其文明的开头就谆谆告诫：“猷黜乃心，无傲从康”（《尚书·盘庚》）。也正因此，中华民族一直是一个能够居安思危的民族。在国家历二百余年的耻辱灾难之后，在刚刚看到民族复兴崛起的希望之际，我们万不可对形势作出过分乐观的估计。因不智之估，而使历史赋予的机会丧失我手，将是千载遗憾！

四、时代的准确定位：当前的我们应当做些什么?

虽然目前断言美国衰落还为时尚早，但美国在全球体系中的影响力逐渐下降则是不争的事实。而且从规律性上来看，任何一个超级大国都有一定的时间限度，人类历史进入后美国时代是必然的。从这个角度看，正确的评估是：后美国时代尚未到来，但正在逐渐地到来。相关大国都在为此做准备，中国亦当有所准备。

从近期来看，美国战略收缩意味着美国开始对一些国际事务采取放手的态度，迫使中国和其他大国承担更多的责任。美国越来越多要求中国在苏丹、朝鲜和伊朗、缅甸等地区热点问题施加更大影响，要求人民币升值、扩大对美进口、保护知识产权，担当起金融、货币和贸易领域的国际责任，并要求在大气减排、全球反恐、国际维和、各种多边机制的会费摊派等方面承托起更大的担当。美国的退缩并非只有可喜的一面，它必然对中国经济和中国外交构成严重挑战。

三十年来，中国一直依赖外资和外贸推动经济的高速发展。一旦美国经济增长减速，对华进口需求下降，对于中国来说，也必然遭受较大损失。经济学者认为，如果美国经济增速下降1%，中国外贸出口就可能下降3~4%。尤其值得重视的是，中国作为世界第一大外汇储备国，拥有2.8个多亿的美元外汇储备。随着美元的持续贬值，外汇储备将会大大缩水，中国直接经济损失会非常惨重。而一旦美元货币体系崩溃，对中国的冲击将更是灾难性的。

在此情况下，中国必须谨慎地制定出应对政策。中国简单地走保护主义路线是错误的，例如坚决地拒绝人民币升值，为避免亏耗而拒绝购买美国国债，形式主义地认为购买美国货物是为美联储作贡献而大量地减低美中之间的贸易，均是不智之举。因为，正如日本学者大桥英夫认为的那样，经济全球化的结果，已使“美中甚至越过相互依存阶段，进入‘同生共死’的境界”（见日本《中央公论》2010年7月号刊:《美中经济G2时代的到来》）。另一方面，无视美国退缩政策所造成的影响，在外贸、金融、市场开放诸方面不采取适当措施加强监管，亦是错误的——自由主义的美国，在应变之际，即加强了对市场的监控，而传统具有监控能力的中国，在特别时期不能采取恰当的监控之法，是不能原谅的。

在制定恰当的经济政策的同时，必须注意到中国的经济建设需要和平的环境。美国在历史演进的过程中逐渐衰落，后美国时代的循于日月地逐渐到来，也要求我们作好国际环境方面的工作。美国霸权的终结，将带来世界的无序和混乱。且不说国际秩序出现混乱将使中国战略机遇期丧失，单是中国周边地区，美国霸权空缺之际，日本、印度、巴基斯坦、朝鲜等国家将会竞相研发新兴核武器，将会出现核大国林立，军备竞赛加剧的不安全局面。因此，在美国时代向后美国时代的演绎过程中，中国必须处理好与美国的关系，在警惕中加强与美合作，在中美关系互动中逐步为后美国时代的到来做好准备，是中国从目下开始相当历史阶段内应当采取的方法与策略。

结论

沃伦斯坦在宣称世界进入后美国时代的基础上，结论性地宣称：世界将回归保护主义，从根本上说是错误的。孤岛主义的保护主义在美国历史上多次发生，但它终究与美国自由主义的立国精神相去太远，因而从未长时期地成为美国社会的主流意识。我们可以断言，即便美国的国力持续地衰落下去，即便它有可能沦为与其他各强平分秋色的主体，它亦将与前一样，不可能堕入保护主义的泥潭不能自拔，而终使自己由衰落而走向败落和衰亡。从中国的立场上看问题，三十年来的胜利，是摆脱传统的闭关锁国的计划经济（典型保护主义）的观念和思想的结果，它不应该也不可能在民族崛起渐露曙光之际，抛却致胜的原动力，回归于造成历史性灾难的保护主义。

笔者要再次提示的是，在一贯地、根本性地实行自由主义的资本主义制度的美国，沃伦斯坦的言论对于矫枉过正、纠正时弊或许可能产生一定程度的积极作用，具有某种补正性质的价值和意义，而对于具有根深蒂固的国家管控传统的中国，其回归保护主义的言论无疑主要地具有破坏作用，而缺乏正面的建设意义。

2011年2月6日于北京

从加沙战争看现代战争的特点

前按：

写文章忌哗众取宠，尚非常之见。战争是杀人，战争有可能具有人道主义的特点吗？战争是破坏，战争有可能具有法制化的特点吗？作者提出了些与众不同的想法，一下子难以接受，事实上却有些道理。

写文章要有现实的必要。这样文章的现实必要在哪里？古老的专制传统，愚其民以爱国家，其实是以爱社稷、保一姓之天下为目标的。那么，有人就会丑化敌国，残酷战争，盲目激情下的民众就成了错误决策的支持者和牺牲品。这是现实必要的基础。写这文章的导火索却是，审雨堂一先生对日本大和民族的“殄灭必当无孑遗”的放肆、狂妄、不负责任的言论。

原按：这是我写在去年12月至今年1月发生的加沙战争进行期间的一篇小文，希望有助于大家对现代战争的理解。其中许多观点，或有不确，或欠实际，愿与诸友共同商研。

小序

巴以之间所进行的加沙战争自2008年12月27日开始，至今已进展至第十六天，最新资料显示，以色列将于下周初结束这场战争。搜集多方面资料研究这场人类正在发生着的战争，感觉到现代战争呈现如下一些特点：第一，现代战争的人道主义特点；第二，现代战争的工程技术化的特点；第三，现代战争的法制化特点；第四，现代战争中敌对双方人民和谐与友谊的特点。

笔者首先声明，本文的写作资料不是基于理论和学术的研究成果，而是基于对战争中平民及军人生活的观察和思考。这些感知性的认识，应当是同人类文明的发展，人类对人道主义认识的发展，人类科学技术的发展，人类社会法制化程度的发展，人民对政治、社会与人的关系的认识的发展相一致的。谨将有关认识浅谈于下，以利于启迪普通民众从蒙昧的、古代的、野蛮的战争观念之下解放出来，启迪其在现代观念之下确立有关于现代战争的是非标准。笔者特别认为，战争是政治的继续，战争是政治的。那么，对战争的正确认识应当能够有助于普通民众深化、开阔对一般社会政治的认识，其中也包括对国内政治（包含战争或和平阶段的政治）的一般认识。

一、现代战争人道主义的特点

一般而言，战争以杀戮为手段，去实现一般政治中所无法实现的政治目的。似乎从战争的本性上看，它应当与人道主义不沾边。最近哈马斯高级领导人扎哈尔说：“以色列在战争中导致巴勒斯坦儿童死亡，使以色列儿童被杀合法化。”我著文认为，作为一个政治家，扎哈尔的谈话违背了战争文化和人伦底线。有朋友反驳说：“战争是不讲正义和道德的，从严格的意义上说，彻底地消灭对方儿童才实现了永久结束战争的目的。”这位朋友的认识，即属于前述错误认识。

事实上，战争是与人类社会共生的，自从有了社会，也就有了战争。我国道家认为，战争与和平是事物的一阴一阳，构成社会发展的平衡，德国黑格尔、尼采也大致有此认识，他们甚至认为战争有利于保持昂扬的民族的精神。战争的历史如此长久，战争与人类社会发展的关系如此密切，于是人类在其自身发展史中早就形成了以人道主义为主要内容的关于战争的文化。战争的残酷和暴烈是由战争本身的性质决定的。但战争既然为社会之物、人类之物，人类社会便必然要求它比较地、尽可能地人性一些。人类这样的与其行为本身的势能呈反向性质的力量和要求，是人类生产、生活的普遍，并非匪夷所思。

中西战争史上，人们对老弱病残人群的保护，对财产掠夺的限定，不斩信使、不杀降者的规定，都是人类战争史上所呈现出来的人道主义内容。至于近现代，则出现了战争法、国际法庭，人类借以规范国家间、民族间的战争行为。要而言之，战争是有文化、讲规则的，战争文化中包含着深刻的人性，这是现代战争人道主义特点的床基。

就此次战争看，它所表现的人道主义特点尤为明显。从特殊性上来说，这种特点之所以明显的原因应从历史的角度看：加沙地区本来就是以色列的行政管理之地，退出加沙只是近几年的事情，以色列对加沙人民相对来说怀有深厚的感情。但更应当从人类进步的角度看，冷战结束之后所发生的几次战争，人性化是战争目标之下的仅次一级考量。伊拉克战争的斩首行动，即是最大限度地减少战斗和非战斗人员伤亡；即便持续近三个月的被称为人道主义灾难的科索沃战争，造成的南联盟平民死亡人数也不过一千八百余人，与战争投入的破坏性力量远不成比例——之所以被称为人道主义灾难，是因为这场战争引起大量的平民逃亡。至于发生于上世纪九十年代初的海湾战争，各方死亡人数那就更少。

加沙战争的人道主义特点从以下事例中可以突出地表现出来：

据《环球在线》记者康娟报导：1月10日，以色列军队连续第四天短暂停火，以便让人道救援物资进入加沙。以色列表示，它将每天停止进攻三个小时，让加沙居民得到必需品和医疗救助。

——引自《加沙平民处境：伤亡严重缺吃少水》

以色列在战争中执行的人道主义政策，从加沙地带唯一居住的中国人杨阳处也得到了证实。北京人杨阳和她的三个孩子，住在加沙城区中心一个四百平方米的大房子里。杨阳说：

加沙地区阳光充足，冬天天气也很好，如果不是战乱，真是一个生活的好地方。空袭改变了这一切。

以军的战机主要轰炸加沙海边地带，那边是政府新建的新区，哈马斯的许多政府机关都在那边，所以损毁严重。我家在加沙城中心，基本上没有影响。

以色列军队发动地面进攻后，每次进攻前都会用直升机散发传单，要求当地居民撤离。以色列军队执行的是定点清除战略。担心的是炮弹进攻可能产生的误差，只要差上一二十米，就可以击中别的房子了。

——引自《杨阳：加沙唯一的中国人》

第一，战争针对的是引起战争的哈马斯政府机关和军事设施；第二，战争期间停火四天，让联合国人道主义物资运送给平民；第三，定点清除的是军事目标，而且，定点清除之前要用直升飞机散发传单通知平民撤离。以色列政府是加沙人民的政府呢，还是敌人呢？自己的政府与自己的敌人之间已经没有区别，甚至远超于世界上少数残存的落后、野蛮、专制的政府。

二、现代战争的工程技术化特点

从一定意义上说，赋战争以人道主义属性应当是人类先祖的梦想，特别是那些有智慧、有悲悯情怀的人类先祖的梦想。之所以是他们的梦想而不大可能是他们的现实，是因为技术手段不济所致。武器落后，运载工具落后，到达目的地之后，已无退出之路，为了自存，便只好劫掠土财，杀伤人质。冷兵器结束之后的初期火器，不但未使战争的准确性提高，反使盲目性增大，例如，如何制止有效火力的大范围蔓延，如何限制有效爆破的无限制扩展，都是当时所无力解决的。

现代技术的发展，使人类先祖关于战争的理想得以实现或部分实现。精确制导导弹从数百公里之外发射，其命中目标的误差距离仅只数米之近。“小直径炸弹”在64.4公里以外投射，至少能穿透910毫米厚的钢筋混凝土层，并在建筑内爆炸，完全可以和一枚2000磅的“钻地炸弹”相媲美。这次加沙战争，更充分地表现了现代战争的工程技术化特点。

据军事专家戴旭在《第一财经日报》《以军加沙行动中有何战术创新》一文中介绍，以军的战争行动分为两种形式，重装进攻和定点清除。

地面重装进攻，如大象踏农田。在狂风暴雨式的空中打击之后，以军发动了地面进攻。以军一改前两次大量使用普通步兵进攻的做法，而主要使用装甲兵，辅以特种兵。正如以色列高层宣称的一样，这不是志在消灭哈马斯人员的战法。因为哈马斯有两万兵力，且散布在巴勒斯坦民众中。以

> 区区数十辆坦克和数千名以军士兵，是不可能完成消灭敌军有生力量的任务的。以军此战，主要在于摧毁哈马斯的军事设施、火箭炮发射点以及武器储备库等。坦克就是主要执行这种任务的，而特种兵则用以为坦克指示目标，并负责消灭哈马斯的反坦克狙击手，以保护坦克。这与传统地面战中坦克掩护步兵的做法正好相反。

定点清除，则是以色列军队通过投放炸弹或发射导弹等袭击方式，主要针对巴勒斯坦政治派别领导人进行的“猎杀”行动。“定点清除”的主要参与者是以色列空军，目的是动用先进的军事装备对以色列通缉名单中的巴勒斯坦激进组织领导人和骨干分子进行精确打击，摧毁巴激进武装。此外，“定点清除”还被用来对付巴勒斯坦的“人体炸弹”等恐怖袭击。哈马斯最高头领亚辛即死于以色列的定点清除行动，这次战争中哈马斯高级成员曼西等也死于定点清除行动。

综合来看，重装进攻如建筑作业中的土建部分，定点清除则如建筑作业中的水电安装等技术相对精细的部分。重装进攻主要用于破坏敌方军事设施，定点清除则用于对对方的头目实施人体消灭。

戴旭对加沙战争的介绍，在居住加沙地带的唯一中国人杨阳处也可以得到印证。杨阳说：以军的战机主要轰炸加沙海边地带，那边是政府新建的新区，哈马斯的许多政府机关都在那边，所以损毁严重。杨阳家在加沙城中心，基本上没有影响。杨阳又说：以军主要是实施定点清除，唯一担心的是武器发射出现技术误差。

在以色列方面人道主义战争政策的指导下，在现代工程技术手段的作用下，迄今为止加沙方面死亡八百七十八人，据资料介绍，其中一半为平民。也就是说，造成的平民死亡人数约为四百人。加沙地带共有巴勒斯坦民众一百四十余万，死亡比例为三千五百分之一。这一比例高于中国交通事故年死亡人口比例，远低于中国年总死亡人口比例。虽是残酷的，但考虑到这是战争中的平民死亡统计，仍差可欣慰。

现代战争工程技术化的特点，相对说来，使战争可以如此进行：你施工你的，我生活我的，互不干扰。

三、现代战争法制化的特点

现代战争的人道主义特点，不但有科学技术方面的物质手段做支撑，而且有国际法庭、战争法等法律手段做救济。

新华社记者徐超在《目击者称以军将百余人集中在房屋内实施轰炸》一文中称：

> 联合国人道主义协调办公室9日发表报告，援引多名目击者描述，称以军将一百多名巴勒斯坦人集中到一处房屋内，二十四小时后对这所房屋实施多次轰炸，约三十人死亡。联合国人权事务高级专员呼吁对此事展开调查。
>
> 美联社援引幸存者萨姆尼的回忆报道，以军第一枚导弹击中屋门，爆炸把他直接掀翻在地。此后，他陆续听到两声导弹爆炸产生的巨响。当他抬头再看时，周围一片凄惨场景：母亲的脸已经血肉模糊，表兄在爆炸中被烧得难以辨认，其他亲戚也倒在地上。
>
> 联合国人权事务高级专员皮莱9日说，这份报告应该被用作有关“战争罪”调查的根据。她说，哈马斯针对以色列平民的火箭弹袭击不可接受，但这不应该成为以色列对加沙平民滥用武力的借口。
>
> 美联社报道，如果调查认定以色列在知晓一座房屋内聚

集平民的情况下蓄意发动攻击，这一行为将构成战争罪。

针对外界指责，以方坚决否认。以军发言人达拉勒9日说，以方对联合国报告所做的调查显示，以军没有对报告中所称房屋实施蓄意轰炸。

以军另一份声明称，以军与哈马斯交战，后者“蓄意将巴勒斯坦平民当作人体盾牌”。联合国一辆运送食品的货车8日遭以坦克击中。达拉勒同样予以否认。“以军没向联合国车辆开火”。

显然，国际社会不容许战争双方以对方平民做为战争目标。谁如果这样做了，将受到战争法庭的制裁，将承担战争罪的责任。以色列方面对于“蓄意屠杀平民”一事是否最后承担责任，要看联合国人权委员会的调查结果。据种种资料判断，“战者，诡道也”，所谓以色列“蓄意屠杀平民”应是哈马斯的计谋行为。当然也不排除以色列方面的技术误判，而技术误判不承担战争罪责，只承担赔偿责任。

四、现代战争中敌对双方人民和谐与友谊的特点

在人类历史上，要求自己的人民将敌对国家的人民也视为敌人，这种情况屡屡发生，至今没有绝迹。甚至在和平的年代，也有“里通外国”的罪名，使和平的人民不寒而栗，晚近的中国曾发生这种情况，朝鲜至今仍然如此。

但依据事物的本来性质并不应当如此。战争，是政治的继续，政治是少数人的政治。作为人民，其与国家相联，虽有政治的成分，但更大部分是生活的，社会的，生物的。生活的，要求他与敌对国家的人民通商、到敌对国家求学；社会的，要求他与敌对国家发生文化、科学和艺术的联系；生物的，他很可能与敌对国家的人是姻亲、兄弟

或姊妹。据此，政治统治者在战争中将自己的政治意识强加于他的人民显然没有道理。

笔者在这里所介绍的这种认识，在政治意识较强的国家里很难被普通人理解，更难被统治者接受。但近些年来却逐渐地成为了大部分人类的共识，加沙战争就很好地表现了现代战争中敌对双方人民和谐与友谊的特点。

以色列诗人阿米尔·欧尔接受《星期柒新闻周刊》的采访时说："我愿意和巴勒斯坦诗人握手。"

阿米尔·欧尔说："这是正在上演的一出悲剧。哈马斯躲在孱弱的人和孩子后面发起进攻。我的心感到疼痛，为加沙的平民。我想我们需要创造一种状态，无论什么民族、语言和信仰，和谐共处，越快越好。以色列应该与巴勒斯坦解放组织一起缔造和平。"

阿米尔·欧尔又说："诗人首先是自由的思想者，不从属于政府和政治。"

当《星期柒新闻周刊》记者询问："您能预见这场冲突或战争的结果吗?"阿密尔·欧尔回答："作为（公民）个体，这样的可能性已经出现，但作为社会和文化，这就比较复杂了。在过去的许多年里，双方的政治家都在滥用这场冲突来获取（维护）自己的权利。只有当双方人民的态度有一点点改变，才能赢得和平。"

阿米尔·欧尔所表现的以色列人民的态度，从杨阳所反映的居住在加沙地区的巴勒斯坦人那里也可以得到印证。

杨阳说："事实上，以色列和哈马斯之间的激烈对峙，遮蔽了普通巴勒斯坦人和以色列人之间复杂的感情。几十年来以色列数度占领加沙，如今加沙的水电供应等，主要依靠以色列。加沙居民用的是以色列的货币，而加沙的海关，用的也是以色列的制度。"

她又说："在以色列封锁之前，每天有几万巴勒斯坦人到以色列上班，封锁后他们过不去以色列了，那边的雇主就给雇员家里寄钱。以色列也有不少非政府组织，专门聘请律师帮助巴勒斯坦人打官司。”她还特别介绍了以军在战争中的表现情况，她说：“以色列军队发动地面进攻后，每次进攻前都会用直升机散发传单，要求当地居民撤离。”——这是我前边已经介绍的。

显然，政治家和野心家们所发动的战争，已无法抵挡得了各国、各地区间人民和平相处的愿望。即便在战争之中，人民仍强烈地表达着互相爱慕对方，希望对方平安幸福的良好祝愿。

尾语

中国是一个封闭的国度。这种封闭来源于它的幅员辽阔，来源于民族内向的性格，来源于现行的某种体制，来源于人民普遍的教育和文化。

这种封闭导致它的人群不能较快地理解和适应世界的变化，尤其是抽象事物的变化，他们很可能仍然依靠或远或近的记忆，将战争理解得暴力无限、铁血残酷、疯狂恐怖。在此情况下，有可能对战争发生错误的判断，无论在自卫战争的时候，或者在被动地遭受战争的时候，作出错误的决策，采取错误的行为。尤其是，历朝历代，野心人物并不缺乏，他们很可能诱导人们强化某种错误认识，利用某种错误认识，无论自戕我身，亦无论戕害其他民族，都将导致人类悲剧的发生！

对战争的认识又是对特殊社会政治的认识，特殊社会政治的认识错误，又将反过来影响其对一般社会政治产生错误认识。这也会影响人们最其一般的、普通的社会生活和政治生活。

吾撰此文，提示如此，忧虑如此。深望读懂吾心！

2009年春于北京

图书在版编目（CIP）数据

一位律师对经院教授们的挑战 / 陈更 著. -- 北京 : 作家出版社，2015. 12

ISBN 978-7-5063-7925-0

Ⅰ. ①一… Ⅱ. ①陈… Ⅲ. ①杂文集 - 中国 - 当代 Ⅳ. ①I26

中国版本图书馆CIP数据核字（2015）第070568号

一位律师对经院教授们的挑战

作　　者：陈　更
责任编辑：窦海军　方　若
装帧设计：布尔什维特
出版发行：作家出版社
社　　址：北京农展馆南里10号　　**邮　　编：**100125
电话传真：86-10-65930756（出版发行部）
86-10-65004079（总编室）
86-10-65015116（邮购部）
E-mail:zuojia@zuojia.net.cn
http://www.haozuojia.com（作家在线）
印　　刷：三河市华业印务有限公司
成品尺寸：152×230
字　　数：373千字
印　　张：30.75
版　　次：2015年12月第1版
印　　次：2015年12月第1次印刷
ISBN 978-7-5063-7925-0
定　　价：40.00元